21世纪高职高专精品课程系列

ERSHIYI SHIJI GAOZHI GAOZHUAN JINGPIN KECHENG XILIE

财务管理

CAIWU GUANLI

主 编 田 瑞 位 涛

副主编 肖绍萍 盛 强

中国经济出版社
CHINA ECONOMIC PUBLISHING HOUSE

北 京

图书在版编目（CIP）数据

财务管理/田瑞，位涛主编

北京：中国经济出版社，2010.2

ISBN 978 - 7 - 5017 - 9630 - 4

Ⅰ. 财… Ⅱ.①田…②位… Ⅲ. 财务管理—高等学校：技术学校—教材 Ⅳ. F275

中国版本图书馆 CIP 数据核字（2010）第 208357 号

责任编辑	伏建全　姜　静
责任印制	张江虹
封面设计	北京博思尚雅图文设计

出版发行	中国经济出版社
印 刷 者	北京市昌平新兴胶印厂
经 销 者	各地新华书店
开　　本	787mm×1092mm　1/16
印　　张	18.75
字　　数	429 千字
版　　次	2010 年 2 月第 1 版
印　　次	2010 年 2 月第 1 次
印　　数	1－6000 册
书　　号	ISBN 978 - 7 - 5017 - 9630 - 4/G · 1361
定　　价	35.00 元

中国经济出版社 网址 www. economyph. com 社址 北京市西城区百万庄北街 3 号 邮编 100037

本版图书如存在印装质量问题，请与本社发行中心联系调换（联系电话:010 - 68319116）

出版说明

根据高职高专教育培养实用型、高素质、技能型人才的目标以及教材建设的需要,中国经济出版社特组织北京财贸职业学院、保定职业技术学院、河北建材职业技术学院、河北软件职业技术学院、哈尔滨职业技术学院、辽宁经济职业技术学院、天津渤海职业技术学院、山东东营职业学院、安徽财贸职业学院、江苏经贸职业技术学院、苏州经贸职业技术学院、陕西财经职业技术学院、西安职业技术学院、延安职业技术学院、宁夏财经职业技术学院、四川财经职业学院、重庆财经职业学院、海南经贸职业技术学院、海口经济学院、海南职业技术学院、广西交通职业技术学院、云南保山学院等三十几所国内院校共同编写了"21世纪高职高专精品课程系列"教材。

本套教材立足于高职高专公共课、财会类、贸易类及相关专业,涵盖了专业课及专业基础课的基本教学内容,具有以下特点:

1. 以能力培养为目标。专业性与实用性统一,系统性与全面性兼具,能力点和知识点相结合,注重培养应用型、技能型人才。

2. 任务驱动教学,"教""学""做"一体化。打破传统的教学模式,学练结合,注重职业能力培养。

3. 形式新颖,可读性强。从实际需要出发,删繁就简,案例、知识链接、实训等板块有机集合,增强可读性,提高学习乐趣。

4. 提供教学配套PPT课件及习题参考答案,选用教材的老师可登陆中国经济出版社网站或来电来函(E - MAIL:jiaoxiaoyun@ 126. com,010 - 68319290)索取。

本套教材包括《高等数学》、《管理学基础》、《组织行为学》、《人力资源管理》、《会计学基础》、《会计学基础实训》、《财务会计》、《高级财务会计》、《成本会计》、《成本会计实训》、《会计电算化》、《会计电算化实验教程》、《审计学》、《财务管理》、《财政与金融》、《经济法实用教程》、《税收基础与实务》、《企业会计实训教程》、《模拟工商登记实训》、《市场营销基础与实务》、《国际贸易理论与实务》、《国际贸易实务操作教程》、《国际贸易制单实务》、《国际货运代理实务》、《集装箱运输实务》、《仓储管理实务》、《报关实务》、《采购管理与库存控制》,共28种。随着我们教材开发工作的展开,中国经济出版社还将陆续推出更多更优秀的高职高专规划教材。

本套教材能够顺利编撰完成与各位参编老师的辛勤劳动、通力合作是分不开的,在此对各位参编老师表示衷心的感谢! 同时,我们也非常感谢各参编院校相关领导的大力支持! 感谢在教材编写过程中,对我们的工作提供支持和帮助的各位老师。我们欢迎各院校师生在使用本套教材的同时多提宝贵意见,以利于教材的日臻完善。

中国经济出版社
2010 年元月

前言
PREFACE

　　根据财务管理学科发展与高职高专人才培养目标——以育人为本、德育为先，关注学生健全人格的塑造，培养适应社会需求和职业岗位需要的高素质、高技能人才，本书系统、全面地阐述了财务管理的基本理论、内容、方法与技能，以财务预测、财务决策、财务预算、财务控制和财务分析为体系，以企业财务活动为主线，以筹资管理、投资管理、营运资金管理和利润分配管理为主要内容编写而成。本书的主要特点是：按照知识讲授和能力训练并重的原则编排教学内容，每个知识点都用案例来说明它在实践中如何运用，增加了授课导入案例和综合案例，强调实践性、前瞻性、通俗性和互动性，体现了理论与实践充分结合。本书凝聚了教师多年教学实践经验，充分发挥学生主动性，提高学生分析问题和解决问题的能力。

　　本书适应高职高专教学改革的需要，本着培养适应社会需要的高素质、高技能人才的要求，努力从内容和形式上有所突破和改进。在内容上的取舍力求以实践性、系统性、前瞻性和实用性为原则，并注重知识更新。根据《公司法》、《证券法》、《合伙企业法》、《个人所得税法》和《企业破产法》等一系列法律进行了修订、修正和制定，结合财政部发布的我国新的企业会计准则体系和审计准则体系。本书编者将新的改革内容融入教材。同时针对现阶段高职高专教育的特点，以培养学生技能为主，充分体现全国各省地域特色，将授课内容与生动的案例紧密结合，通过案例培养学生的兴趣、调动学生学习的积极性，并力求与会计专业考证相结合，参考了会计师资格考试《财务管理》的内容，以便学生走上会计工作岗位以后，尽快取得相应的会计资格证书。

　　本书联合全国各省高职高专院校从事一线教学的教师，结合多年教学实践经验，针对高职高专学生的特点，注重职业教育的应用性、适用性和实践性而编写。哈尔滨职业技术学院的田瑞教授担任第一主编，辽宁经济职业技术学院的位涛老师担任第二主编，广西交通职业技术学院的肖绍萍老师和南充职业学院的盛强老师担任副主编。具体编写分工如下：第一章、第三章由田瑞教授编写；第二章、第四章由哈尔滨职业技术学院李剑飞老师编写；第五章、第十一章由位涛老师编写；第六章、第七章由肖绍萍老师编写；第八章由河北北方学院梁秀娟老师编写；第九章、第十章由盛强老师编写。

　　由于编写人员水平有限，书中的疏漏甚至错误在所难免，恳请各位同仁和学者批评指正，全体编书人员将不胜感激。

编者

2010 年元月

目录 Contents ●

·第一章·

总　论

通过本章学习应掌握财务管理的含义和内容、财务管理的观念、财务管理的目标和财务管理的环境等主要内容。

【重点难点】

重点：财务管理的含义；财务关系。

难点：财务活动；财务管理的目标；企业相关利益群体利益冲突的协调。

第一节　财务管理概述

一、企业财务与财务管理的概念

财务管理作为一种独立的职能从企业管理职能中分离出来，最早出现于 19 世纪后期，一般以 1897 年托马斯·L·格林的《公司财务》一书的出版作为财务管理这门独立学科出现的标志。此后，随着商品经济的不断发展，企业生产经营过程的社会化程度和现代化水平的不断提高，企业的财务活动也越来越复杂，因此，企业财务管理也经历了一个由单一到复杂、由低级到高级的发展过程，财务管理在企业管理中的地位与作用逐渐被显示，并被人们所认识。

我国企业的财务管理也经历了一个很长的历史发展过程。在漫长的封建社会中，占统治地位的是自给自足的自然经济，商品经济处于从属地位，财务管理也处于一种萌芽状态。到了半封建半殖民地的旧中国，商品经济有了进一步的发展，一些规模较大的企业开始设置专门的财务管理工作，委派专职的财务管理人员，从而产生了独立的企业财务管理工作。新中国成立后，我国建立了集中的计划管理和统收统支的财务管理体制，企业财务管理的任务是完成国家下达的计划指标，企业无自主筹集资金的必要，也无自主使用资金的权力，财务管理工作相对薄弱。改革开放以后，随着我国社会主义市场经济体制的逐步建立，企业成为自主经营、自负盈亏、自我发展、自我积累的经济实体推动了财务管理的建设和发展。由于企业理财的环境和内容均有较大的变化，财务管理的地位和作用也不断加强。

在企业生产经营过程中，实物商品在不断的变化，它们的价值形态也不断地发生变化，形成了资金运动。企业资金的运动，构成企业生产经营活动的一个独立方面，具有自己的运动规律，这就是企业的财务活动。所以，企业财务是指企业在生产经营过程中客观存在的资金运动及其所体现的经济利益关系。

财务管理是商品经济条件下企业最基本的经济管理活动。商品经济越发达，市场经济越发展，财务管理越重要。财务管理是企业组织财务活动，处理财务关系的一项重要管理活动。

二、企业财务活动

企业要进行生产经营活动,就必须具有人力、物力、财力和信息等生产经营要素。在这些生产经营要素中,财力是不可缺少的、必要的资源要素。财力的货币形态表现为企业的资金。资金是企业生产经营中最基本、最综合的存在形态。如果把企业比作"人体",那么资金就犹如人体中的血液一样。企业要生存,就必须有血液。一个人要健康成长,体内不仅要有血液,而且要维持其畅通和充裕。如果体内血液不畅、供血不足,人就要生病,甚至死亡。企业如果资金周转不灵甚至短缺,也必然会发生财务困难。

资金是企业生产经营活动中最活跃的因素。资金总是处于不断地运动之中。一方面,资金表现为物资的不断购进和售出;另一方面,又表现为资金的支出和收回,这就产生了资金的收支。企业资金的收支是企业财务活动的主要内容。企业的财务活动可分为以下四个方面。

1. 筹资活动

筹集资金是企业资金运动的起点,它主要通过一定的渠道,采用一定的方式筹集生产经营所需资金。企业通过吸收直接投资、发行股票、发行债券等方式筹集资金,表现为企业资金的收入。企业偿还借款、支付利息、股利和各种筹资费用等,表现为企业资金的支出。这种因资金筹集而产生的资金收支,便是由企业筹资而引起的财务活动。

2. 投资活动

企业筹集的资金用于生产经营活动,以便取得赢利,不断增加企业的价值。企业投资主要有两个方向:用于购买企业内部的经营资产,如购买设备、建造厂房等固定资产方面的投资;用于购买材料、燃料等流动资产方面的投资。这两个方向的投资主要是对内投资。企业投资于其他企业的股票或债券等,构成企业的对外投资。无论是对内投资还是对外投资,都需要支付资金,当企业转让其对内投资的各种资产或收回对外投资时,就会产生资金的收入。这种因投资而产生的资金收支,便是由投资而引起的财务活动。

3. 资金营运活动

企业在生产经营过程中会发生一系列的资金收支。企业因从事生产和销售活动而采购材料或商品,并支付职工工资和其他经营费用。当企业把产品或商品销售出去后,便取得了收入,收回了资金。如果企业出现现有资金不能满足经营需要时,还要采用短期借款的方式来筹集所需的资金。上述各方面产生的资金收支,便是企业营运活动所引起的财务活动。

4. 分配活动

企业经营过程中取得的收入弥补生产耗费后,其余部分即为企业的利润。企业也可能因对外投资而获得利润。企业利润按国家规定缴纳所得税后进行分配。首先,弥补亏损、提取公积金和公益金,以便扩大积累和改善职工集体福利设施;然后,向投资者分配利润或暂时留存企业或作为投资者的追加投资,以便获得最大的长期利益。这种因利润分配而产生的资金收支便是由于利润分配而引起的财务活动。

三、财务关系

企业理财过程中涉及许多重要的利益关系人。

企业在筹资、投资、营运、分配等财务活动中必然要与有关方面发生广泛的经济关系。企业财务关系就是指企业在组织财务活动中与各有关方面发生的经济关系。财务关系的状况反映企业理财环境的客观状况。如何协调和处理好企业与有关方面的财务关系,是财务管理工作的重要内容。在市场经济条件下,企业的财务关系主要有以下几个方面。

1. 企业与政府之间的财务关系

这种关系体现了一种强制和无偿的分配关系。这种财务关系主要是指企业要按税法的规定依法纳税而与国家机关所形成的经济关系。国家以社会管理者的身份向一切企业征收有关税金。任何企业都要按照国家税法规定缴纳各种税款,包括所得税、流转税和其他各种税金。企业及时足额地纳税,是生产者对国家应尽的义务。企业与税务机关的财务关系反映的是依法纳税和依法征税的权利义务关系。

2. 企业与投资者之间的财务关系

这种关系体现的是企业的投资人向企业投入资金,而企业向其支付投资报酬所形成的经济关系。企业的所有者包括国家、法人单位、个人和外商等。企业所有者按投资合同、协议、章程的约定履行其出资义务,以便及时形成企业的资本金,企业运用其资本金进行经营。实现利润后,按出资比例或合同章程的规定向所有者分配利润。企业与所有者之间的财务关系不仅表现在股息、红利的支付上,还表现在财务权利与财务责任上。一般说来,所有者出资不同,他们承担的责任和享有的权利、利益也不同。一方面,股东以其所拥有的股权大小对企业财权的运作施与不同程度的影响;另一方面,以其对企业投资额的大小对企业偿债风险承担有限责任。企业与所有者之间的财务关系体现着所有权的性质,反映着经营权与所有权的关系。

3. 企业与债权人之间的财务关系

这种关系体现的是企业向债权人借入资金,并按合同定时支付利息和归还本金从而形成的经济关系,这里实际上体现的是债权债务关系。企业的债权人包括向企业贷款的银行、非银行金融机构、企业债券的持有者、商业信用的提供者,以及其他向企业拆借资金的单位和个人。企业利用债权人的资金,要按规定的利息率及时向债权人支付利息;债券到期时,要合理调整资金,按时向债权人归还本金。企业与债权人的财务关系在性质上属于债务与债权的关系。

4. 企业与受资者之间的财务关系

这种关系体现的是企业与受资者之间的所有权性质的投资与受资的关系。这种财务关系主要是指企业利用闲置资金以购买股票或直接投资的形式向其他单位投资所形成的经济关系。随着市场经济的不断深入发展,企业经营规模和经营范围的不断扩大,这种关系也会越来越广泛。企业向其他单位投资,应按约定履行出资义务,并按其出资额参与被投资单位的经营管理和利润分配。企业与受资者之间的财务关系是体现所有权性质的投资与受资的关系。

5. 企业与债务人之间的财务关系

这种关系体现的是企业与其债务人之间的债权与债务的关系。这种财务关系主要指企业将其资金以购买债券、提供借款或商业信用等形式出借给其他单位所形成的经济关系。企业将资金借出后,有权要求其债务人按约定的条件支付利息和归还本金。企业与债务人之间的财务关系体现的是债权与债务的关系。

6. 企业内部各单位之间的财务关系

这种关系体现的是企业内部形成的资金结算关系,体现了企业内部各单位之间的利益关系。这种财务关系主要是指企业内部各单位之间在生产经营各环节中相互提供产品或劳务所形成的经济关系。在实行内部经济核算制和经营责任制的条件下,企业对于不同性质的资金,应根据其特点和性质分别管理和使用,企业内部各单位都有相对独立的资金定额或独立支配的费用限额,各部门、各单位相互提供产品和劳务要进行计价结算。这样,在企业内部就形成了资金结算关系,它体现了企业内部各单位之间的利益关系。企业要严格分清有关方面的经济责任,以便有效发挥激励机制和约束机制的作用。

7. 企业与职工之间的财务关系

这种关系体现的是企业向职工支付劳动报酬的过程中形成的经济关系,体现了职工个人和集体在劳动成果上的分配关系。职工是企业的劳动者,企业要用产品的销售收入向职工支付工资、津贴、奖金等,并按职工提供的劳动数量和质量进行分配。企业与职工之间的结算关系体现了职工个人和集体在劳动成果上的分配关系。

第二节　财务管理目标

财务管理是企业管理的一部分,是有关资金的获得和有效使用的管理工作。财务管理的目标取决于企业的总目标,并且受财务管理特点的制约。

一、企业的目标及其对财务管理的要求

企业是营利性组织,其出发点和归宿是获利。企业一旦成立,就会面临竞争,并始终处于生存和倒闭、发展和萎缩的矛盾之中。企业必须生存下去才可能获利,只有不断发展才能求得生存。因此,企业管理的目标可以概括为生存、发展和获利。

1. 生存

企业只有生存,才可能获利。而企业的生存的土壤是市场,包括商品市场、金融市场、人力资源市场、技术市场等。企业在市场中生存下去的基本条件是以收抵支。企业一方面付出货币,从市场上取得所需的资源;另一方面提供市场需要的商品或服务,从市场上换回货币。企业从市场上获得的货币至少要等于付出的货币,以便维持继续经营,这是企业长期存续的基本条件。因此,企业的生命力在于它能不断创新,以其独特的产品和服务取得收入,并且不断降低成本,减少货币的流出。如果出现相反的情况,企业没有足够的货币从市场上换取必要的资源,企业就会萎缩,直到无法维持最低的运营条件而终止。企业生存的另一个基本条件是到期偿债。企业为扩大业务规模或满足经营周转的临时需要,可以向其他个人或法人借债。国家为维持市场经济秩序,通过立法规定债务人必须"偿还到期债务",必要时"破产偿债"。企业如果没有能力偿还到期债务,就可能被债权人接管或被法院判定破产。

企业生存的主要威胁来自两个方面:一个是长期亏损,它是企业终止的内在原因;另一个是不能偿还到期债务,它是企业终止的直接原因。亏损企业为维持运营被迫进行偿债性融资,借新债还旧债,如不能扭亏为盈,迟早会借不到钱而无法周转,从而不能偿还到期债务。赢利企业也可能出现"无力支付"的情况,主要是借款扩大业务规模,经营失败,为偿债必须出售不可缺少的厂房和设备,使生产经营无法继续下去。

综上所述,力求保持以收抵支和偿还到期债务的能力,减少破产的风险,使企业能够长期、稳定地生存下去,这是对财务管理的第一个要求。

2. 发展

企业是在发展中求得生存的。企业的生产经营如"逆水行舟,不进则退"。在科技不断进步的现代经济中,产品不断更新换代,企业必须不断推出更好、更新、更受顾客欢迎的产品,才能在市场中立足。企业的发展集中表现为扩大收入。扩大收入的根本途径是提高产品的质量,扩大销售的数量,这就要求不断更新设备、技术和工艺,并不断提高各种人员的素质,也就是要投入更多、更好的物质资源、人力资源,并改进技术和管理。在市场经济中,各种资源的取得都需要付出货币。企业的发展离不开资金。因此,筹集企业发展所需的资金,这是对财务管理的第二个要求。

3. 获利

企业必须能够获利,才有存在的价值。建立企业的目的是赢利。已经建立起来的企业,虽然有改善员工收入、改善劳动条件、扩大市场份额、提高产品质量、减少环境污染等多种目标,但是,增加赢利是最具综合能力的目标。赢利不但体现了企业的出发点和归宿,而且可以概括其他目标的实现程度,并有助于其他目标的实现。

从财务上看,赢利就是使资产获得超过其投资的回报。在市场经济中,没有"免费使用"的资金,资金的每项来源都有其成本。每项资产都是投资,都应当是生产性的,要从中获得回报。例如,各项固定资产要被充分地运用于生产,要避免存货积压,尽快收回应收账款,利用暂时闲置的现金等。财务主管人员务必使企业正常经营产生的和从外部获得的资金能以产出最大的形式加以利用。因此,通过合理、有效地使用资金使企业获利,这是对财务管理的第三个要求。

总之,企业的目标是生存、发展和获利。企业的这个目标要求财务管理完成筹措资金,并有效地投放和使用资金的任务。企业的生存以致于成功,在很大程度上取决于它过去和现在的财务政策。财务管理不仅与资产的获得及合理使用的决策有关,而且与企业的生产、销售管理发生直接联系。

二、财务管理目标的三种表述

财务管理目标的不同观点有三种:利润最大化、投资利润率最大化和企业价值最大化。

1. 利润最大化

理由如下:①在一定程度上体现了企业经济效益的高低;②利润越多职工劳动报酬越多,积累也越多;③利润代表剩余产品的多少,剩余商品越多,社会财富越多,所以利润最大化也就意味着社会财富最大化;④利润最大化有利于资源的合理配置,利润最大化在市场中表现为企业竞争能力的大小。

利润最大化观点的局限:①没有反映利润额与投入资本额之间的投入产出关系,不能科学地反映企业经济效益的高低;②没有考虑风险的影响;③没有说明企业利润发生的时间,即没有考虑资金的时间价值;④容易导致企业片面追求利润额的增加,产生短期行为。

2. 资本利润率最大化／每股利润最大化

这种观点认为:应当把企业的利润和股东投入的资本联系起来考查,用每股盈余(或权益资本净利率)来概括企业的财务目标,以避免"利润最大化目标"的缺点。这种观点存在以下缺陷:①仍然没有考虑每股盈余取得的时间性;②仍然没有考虑每股盈余的风险性。其优点是:考虑了利润额与投入资本之间的关系。

3. 企业价值最大化／股东财富最大化

企业价值 = 股票发行数量 × 每股市价

$$V = \sum_{t=0}^{n} \frac{FCF_t}{(1+i)^t} \tag{1.1}$$

企业价值不是其账面价值,而是市场价值,它反映了企业未来的潜在获利水平。

这种观点的优点是:考虑了资金价值和风险,克服了短期行为,同时也体现了股东对企业资本保值和增值的要求。

这种观点的局限性是:①企业价值和股东财富是一个相对抽象的目标(衡量上的不经常性、实际操作的困难性);②对非上市公司而言,它不能根据股票市价作出判断,而是通过资产评估的方式作出评价;③对上市公司来讲,由于大多数企业都采用相互控股、藏股的方式,其目的是控股或购销关系。事实上,法人股东对市价的敏感程度不如个人股东,从而使法人股东对股东财富最大化缺乏足够的兴趣。

三、不同利益主体在财务管理目标上的矛盾与协调

股东和债权人都为企业提供了财务资源,但是他们处在企业之外,只有经营者即管理当局在企业里直接从事财务管理工作。股东、经营者和债权人之间构成了企业最重要的财务关系。企业只有协调好这三方之间的关系,才能实现"股东财富最大化"的目标。

1. 股东与经营者的协调

(1)股东与经营者的利益冲突

在股东和经营者分离后,二者之间的关系成为一种委托代理关系。两者的利益冲突源于各自目标的不一致。股东的目标是使企业财富最大化,千方百计要求经营者以最大的努力去完成这个目标。经营者也是最大合理效用的追求者,其具体行为目标与委托人不一致。经营者的目标主要有三方面:一是获得报酬,包括物质和非物质的报酬,如工资、奖金,获得荣誉和提高社会地位等;二是增加闲暇时间,包括较少的工作时间、工作时间内较多的空闲、有效工作时间中较小的劳动强度等;上述两个目标之间有矛盾,增加闲暇时间可能减少当前或将来的报酬,努力增加报酬会牺牲闲暇时间;三是规避风险,经营者的努力工作可能得不到应有的报酬,他们的行为和结果之间有不确定性,经营者总是力图规避这种风险,希望付出一份劳动便得到一份报酬。

(2)经营者背离股东目标的方式

经营者可能为了自身的利益而背离股东的利益,这种背离主要有两种方式。

① 道德风险。它是指企业经营者不努力工作,尽量不从事冒险的经营活动。对于有风险的投资项目,如果经营成功,投资项目所增加的价值归股东所有;相反,如果经营失败,经营者的"身价"将下跌,甚至被解雇。因此,企业经营者往往放弃风险较大的投资项目,以增加自己的闲暇时间。企业经营者这样做并不构成法律和行政责任,只是道德问题,股东很难追究他们的责任。

② 逆向选择。它是指经营者为了自己的目标而损害股东的利益。例如,装修豪华的办公室、购买高档汽车,借工作需要花股东的钱,交易中让企业亏损,自己从中获利等。

(3)防止经营者背离股东目标的方法

防止经营者背离的方法主要是监督和激励。

① 监督。股东可通过各种途径了解经营者的行为,当发现经营者背离自己的目标时,股东可减少经营者各种形式的报酬,直至解雇他。对经营者实行全面监督是行不通的,全面监督管理行为的代价也是高昂的,很可能超过它所带来的收益。监督可以减少经营者违背股东意愿的行为,但不能解决所有的问题。

② 激励。股东可采用激励报酬计划,使经营者分享企业增加的财富,鼓励他们采取符合企业利益最大化的行为。例如,企业利润率提高或股票价格提高后,给经营者以现金、股票奖励。需要注意的是,奖励报酬过低,不足以激励经营者;奖励报酬过高,股东付出的激励成本过大,也不能实现企业价值最大化。激励可以减少经营者违背股东意愿的行为,但也不能解决所有的问题。

实际工作中,股东通常将监督与激励两种方法结合起来使用,以协调自己与经营者之间的利益矛盾。尽管如此,经营者仍然可能采取一些对自己有利而不符合股东目标的决策,从而给股东带来一定的损失。增加监督成本和激励成本可以减少偏离股东目标的损失,而减少监督成本和激励成本可能会增加偏离股东目标的损失。因此,股东应在监督成本、激励成本和偏离

股东目标的损失之间进行权衡,力求三者之和最低。

2. 股东与债权人之间的协调

(1)股东与债权人的利益冲突

两者的利益冲突也源于各自目标的不一致。债权人把资金出借给企业,其目标是到期收回本金,并获得约定的利息收入。企业借款的目的在于扩大经营,投入有风险的生产经营项目,实现股东财富最大化。但是,借款合同一旦成为事实,资金到了企业,债权人就失去了对资金的控制权,股东有可能通过经营者采取背离债权人而有利于自身利益的行为。

(2)股东背离债权人目标的方式

股东背离债权人目标的方式主要有两种。

① 股东未经债权人同意,将借入资金投资于比债权人预期风险要高的项目,这会增加公司的偿债风险。若高风险的投资侥幸成功,额外的利润归股东独享;若高风险的投资失败,债权人却与股东共同负担因此而造成的损失。对债权人来说,冒险成功的收益得不到,冒险失败的损失却要承担。

② 股东未经债权人同意,举借新债。举借新债会使企业的负债比率上升,增加了企业破产和不能足额偿还债务的可能性,增加了原有债务的风险,损害了原有债权人的利益。

(3)防止股东损害债权人利益的方法

债权人为了防止自己的利益受到损害,通常采取以下三种方法。

① 寻求法律保护。在企业破产时,优先接管,优先于股东分配剩余财产。

② 在借款合同中加限制性条款。例如,在借款合同中规定企业不得发行新债或限制发行新债,或规定借款的用途等。

③ 收回借款或不再借款。当债权人发现企业有损害债权人利益的意图时,可提前收回借款或拒绝提供新借款。

3. 企业目标与社会责任

企业的财务目标与社会目标既有一致的方面,又有不一致的方面。企业在追求自己的目标时,自然会使社会受益。例如,为了生存,企业必须向社会提供符合消费者需要的产品与服务,满足社会需要;为了发展,企业要扩大经营规模,增加职工人数,为社会提供更多的就业机会;为了获利,企业必须尽可能增加利润,从而为社会提供更多的税收。企业承担社会责任有时会造成当期利润和股东财富的减少。如为了保护消费者利益,合理雇用职工,防止环境污染,企业必须付出代价。

股东是社会的一部分,他们在谋求自身利益的同时,不应当损害他人的利益。国家要保护所有公民的正当权益。国家通过颁布一系列保护公众利益的法律,来调节股东和社会公众的利益。如《公司法》、《中华人民共和国消费者权益保护法》和《中华人民共和国产品质量法》等。表1-1列示了以上的关系。

表1-1 股东与各利益相关方的关系

关系人	目标	与股东冲突的表现	协调方法
经营者	报酬、闲暇、风险	道德风险、逆向选择	监督、激励
债权人	到期收回本金、利息	违约投资高风险项目 发新债使旧债券贬值	契约限制 终止合作
社会公众	可持续发展	伪劣产品、环境污染、劳动保护	法律规范、道德约束 行政监督、舆论监督

第三节　财务管理环节

在这节里,主要了解财务管理的各个环节,包括财务预测、财务决策、财务预算、财务控制和财务分析等。这也是财务管理的工作步骤与一般程序,是企业为了达到财务目标而对财务环境发展变化所做的能动的反映,也可以称为财务管理的职责和功能。

一、财务预测

财务预测是根据财务活动的历史资料,考虑现实的条件和要求,对企业未来的财务活动和财务成果所做的科学预计和推测。财务预测的主要作用在于测算各项生产经营方案的经济效益,为决策提供可靠的依据。财务预测环节是在前一个财务管理循环的基础上进行的,运用已取得的规律性的认识指导未来。它既是两个管理循环的联结点,又是财务预算环节的必要前提。

财务预测工作包括以下几方面内容:①明确预测的对象和目的;②收集和整理有关信息资料;③选定预测方法,利用预测模型进行测算。

财务预测方法一般分为定性预测法和定量预测法。定性预测法主要是利用直观材料,依靠个人经验的主观判断和综合分析能力,对事物未来的状况和趋势作出预测的一种方法。这种方法一般在企业缺乏完备、准确的历史资料的情况下采用。定量预测法是根据变量之间存在的数量关系(如时间关系、因果关系)建立数学模型进行预测的方法。这种方法是在掌握大量历史数据的基础上进行预测的。定量预测法又可分为趋势预测法和因果预测法。

定性预测法和定量预测法各有优缺点,实际工作中可把两者结合起来运用,既进行定性预测,又进行定量预测。

二、财务决策

财务决策是财务人员在财务管理目标的总体要求下,从若干个可选择的财务活动方案中,选出最优方案的过程。财务决策是财务管理的中心环节。决策的好坏直接影响到企业的生存和发展。在财务决策中,应深入调查,寻找作出决策的条件和依据,根据一定的价值标准评选方案。

财务决策系统一般由五个要素构成。①决策者,即决策的主体,它可以是一个人,也可以是一个集团。②决策对象,即决策的客体,也就是决策想解决的问题。构成决策的对象只能是决策者的行为可以施加影响的系统。③信息,包括企业内部功能信息和企业外部环境的状态和发展变化的信息。决策时,保持信息的真实性、及时性和正确性至关重要。④决策的理论和方法,包括决策的一般模式、预测方法、定量分析和定性分析技术、决策方法论等。⑤决策结果,是指通过决策过程形成的、指导人的行为的行动方案。

财务决策的方法主要有对比优选法、数学微分法、线性规划法、概率决策法、损益决策法等。对比优选法是通过比较不同方案的经济效益的好坏进行选优的决策方法。对比优选法是财务决策的基本方法。根据对比方式的不同,可分为总量对比法、差量对比法和指标对比法等。数学微分法是运用数学微分的原理,对具有曲线关系的极值问题进行求解并确定最优方案的决策方法。在决策中,最佳现金余额决策、最佳资本结构决策和存货的经济批量决策适用此方法。线性规划法是根据运筹学的原理,对具有线性关系的极值问题进行求解并确定最优方案的决策方法。这种方法可以帮助管理人员合理组织人力、物力和财力。概率决策法是通过方案的各种可能的结果及其发生的概率,计算期望值和标准差与标准离差率,并进行最优决策的方法。这种方法适用于风险型决策。损益决策法适用于不确定型决策。所谓不确定型决策,是指未来情况很不清楚,只能预测可能出现的结果,而且出现这种可能结果的概率也无法确切地进行估计的决策。常用的方法有最大最小后悔值法、小中取大法和大中取大法等。

三、财务预算

财务预算是运用科学的技术手段和数量方法,对确定目标进行综合平衡,制订主要的计划指标,拟定增产节约措施,协调各项计划指标。财务预算要以财务决策确立的方案和财务预测提供的信息为基础编制,是财务预测和财务决策的具体化,是财务控制的依据。

财务预算一般包括以下内容:①分析财务环境,确定预算指标;②协调财务能力,组织综合平衡;③选择预算方法,编制财务预算。

财务预算方法按预算编制的形式不同,可分为固定预算法、弹性预算法和滚动预算法等。

固定预算法是按预算期内固定的某一业务水平而编制预算的方法。弹性预算法是指企业在不能准确预测业务量的情况下,根据资金、成本、利润与业务量之间的规律性的联系,按不同业务量而编制的预算方法。滚动预算法是指预算期随着时间的推移自行延伸,当某一季度或月份的预算执行完毕,其相邻的下一季度或月份立即在期末增列而编制的预算方法。

财务预算方法按有关指标的确定不同,可分为平衡法、比例法、定额法和因素法等。

平衡法利用有关指标客观存在的内在平衡关系计算并确定计划指标。如期末余额会等于期初余额加本期增加额减本期减少额。比例法根据历史上已经形成而且比较稳定的各项指标之间的比例关系来推算计划指标。定额法以科学、合理的定额为依据计算有关指标。因素法根据影响某项指标的各种因素来推算计划指标。

四、财务控制

财务控制是根据企业财务预算目标(定额或计划等)、财务制度和国家有关法规,对实际(或预计)的财务活动进行对比、检查,发现偏差并及时纠正,使之符合财务目标与制度要求的管理过程。通过财务控制,能使财务计划与财务制度对财务活动发挥规范与组织作用,使资金占用与费用水平控制在预定目标的范围之内,保证企业经济效益的提高。

没有财务控制,财务活动就可能盲目进行,各种问题就不能及时发现与纠正,财务计划管理就会流于形式,甚至偏离正确的方向。

财务控制要适用定量化的控制需要,其主要内容包括以下三方面:①制定控制标准,分解落实责任;②实施追踪控制,及时调整误差;③分析执行差异,搞好考核奖惩。

财务控制的方式多种多样。按控制时间的不同,可分为事前控制(防护性控制)、事中控制(纠正性控制)和事后控制(反馈性控制);按控制的具体方式不同,可分为定额控制、预算控制和开支标准控制;按控制指标的不同,可分为绝对数控制和相对数控制。财务控制必须按照财务活动的不同情况,分别采取不同的控制方式,才能收到良好的效果。

五、财务分析

财务分析是以财务的实际和计划资料为依据,结合业务经营活动情况,对造成财务偏差的主观和客观因素进行揭示,并测定各影响因素对分析对象的影响程度,提出纠正偏差对策的过程。通过财务分析,可以深入了解和评价企业的财务状况、经营成果,掌握企业各项财务预算指标的完成情况,查找管理中存在的问题并提出解决问题的对策。

财务分析的主要内容包括以下四方面：①占有资料，掌握信息；②指标对比，揭露矛盾；③分析原因，明确责任；④提出措施，改进工作。

财务分析常用的方法主要有对比分析法、比率分析法和综合分析法等。对比分析法是通过对有关指标进行比较来分析财务状况的方法。比率分析法是将相互联系的财务指标进行对比，以形成财务比率，用来分析和评价企业财务状况和经营成果的方法。综合分析法是结合多种财务指标，综合考虑影响企业财务状况和经营成果的各种因素的分析方法。

第四节　财务管理环境

一、财务管理环境的概述

企业财务管理环境是指对企业财务活动产生影响作用的内部和外部条件或因素，称为理财环境。财务管理环境是企业赖以生存的土壤，是企业开展财务活动的舞台，也是企业财务决策难以改变的约束条件，对企业的财务活动有着重大影响。企业只有适应财务管理环境并合理利用理财环境，才能生存和发展。

财务管理环境涉及范围很广，按其涉及范围的大小，可分为宏观理财环境和微观理财环境。宏观理财环境是指对财务管理有重要影响的宏观方面的各种因素，包括政治、经济、法律、资源、科技等。微观理财环境是对财务管理有重要影响的微观方面的各种因素，包括企业的组织形式、经营规模、产品销售状况、资源供应等。宏观理财环境的各种因素通常存在于企业之外。微观理财环境有的存在于企业内部，有的存在于企业外部。

本节主要分析宏观理财环境中的经济环境、法律环境和金融市场环境。

二、财务管理环境内容

1. 经济环境

经济环境是指影响企业财务管理的各种经济因素，包括经济发展状况、通货膨胀、利率波动、经济政策、竞争、经济体制等。

（1）经济发展状况

一般来说，当国民经济迅速增长，就会给企业扩大规模、调整经营方向、开拓新市场以及拓宽财务活动领域带来了机遇。为了跟上这种发展速度并在行业中维持相应的地位，企业需要相应增加厂房、设备、存货，增加人员配备等。这种增长需要大规模筹集资金，需要财务人员借入巨额资金或增发股票筹集资金。反之，企业就会收缩规模，降低资金等资源的需求。

经济发展的波动对企业理财有极大的影响。这种波动最先影响的是企业的销售额。无论销售额下降还是上升都会暂时引起经营上的失调，妨碍企业财务活动的正常运转；财务人员对于经济波动要做好准确的预测，为可能作出的生产经营调整做好准备，为在经济波动中有效维持企业的生存和发展提供有力的财力保证。

（2）通货膨胀

通货膨胀不仅对消费者不利，而且对企业财务活动的影响更为严重。大规模的通货膨胀会引起企业资金占用的连续增加；使有价证券价格下降，给企业筹集资金带来困难；导致企业利润虚增，税收的增加导致企业资金流失。为了减少通货膨胀对企业造成的影响，财务人员可采取的措施有：在通货膨胀初期，企业可加大投资，避免风险，实现资本保值；与客户签订长期采购合同，减少物价上涨造成的影响；举借长期负债，保持资本成本的相对稳定。在通货膨胀的持续期间,采用偏紧的信用政策,减少企业债权,调整财务政策,防止和减少企业资本的流失等。

（3）利率波动

银行贷款利率的波动,以及由此引起的股票和债券价格的波动,既给企业带来了机会,也给企业带来了挑战。企业在为剩余资金选择投资方案时,利用这种机会可获得经营之外的收益。例如,在购入长期债券后,由于市场利率的下降,按固定利率计息的债券价格上涨,企业可出售债券获得比预期更高的收益。如果利率下降,企业也会因此蒙受损失。在选择资金来源时,预期利率将持续上升,以当前较低的利率发行长期债券,可以节约资金成本;如果后来事实与预期相反,企业则要承担比市场利率更高的资金成本。

（4）经济政策

经济政策是国家进行宏观调控的重要手段。国民经济的发展规划、国家产业政策、经济体制改革的措施、政府的行政法规等对企业的财务活动都有重大影响。国家对某些地区、某些行业、某些经济行为的优惠、鼓励和有利倾斜构成了政府政策的主要内容。从反面来看,政府政策对另外一些地区、行业或经济行为进行了限制。例如,金融政策中货币的发行量、信贷规模控制等,都能影响企业投资的资金来源和投资的预期收益;财税政策会影响企业的资金结构和投资项目的选择等;价格政策能影响企业资金的投向和投资的回收期及预期收益等。在进行财务决策时,企业要认真分析研究政府的经济政策,按照政策导向行事,才能趋利避害,更好地为企业经营理财服务。

（5）竞争

竞争广泛存在于市场经济之中,任何企业都不可能避免。企业之间、现有产品之间、现有产品和新产品之间的竞争,涉及设备、技术、人才、推销、管理等各个方面。竞争促使企业用更先进的方法来生产更好的产品,对企业发展起到推动作用。竞争是一把"双刃剑",对企业既是机会,又是威胁。为了改善竞争地位,企业需要大规模投资,成功之后企业赢利增加,若投资失败,企业的竞争地位更为不利。竞争能综合体现企业的全部实力和智慧,经济增长、通货膨胀、利率波动带来的财务问题,以及企业的对策在竞争中都会体现出来。

（6）经济体制（宏观）见表1-2。

表1-2 经济体制

财务管理	计划经济体制	市场经济体制
主体	国家	企业
立足点	面向国家计划	面向市场
目标	计划/产值最大化	股东财富最大化
手段	编制计划	预测、决策、事前计划、控制、分析、考核
与经营管理的关系	财务管理从属于生产经营管理	财务管理是独立活动,处于中心地位

2. 法律环境

财务管理的法律环境是指企业和外部发生经济关系时所应遵守的各种法律、法规和规章。市场经济是以法律和市场规则为特征的经济体制。法律规定了企业经营活动的空间,也为企业在相应空间内自主经营提供了法律保障。企业的理财活动,无论是筹资、投资还是利润分配,都要与企业外部发生经济关系。在处理这些经济关系时,应当遵守有关的法律规范。对企业理财活动有影响的法律规范很多,下面主要介绍三大类。

（1）企业组织法规

企业必须依法成立。组建不同的企业,要依据不同的法律规范。在我国,这些法律规范包括:《中华人民共和国公司法》(简称《公司法》)、《中华人民共和国全民所有制工业企业法》、《中华人民共和国外资企业法》、《中华人民共和国中外合资经营企业法》、《中华人民共和国中外合作经营企业法》、《私营企业条例》、《中华人民共和国合伙企业法》、《中华人民共和国个人独资企业法》等。这些法规既是企业的组织法,又是企业的行为法。按组织形式的不同,可将企业分为独资企业、合伙企业和公司制企业。企业的组织形式不同,财务管理也不同。

独资企业由业主个人出资兴办,归个人所有和控制,投资者对企业债务承担无限责任。这类企业财务管理的内容较简单,资本的投入和抽回比较方便,但借款能力十分有限,借款时往往会因信用不足而遭拒绝。企业主要利用业主自己的资本和供应商提供的商业信用筹资。

合伙企业由两个或两个以上的投资人共同出资兴办、联合经营、共负盈亏。收益的分享和亏损的分担采用书面协议的形式确定。与独资企业相比较,合伙人各显其能,提高了企业的竞争能力,扩大了发展规模,筹资渠道有所拓宽,信用能力有所增强。但也存在责任无限、权力分散、决策缓慢等缺点。

公司制企业是由两个或两个以上的股东共同出资,每个股东以其出资额或认购的股份对公司承担有限责任,公司以其全部财产对其债务承担有限责任。公司制企业包括有限责任公司和股份有限公司两种。公司制企业的股东作为出资人,按投入公司的资本份额享有所有者的资产收益、重大决策和选择管理者的权利,并以其出资额或所持股份为限对公司承担有限责任。公司企业可以通过发行股票、债券等形式迅速筹集所需要的资金,这使其比独资、合伙企业有更大发展的可能性。

(2)税务法规

任何企业都有法定的纳税义务。有关税收的立法分为三类:所得税的法规、流转税的法规和其他地方税法规。税负是企业的一种费用,会增加企业的现金流出,对企业理财有重要影响。企业都希望在不违反税法的前提下减少税务负担。税负的减少,只能靠精心安排和筹划投资、筹资和利润分配等财务决策,而不允许在纳税行为已经发生时去偷税漏税。精通税法,对财务人员有重要意义。

(3)财务法规

财务法律规范主要指《企业财务通则》和行业财务制度。

①《企业财务通则》是各类企业进行财务活动、实施财务管理的基本规范。它主要对建立资本金制度、固定资产折旧、成本开支范围和利润分配作出规定。

② 行业财务制度是根据《企业财务通则》的规定,为适用不同行业的特点和管理的要求,由财政部制定的行业规范。

除了上述法规外,与企业财务管理有关的其他法规还有许多,包括各种证券法律规范、结算法律规范、合同法律规范、上市公司法律规范等。财务人员应熟悉、掌握这些法律规范,以便更好地实现财务管理的目标。

3. 金融环境——"早收晚付"

金融市场是企业财务管理的直接环境,它不仅为企业筹资和投资提供场所,而且促进了资本的合理流动和优化配置。金融机构、金融市场及利息率构成了金融环境三大要素。

(1)金融市场与企业理财

① 金融市场是企业投资和筹资的场所。金融市场集合了资金供应者和需求者,并提供各种金融工具和选择机会,使双方能够自由灵活地调度资金。对融资者来说,金融市场可提供多种融资渠道,使融资者根据自己的需要适时有效地融通所需资金。对资金供应者来说,金融市

场提供了各种投资工具,投资者可从中选择合适的投资方式,达到灵活使用资金、取得最大收益的目的。

② 企业通过金融市场使长短期资金互相转化。企业持有长期资金可通过金融市场转化为短期资金,例如,企业持有的股票和债券在企业急需资金时,可在金融市场转手变现,成为短期资金;远期票据通过贴现,可变为现金;大额可转让定期存单,也可在金融市场上卖出,成为短期资金。同样,短期资金也可在金融市场上转变为股票、债券等长期资金。

③ 金融市场为企业理财提供有意义的信息。金融市场的利率变动反映资金的供求状况,有价证券价格的变动反映投资人对企业经营状况和赢利水平的评价,这些都是企业经营和投资的重要信息。总之,金融市场作为资金融通的场所,是企业向社会融通资金的必不可少的条件。企业财务人员必须熟悉金融市场的类型和管理规则,有效地利用金融市场来组织资金的供应和使用,发挥金融市场的积极作用。

（2）金融机构

① 银行金融机构:中国人民银行（制定政策、宏观调控）

$$
\text{商业银行}\begin{cases} \text{银监会——监督职能} \\ \text{国有:中、建、农、工（改造）} \\ \text{股份制} \end{cases}
$$

$$
\text{政策性银行}\begin{cases} \text{中国农业发展银行} \\ \text{中国进出口银行} \\ \text{国家开发银行} \end{cases}
$$

② 非银行金融机构:财务公司、企业内部银行（沉淀资金）

（3）金融市场分类

金融市场由金融市场主体、工具和交易场所三要素组成。

$$
\text{金融市场}\begin{cases} \text{外汇市场} \\ \text{资金市场}\begin{cases} \text{货币市场}\begin{cases} \text{短期证券市场} \\ \text{短期借贷市场} \end{cases} \\ \text{长期证券市场} \\ \text{长期借贷市场} \end{cases} \\ \text{资本市场} \\ \text{黄金市场} \end{cases}
$$

（4）利率

利率可按照不同的标准进行如下分类。

① 按利率之间的变动关系可分为基准利率和套算利率。基准利率在市场中现存的多种利率中起决定作用,了解基准利率的变化趋势就可以了解全部利率的变化水平。基准利率在西方通常是中央银行的再贴现利率,在我国是中国人民银行对商业银行贷款的利率。套算利率是指在基准利率确定后,各金融机构根据基准利率和借贷款项的特点换算出的利率。

② 按利率与市场资金供求情况的关系可分为固定利率和浮动利率。固定利率是在借贷期内不变的利率。受通货膨胀的影响,实行固定利率会使债券持有人利益受到损害。浮动利率是在借贷期内可以调整的利率。在通货膨胀条件下采用浮动利率,可使债券持有人减少损失。

③ 按利率形成机制不同,分为市场利率和法定利率。市场利率是根据资金市场上的供求关系而自由变动的利率。法定利率又称官方利率,是政府金融管理部门或中央银行确定的利

率。官方利率是政府通过中央银行确定公布,并且各银行都必须执行的利率,主要包括中央银行基准利率、金融机构对客户的存贷利率等。市场利率是金融市场上资金供求双方竞争形成的利率,随资金供求状况而变化,主要包括同业拆借利率、国债二级市场利率等。市场利率要受官方利率的影响,官方确定利率时也要考虑市场供求状况。

④ 资金的利率计算。资金的利率通常由纯利率、通货膨胀补偿率(或称通货膨胀贴水)和风险报酬率三部分组成,一般表达公式如下:

$$利率 = 纯利率 + 通货膨胀补偿率 + 风险报酬率 \tag{1.2}$$

其中,纯利率是指没有风险和通货膨胀情况下的均衡点利率,其来源是资金投入生产运营后的增值部分,即剩余价值额。通货膨胀补偿率是指由于持续的通货膨胀会降低货币的实际购买力,为补偿其购买力损失而要求提高的利率。风险报酬是投资者因冒风险而获得的超过时间价值的那部分报酬。包括违约风险报酬、流动性风险报酬和期限风险报酬。违约风险报酬率是指借款人无法按时支付利息或偿还本金会给投资人带来风险,投资人为补偿其风险损失而要求提高的利率。流动性风险报酬率是指由于债务人资产的流动性不好会给债权人带来风险,为补偿其风险损失而要求提高的利率。期限风险报酬率是指对于一项负债,到期日越长,债权人承受的风险就越大,为补偿其风险损失而要求提高的利率。

【名词解释】

财务管理:财务管理是企业组织财务活动、处理财务关系的一项综合性的重要工作。

财务活动:财务活动包括投资、资金营运、筹资和资金分配等一系列行为。投资是指企业根据项目资金需要投出资金的行为;资金营运活动是指因企业日常经营而引起的资金收付活动;筹资活动是指企业为了满足投资和资金营运的需要,筹集所需资金的行为;资金分配是指对企业各种收入进行分割和分派的行为或指对企业净利润的分配。

财务关系:财务关系是指企业资金投放在投资活动、资金运营、筹资活动和分配活动中与企业各相关者所产生的财务关系,包括企业与投资者、企业与债权人、企业与受资者、企业与债务人、企业与供货商、企业与客户、企业与政府、企业与内部各单位、企业与职工之间的财务关系。

财务管理的环节:财务管理的环节是指财务管理的工作步骤与一般工作程序。财务管理包含以下几个环节:规划和预测、财务决策、财务预算、财务控制、财务分析、业绩评价与激励。

财务管理的目标:财务管理的目标是企业财务活动所希望实现的结果。企业财务管理目标的主要模式有:利润最大化目标、每股收益最大化目标和企业价值最大化目标。

财务管理的环境:影响财务管理的经济环境因素主要有经济周期、经济发展水平和经济政策等。影响财务管理的法律环境主要包括企业组织形式、公司治理的有关规定以及税收法规。影响企业财务管理的金融环境的要素主要由金融机构、金融工具、金融市场和利率等。

金融环境:企业资金的取得,除了自有资金外,主要从金融机构和金融市场取得。金融政策的变化必然影响企业的筹资、投资和资金运营活动。所以,金融环境是企业最为主要的环境因素之一。金融环境包括金融机构、金融市场、利率等要素。

【课后分析案例】

代理问题:起源与解决之道

财务管理的工作目标,固然在为股东财富极大化(即普通股市价极大化)而努力,但在公司形态的企业组织里,由于股东通常不等于管理者,使得"代理问题"几乎是必然存在的现象。什么是代理问题?所谓"代理"关系,是基于经营权与所有权分离的原则下而发展起来的;由于公司在资本大众化后,股东人数众多且其参与公司决策的意愿与专业能力不足,因此必须由所有股东共同选举出专业代理人(即管理当局),来代理股东执行实际的行政及管理决策。不过若遇有重大的决议事项,如公司解散、合并等提案,仍得由"所有股东"来通过。由此可知,代理关系是由股东授权给管理当局,运用公司资本为股东创造利益而产生的;但若换个角度看,股东与"债权人"之间其实也存在着代理关系。虽然股东在这层代理关系和前者(股东与管理当局)的立场不同,但"代理问题"的本质却是一样的。你认为应如何解决代理问题?

【课后复习题】

(一)思考题

1. 企业的财务关系主要有哪些? 如何处理好企业与各方面的财务关系?

2. 利润最大化与企业价值最大化的根本区别是什么?

3. 企业组织形式对财务管理有何影响?

4. 试述财务管理有哪些环节。

5. 什么是财务管理环境? 它包括哪些内容?

(二)单项选择题

1. 按利率形成机制不同,可将利率分为(　　)。

A. 实际利率和名义利率　　　　　　　　B. 不变利率和可变利率

C. 固定利率和浮动利率　　　　　　　　D. 市场利率与法定利率

2. (　　)是指为了弥补因债务人无法按时还本付息而带来的风险,由债权人要求提高的利率。

A. 期限性风险报酬率　　　　　　　　　B. 违约风险报酬率

C. 流动性风险报酬率　　　　　　　　　D. 通货膨胀补偿率

3. 企业的投资可以分为广义投资和狭义投资。狭义投资仅指(　　)。

A. 固定资产投资　　　　　　　　　　　B. 无形资产投资

C. 流动资产投资　　　　　　　　　　　D. 对外投资

4、企业与政府间的财务关系体现为(　　)。

A. 债权债务关系　　　　　　　　　　　B. 强制与无偿的分配关系

C. 资金结算关系　　　　　　　　　　　D. 风险收益对等关系

5. 与债务信用等级有关的利率因素是(　　)。

A. 通货膨胀补偿率　　　　　　　　　　B. 到期风险报酬率

C. 纯利率　　　　　　　　　　　　　　D. 违约风险报酬率

6. 筹资管理的目标是(　　)。

A. 追求资本成本最低　　　　　　　　　B. 获取最大数额的资金

C. 比较小的成本获取同样多的资金　　　D. 尽量使筹资风险达到最小

7. 分配管理的目标是(　　)。

A. 合理确定利润的留成比例及分配形式

B. 最大满足企业所有者的需要

C. 提高企业的资产利润率

D. 优先满足企业积累的需要

8. 直接影响财务管理的环境因素是(　　)。

A. 经济体制　　　　　　　　　　　　　B. 经济结构

C. 金融环境   D. 竞争

9. 投资管理的目标是(　　)。

A. 使投资收益最大化

B. 使投资风险最小化

C. 比较低的投资风险获得最多的投资收益

D. 尽可能多地投资

10. 企业同其债权人之间的财务关系反映的是(　　)。

A. 经营权和所有权关系   B. 债权债务关系

C. 投资与受资关系   D. 债务债权关系

(三)多项选择题

1. 企业与投资者之间的财务关系具体表现为,投资者按其出资比例对企业具有(　　)。

A. 管理控制权   B. 利润分配权

C. 净资产分配权   D. 优先分配剩余财产权

2. 以企业价值最大化作为理财目标的优点是(　　)

A. 考虑了资金的时间价值和风险价值   B. 有利于社会资源的合理配置

C. 有利于克服管理上的短期行为   D. 反映了对资产保值增值的要求

3. 所有者通过经营者损害债权人利益的常见形式是(　　)

A. 未经债权人同意发行新债券   B. 未经债权人同意向银行借款

C. 投资于比债权人预计风险要高的新项目   D. 不尽力增加企业价值

4. 协调所有者与经营者之间矛盾的措施包括(　　)。

A. 解聘   B. 接收

C. 股票选择权方式   D. 规定借款的用途

5. 企业财务管理的内容包括(　　)。

A. 资金筹资管理   B. 资金投放管理

C. 资金营运管理   D. 资金分配管理

6. 最具有代表性的财务管理目标主要包括(　　)

A. 经济效益最大化   B. 利润最大化

C. 资本利润率最大化   D. 企业价值最大化

7. 以企业价值最大化作为财务管理的目标,其优点是(　　)

A. 考虑资金的时间价值   B. 考虑风险因素的影响

C. 比较容易确定企业价值   D. 充分体现了对企业保值增值的要求

8. 预测所要做的工作包括(　　)

A. 明确预测目标   B. 搜集相关资料

C. 建立预测模型   D. 确定财务预测结果

9. 影响股票价格的主要外部因素包括(　　)

A. 经济环境因素   B. 法律环境因素

C. 社会环境因素   D. 金融环境因素

10. 金融市场利率的决定因素有(　　)

A. 纯利率   B. 通货膨胀补偿率

C. 风险报酬率   D. 借款利率

（四）判断题

1. 企业的资金运动是钱和物的增减变动，与人与人之间的经济利益关系无关。（　　）

2. 财务管理主要内容是：筹资、投资、股利分配，因此财务管理不涉及到成本问题。（　　）

3. 财务决策是财务管理的核心。（　　）

4. 财务关系是指企业在财务活动中与有关各方面发生的各种关系。（　　）

5. 资本利润率最大化或每股利润最大化虽然没有考虑风险因素，但考虑了资金时间价值的因素。（　　）

6. 纯利率是指无通货膨胀，无风险情况下的平均利率，它的高低受平均利润率，资金供求关系，国家调节等因素的影响。（　　）

7. 股东财富的大小要看企业净利总额，而不是看企业投资报酬率。（　　）

8. 如果企业面临的风险较大，那么企业价值就有可能降低。（　　）

9. 利率是一定时期运用资金的交易价格，它由纯利率、通货膨胀补贴率和风险报酬率三部分构成。（　　）

10. 金融市场按组织方式的不同可划分为场内交易市场和场外交易市场。（　　）

·第二章·

财务管理基础知识

通过本章学习,了解财务管理的价值观念问题,掌握对资金时间价值和投资风险价值的计算方法运用。

【重点难点】

重点:资金时间价值的概念;时间价值的表示;货币时间价值的计算;时间价值观念的运用;风险的含义和类别;风险收益的均衡;成本性态的计算。

难点:资金时间价值观念的理解和应用;风险收益均衡观念的理解和应用;成本性态的概念及计算、保本分析与保利分析的具体运用及计算方法。

第一节　资金时间价值

一、资金时间价值概述

(一)资金时间价值的概念

资金时间价值是指资金经历一定时间的投资和再投资所增加的价值,也称货币时间价值。从财务角度讲,资金时间价值是没有风险、没有通货膨胀条件下的社会平均资金利润率。

(二)资金时间价值的含义

从经济学的观点来看,一笔资金如果作为储藏手段保存起来,在不存在通货膨胀因素的条件下经过一段时间后,其价值不会有什么改变。但同样一笔资金若作为社会生产的资本或资金来运用,经过一段时间后就会产生收益,使自身价值增值。这就是所谓资金具有时间价值的现象。

按照马克思主义经济学观点来理解,资金时间价值是作为资本使用的货币在其被运用的过程中随时间推移而带来的增值部分,其实质是剩余价值的转化形式。

对资金时间价值这一概念的理解,应掌握以下要点。

第一,资金时间价值是货币增值部分,一般情况下可理解为利息。

第二,资金增值是在资金被当作投资资本的运用过程中实现的,不应当作资本利用的资金不可能自行增值。

第三,资金时间价值的多少与时间成正比。

例如,现在将 10 000 元存入银行,如果年利息率为 5% ,一年后将能取出 10 500 元,其中的500 元是银行付给的利息,也就是所说的 10 000 元一年的货币时间价值。

二、一次性收付款终值和现值

(一)单利的终值和现值

单利制是指每期计算利息时都以基期的本金作为计算的基础,前期的利息不计入下期的本金之中。在单利制下,计算的各期利息额是相等的。

1. 单利终值计算

单利终值是指现在一笔资金按单利计算的未来价值,其计算公式为:

$$I = P \times i \times n \tag{2.1}$$

$$F = P + P \times i \times n = P \times (1 + i \times n) \tag{2.2}$$

其中:P——现值或初始值;

$\quad\quad i$——报酬率或利率;

$\quad\quad F$——终值或本利和;

$\quad\quad n$——计算利息的期数;

$\quad\quad I$——利息。

式中,$(1 + i \times n)$为单利终值系数。

【例 2 – 1】 某人将 100 元存入银行,年利率 2% ,求 5 年后的单利终值。

解:$F = P(1 + n \times i) = 100 \times (1 + 5 \times 2\%) = 110$(元)

2. 单利现值计算

单利现值是指若干年以后收入或支出一笔资金按单利计算相当于现在的价值。其计算公式为:

$$P = F \times \frac{1}{1 + i \times n} \tag{2.3}$$

式中,$1/(1 + i \times n)$为单利现值系数。

【例 2 – 2】 某人存入银行一笔钱,年利率为 5% ,想在 1 年后得到 1 050 元,问现在应存入多少钱?

解:$P = F \times \dfrac{1}{1 + i \times n} = 1\,050 \times \dfrac{1}{1 + 5\% \times 1} = 1\,000$(元)

(二)复利的终值和现值

资金的时间价值一般都是按复利方式进行计算的。所谓复利,是指不仅本金要计算利息,利息也要计算利息,即通常所说的“利滚利”。

1. 复利终值

复利终值又称复利值或本利和,是指若干期以后包括本金和利息在内的未来价值。终值的计算公式为:

$$F = P \times (1 + i)^n \tag{2.4}$$

上式是计算复利终值的一般公式,其中的 $(1 + i)^n$ 被称为复利终值系数或 1 元的复利终值,用符号 $(F/P, i, n)$ 表示。例如,$(F/P, 4\%, 3)$ 表示利率为 4% 的 3 期复利终值的系数。

【例 2 – 3】 将 100 元存入银行,利息率为 10% ,求 5 年后的复利终值。

解:$F = P \times (1 + i)^n = 100 \times (1 + 10\%)^5 = 161.1$(元)

为了简化和加速计算,可编制复利终值系数表,表 2 – 1 是其简表。表中 i 和 n 的范围及详细程度可视情况而定。教学用表中的系数,一般只取 3 ~ 4 位小数,实际工作中,位数要多一些。

如例 2 – 3 可查表计算如下:

解:$F = P \times (1 + i)^n = 100 \times (1 + 10\%)^5 = 100 \times 1.611 = 161.1$(元)

【例 2 – 4】 某企业从银行取得 200 万元的贷款额度,第一年年初取得贷款 100 万元,第二年年初取得贷款 50 万元,第三年年初取得贷款 50 万元。该贷款年利息率为 8% ,按年计算复利第四年年末一次还本付息。

要求:计算第四年年末应偿还的本利和。

表 2 - 1　　1 元的复利终值系数表

时间(n) ＼ 利息率(i)	5.00%	6.00%	7.00%	8.00%	9.00%	10.00%
1	1.050	1.060	1.070	1.080	1.090	1.100
2	1.102	1.124	1.145	1.166	1.188	1.260
3	1.158	1.191	1.225	1.260	1.295	1.331
4	1.216	1.262	1.311	1.360	1.412	1.464
5	1.276	1.338	1.403	1.469	1.539	1.611
6	1.340	1.409	1.501	1.587	1.667	1.772
7	1.407	1.504	1.606	1.714	1.828	1.949
8	1.477	1.594	1.718	1.851	1.993	2.144
9	1.551	1.689	1.838	1.999	2.172	2.385
10	1.629	1.791	1.967	2.159	2.367	2.594

解:此问题是求三笔贷款的复利终值,第一年年初贷款 100 万元要计算四年的利息,第二年年初贷款 50 万元要计算三年的利息,第三年年初贷款 50 万元要计算两年的利息。

查复利终值系数表可知:

利息率 8% 的 4 期复利终值系数为 1.360;

利息率 8% 的 3 年复利终值系数为 1.260;

利息率 8% 的 2 期复利终值系数为 1.166。

$$F = 100 \times 1.36 + 50 \times 1.26 + 50 \times 1.166$$
$$= 136 + 63 + 58.3 = 257.3(万元)$$

第四年年末应偿还的本利和为 257.3 万元。

2. 复利现值

复利现值是指以后年份收入或支出资金的现在价值,可用倒求本金的方法计算。由终值求现值,叫做贴现。在贴现时所用的利息率叫贴现率。

复利现值的计算可由终值的计算公式导出:

$$P = \frac{F}{(1+i)^n} = F \times \frac{1}{(1+i)^n} \tag{2.5}$$

在上述公式中,$\frac{1}{(1+i)^n}$ 被称为复利现值系数或贴现系数,$\frac{1}{(1+i)^n}$ 可以写为(P/F, i, n)。

为了简化计算,也可以编制现值系数表,表 2 - 2 是其简表。

表 2 - 2　　1 元的复利现值系数表

时间(n) ＼ 利息率(i)	5.00%	6.00%	7.00%	8.00%	9.00%	10.00%
1	0.952	0.943	0.935	0.926	0.917	0.909
2	0.907	0.890	0.873	0.857	0.842	0.826
3	0.864	0.840	0.816	0.794	0.772	0.751
4	0.823	0.792	0.763	0.735	0.708	0.683
5	0.784	0.747	0.713	0.681	0.650	0.621
6	0.746	0.705	0.666	0.630	0.596	0.564
7	0.711	0.665	0.623	0.583	0.547	0.573
8	0.677	0.627	0.582	0.540	0.502	0.467
9	0.645	0.592	0.514	0.500	0.460	0.424
10	0.614	0.508	0.508	0.463	0.422	0.386

【例2-5】 若计算在3年以后得到400元,利息率为8%,现在应存金额可计算如下:

解:$P = \dfrac{F}{(1+i)^n} = 400 \times \dfrac{1}{(1+8\%)^3} = 317.6(元)$

或查复利现值系数计算如下:

$P = 400 \times (P/F, 8\%, 5) = 400 \times 0.794 = 317.6(元)$

【例2-6】 某企业于第一年至第三年每年年初分别投资200万元、100万元和180万元,投资是从银行贷款,年利息率8%,每年计一次复利。

要求:按银行贷款利息率折现每年的投资额,计算折现为第一年年初时的总投资额。

解:此例是系列款项现值计算的问题。第一年年初投资的200万元不需要折现,第二年年初投资100万元的折现期为一年,第三年年初投资180万元的折期为两年

查复利现值系数表:

年利息率8%,一期的复利现值系数为0.926;

年利息率8%,二期的复利现值系数为0.857。

$P = 200 + 100 \times \dfrac{1}{(1+8\%)^1} + 180 \times \dfrac{1}{(1+8\%)^2}$

$\quad = 200 + 100 \times 0.926 + 180 \times 0.857 = 446.68(万元)$

折现为第一年年初时的总投资额为446.68万元。

(三)年金终值与现值的计算

年金是指一定时期内每隔相同时间发生的相同数额的系列收付款项。折旧、利息、租金、保险费等通常表现为年金的形式。

作为年金,一般应同时具备下列三个条件:①等额性:各期发生的款项必须是相等的;②连续性:该款项的发生必须是系列的,也就是必须是两笔或两笔以上的收付款项;③发生时间的均匀性:各笔款项发生的间隔期必须相同。

年金按付款方式可分为普通年金(或称后付年金)、预付年金(或称即付年金)、递延年金(或称延期年金)和永续年金等多种形式。其中普通年金应用最为广泛,其他几种年金均是在普通年金的基础上推算出来的。

1. 普通年金的终值与现值

普通年金是指每期期末有等额的收付款项的年金。在现实经济生活中这种年金最为常见,因此,又称为后付年金。

普通年金终值犹如零存整取的本利和,它是一定时期内每期期末等额收付款项的复利终值之和。普通年金的收付形式如图2-1所示。横线代表时间的延续,用数字标出各期的顺序号;竖线的位置表示支付的时刻,竖线下端数字表示支付的金额。

$i = 10\%, n = 3$

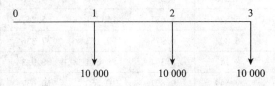

图2-1 普通年金的收付形式

(1)普通年金终值

普通年金终值是指其最后一次支付时的本利和,它是每次支付的复利终值之和。例如,按

图2-1的数据,其第三期期末的普通年金终值可计算如图2-2所示。

在第一期期末的 10 000 元,应赚得两期的利息,因此,到第三期期末其值为 12 100 元;在第二期期末的 10 000 元,应赚得一期的利息,因此,到第三期期末其值为 11 000 元;第三期期末的 10 000 元,没有计息,其价值是 10 000 元。整个年金终值为 33 100 元。

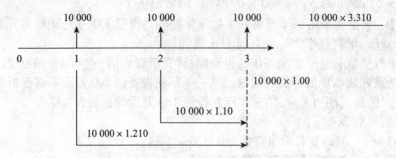

图2-2 普通年金的终值

如果年金的期数很多,用上述方法计算终值显然相当烦琐。由于每年支付额相等,折算终值的系数又是有规律的,所以,可找出简便的计算方法。

设每年的支付金额为 A,利率为 i,期数为 n,则按复利计算的普通年金终值 F 为:

$$F = A + A(1 + i) + A(1 + i)^2 + \cdots + A(1 + i)^{n-1} \qquad ①$$

将①式两边同乘以 $(1 + i)$,得

$$F \cdot (1 + i) = A(1 + i) + A(1 + i)^2 + A(1 + i)^3 + \cdots + A(1 + i)^n \qquad ②$$

由②-①得

$$F = A \frac{(1 + i)^n - 1}{(1 + i) - 1} = A \frac{(1 + i)^n - 1}{i} \qquad (2.6)$$

式中的 $\dfrac{(1 + i)^n - 1}{i}$ 是普通年金为 1 元、利率为 i、经过 n 期的年金终值,记作 $(F/A, i, n)$。可据此编制"年金终值系数表",表2-3是其简表。

表2-3 1元年金终值系数表

时间(n) \ 利息率(i)	5.00%	6.00%	7.00%	8.00%	9.00%	10.00%
1	1.000	1.000	1.000	1.000	1.000	1.000
2	2.050	2.060	2.070	2.080	2.090	2.100
3	3.152	3.184	3.215	3.246	3.278	3.310
4	4.310	4.375	4.440	4.506	4.573	4.641
5	5.526	5.637	5.751	5.867	5.985	6.105
6	6.802	6.975	7.153	7.336	7.523	7.746
7	8.142	8.394	8.654	8.923	9.200	9.487
8	9.549	9.897	10.260	10.637	11.028	11.436
9	11.027	11.491	11.978	12.488	13.021	13.579
10	12.578	13.181	13.816	14.487	15.193	15.937

【例2-7】 5年中每年年底存入银行100元,存款利率为8%,求第五年年末年金终值。

解:$F = A \dfrac{(1+i)^n - 1}{i} = A(F/A, 8\%, 5) = 100 \times 5.867 = 586.7(元)$

(2)偿债基金

偿债基金是指为使年金终值达到既定金额每年年末应支付的年金数额。年偿债基金的计算是已知年金终值,求年金,它是年金终值的逆运算。

根据年金终值的计算公式可推导出年偿债基金的计算公式如下:

$$A = \dfrac{F_A}{\dfrac{(1+i)^n - 1}{i}} \tag{2.7}$$

此公式用文字表述如下:

$$年偿债基金 = \dfrac{年金终值}{年金终值系数}$$

【例2-8】 某企业准备三年后进行一项投资,投资额150万元,打算今后三年每年年末等额存入银行一笔资金,恰好第三年年末一次取出本利和150万元。银行存款年利息率4%,每年计一次复利。计算今后三年每年年末应等额存入银行的资金。

解:$A = \dfrac{F}{\dfrac{(1+i)^n - 1}{i}} = \dfrac{150}{\dfrac{(1+4\%)^3 - 1}{4\%}} = \dfrac{150}{3.122} \approx 48.046(元)$

今后三年每年年末应存入48.046万元,就能够保证在第三年年末一次取出150万元。

(3)普通年金现值

普通年金现值,是指为在每期期末取得相等金额的款项,现在需要投入的金额。

设年金现值为P,则如图2-3所示。

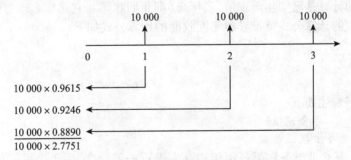

图2-3 普通年金的现值

计算普通年金现值的一般公式如下:
$P = A(1+i)^{-1} + A(1+i)^{-2} + \cdots + A(1+i)^{-n}$ ①
将①式两边同乘以$(1+i)$,得
$P \cdot (1+i) = A + A(1+i)^{-1} + A(1+i)^{-2} + \cdots + A(1+i)^{-n+1}$ ②
由②-①得

$$P = A \dfrac{1 - (1+i)^{-n}}{i} \tag{2.8}$$

式中的$\dfrac{1 - (1+i)^{-n}}{i}$是普通年金为1元、利率为$i$、经过$n$期的年金现值,记作$(P/A, i, n)$。

23

可据此编制"年金现值系数表",表2-4是其简表。

表2-4 1元年金现值系数表

时间(n) \ 利息率(i)	5.00%	6.00%	7.00%	8.00%	9.00%	10.00%
1	0.952	0.943	0.935	0.926	0.917	0.909
2	1.859	1.833	1.808	7.783	1.759	1.736
3	2.723	2.673	2.624	2.577	2.531	2.487
4	3.546	3.465	3.387	3.312	3.240	3.170
5	4.336	4.212	4.100	3.993	3.890	3.791
6	5.076	4.917	4.766	4.623	4.486	4.355
7	5.786	5.582	5.389	5.206	5.033	4.868
8	6.463	6.210	5.971	5.747	5.535	5.335
9	7.108	6.802	6.515	6.247	5.995	5.759
10	7.722	7.360	7.024	6.710	6.418	6.145

【例2-9】 某企业今后四年每年年末投资65万元,假定折现利息率为10%,每年计一次复利。计算按第一年年初价值来看的投资额。

解:$P = A\dfrac{1-(1+i)^{-n}}{i} = 65 \times (P/A,10\%,4) = 65 \times 3.170 = 206.05(元)$

(4)资本回收额

资本回收额的计算是已知年金现值,求年金(即年回收额),它是年金现值的逆运算。

根据年金现值的计算公式可推导出年回收额的计算公式如下:

$$A = \frac{P_A}{\dfrac{1-(1+i)^{-n}}{i}} \tag{2.9}$$

此公式用文字表述如下:

$$资本回收额 = \frac{年金现值}{年金现值系数}$$

【例2-10】 某企业准备在第一年年初存入银行一笔资金,用于今后三年每年年末发放奖金,第一年年初一次存入150 000元,银行存款年利息率5%,每年计一次复利。计算今后三年每年年末平均能取出多少钱?

解:$A = \dfrac{150\,000}{\dfrac{1-(1+5\%)^{-3}}{5\%}} = \dfrac{150\,000}{2.723} \approx 55\,086.3(元)$

2. 预付年金的终值与现值

预付年金是指在每期期初支付的年金,又称即付年金或先付年金。预付年金支付形式如图2-4所示。

预付年金与普通年金的区别仅在于付款时间的不同。由于普通年金是最常用的,因此,年金终值和现值系数表是按普通年金编制的。利用普通年金系数表计算先付年金的终值和现值

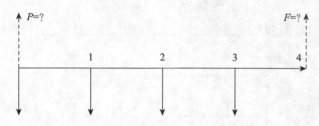

图 2-4 预付年金的终值和现值

时,可在普通年金的基础上用终值和现值的计算公式进行调整。

n 期预付年金终值和 n 期普通年金终值之间的关系可用图 2-5 加以说明。

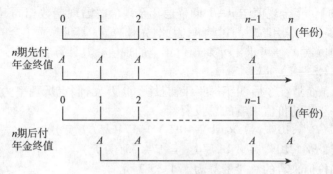

图 2-5 预付年金与普通年金终值的关系

从图 2-5 可以看出,n 期预付年金与 n 期普通年金的付款次数相同,但由于付款时间不同,n 期预付年金比 n 期普通年金终值多计算一期利息。所以,可以先求出 n 期普通年金终值,然后再乘以 $(1+i)$ 便可以求出 n 期预付年金的终值。其计算公式为:

$$F = A(F/A, i, n) \cdot (1 + i) \tag{2.10}$$

此外,还可根据 n 期预付年金与 $n+1$ 期普通年金的关系推导出另一公式。n 期预付年金与 $n+1$ 期普通年金少付一次款,因此,只要将 $n+1$ 期普通年金的终值减去一期付款额 A,便可求出 n 期预付年金终值。其计算公式为:

$$F = A[(F/A, i, n+1) - 1] \tag{2.11}$$

【例 2-11】 某企业从第一年至第四年每年年初存入银行 60 000 元,银行存款利息率 5%,每年一次复利,该存于第四年年末一次从银行取出。计算第四年年末一次取出的本利和。

解:$F = A(F/A, i, n) \cdot (1 + i) = 60\,000 \times (F/A, 5\%, 4) \times (1 + 5\%) = 271\,560$(元)

或 $F = 60\,000 \times [(F/A, 5\%, 4 + 1) - 1] = 271\,560$(元)

第四年年末一次取出的本利和为 271 560 元。

n 期预付年金现值与 n 期普通年金现值之间的关系,可以用图 2-6 加以说明。

从图 2-6 中可以看出,n 期普通年金现值与 n 期预付年金现值的付款期数相同,但由于 n 期普通年金是期末付款,n 期预付年金是期初付款,在计算现值时,n 期普通年金现值比 n 期预付年金现值多贴现一期。所以,可先求出 n 期普通年金现值,然后再乘以 $(1+i)$,便可求出 n 期预付年金的现值。其计算公式为:

$$P = A(P/A, i, n) \cdot (1 + i) \tag{2.12}$$

根据 n 期预付年金与 $n-1$ 期普通年金现值的关系,还可推导出计算 n 期预付年金现值的

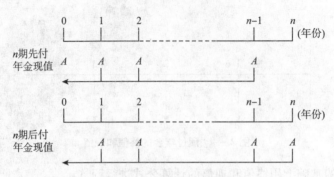

图2-6 预付年金与普通年金终值的关系

另一个公式。n 期预付年金现值与 $n-1$ 期普通年金现值的贴现期数相同,但 n 期预付年金比 $n-1$ 期普通年金多一期不用贴现的付款 A,因此,先计算 $n-1$ 期普通年金的现值,然后再加上一期不需要贴现的付款 A,便可求出 n 期预付年金的现值。其计算公式为:

$$P = A[(P/A, i, n-1) + 1] \tag{2.13}$$

【例2-12】 某企业在今后四年每年年初投资 50 万元,假定折现率为 10%,每年计一次复利。计算按第一年年初价值来看的总投资额。

解:$P = 50 \times (P/A, 10\%, 4) \times (1 + 10\%) = 174.35(万元)$

或 $P = 50 \times [(P/A, 10\%, 4-1) + 1] = 174.35(万元)$

按第一年年初价值来看的总投资额为 174.35 万元。

3. 递延年金的终值与现值

递延年金是指第一次支付发生在第二期或第二期以后的年金。递延年金的支付形式如图 2-7 所示。从图中可以看出,前两期没有发生支付。一般用 m 表示递延期数,本例的 $m=2$。第一次支付在第三期期末,连续支付 5 次,即 $n=5$。$i=8\%$。

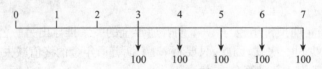

图2-7 递延年金的支付形式

$$F = A(F/A, i, n) = 100 \times (F/A, 8\%, 5) = 100 \times 5.8666 = 586.67(元)$$

递延年金现值的计算方法有两种:

第一种方法,是把递延年金视为 n 期普通年金,求出递延期末的现值,然后再将此现值调整到第一期期初(即图 2-7 中 0 的位置)。

$$P_2 = A(P/A, i, n) = 100 \times 3.9927 = 399.27(元)$$

$$P_0 = P_2(1+i)^{-m} = 399.27 \times (1 + 8\%)^{-2} = 342.29(元)$$

第二种方法,是假设递延期中也进行支付,先求出 $(m+n)$ 期的年金现值,然后,扣除实际并未支付的递延期 (m) 的年金现值,即可得出最终结果。

$$P_{m+n} = 100(P/A, i, m+n) = 100 \times 5.2046 = 520.46(元)$$

$$P_m = 100(P/A, i, m) = 100 \times 1.7833 = 178.33(元)$$

$$P_n = P_{m+n} - P_m = 520.46 - 178.33 = 342.13(元)$$

【例2-13】 某企业准备在第一年年初存入银行一笔资金,设立一笔奖励基金,预计要从第三年年末到第九年年末每年年末取出50 000元用于奖励,银行存款年利息率5%,每年计一次复利。计算第一年年初应一次存入银行多少钱?

解:第一种方法:

因为总期数为9年,前面间隔期为2年,因此,其递延年金现值系数就是用9期普通年金现值系数减去2期普通年金现值系数。

$P = 50\ 000 \times (7.10782 - 1.85941) = 50\ 000 \times 5.24841 = 262\ 420.5(元)$

第二种方法:

用7期(9-2)的年金现值系数乘以2期的复利现值系数求得。

递延年金现值计算如下:

$P = 50\ 000 \times 5.78637 \times 0.90703 = 50\ 000 \times 5.24841 = 262\ 420.5(元)$

计算结果与第一种方法完全相同,即第一年年初应一次存入银行262 420.5元。

4. 永续年金现值的计算

无限期定额支付的年金,称为永续年金。现实中的存本取息,可视为永续年金的一个例子。西方有些债券为无期限债券,这些债券的利息也可视为永续年金。优先股因为有固定的股利而又无到期日,因而优先股股利有时可以看做永续年金。另外,期限长、利率高的年金现值,可按计算永续年金的公式,计算其近似值。

永续年金没有终止的时间,也就没有终值。永续年金的现值可以通过普通年金现值的计算公式导出:

$$P = A \frac{1 - (1 + i)^{-n}}{i}$$

当$n \to \infty$时,$(1 + i)^{-n}$的极限为零,故上式可写成:

$$P = \frac{A}{i} \qquad (2.14)$$

【例2-14】 某永续年金每年年末的收入为800元,利息率为8%,求该项永续年金的现值。

$$P = \frac{800}{8\%} = 10\ 000(元)$$

(四)利率的计算

1. 复利计息方式下的利率计算

复利计算方式下,利率与现值(或者终值)系数之间存在一定的数量关系。已知现值(或者终值)系数,则可以通过内插法计算对应的利率。

$$i = i_1 + \frac{B - B_1}{B_2 - B_1} \times (i_2 - i_1) \qquad (2.15)$$

式中,所求利率为i,i对应的现值(或者终值)系数为B,B_1、B_2为现值(或者终值)系数表中B相邻的系数,i_1、i_2为B_1、B_2对应的利率。

【例2-15】 现在向银行存入50 000元,按复利计算,在利率为多少时,才能保证20年后这笔款项连本带利达到250 000元?

解:$50\ 000 \times (F/P, i, 20) = 250\ 000$

$(F/P, i, 20) = 5$,即$(1 + i)^{20} = 5$

可采用逐次测试法(也称为试误法)计算:

当 $i=8\%$ 时, $(1+8\%)^{20}=4.661$

当 $i=9\%$ 时, $(1+9\%)^{20}=5.604$

因此, i 在 8% 和 9% 之间。

运用内插法有: $i=i_1+\dfrac{B-B_1}{B_2-B_1}\times(i_2-i_1)$

$$=8\%+(5-4.661)\times(9\%-8\%)/(5.604-4.661)=8.359\%$$

说明如果银行存款年利率为 8.359%, 则可保证 20 年后连本带利达到 250 000 元。

2. 名义利率与实际利率

如果以"年"作为基本计息期,每年计算一次复利,这种情况下的年利率是名义利率。如果按照短于一年的计息期计算复利,并将全年利息额除以年初的本金,此时得到的利率是实际利率。名义利率与实际利率的换算关系如下:

$$i=(1+r/m)^m-1 \tag{2.16}$$

【**例 2 – 16**】 某债券年利率为 12%,按季复利计息,试求该债券实际利率。

解: $i=(1+12\%/4)^4-1=1.1255-1=12.55\%$

第二节 风险和报酬

企业的财务管理工作,几乎都是在存在风险和不确定情况下进行的。离开了风险因素,就无法正确评价企业报酬的高低。风险报酬原理,正确地揭示了风险和报酬之间的关系,是财务决策的基本依据。为此,财务人员必须了解风险报酬的概念及其计算方法。

一、风险的概念

一般说来,风险是指在一定条件下和一定时期内可能发的各种结果的变动程度。例如,我们在预计一个投资项目的报酬时,不可能十分精确,也没有百分之百的把握。有些事情的未来发展我们事先不能确知,例如,价格、销量、成本等都可能发生我们预想不到并且无法控制的变化。

风险是事件本身的不确定性,具有客观性。例如,无论企业还是个人,投资于国库券,其收益的不确定性较小;如果是投资于股票,则收益的不确定性大得多。这种风险是"一定条件下"的风险,你在什么时间、买哪一种或哪几种股票、各买多少,风险是不一样的。这些问题一旦决定下来,风险大小你就无法改变了。这就是说,特定投资的风险大小是客观的,你是否去冒风险及冒多大的风险,是可以选择的,是主观决定的。

风险的大小随时间延续而变化的,是"一定时期内"的风险。我们对一个投资项目成本,事先的预计可能不很准确,越接近完工则预计越准确。随时间延续,事件的不确定性在缩小,事件完成,其结果也就完全肯定了。因此,风险总是"一定时期内"的风险。

严格说来,风险和不确定性有区别。风险是指事前可以知道所有可能的后果,以及每种后果的概率。不确定性是指事前不知道所有可能的后果,或者虽然知道可能的后果,但不知道它们出现的概率。例如,在一个新区找矿,事前知道只有找到和找不到两种后果,但不知道两种后果的可能性各占多少,属于"不确定"问题而非风险问题。但是,在面对实际问题时,两者很难区分,风险问题的概率往往不能准确知道,不确定性问题也可以估计一个概率,因此在实务领域对风险和不确定性不作区分,都视为"风险"问题对待,把风险理解为可测定概率的不确定性。概率的测定有两种:一种是客观概率,是指根据大量的历史的实际数据推算出来的概率;另一种是主观概率,是在没有大量实际资料的情况下,人们根据有限资料和经验合理估计的。

风险可能给投资人带来超出预期的收益,也可能带来超出预期的损失。一般说来,投资人对意外损失的关切,比对意外的收益要强烈得多。因此,人们研究风险时侧重减少损失,主要从不利的方面考查风险,经常把风险看成是不利事件发生的可能性。从财务的角度来说,风险主要指无法达到预期报酬的可能性。

在上一节阐述资金时间价值时,我们提出资金时间价值是在不存在风险和通货膨胀条件下的投资报酬率。所以,在上一节中,我们是假定没有风险的。按风险的程度,可把企业财务决策分为三种类型。

二、风险的种类

1. 按风险产生的原因分类

(1)自然风险,是指自然力的不规则变化引起的种种理化现象所导致的物质损毁和人员伤亡,如风暴、洪水、地震等。

(2)人为风险,是指由人们的行为及各种政治、经济活动引起的风险,也称为外在环境风险,一般包括行为风险、经济风险、政治风险和技术风险等。

行为风险是指由于个人或团体的行动,包括过失、行为不当及故意行为所造成的风险,如盗窃、抢劫等行为对他人的财产或人身造成的灾害性后果。

经济风险一般指在商品生产和销售过程中,由于经营管理不善、市场预测失误、价格波动、消费需求变化等因素引起的风险;同时,也包括因通货膨胀、外汇行市的涨落而导致的风险。

政治风险是由于政局的变化、政权的更替、战争、恐怖主义等引起的各种风险。

技术风险是由于科学技术发展的副作用而带来的种种损失,如各种污染物质、核物质渗漏等导致的风险。

2. 按风险的性质分类

(1)静态风险,是指在社会政治经济环境正常的情况下,由于自然力的不规则变动和人们的错误判断和错误行为而导致的风险。如地震、洪水等自然灾害,交通事故、工业伤害等意外事故。

(2)动态风险,是指由于社会的某一变动,如经济、社会、技术、环境、政治等的变动而导致的风险。如人口的增加、社会资本的增加、生产技术的改进等。

通常,静态风险只有损失而无获得可能,它的变化较有规则,能够通过大数法则计算,预测风险的发生概率。动态风险是既有损失机会又有获利可能的风险。它发生的原因较静态风险复杂,并且规律性不强,难以通过大数法则进行预测。

3. 按风险的来源分类

对于财务管理活动中所讨论的风险来自于经济、政治、法律、社会等各个方面,概括起来可分为系统风险和非系统风险两大类。

(1)系统风险,又称"市场风险",是指那些对所有的企业产生影响的因素引起的风险,如战争、经济衰退、通货膨胀、高利率等。这类风险涉及所有的投资对象,不能通过多角化投资来分散,因此又称不可分散风险。例如,一个人投资于股票,不论买哪一种股票,他都要承担市场风险,经济衰退时各种股票的价格都要不同程度下跌。

(2)非系统风险,又称"公司特有风险",是指发生于个别企业的特有事件造成的风险,如罢工、新产品开发失败、没有争取到重要合同、诉讼失败等。这类事件是随机发生的,因而可以通过多角化投资来分散,即发生于一家公司的不利事件可以被其他企业的有利事件所抵消。这类风险称为可分散风险。例如,一个人投资股票时,买几种不同的股票,比只买一种风险小。

4. 按风险具体内容分类

按照风险的具体内容,可以将风险分为:经济周期风险、利率风险、购买力风险、经营风险、财务风险、违约风险、流动风险、再投资风险等。

(1)经济周期风险,是指由于经济周期的变化而引起投资报酬变动的风险。因为经济周期的变化决定了企业的景气和效益,从而从根本上决定了企业投资的回报。对于经济周期风险,投资者无法回避,但可设法减轻。

(2)利率风险,是指由于市场利率变动而使投资者遭受损失的风险。投资报酬与市场利率的关系极为密切,两者呈反向变化。利率上升,投资报酬下降;利率下降,投资报酬上升。中央银行通过调节存贷利率这一货币政策工具影响资金的流向和融资成本的高低,任何企业无法决定利率高低,不能影响利率风险。

(3)购买力风险,又称通货膨胀风险,它是指由于通货膨胀而使货币购买力下降的风险。在通货膨胀期间,虽然随着商品价格的普遍上涨,投资者的资金收入会有所增加,但由于资金贬值,购买力水平下降,投资者的实际报酬可能没有增加,反而有所下降。

(4)经营风险,是指由于公司经营状况变化而引起赢利水平改变,从而导致投资报酬下降的可能性。它是任何商业活动中都存在的,故又称商业风险。影响公司经营状况的因素很多,如市场竞争状况、政治经济形势、产品种类、企业规模、管理水平等。经营风险可能来自公司外部,也可能来自公司内部。引起经营风险的外部因素主要有经济周期、产业政策、竞争对等客观因素。内部因素主要有经营决策能力、企业管理水平、技术开发能力、市场开拓能力等主观因素。其中,内部因素是公司经营风险的主要来源,如①市场销售:市场需求、市场价格、企业可能生产的数量等不确定,尤其是竞争使供产销不稳定,加大了风险;②生产成本:原料的供应和价格、工人和机器的生产率、工人的工资和奖金都是不肯定因素,因而产生风险;③生产技术:设备事故、产品发生质量问题、新技术的出现等,难以预见,产生风险。另外,决策失误导致投资失败,管理混乱导致产品质量下降、成本上升,产品开发能力不足导致市场需求下降,市场开拓不力导致竞争力减弱等。它们都会影响公司的赢利水平,增加经营风险。

(5)财务风险,是指因不同的融资方式而带来的风险。由于它是筹资决策带来的,故又称筹资风险。公司的资本结构决定企业财务风险的大小。如果一个公司的资本全部为权益资本,则销售收入的任何变动对股东的净报酬都产生同样的影响。如果公司的资本中除普通股权益资本之外,还有负债或优先股,那么公司就存在财务杠杆。这将使公司股东净报酬的变化幅度超过营业收入的变化幅度。负债资本在总资本中所占比重越大,公司的财务杠杆效应就越强,财务风险就越大。

(6)违约风险,又称信用风险,是指证券发行人无法按时还本付息而使投资者遭受损失的风险。它源于发行人财务状况不佳时出现违约和破产的可能性。违约风险是债券的主要风险。一般认为,在各类债券中,违约风险从低到高排列依次为中央政府债券、地方政府债券、金融债券、企业债券。当然,不同企业发行的企业债券的违约风险也有所不同,它受到各企业的经营能力、赢利水平、规模大小以及行业状况等因素的影响。所以,信用评估机构要对中央政府以外发行的债券进行评估,以反映其违约风险。

(7)流动风险,又称变现能力风险,是指无法在短期内以合理价格转让投资的风险。投资者在出售投资时,有两个不确定性:一是以何种价格成交,二是需要多长时间才能成交。投资者在投资于流动性差的资产,总是要求获得额外的报酬以补偿流动风险。

(8)再投资风险,是指所投资到期时再投资时不能获得更好投资机会的风险。如年初长期债券的利率为8%,短期债券的利率为9%,某投资者为减少利率风险而购买了短期债券。在短期债券于年底到期收回现金时,若市场利率降至6%,这时就只能找到报酬率约为6%的投资机会,不如当初买长期债券,现在仍可获得8%的报酬率。

三、风险的衡量

风险总是客观存在的,并广泛地影响着企业的财务和经营活动。因此,正视风险并将风险程度予以量化,进行较为准确的衡量,便成为企业财务管理中的一项重要的工作。而风险报酬的计算又是一个比较复杂的问题,目前通常以能反映概率分布离散程度的标准离差率来确定。下面结合实例分步加以说明。

(一)确定概率分布

一个事件的概率是指这一事件可能发生的机会。通常把必然发生的事件的概率定为1,把不可能发生的事件的概率定为0,而把一般随机发生的事件的概率定为0~1之间的某个数值。概率的数值越大,发生的可能性越大。如果把所有可能的结果都列示出来并给予一定的概率,就构成概率分布。概率分布必须满足以下两个要求。

(1)所有概率 P_i 都在0~1之间,即 $0 \leqslant P_i \leqslant 1$;

(2)所有结果的概率之和等于1,即 $\sum_{i=1}^{n} P_i = 1$,这里,n 为可能出现的结果的个数。

【例2-17】 某公司有两个投资机会,其未来的预期报酬率及其发生的概率如表2-5所示:

表2-5 某公司未来预期报酬率及其发生概率

经济状况	发生概率 P_i	预期报酬率(k_i)	
		A 项目	B 项目
繁荣	0.2	40%	70%
一般	0.6	20%	20%
衰退	0.2	0%	-30%
合计	1.0	-	-

(二)计算期望报酬率

期望报酬率是各种可能的报酬率按其概率为权数进行加权平均得到的报酬率。其计算公式为:

$$\bar{K} = \sum_{i=1}^{n} K_i P_i \tag{2.17}$$

式中:$\bar{K}$——期望报酬率;

K_i——第 i 种可能结果的报酬率;

P_i——第 i 种可能结果的概率;

n——可能结果的个数。

则:A 项目 $\bar{K} = 40\% \times 0.2 + 20\% \times 0.6 + 0\% \times 0.2 = 20\%$

B 项目 $\bar{K} = 70\% \times 0.2 + 20\% \times 0.6 + (-30\%) \times 0.2 = 20\%$

两个项目的期望报酬率都是20%,但 A 项目各种情况下的报酬率比较集中,而 B 项目却比较分散,所以 A 项目的风险小。这种情况可以通过图2-9来说明。

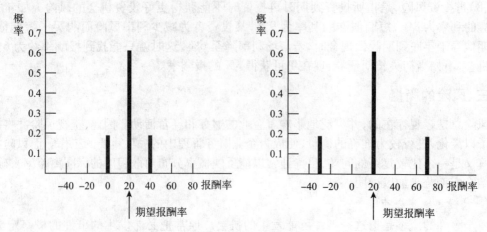

图 2-8 A 项目与 B 项目报酬率的概率分布图

以上只是假定存在繁荣、一般和衰退三种情况。实际中,经济状况可以在极度衰退和极度繁荣之间发生无数种可能的结果。如果对每一可能的经济情况都给予相应的概率(概率的总和要等于1),并对每一种情况都给予一个报酬率,把它们绘制在直角坐标系中,便可得到连续的概率分布,如图 2-9 所示。

这里有关假设与图 2-8 不同,在图 2-8 中,得到 20% 的报酬的概率为 60%,但在图 2-9 中,其概率要小得多,因为这里的经济情况很多,而不仅仅是三种。

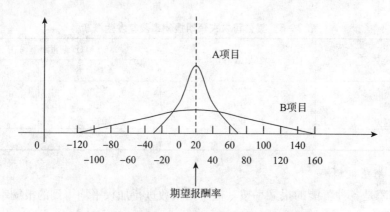

图 2-9 A 项目与 B 项目报酬率的连续分布图

期望报酬率反映预期收益的平均化,在各种不确定因素影响下,它代表着投资者的合理预期。

(三)计算标准离差

标准离差是各种可能的报酬率偏离期望报酬率的综合差异,用以反映离散程度。其计算公式为:

$$\delta = \sqrt{\sum_{i=1}^{n}(K_i - \bar{K})^2 \cdot P_i} \tag{2.18}$$

式中:δ——期望报酬率的标准差;

$\bar{K}$——期望报酬率;

K_i——第 i 种可能结果的报酬率;

P_i——第 i 种可能结果的概率;

n——可能结果的个数。

标准差越小,说明离散程度越小,风险也就越小;标准差越大,则离散程度也越大,其风险也越大。

在例 2-17 中,A 项目的标准离差为:

$$\delta = \sqrt{(40\% - 20\%)^2 \times 0.2 + (20\% - 20\%)^2 \times 0.6 + (0\% - 20\%)^2 \times 0.2} = 12.65\%$$

B 项目的标准离差为:

$$\delta = \sqrt{(70\% - 20\%)^2 \times 0.2 + (20\% - 20\%)^2 \times 0.6 + (-30\% - 20\%)^2 \times 0.2}$$
$$= 31.62\%$$

计算结果表明,A 项目的风险要比 B 项目要小。

(四)计算标准离差率

标准离差是反映随机变量离散程度的重要指标,但由于它是一个绝对数,所以只能用来比较期望报酬率相同的各项投资的风险程度,而不能用来比较期望报酬率不同的投资项目的风险程度。对于期望报酬不同的投资项目的风险程度的比较,则应该用标准离差与期望报酬率的比值,即标准离差率。其计算公式为:

$$V = \frac{\delta}{\bar{K}} \times 100\% \tag{2.19}$$

公式中:V——标准离差率;

δ——标准离差;

$\bar{K}$——期望报酬率。

在例 2-17 中,A 项目的标准离差率为:

A 项目 $V = \dfrac{12.65\%}{20\%} \times 100\% = 63.25\%$

B 项目 $V = \dfrac{31.62\%}{20\%} \times 100\% = 158.1\%$

计算结果表明 A 项目的风险要比 B 项目的风险要小。

当然,在例 2-17 中,两个项目的期望报酬率相等,可直接根据标准离差来比较风险程度,但如果期望报酬率不等,则必须计算标准离差率才能对比风险程度。假设 A 项目和 B 项目的标准离差仍为 12.65% 和 31.62%,但 A 项目的期望报酬率为 15%,B 项目的期望报酬率为 40%,那么,究竟哪个项目的风险更大呢?这时不能用标准离差作为判别标准,而要使用标准离差率。

A 项目的标准离差率为:

$$V = \frac{12.65\%}{15\%} \times 100\% = 84\%$$

B 项目的标准离差率为:

$$V = \frac{31.62\%}{40\%} \times 100\% = 79\%$$

这说明,在上述假设条件下,A 项目的风险要大于 B 项目。

(五)计算风险报酬率

标准离差率虽然能正确评价投资风险程度的大小,但这还不是风险报酬率。要计算风险报酬率,还必须借助一个系数——风险报酬系数。风险报酬率、风险报酬系数和标准离差率之间的关系可用公式表示如下:

$$R_R = bV \tag{2.20}$$

式中:R_R——风险报酬率;

    b——风险报酬系数;

    V——标准离差率。

投资的总报酬率可表示为:

$$K = R_F + R_R = R_F + bV \tag{2.21}$$

式中:K——投资报酬率;

    R_F——无风险报酬率。

无风险报酬率就是加上通货膨胀贴水后的资金时间价值,一般把政府公债的利率作为无风险报酬率。而风险报酬率系数则是把标准离差率转化为风险报酬的一种系数或倍数,一般由专门的投资服务机构计算并公布,无须企业自行计算。

假设 A 项目的风险报酬系数为 5% ,B 项目风险报酬系数为 8% ,则:

A 项目 $R_R = 5\% \times 63.25\% = 3.16\%$

B 项目 $R_R = 8\% \times 158.1\% = 12.65\%$

如果无风险报酬率为 10% ,则投资总报酬率分别为:

A 项目 $K = 10\% + 3.16\% = 13.16\%$

B 项目 $K = 10\% + 12.65\% = 22.65\%$

至于风险报酬系数的确定,有如下几种方法。

(1)根据以往的同类项目加以确定。风险报酬系数 b ,可以参照以往同类投资项目的历史资料,运用前述有关公式来确定。例如,某企业准备进行一项投资,此类项目风险报酬率的投资报酬率一般为 20% 左右,其报酬率的标准离差率为 100% ,无风险报酬率为 10% ,则由公式 $K = R_F + bV$ 得

$$b = \frac{K - R_F}{V} = \frac{20\% - 10\%}{100\%} = 10\%$$

(2)由企业领导或企业组织有关专家确定。以上第一种方法必须在历史资料比较充分的情况下才能采用。如果缺乏历史资料,则可由企业领导,如总经理、财务副总经理、总会计师、财务主任等根据经验加以确定,也可由企业组织有关专家确定。实际上,风险报酬系数的确定,在很大程度上取决于各公司对风险的态度。比较敢于承担风险的公司,往往把 b 值定得低些;反之,比较稳健的公司,则常常把 b 值定得高些。

(3)由国家有关部门组织专家确定。国家有关部门如财政部、国家银行等组织专家,根据各行业的条件和有关因素,确定各行业的风险报酬系数,由国家定期公布,作为国家参数供投资者参考。

以上投资风险程度的衡量,是就一个投资方案而言的。如果有多个投资方案进行选择,总的原则是,投资收益越高越好,风险程度越低越好。具体来说有以下几种情况:(1)如果两个投资方案的预期收益率基本相同,应当选择标准离差率较低的那一个投资方案,(2)如果两个投资方案的标准离差率基本相同,应该选择预期收益率较高的那一个投资方案;(3)如果甲方案预期收益率高于乙方案,而其标准离差率低于乙方案,则应当选择甲方案;(4)如果甲方案

预期收益高于乙方案,而其标准离差率也高于乙方案,在此情况下则不能一概而论,而要取决于投资者对风险的态度。如投资者愿意冒较大的风险,以追求较高的收益率,则可选择甲方案;如果投资者不愿意冒较大的风险,宁可接受较低的收益率,则可以选择乙方案。但如果甲方案收益率高于乙方案的程度大,而其收益标准离差率高于乙方案的程度较小,则选择甲方案可能是比较适宜的。因此,成功的管理者总是要在风险与收益的相互协调中进行权衡,努力使在收益一定的情况下使风险保持在较低的水平,以取得满意的收益。

四、风险与报酬的关系

风险和报酬的基本关系是:风险越大,要求的报酬率越高。如前所述,各投资项目的风险大小是不同的,在投资报酬率相同的情况下,人们都会选择风险小的投资,结果竞争使其风险增加,报酬率下降。最终,高风险的项目必须有高预期报酬,否则就没有人投资;低预期报酬的项目必须风险很低,否则也没有人投资。风险和报酬的这种联系,是市场竞争的结果。

企业拿了投资人的钱去做生意,最终投资人要承担风险,因此他们要求期望的报酬率与其风险相适应。风险和期望投资报酬率的关系可以表示如下:

$$期望投资报酬率 = 无风险报酬率 + 风险报酬率 \qquad (2.22)$$

期望投资报酬率应当包括两部分:一部分是无风险报酬率,如购买国家发行的公债,到期连本带利肯定可以收回。这个无险报酬率,可以吸引公众储蓄,是最低的社会平均报酬率。另一部分是风险报酬率,它与风险大小有关,风险越大则要求的报酬率越高,是风险的函数。

标准离差率虽然能正确评价投资风险程度的大小,但还不是我们所要求的风险报酬率。要计算风险报酬率还必须借助于一个系数——风险报酬系数。风险报酬率与风险程度有关,风险越大,要求的报酬率越高。

风险控制的主要方法是多角经营和多角筹资。

近代企业大多采用多角经营的方针,主要原因是它能分散风险。多经营几个品种,它们景气程度不同,赢利和亏损可以相互补充,减少风险。从统计学上可以证明,几种商品的利润率和风险是独立且不完全相关的。在这种情况下,企业的总利润率的风险能够因多种经营而减少。

企业通过多角筹资,把它投资的风险(也包括报酬)不同程度地分散给它的股东、债权人,甚至供应商、工人和政府。就整个社会来说,风险是肯定存在的,问题只是谁来承担以及承担多少。如果大家都要风险小的,都不肯承担高风险,高风险的项目没人做,则社会发展就会慢下来。金融市场之所以能存在,就是它吸收社会资金投放给需要资金的企业,通过它分散风险,分配利润。

第三节　成本性态分析及本量利关系

一、成本性态分析

1. 成本性态概念

成本性态是指成本总额与特定业务量之间在数量方面的依存关系,又称为成本习性。主要反映成本与业务量之间的内在联系。

这里的业务量是指企业在一定时期内投入或完成的经营工作量的统称,其表现形式有绝对量和相对量两种,常用 x 表示。其中绝对量可以是实物量、价值量和时间量,如生产量、销售

量、销售额、人工工时、机器工作小时等。

成本总额是指为取得营业收入而发生的全部生产成本和销售费用、管理费用及财务费用等非生产成本。

2. 成本性态分类

成本按其性态分类可分为变动成本、固定成本和混合成本三大类。

（1）变动成本

① 变动成本概念。变动成本是指在一定时期、一定业务量范围内，随着业务量的变动，其成本总额成正比例变动的有关成本。如直接材料，直接人工等成本。

② 变动成本特点。变动成本的总额随产量变动成正比例变动，但单位变动成本（常用 b 表示）不受产量变动影响而保持固定不变。如图 2 – 10 和图 2 – 11 所示。

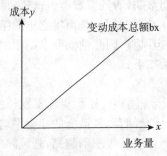
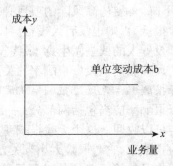

图 2 – 10　变动成本总额性态模型图　　**图 2 – 11　单位变动成本性态模型图**

（2）固定成本

① 固定成本概念。固定成本是指在一定时期、一定业务量范围内，其总额保持不变的有关成本。如厂房、建筑物按直线法计提的折旧，机器设备租金，管理人员工资等。

② 固定成本特点。在一定时期、一定业务量范围内，固定成本总额（常用 a 表示）不受业务量变动影响，保持固定不变。但随着业务量的变动，单位固定成本则成反向变动。如图 2 – 12 和图 2 – 13 所示。

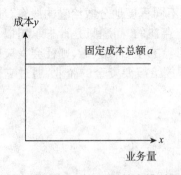
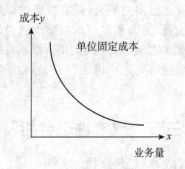

图 2 – 12　固定成本总额性态模型图　　**图 2 – 13　单位固定成本性态模型图**

③ 固定成本的分类。固定成本还可进一步划分为约束性固定成本和酌量性固定成本。

约束性固定成本是指不受企业管理当局短期决策行为影响的那部分固定成本，又称经营能力成本。其特点是在短时间内不能轻易改变，可在较长时间内存在和发挥作用，如厂房、机器设备折旧费、不动产税、保险费、管理人员薪金等。对于此类成本只能从合理充分地利用其创造的生产经营能力的角度着手,提高产品的产量,相对降低其单位成本。

酌量性固定成本是指受企业管理当局短期决策行为的影响,可以在不同时期改变其数额的那部分固定成本。其特点是可以根据某一会计期间生产经营的实际需要与财务负担能力的变化来确定其支出的数额,如广告费、职工培训费、新产品开发费和经营性租赁费等。

(3)混合成本

① 混合成本概念。混合成本是指介于固定成本和变动成本之间、既随业务量变动又不成正比例的那部分成本。如企业的电话费、机器设备的维护保养费等。

② 混合成本的分类。混合成本与业务量的关系比较复杂,按其变动趋势可以分为阶梯式混合成本、标准式混合成本、低坡式混合成本、曲线式混合成本四类。

阶梯式混合成本又称半固定成本。是指在一定业务量范围内其成本不随业务量的变动而变动,类似固定成本,当业务量突破这一范围,成本就会跳跃上升,并在新的业务量变动范围内固定不变,直到出现另一个新的跳跃为止。如化验员、保养工、质检员、运货员的工资。其成本趋势如图2-14所示。

标准式混合成本又称半变动成本,它是由明显的固定和变动两部分成本合成的。其中固定成本不受业务量变动影响,变动成本则在固定成本的基础上随着业务量的变动,而成正比例的变动,如电话费、公用事业费、机器设备维修保养费等。其成本趋势如图2-15所示。

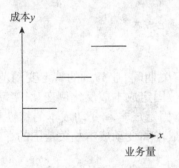

图2-14 阶梯式固定成本

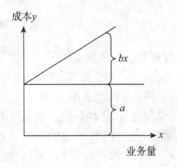

图2-15 标准式混合成本

低坡式混合成本是在一定的业务量范围内其总额保持固定不变,一旦突破这个业务量限度,其超额部分的成本会随着业务量的变动而发生正比例变动,就相当于变动成本,如销售人员的工资。其成本趋势如图2-16所示。

曲线式混合成本通常有一个初始量,一般不变,相当于固定成本;在这个初始量的基础上,成本随业务量变动但并不存在线性关系,在平面直角坐标图上表现为一条抛物线。这类成本根据曲线斜率的不同变化趋势,又分为递增型混合成本和递减型混合成本。递增型混合成本的成本 y 的特征是:当业务量增长时,成本也增长,但成本的增长幅度比业务量呈更大幅度的变化,在平面直角坐标图上表现为一条凹形曲线,如图2-17所示。递减型混合成本的特征是:当业务量增长时,成本也增长,但成本的增长幅度小于业务量的增长幅度,反映在平面直角坐标图上是一条凸形曲线,如图2-18所示。

成本总额可以直接或间接地用一个直线方程 $y=a+bx$ 去模拟它。其中 y 表示成本总额,a 表示固定成本总额,b 表示单位变动成本,bx 表示变动成本总额。

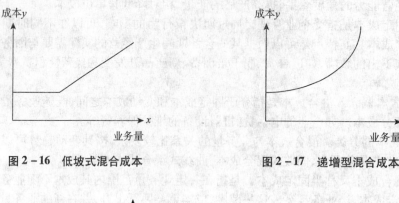

图 2-16　低坡式混合成本　　　　　图 2-17　递增型混合成本

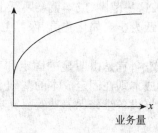

图 2-18　递减型混合成本

3. 成本性态的相关范围

我们把不会改变固定成本和变动成本性态的有关期间、业务量的特定变动范围称为相关范围,在相关范围内,固定成本总额具有不变性,单位固定成本成反比例变动;变动成本总额成正比例变动,单位变动成本不变。突破了相关范围,固定成本和变动成本的特性就不存在,因为从较长时期看,没有绝对不变的成本。由于固定成本和变动成本相关范围的存在,使得各项成本的性态具有相对性、暂时性和可转化性的特点。

4. 成本性态分析

(1)成本性态分析的概念

成本性态分析是指在成本性态分类基础上,按照一定的程序和方法,将全部成本区分为固定成本和变动成本两大类,并建立成本函数模型的过程。通过成本性态分析,可以掌握成本的各个组成部分与业务量的相互依存关系和变动规律,也为本量利分析奠定基础。

(2)成本性态分析的程序

成本性态分析的程序有单步骤分析程序和多步骤分析程序两种。

① 单步骤分析程序是指在进行成本性态分析时,将总成本一次直接分解为固定成本部分和变动成本部分,建立成本函数模型。

② 多步骤分析程序是指将总成本按成本性态分为固定成本、变动成本和混合成本,然后再将混合成本分解为固定成本、变动成本,分别汇集于原固定成本和变动成本,建立总成本性态模型。

(3)成本性态分析的方法

不管采用单步骤分析程序和多步骤分析程序,都要运用一定的技术方法将混合成本或者总成本分解为固定成本和变动成本,通常有技术测定法、直接分析法和历史资料分析法三种方法,下面主要介绍历史资料分析法。

历史资料分析法是根据过去若干期实际发生的业务量与成本的相关资料,运用一定的数学方法进行计算分析,确定固定成本和单位变动成本,然后建立成本—业务量之间函数方程,以完成成本性态分析的一种定量分析方法。该方法适用于生产条件稳定、成本水平波动不大、历史资料齐全的企业。根据利用资料的具体形式不同,有高低点法、散布图法、一元回归直线法三种方法。

1) 高低点法。高低点法是根据过去一定时期成本与相应业务量资料,通过最高点业务量和最低点业务量,推算出成本中固定成本和变动成本的一种简便方法。

高低点法的具体步骤如下:

①确定高低点。在各期业务量与相关成本坐标点中,以业务量为准找出最高点和最低点,即($x_高$,$y_高$)和($x_低$,$y_低$)。

②计算单位变动成本 b 和固定成本 a。

$$b = \frac{高低点成本之差}{高低点业务量之差} = \frac{y_高 - y_低}{x_高 - x_低} \tag{2.23}$$

$$a = y_高 - bx_高 \text{ 或 } a = y_低 - bx_低 \tag{2.24}$$

③建立成本性态方程:将求得的 a、b 代入直线方程 $y = a + bx$ 便得到成本性态方程。

高低点法简便易行,容易掌握,但以高低点为依据,不具有代表性,计算误差大。

【例 2 -18】 已知某企业今年上半年某项混合成本资料如表 2 -6 所示,要求用高低点法进行成本性态分析。

表 2 -6 某企业今年上半年某项混合成本资料

月份	产量 x(件)	混合成本 y(元)
1	6	110
2	8	115
3	4	85
4	7	105
5	9	120
6	5	110

解:① 根据已知资料找出高低点:即高点(9,120)和低点(4,85)。

② 计算单位变动成本

$$b = \frac{y_高 - y_低}{x_高 - x_低} = \frac{120 - 85}{9 - 4} = 7(元)$$

③ 计算固定成本 $a = y_高 - bx_高 = 120 - 7 \times 9 = 57(元)$

或 $a = y_低 - bx_低 = 85 - 7 \times 4 = 57(元)$

④ 则该项混合成本性态模型为:$y = 57 + 7x$

2) 散布图法。散布图法是指在坐标图上,分别标明一定时期内业务量以及与之相应的混合成本的坐标点,通过目测画出一条尽可能反映所有坐标点的直线,据此推算出固定成本和单位变动成本的一种成本性态分析方法。

散布图法考虑所有的历史成本资料,比较形象、直观、易于理解,但由于靠目测画直线,容易出现误差。

【例 2 -19】 按例 2 -18 的资料,运用散布图法进行成本性态分析。

解:① 将6期资料,相应坐标点分别标在坐标纸上,形成散布图,如图2-19所示。

② 通过目测,画一条直线,尽可能反映各坐标点。

③ 读出直线截距 $a = 55$ 元。

④ 在直线上任取一点 $(7,105)$,则: $b = \dfrac{105 - 55}{7} = 7.14(元)$

⑤ 该项混合成本性态模型 $y = 55 + 7.14x$

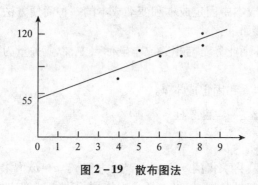

图2-19 散布图法

③ 一元回归直线法。一元回归直线法是根据一定时期业务量与相应混合成本的历史资料,利用最小二乘法原理计算单位变动成本和固定成本的一种成本性态分析方法。

回归直线法的具体步骤如下。

① 对已知资料进行加工,计算 $\sum x, \sum y, \sum xy, \sum x^2, \sum y^2$。

② 计算相关系数 r,判断业务量 x 与成本 y 之间的线性关系。

相关系数 r 的取值范围一般在 -1 至 $+1$ 之间。当 $r = -1$ 时,说明 x 与 y 之间完全负相关;当 $r = 0$ 时,说明 x 与 y 之间不存在线性关系;当 $r = +1$ 时,说明 x 与 y 之间完全正相关。一般来说,只要当 r 接近1,就说明 x 与 y 基本正相关,可以运用线性回归方法。

$$r = \frac{n \sum xy - \sum x \sum y}{\sqrt{\left[n \sum x^2 - \left(\sum x\right)^2\right]\left[n \sum y^2 - \left(\sum y\right)^2\right]}} \qquad (2.25)$$

③ 计算单位变动成本 b 和固定成本 a

$$b = \frac{n \sum xy - \sum x \sum y}{n \sum x^2 - (x)^2} \qquad (2.26)$$

$$a = \frac{\sum y - b \sum x}{n} \qquad (2.27)$$

④ 建立成本性态模型: $y = a + bx$。

一元直线回归法的计算结果比前两种方法更准确、科学,但计算量大。

【例2-20】 仍依例2-19的资料,要求用一元回归直线法进行成本性态分析。

解:① 对已知资料进行加工,计算列表如表2-7所示。

② 计算相关系数 r:

$$r = \frac{6 \times 4\,235 - 39 \times 635}{\sqrt{(6 \times 271 - 39^2) \times (6 \times 67\,975 - 635^2)}} = \frac{25\,410 - 24\,765}{\sqrt{105 \times 4\,625}} = 0.93$$

r 接近于1,x 与 y 具有线性关系。

表 2 - 7　计算列表

月份	产量 x(件)	总成本 y(元)	xy	x^2	y^2
1	6	110	660	36	12 100
2	8	115	992	64	13 225
3	4	85	340	16	7 225
4	7	105	735	49	11 025
5	9	120	1 080	81	14 400
$n = 6$	$\sum x = 39$	$\sum y = 635$	$\sum xy = 4\,235$	$\sum x^2 = 271$	$\sum y^2 = 67\,975$

③ 计算单位变动成本 b 和固定成本 a

$$b = \frac{6 \times 4\,235 - 39 \times 635}{6 \times 271 - 39^2} = \frac{645}{105} = 6.14(元)$$

$$a = \frac{635 - 6.14 \times 39}{6} = 65.92(元)$$

④建立成本性态模型: $y = a + bx = 65.92 + 6.14x$

二、本量利分析

1. 本量利分析概述

（1）本量利分析含义

本量利分析（简称为 CVP 分析）是成本—业务量—利润关系分析的简称,是指在成本性态分析的基础上,以数学模型与图式来揭示固定成本、变动成本、销售量、单价、销售额、利润等变量之间的内在规律性联系,为会计预测、决策和规划提供必要的财务信息的一种定量分析方法。

（2）本量利分析的基本假定

实际工作中,成本、价格、业务量、利润之间的关系非常复杂。比如,在成本性态分析中已经看到,成本性态有多种多样的表现形式。有些成本与业务量之间呈线性关系,有些成本与业务量之间呈非线性关系。价格与业务量之间的关系也并不是固定不变的,因而收入与业务量之间也不一定就呈线性关系。为了简化分析起见,在这里必须对本量利关系作一些基本的假设,以便于在一定的前提下研究本量利之间的关系。这些基本假设如下。

① 成本性态分析的假定。所有的成本都已划分为固定成本和变动成本两类,并建立了相应的成本模型。

② 相关范围及线性假定。假设在一定时期内,固定成本总额和单位变动成本,以及销售单价保持不变,业务量总是在相关范围内变动,它的变动不会改变固定成本和单位变动成本的特点,收入与业务量之间、成本与业务量之间存在线性关系,成本函数可用线性方程 $y = a + bx$ 表示。

③ 产销平衡和品种结构稳定的假定。当生产一种产品时,生产出来的产品总是可以销售出去,生产量等于销售量;在生产多种产品时,销售额发生变化时,各种产品的销售额在全部产品总销售额中所占的比重不变。

④ 目标利润的假定。本量利分析中所使用利润是指营业利润,不考虑投资收益和营业外收支。

（3）本量利分析基本内容

本量利分析包括单一品种下的保本分析、保利分析、多品种下的本量利分析,本教材只介绍单一品种的保本分析、保利分析。

2. 本量利分析的基本指标

（1）利润

利润 = 销售收入 - 总成本

　　 = 销售收入 - 变动成本 - 固定成本

　　 = 单价×销量 - 单位变动成本×销量 - 固定成本

　　 = （单价 - 单位变动成本）×销量 - 固定成本

可表示为：$P = (p - b)x - a$ 　　　　　　　　　　　　　　　　　　 (2.28)

这是本量利分析的基本公式，其中：P 表示利润，p 表示销售单价，x 表示销量，b 表示单位变动成本，a 表示固定成本总额。

（2）贡献边际

贡献边际指产品销售收入超过其变动成本的金额。贡献边际是衡量产品赢利能力的一项重要指标。贡献边际通常有三种表现形式：贡献边际总额、单位贡献边际和贡献边际率。

① 贡献边际总额

贡献边际总额（Tcm）是指产品销售收入总额与变动成本总额之间的差额，也称边际贡献、贡献毛益。用公式表示为：

贡献边际总额 = 销售收入 - 变动成本

　　　　　　 = 单价×销量 - 单位变动成本×销量

　　　　　　 = （单价 - 单位变动成本）×销量

或 $Tcm = (p - b)x$ 　　　　　　　　　　　　　　　　　　　　 (2.29)

② 单位贡献边际

单位贡献边际（cm）是指产品的销售单价减去单位变动成本后的差额。用公式表示为：

单位贡献边际 = 售价 - 单位变动成本

或 $cm = p - b$ 　　　　　　　　　　　　　　　　　　　　　　 (2.30)

若将单位贡献边际的概念引入本量利分析的基本方程式，可以揭示贡献边际与利润和固定成本三者之间的关系。

利润 = 销售收入总额 - 变动成本总额 - 固定成本总额

　　 = 贡献边际总额 - 固定成本总额 　　　　　　　　　　　　　 (2.31)

从上式可以看出，企业实现的贡献边际首先需要用于补偿固定成本。当贡献边际总额大于固定成本总额时，企业就会形成利润；反之，就会发生亏损。同理，若贡献边际总额等于固定成本总额，则企业将进入不盈不亏的临界状态。

（3）贡献边际率

贡献边际率是指贡献边际总额占产品销售收入总额的百分比，或单位贡献边际占产品单位售价的百分比，即每 1 元销售收入所能提供的贡献毛益份额。贡献边际率一般以 cmR 表示，其计算公式如下：

$$cmR = \frac{Tcm}{px} \times 100\% = \frac{cm}{p} \times 100\% \qquad (2.32)$$

（4）变动成本率

变动成本率（bR）是指变动成本总额占产品销售收入总额的百分比，或单位变动成本占产品售价的百分比，即每 1 元销售收入所耗用的变动成本份额。变动成本率的计算公式如下：

$$变动成本率 = \frac{变动成本总额}{销售收入总额} \times 100\% = \frac{单位变动成本}{售价} \times 100\%$$

$$bR = \frac{bx}{px} \times 100\% = \frac{b}{p} \times 100\% \tag{2.33}$$

由于变动成本率与贡献边际率都是以销售收入为分母,并且变动成本总额与贡献边际总额之和等于销售收入。因此,二者之间的关系又可按以下方式表示:

贡献边际率 = 1 - 变动成本率 $\tag{2.34}$

变动成本率 = 1 - 贡献边际率 $\tag{2.35}$

贡献边际率与变动成本率的这种互补关系表明:凡变动成本率低的产品,其贡献边际率必然高,创利能力必然大;反之,贡献毛益率必然低,创利能力必然小。

【例2-21】 假定苏达公司只生产一种产品,该产品的单位售价为20元/件,单位变动成本为12元/件,固定成本总额为48 000元,计算有关贡献边际的各项指标、利润与变动成本率指标。

解:单位贡献毛益 = 售价 - 单位变动成本 = 20 - 12 = 8(元/件)

贡献毛益总额 = 销售收入总额 - 变动成本总额

$$= 8\,000 \times 20 - 8\,000 \times 12 = 64\,000(元)$$

目标利润 = 贡献毛益总额 - 固定成本总额 = 64 000 - 48 000 = 16 000(元)

$$贡献边际率 = \frac{单位贡献边际}{单位售价} \times 100\% = \frac{8}{20} = 40\%$$

$$变动成本率 = \frac{单位变动成本}{售价} \times 100\% = \frac{12}{20} = 60\%$$

3. 本量利分析

本量利分析包括单一品种和多品种的本量利分析,在这里,我们只介绍单一品种的本量利分析。

(1)保本分析

① 保本的含义。保本是指企业在一定时期内收支相等、损益平衡、不盈不亏、利润为零的特殊状态。保本分析就是研究当企业恰好处于保本状态时本量利关系的一种定量分析方法。

② 保本点的含义。保本点是能使企业达到保本状态的业务量的总称,也可称作盈亏临界点。

保本点的表现形式通常有两种:一种是以实物量表示,叫做保本销售量;另一种是以价值量表示,叫做保本销售额。

③ 保本点的计算。

$$保本销售量 = \frac{固定成本}{单价 - 单位变动成本} = \frac{固定成本}{单位贡献边际} \tag{2.36}$$

$$保本销售额 = 保本销售量 \times 单价 = \frac{固定成本}{贡献毛益率} \tag{2.37}$$

【例2-22】 根据前例2-21的资料,计算苏达公司的保本销售量和保本销售额。

$$解:保本销售量 = \frac{48\,000}{20 - 12} = 6\,000(件)$$

$$保本销售额 = \frac{48\,000}{40\%} = 120\,000(元)$$

(2)保利分析

保本是企业生产最基本的条件,是企业安全经营的前提。但企业的经营目标不在于保本,而是尽可能的获取利润,实现既定的目标利润,通过保利分析,可以确定企业为了实现目标利润而应该达到的目标销售量和目标销售额,因此,赢利条件下的本量利分析才能充分揭示业务量、成本、单价、利润等因素之间的关系。

① 保利点的含义。保利点是指在单价和成本水平确定情况下,为确保预先确定的目标利润能够实现,而应达到的销售量和销售额的统称。具体包括保利量和保利额两项指标。

② 保利点的计算。

$$保利量 = \frac{固定成本 + 目标利润}{单价 - 单位变动成本} = \frac{固定成本 + 目标利润}{单位贡献边际} \tag{2.38}$$

$$保利额 = 保利量 \times 单价 = \frac{固定成本 + 目标利润}{贡献边际率} \tag{2.39}$$

【例2-23】 根据例2-21的资料,若计划年度的目标利润为50 000元,计算保利量和保利额。

解:$保利量 = \dfrac{固定成本 + 目标利润}{单价 - 单位变动成本} = \dfrac{48\,000 + 50\,000}{20 - 12} = 12\,250(件)$

$保利额 = \dfrac{固定成本 + 目标利润}{贡献边际率} = \dfrac{48\,000 + 50\,000}{40\%} = 245\,000(元)$

(3)企业经营安全程度的评价指标

在本量利分析中,还有一类指标用来衡量企业生产经营的安全性,这就是安全边际和保本作业率。

① 安全边际。所谓安全边际,就是指实际(或预计)销售量(或销售额)超过保本销售量(或销售额)的差额,这个差额标志着销售下降多少,企业才会发生亏损。安全边际的大小在一定程度上反映了赢利能力的强弱,更重要的是反映了企业经营风险的大小。

② 安全边际的计算。安全边际有绝对数和相对数两种指标。安全边际绝对数指标又分为安全边际量和安全边际额;安全边际的相对数指标是指安全边际率。其计算公式如下:

$$安全边际销售量 = 实际(或预计)销售量 - 保本销售量 \tag{2.40}$$

$$安全边际销售额 = 实际(或预计)销售额 - 保本销售额 \tag{2.41}$$
$$= 单价 \times 安全边际量$$

$$安全边际率 = \frac{安全边际销售量(额)}{实际(或预计)销售量(额)} \times 100\% \tag{2.42}$$

安全边际是正指标,即安全边际越大,企业发生亏损的可能性越小,企业就越安全。企业经营安全性检验标准如表2-8所示。

表2-8 企业经营安全性检验标准

安全边际率	10%以下	10% ~20%	20% ~30%	30% ~40%	40%以上
安全程度	危险	值得注意	较安全	安全	很安全

【例2-24】 根据例2-21的资料,若该公司实际销售量为8 000件,计算该公司的安全边际指标,并评价该公司的经营安全程度。

解:安全边际销售量 = 8 000 - 6 000 = 2 000(件)

安全边际销售额 = 160 000 - 120 000 = 40 000(元)

$安全边际率 = \dfrac{2\,000}{8\,000} \times 100\% = 25\%$

$$= \frac{40\,000}{160\,000} \times 100\% = 25\%$$

该公司的安全边际率在 20% ~30% 的范围内,企业的经营较安全。

③保本作业率。保本点作业率,是指保本点业务量占企业实际或预计销售量(额)的百分比,其计的公式如下:

$$保本作业率 = \frac{保本销售量(额)}{实际或预计销售量(额)} \times 100\% \qquad (2.43)$$

安全边际与保本作业率之间是互补的关系,可表示为:

$$保本作业率 + 安全边际率 = 1 \qquad (2.44)$$

【例 2 - 25】 根据例 2 - 21 的资料,计算保本作业率。

解:

$$保本作业率 = \frac{保本销售量(额)}{实际或预计销售量(额)} \times 100\%$$

$$= \frac{6\,000}{8\,000} \times 100\% = 75\%$$

$$= \frac{120\,000}{160\,000} \times 100\% = 75\%$$

【名词解释】

资金时间价值:是指资金经历一定时间的投资和再投资所增加的价值,也称货币时间价值。从财务角度讲,资金时间价值是没有风险、没有通货膨胀条件下,社会平均资金利润率。

单利:是指每期计算利息时都以基期的本金作为计算的基础,前期的利息不计入下期的本金之中。

复利:是指不仅本金要计算利息,利息也要计算利息,即通常所说的"利滚利"。

年金:是指一定时期内每隔相同时间发生的相同数额的系列收付款项。

风险:是指在一定条件下和一定时期内可能发的各种结果的变动程度。

经济周期风险:是指由于经济周期的变化而引起投资报酬变动的风险。

系统风险:又称"市场风险",是指那些对所有的公司产生影响的因素引起的风险,如战争、经济衰退、通货膨胀、高利率等。这类风险涉及所有的投资对象,不能通过多角化投资来分散,因此又称为不可分散风险或系统风险。

非系统风险:又称"公司特有风险",是指发生于个别公司的特有事件造成的风险,如罢工、新产品开发失败、没有争取到重要合同、诉讼失败等。

利率风险:是指由于市场利率变动而使投资者遭受损失的风险。

购买力风险:又称通货膨胀风险,它是指由于通货膨胀而使货币购买力下降的风险。

经营风险:是指由于公司经营状况变化而引起赢利水平改变,从而导致投资报酬下降的可能性。

财务风险:是指因不同的融资方式而带来的风险。由于它是筹资决策带来的,故又称筹资风险。

违约风险:又称信用风险,是指证券发行人无法按时还本付息而使投资者遭受损失的风险。

流动风险:又称变现力风险,是指无法在短期内以合理价格转让投资的风险。

再投资风险:是指所投资到期时再投资时不能获得更好投资机会的风险。

期望报酬率:是各种可能的报酬率按其概率为权数进行加权平均得到的报酬率。

标准离差:是各种可能的报酬率偏离期望报酬率的综合差异,用以反映离散程度。

成本性态:是指成本总额与特定业务量之间在数量方面的依存关系,又称为成本习性。主要反映成本与业务量之间的内在联系。

本量利分析:(简称为 CVP 分析)是成本—业务量—利润关系分析的简称,是指在成本性态分析的基础上,以数学模型与图式来揭示固定成本、变动成本、销售量、单价、销售额、利润等变量之间的内在规律性联系,为会计预测、决策和规划提供必要的财务信息的一种定量分析方法。

【课后复习题】

(一)思考题

1. 如何理解和应用资金的时间价值这一观念?

2. 如何理解和应用风险收益均衡观念?

(二)单项选择题

1. 某人退休时有现金 10 万元,拟选择一项回报比较稳定的投资,希望每个季度能收入 2 000 元补贴生活。那么,该项投资的实际报酬率应(   )。

A. 2%　　　　　　　B. 8%　　　　　　　C. 8.24%　　　　　　　D. 10.04%

2. 在下列各项资金时间价值系数中,与资本回收系数互为倒数关系的是(   )。

A. $(P/F,i,n)$　　　B. $(P/A,i,n)$　　　C. $(F/P,i,n)$　　　D. $(F/A,i,n)$

3. 某公司从本年度起每年年末存入银行一笔固定金额的款项,若按复利制用最简便算法计算第 n 年年末可以从银行取出的本利和,则应选用的时间价值系数是(   )。

A. 复利终值数　　　　　　　　　　B. 复利现值系数

C. 普通年金终值系数　　　　　　　D. 普通年金现值系数

4. 在下列各项中,无法计算出确切结果的是(   )。

A. 后付年金终值　　B. 即付年金终值　　C. 递延年金终值　　D. 永续年金终值

5. 根据资金时间价值理论,在普通年金现值系数的基础上,期数减 1、系数加 1 的计算结果,应当等于(   )。

A. 递延年金现值系数　　　　　　　B. 后付年金现值系数

C. 即付年金现值系数　　　　　　　D. 永续年金现值系数

6. 在 10% 利率下,1 ~ 5 年期的复利现值系数分别为 0.9091、0.8264、0.7513、0.6830、0.6209,则 5 年期的普通年金现值系数为(   )。

A. 2.5998　　　　　B. 3.7907　　　　　C. 5.2298　　　　　D. 4.1694

7. 有甲、乙两个付款方案:甲方案在 5 年中每年年初付款 6 000 元,乙方案在 5 年中每年年末付款 6 000 元,若利率相同,则两者在第五年年末的终值(   )。

A. 相等　　　　　　　　　　　　　B. 前者大于后者

C. 前者小于后者　　　　　　　　　D. 可能会出现上述三种情况中的任何一种

8. 某房地产开发商在某市开发的商品房现价为 2 000 元/平方米,某购房者拟购买一套 100 平方米的住房,但由于资金问题,向开发商提出分期付款。开发商要求首期支付 10 万元,然后分 6 年每年年末支付 3 万元。如果目前利率为 6% ,则下列各项中错误的是(   )。

已知:$(P/A,6\%,6) = 4.9173$。

A. 6 年中每年年末付款 3 万元,其现值为 24.7519 万元

B. 6 年中每年年末付款 3 万元,其现值为 14.7519 万元

C. 采用一次付款方式,应支付的金额为 20 万元

D. 一次付款优于分期付款

9. 某一项年金前 4 年没有流入，后 6 年每年年初流入 1 000 元，利率为 10%，则该项年金的现值为（　　）元。$(P/A,10\%,10)=6.1446$；$(P/A,10\%,9)=5.7590$；$(P/A,10\%,6)=4.3553$；$(P/F,10\%,3)=0.7513$

A. 2 974.7　　　　　　B. 3 500.01　　　　　　C. 3 020.21　　　　　　D. 3 272.13

10. 下列关于资金时间价值的叙述错误的是（　　）。

A. 如果其他条件不变，当期数为 1 时，复利终值和单利终值是相同的

B. 单利终值系数 × 单利现值系数 = 1

C. 复利终值系数 × 复利现值系数 = 1

D. 年金终值系数 × 年金现值系数 = 1

（三）多项选择题

1. 甲、乙两种方案的期望报酬率分别为 20% 和 15%，标准差分别为 40% 和 35%，则（　　）。

A. 甲方案的风险小于乙方案的风险

B. 甲方案的风险大于乙方案的风险

C. 两方案的风险无法比较

D. 甲方案的报酬离散程度小于乙方案离散程度

2. 企业财务风险是（　　）。

A. 销售量变动引起的风险

B. 外部环境变化造成的风险

C. 筹资决策带来的风险

D. 借款带来的风险

3. 影响预期投资报酬率变动的因素有（　　）。

A. 无风险报酬率　　　　　　　　　　B. 项目的风险大小

C. 风险报酬率的高低　　　　　　　　D. 投资人的偏好

4. 递延年金具有下列特点（　　）。

A. 第一期没有支付额

B. 其终值大小与递延期长短有关

C. 计算终值的方法与普通年金相同

D. 计算现值的方法与普通年金相同

5. 在财务管理中，衡量风险大小的指标有（　　）。

A. 标准离差　　　　　　　　　　　　B. β 系数

C. 标准离差率　　　　　　　　　　　D. 期望报酬率

6. 到期不能偿债的风险的最终决定因素是（　　）。

A. 企业产品价值实现的程度

B. 企业与债权人关系的协调程度

C. 企业财务活动本身的合理和有效必性

D. 企业再筹资能力

7. 下列表述中，反映风险报酬特征的有（　　）。

A. 风险报酬是必要投资报酬中不能肯定实现的部分

B. 风险报酬是必要投资报酬中肯定能够实现的部分

C. 风险报酬只与投资时间的长短有关

D. 风险报酬只与投资风险大小有关

8. 关于风险报酬,下列表述中正确的有( )。

A. 风险报酬率又称风险价值,风险收益

B. 风险报酬有两种表示方法,即风险报酬率和风险报酬额

C. 风险越大,获得的风险报酬应该越高

D. 风险报酬率与风险大小有关,风险越大,则要求的报酬率也越高

9. 投资报酬率的构成要素包括( )。

A. 通货膨胀率　　　　　　　　　　B. 资金时间价值

C. 投资成本率　　　　　　　　　　D. 风险报酬率

10. 下列各项中,属于经营风险的有( )。

A. 开发新产品不成功而带来的风险

B. 消费者偏好发生变化而带来的风险

C. 自然气候恶化而带来的风险

D. 原材料价格变动而带来的风险

(四)判断题

1. 在利率和计息期数相同的条件下,复利现值系数与复利终值系数互为倒数。( )

2. 在本金和利率相同的情况下,若只有一年计息期,单利终值与复利终值是相等的。( )

3. 普通年金现值系数加1等于同期,同利率的即付年金现值系数。( )

4. 递延年金没有第一期的支付额。( )

5. 永续年金没有终值。( )

6. 计算递延年金终值的方法,与计算普通年金终值的方法一样。( )

7. 一项借款的利率为10%,期限为7年,其投资回收系数为0.21。( )

8. 企业利用借入资金经营时,企业只承担财务风险,并不承担经营风险。( )

9. 在两个方案对比时,标准离差率越大,说明风险越大,同样,标准离差越大,说明风险也一定越大。( )

10. 永续年金现值是年金数额与贴现率的倒数之积。( )

(五)计算分析题

1. 某企业于1996年1月1日从银行取得贷款50万元,贷款年利息率为9%,每年计复利一次,该贷款于满三年后一次还本付息。

要求:计算三年后偿还的本利和。

2. 某企业准备在四年后投资280万元建一条生产线,现在提前存入银行一笔钱,四年后连本带利恰好取出280万元,银行年利息率为12%,每年计一次复利。

3. 某企业2001年初进行投资,从2003年至2005年每年年末收到投资收益175万元,该企业假定的年折现率为10%,每年计一次复利。

要求:计算按2001年初价值来看总收益额。

4. 鲁南矿业公司连续三年于每年末向交通银行借款2 000万元,对原有矿山进行改建和扩建。假定借款的年利率为12%,若该项改建工程于第四年初建成投产,要求:

(1)计算该项改、扩建工程第四年初总投资额。

(2)若该公司在工程建成投产后,分七年等额归还交通银行全部借款的本息,每年末应归

还多少钱?

(3)若该公司在工程建成投产后,每年可获净利和折旧1 800万元,全部用来偿还交通银行的全部贷款本息,那么要多少年可以还清?

5. 假设华联公司现有A、B两个投资方案可供选择,A、B两项目的一次投资总额均为20万元,经济寿命均为十年,若投资款项从银行借入,利率为14%,但A项目在十年内每年末可收回投资3万元,回收总额为30万元,B项目在前五年内,每年末可收投资4万元,后五年内,每年末可回收2万元,回收总额30万元。

要求:计算两个方案收益额的现值,为华联公司作出A、B两个投资方案,谁优的决策分析。

第三章

筹资决策

通过本章学习,了解企业筹资的含义与分类、筹资渠道与方式、筹资原则和资金需要量预测;吸收直接投资、发行普通股票的含义及优缺点、长期借款、发行债券、融资租赁筹资的含义及优缺点;短期负债筹资的相关含义及优缺点。

【重点难点】

重点: 股票筹资的程序及优缺点;债券发行程序;融资租赁租金的确定;利用现金折扣决策方式。

难点: 债券发行价格的计算方法;现金折扣的计算方法。

第一节　企业筹资概述

一、企业筹资管理概述

(一)企业筹资的概念

企业筹资是指企业根据其生产经营、对外投资和调整资本结构的需要,通过筹资渠道,运用筹资方式,筹措所需资金的财务活动。筹集资金是企业资金运动的起点,是决定资金规模和生产经营发展速度的重要环节。企业筹资决策涉及筹资渠道与方式、筹资数量、筹资时机、筹资结构、筹资风险、筹资成本等方面。其中,筹资渠道受到筹资环境的制约,外部的筹资环境和企业的筹资能力共同决定了企业的筹资方式;筹资数量和筹资时机受到企业筹资战略的影响,反映了企业发展战略目标;筹资结构受制于企业所处的发展阶段,决定着财务风险的大小。企业筹资应当有利于实现企业顺利健康成长和股东财富最大化。企业筹资政策必须在宏观筹资体制的框架下作出选择,因此受到国家金融制度安排的约束。

任何企业在生存发展过程中,都需要始终维持一定的资本规模,由于生产经营活动的发展变化,往往需要追加筹资。例如,有的企业为了增加经营收入,降低成本费用,提高利润水平,需要根据市场需求变化,扩大生产经营规模,调整生产经营结构,研制开发新产品,所有这些经营策略的实施通常都要求有一定的资本条件。企业为了稳定一定的供求关系并获得一定的投资收益,对外开展投资活动,往往也需要筹集资本。例如,有的企业为了保证其产品生产所必需的原材料的供应,向供应厂商投资并获得控制权。企业根据内外部环境的变化,适时采用调整企业资本结构的策略,也需要及时地筹集资本。例如,有的企业由于资本结构不合理,负债比率过高,偿债压力过重,财务风险过高,主动通过筹资来调整资本结构。企业持续的生产经营活动,不断地产生对资本的需求,这就需要筹措和集中资本;同时,企业因开展对外投资活动和调整资本结构,也需要筹措和集中资本。

(二)企业筹资的目的

企业筹资的基本目的是为了自身的生存与发展和增加股东财富。企业具体的筹资活动通常受特定目的的驱使,筹资目的对筹资行为和结果产生直接影响。企业筹资的具体目的是多种多样的,归纳起来主要有以下几类。

1. 创建企业

资金是企业进行生产经营活动的基本条件,只有具备一定的资金才能创建企业。比如,按照我国《公司法》规定,设立有限责任公司时,注册资本的最低限额为人民币 3 万元;设立股份有限公司时,注册资本的最低限额为人民币 500 万元。也就是说,必须要有 3 万元资金才能设立有限责任公司,必须有 500 万元资金才能设立股份有限公司。因此,对于公司制的企业,只有筹集到必备的资金,并取得会计师事务所的验资证明后,才能到工商管理部门办理注册登记,开展正常的经营活动。

2. 企业扩张

企业扩张表现为扩大生产经营规模或追加对外投资,这些都是以资金的不断投放作为保证的。一方面,具有良好发展前景、处于成长期的企业往往需要筹措大量资金,用于扩大生产经营规模、更新设备和改造技术,以利于提高产品的产量和质量,满足不断扩大的市场需要;另一方面,企业为了获得更高的对外投资效益,也需要筹集资金,用于扩大对外投资规模,开拓有发展前途的对外投资领域。

3. 偿还债务

企业为了获得财务杠杆收益或自有资金不足时,往往利用负债进行经营。但负债都有一定的期限,到期必须偿还,如果企业现有支付能力不足以清偿到期债务,那么企业必须另外筹集资金来满足偿还债务的需要,这通常是企业在财务状况恶化的情况下被迫采取的措施。

4. 调整资本结构

当企业的资本结构不合理时,可以通过不同的筹资方式、不同的渠道筹集资金来进行调整,使之趋于合理。例如,当企业的债务资金比例较高时,可以通过筹集一定量的自有资金来降低债务资金比例。

(三)企业筹资的分类

1. 按照资金的来源渠道不同,可将筹资分为权益筹资和负债筹资

权益资本是企业股东提供的资金。企业通常可通过发行股票、吸收投资、内部积累等方式筹集权益资本。权益资本不需要归还,筹资的风险小,但其期望的报酬率高,因而企业付出的资本成本也相对较高。

借入资金是指债权人提供的资金。企业通常可通过发行债券、借款、融资租赁等方式筹集借入资金。借入资金要按期归还,有一定的风险,但其要求的报酬率比权益资本低,企业付出的资本成本较低。

2. 按照是否通过金融机构,可将筹资分为直接筹资和间接筹资

直接筹资是指筹资者直接从最终投资者手中筹措资金,双方建立起直接的借贷关系或权益资本投资关系的筹资形式。直接筹资的工具主要是商业票据、股票、债券,如企业直接发行股票和债券就是一种直接筹资。直接筹资的优点在于:①资金供求双方在数量、期限、利率等方面受到的限制比间接筹资多;②直接筹资的便利程度及其融资工具的流动性均受金融市场的发达程度的制约;③对投资者来说,直接筹资的风险比间接筹资大得多,需要直接承担投资风险。

间接筹资是指资金供求双方通过金融中介机构间接实现资金融通的活动。筹资者从银行等金融机构手中筹措资金,与金融机构形成债权债务关系或资本投资关系;而最终投资者则投资于银行等金融机构,与其形成债权债务或其他投资关系。典型的间接筹资是银行的贷款。与直接筹资比较，间接筹资的优点在于：①灵活便利；②安全性高；③规模经济。间接筹资的局限性主要有两点：①割断了资金供求双方的直接联系，减少了最终投资者对资金使用的关注和对筹资者的压力；②金融机构要从经营服务中获取收益，从而增加了筹资者的成本，减少了最终投资者的收益。

3. 按照所筹资金使用期限的长短，可将筹资分为短期资金筹集与长期资金筹集

短期资金一般是指供一年以内使用的资金。短期资金主要投资于现金、应收账款、存货等，一般在短期内可收回。短期资金常采取利用商业信用和取得银行流动资金借款等方式来筹集。

长期资金一般是指供一年以上使用的资金。长期资金主要投资于新产品的开发和推广、生产规模的扩大、厂房和设备的更新，一般需几年甚至十几年才能收回。长期资金通常采用吸收投资、发行股票、发行公司债券、取得长期借款、融资租赁和内部积累等方式来筹集。

4. 按照资金的取得方式不同，可将筹资分为内源筹资和外源筹资

内源筹资是指企业利用自身的储蓄（留存收益）转化为投资的过程。留存收益是再投资或债务清偿的主要资金来源。以留存收益作为融资工具，不需要实际对外支付利息或股息，不会减少企业的现金流量，当然由于资金来源于企业内部，也不需要发生融资费用，但留存收益的数额有限，仅仅依靠内源筹资难以满足企业的投资需求。

外源筹资是指企业吸收其他经济主体的闲置资金，使之转化为自己投资的过程，包括股票发行、债券发行、商业信贷和银行借款等。相对内源筹资而言，外源筹资具有可选筹资渠道多、筹资方式灵活、资金供应量大和筹资时间好安排等特点。

5. 按照筹资的结果是否在资产负债表上得以反映，可将筹资分为表内筹资和表外筹资

表内筹资是指可能直接引起资产负债表中负债与所有者权益发生变动的筹资。吸收直接投资、发行股票、发行债券、借款、融资租赁等均属于表内筹资。

表外筹资是指不会引起资产负债表中负债与所有者权益发生变动的筹资。表外筹资可分为直接表外筹资和间接表外筹资。直接表外筹资是企业以不转移资产所有权的特殊借款形式直接筹资，最为常见的筹资方式有经营租赁、代销商品、来料加工等。间接表外筹资是用另一个企业的负债代替本企业负债，使得本企业表内负债保持在合理的限度内。企业还可以通过应收票据贴现、出售有追索权的应收账款、产品筹资协议等方式把表内筹资转化为表外筹资。

（四）企业筹资的动机

企业筹资的基本目的是为了自身的生存与发展。企业在持续的生存与发展中，其具体的筹资活动通常受特定的筹资动机所驱使。企业筹资的具体动机是多种多样的。例如，为购置设备、引进新技术、开发新产品而筹资；对外投资、并购其他企业而筹资；为现金周转与调度而筹资；为偿付债务和调整资本结构而筹资，等等。在企业筹资的实际中，这些具体的筹资动机有时是单一的，有时是结合的，归纳起来有三种基本类型，即扩张性筹资动机、调整性筹资动机和混合性筹资动机。企业筹资的动机对筹资行为及其结果产生直接的影响。

1. 扩张性筹资动机

扩张性筹资动机是指企业因扩大生产经营规模或增加对外投资而产生的追加筹资的动机。处于成长期、具有良好发展前景的企业通常会产生这种筹资动机。例如，企业产品供不应求，需要增加市场供应；开发生产适销对路的新产品；追加有利的对外投资规模；开拓有发展前途的对外投资领域等，往往都需要追加筹资。扩张筹资动机所产生的直接结果，是企业资产总额和资本总额的增加。

2. 调整性筹资动机

企业的调整性筹资动机是企业因调整现有资本结构的需要而产生的筹资动机。资本结构是指企业各种筹资方式的组合及其比例关系。一个企业在不同时期由于筹资方式的不同组合会形成不尽相同的资本结构。随着相关情况的变化,现有的资本结构可能不再合理,需要相应的予以调整,使之趋于合理。

企业产生调整性筹资动机的原因有很多。例如,一个企业有些债务到期必须偿付,企业虽然具有足够的偿债能力偿付这些债务,但为了调整现有的资本结构,仍然举债,从而使资本结构更加合理。再如,一个企业由于客观情况的变化,现有的资本结构中债务筹资所占的比例过大,财务风险过高,偿债压力过重,需要降低债权筹资的比例,采取债转股等措施予以调整,使资本结构适应客观情况的变化而趋于合理。

3. 混合性筹资动机

企业同时既为扩张规模又为调整资本结构而产生的筹资动机,可称为混合性筹资动机。这种混合性筹资动机中兼容了扩张性筹资和调整性筹资两种筹资动机。在这种混合性筹资动机的驱使下,企业通过筹资,既扩大了资产和资本的规模,又调整了资本结构。

(五)企业筹资的原则

企业筹资是企业的基本财务活动,是企业扩大生产经营规模和调整资本结构必须采取的行动。为了经济有效地筹集资本,企业筹资必须遵循下列基本原则。

1. 规模适当原则

企业的筹资规模应与资金需求量相一致,既要避免因资金筹集不足,影响生产经营的正常进行,又要防止资金筹集过多,造成资金闲置。

2. 筹措及时原则

企业财务人员应全面掌握资金需求的具体情况,并熟知资金时间价值的原理,合理安排资金的筹集时间,适时获取所需资金。

3. 来源合理原则

不同来源的资金,对企业的收益和成本有不同影响。因此,企业应认真研究资金来源渠道和资金市场,合理选择资金来源。

4. 方式经济原则

企业筹集资金必然要付出一定的代价并承担相应的风险,不同筹资方式条件下的资金成本和财务风险有高有低。为此,需要对各种筹资方式进行分析、对比,选择经济可行的筹资方式。

(六)企业筹资的渠道与方式

1. 企业筹资渠道

企业筹资渠道是指企业取得资金的来源和途径,体现着资金的源泉和流量。认识企业筹资渠道的种类及其特征,有利于企业充分开拓和正确利用资金来源渠道。目前,我国企业的筹资渠道主要有以下几种。

(1)政府财政资金。政府财政资金历来是国有企业筹资的主要来源,政策性很强,通常只有国有企业才能利用。现有的国有企业,包括国有独资公司,其筹资来源的大部分,在过去是由政府通过中央和地方财政部门以拨款方式投资而形成的。政府财政资金具有广阔的源泉和稳固的基础,并在国有企业资本金预算中安排,今后仍然是国有企业权益资本筹资的重要渠道。

（2）银行信贷资金。银行信贷资金是各类企业筹资的重要来源。我国银行分为商业性银行和政策性银行两种。商业性银行主要有中国银行、中国农业银行、中国工商银行、中国建设银行、交通银行等；政策性银行主要有国家开发银行、中国进出口银行和中国农业发展银行。商业性银行是以营利为目的、从事信贷资金投放的金融机构，它主要为企业提供各种商业性贷款。政策性银行主要为特定企业提供政策性贷款。

（3）其他金融机构资金。其他金融机构也可以为企业提供一定的资金来源，其他金融机构主要指信托投资公司、保险公司、金融租赁公司、证券公司、财务公司等。它们所提供的各种金融服务，既包括信贷资金投放，也包括物资的融通，还包括为企业承销证券等金融服务。

（4）其他企业资金。其他企业资金也可以为企业提供一定的资金来源。企业在生产经营过程中，往往形成部分暂时闲置的资金，并为一定的目的而进行相互投资。另外，企业间的购销业务可以通过商业信用方式来完成，从而形成企业间的债权债务关系，形成债务人对债权人的短期信用资金占用。企业间的相互投资和商业信用的存在，使其他企业资金也成为企业资金的重要来源。

（5）民间资金。民间资金可以为企业直接提供筹资来源。我国企业和事业单位的职工和广大城乡居民持有大笔的货币资金，可以对一些企业直接进行投资，为企业筹资提供资金来源。

（6）企业内部资金。企业内部资金又称企业自留资金，是指企业内部形成的资金，主要包括提取公积金和未分配利润等。这些资金的重要特征之一是，它们无须企业通过一定的方式去筹集，而直接由企业内部自动生成或转移。

2. 企业筹资方式

企业筹资方式是指企业筹集资本所采取的具体形式和工具，体现着资本的属性和期限。这里，资本属性是指资本的股权或债权性质。筹资方式取决于企业资本的组织形式和金融工具的开发利用程度。目前，我国企业资本的组织形式多种多样，金融工具得到比较广泛的开发和利用，为企业筹资提供了良好的条件。认识企业筹资方式的种类及其特点和适用性，有利于企业准确地开发和利用各种筹资方式，实现各种筹资方式的合理组合，有效地筹集资本。

一般而言，企业筹资方式有以下七种。

（1）吸收直接投资

吸收直接投资（以下简称吸收投资）是指企业以协议等形式吸收国家、其他法人单位、个人等直接投入资金，形成企业资本金的一种筹资方式。吸收投资是非股份制企业筹集权益资本的一种基本方式。

（2）发行股票

股票是股份有限公司为筹集权益资本而发行的有价证券，是持股人在公司投资股份数额的凭证，它代表持股人在公司拥有的所有权。发行股票是股份有限公司筹措权益资本的一种主要方式。

（3）借款

借款是指企业根据借款合同向银行或非银行金融机构借入的、按规定期限还本付息的款项。借款是企业筹集长、短期借入资金的主要方式。

（4）发行公司债券

债券是企业为筹措资金而发行的、约定在一定期限向债权人还本付息的有价证券。发行债券是企业负债筹资的一种重要方式。

（5）商业信用

商业信用是指企业之间在商品交易中因延期付款或预收货款而形成的借贷关系，是企业之间的直接信用行为。商业信用是企业之间融通短期资金的一种主要方式。

（6）租赁

租赁筹资是企业按照租赁合同租入资产从而筹集资本的特殊筹资方式。各类企业都可以采用租赁筹资方式，租入所需资产，并形成企业的债权资本。

（7）利用留存收益

留存收益，是指企业按规定从税后利润中提取的盈余公积、根据投资人意愿和企业具体情况留存的应分配给投资者的未分配利润。利用留存收益筹资是指企业将留存收益转化为投资的过程，它是企业筹集权益性资本的一种重要方式。

筹资渠道解决的是资金来源问题，筹资方式则解决通过何种方式取得资金的问题，它们之间存在一定的对应关系。一定的筹资方式可能只适用于某一特定的筹资渠道，但是，同一渠道的资金往往可采用不同的方式取得，同一筹资方式又往往适用于不同的筹资渠道。因此，企业在筹资时，应实现两者的合理配合。

（七）企业资金需求量的预测

资金需求量预测的常用方法主要有定性预测法和定量预测法两类。

1. 定性预测法

定性预测法是指依靠预测者个人的经验、主观分析和判断能力，对未来资金的需求量进行估计和推算的方法。这种方法通常采取召开专业人员座谈会和专家论证会等形式进行，常常在缺乏完整的历史资料下采用，它不能揭示资金需求量与相关因素的关系，预测结果的准确性较差，一般只作为预测的辅助方法。

2. 定量预测法

定量预测法是以历史资料为依据，采用数学模型对未来时期资金需求量进行预测的方法。这种方法能揭示资金需求量与相关因素之间的数量关系，应用这种方法需要有完整的历史资料，因此预测结果较准确，常用的定量预测法有销售比率预测法和直线回归分析法。

（1）销售比率预测法。销售比率预测法是根据资产负债表中各项与销售收入总额之间的依存关系，按照计划期销售收入的增长情况来预测资金需求量的一种方法。应用这一方法的前提是假设资产负债表中各相关项目与销售收入的比率已知且固定不变。可应用如下公式计算：

$$对外界资金的需求量 = \frac{A - B}{S_0}(S_1 - S_0) - EPS_1 \tag{3.1}$$

式中：A——随产品销售收入变动的资产；

B——随产品销售收入变动的负债；

S_0——基期销售额；

S_1——预测期销售额；

E——收益留存比率；

P——销售净利率。

从上式中可看出，$\frac{A - B}{S_0}$反映了基期资金的净占用与基期销售收入的比率关系；$\frac{A - B}{S_0}(S_1 - S_0)$反映了报告期增加的销售收入而增加的资金净占用；$EPS_1$反映了报告期从企业内部产生的资金来源。下面结合实例说明这种方法的具体运用。

【例3-1】 南方公司2006年12月31日的资产负债表如表3-1所示：

表3-1 南方公司简要资产负债表

2006 年 12 月 31 日

单位:元

资产		负债及所有者权益	
现 金	50 000	应付费用	50 000
应收账款	150 000	应收账款	100 000
存 货	300 000	短期借款	250 000
固定资产净值	300 000	长期借款	100 000
		实收资本	200 000
		留存收益	100 000
资产合计	800 000	负债与所有者权益合计	800 000

已知该公司 2006 年销售收入为 1 000 000 元,目前尚有剩余生产能力,即增加收入不需要进行固定资产方面的投资。假定销售净利率为 10%,如果 2007 年销售收入提高到 1 200 000 元,收益留存比例为 40%,预测 2007 年需要对外筹集的资金数额。

该方法的预测步骤如下。

① 将资产负债表中预计随销售变动而变动的项目分离出来。资产去除固定资产外,现金、应收账款,存货都将随销售收入的增加而增加,因为较大的销售量需要占用较多的存货,发生较多的应收账款,导致现金需求量增加。在负债和所有者权益一方,应付账款和应付费用也会随销售收入的增加而增加,而实收资本、长期借款、短期借款等不会自动增加。预计随销售收入增加而增加的项目及其比例列示在表 3-2 中。

表 3-2 南方公司销售百分率表

资产	占销售收入(%)	负债与所有者权益	占销售收入(%)
现 金	5	应付费用	5
应收账款	15	应收账款	10
存 货	30	短期借款	不变动
固定资产	不变动	长期借款	不变动
		实收资本	不变动
		留存收益	不变动
合 计	50	合 计	15

表中百分比是基期该项目金额除以基期销售收入求得,如现金:50 000 ÷ 1 000 000 = 5%

② 确定需要增加的资金。从表 3-2 中可以看出,每增加 100 元的销售收入,必须增加 50 元的资金占用,同时增加 15 元的资金来源,相抵后剩下 35% 的资产净占用(即资金需求)。

在本例中,销售收入从 1 000 000 元增加到 1 200 000 元,按照 35% 的比例,资金需求增加 7 000 元。即(1 200 000 - 1 000 000)×(50% - 15%)= 70 000 元。

③ 确定对外界资金需求数量。增加的资金需求量 70 000 元,一部分可从企业内部筹集,

2007 年预计净利润为 1 200 000 × 10%，即 120 000 元，有 40% 即 48 000 元留存企业，则有 22 000元的资金须向外界筹集。上述预测过程也可用公式法直接求得：

$$对外界资金的需求量 = \frac{A-B}{S_0}(S_1-S_0) - EPS_1$$

$$= \frac{[(50\,000+150\,000+300\,000)-(50\,000+100\,000)]}{100\,000} \times$$

$$(1\,200\,000 - 1\,000\,000) - 40\% \times 10\% \times 1\,200\,000$$

$$= 22\,000（元）$$

上述销售百分比法的介绍，是假定预测年度非敏感项目、敏感项目及其与销售的百分比均与基年保持不变为条件的。在实践中，非敏感项目、敏感项目及其与销售的百分比有可能发生变动，具体情况有：①非敏感资产、非敏感负债的项目构成以及数量的增减变动；②敏感资产、敏感负债的项目构成以及与销售百分比的增减变动。这些变动对预测资金需要总量和追加外部筹资额都会产生一定的影响，必须相应地予以调整。

（2）直线回归分析法。直线回归分析法是在成本性态分析的基础上根据产销量与资金占用总额的历史资料，运用回归直线方程预测计划期资金需要量的一种方法。回归直线方程表达式为：

$$y = a + bx \tag{3.2}$$

式中：y——资金占用量；

x——产销量；

a——不变资金；

b——单位产销量所需变动资金。

从上式中可以看出，只需求出 a 和 b，就可预测一定产销量下的资金需求量。a 和 b 的计算公式为：

$$a = \frac{n\sum X_i^2 \sum Y_i - \sum X_i \sum X_i Y_i}{n\sum X_i^2 - (\sum X_i)^2} \tag{3.3}$$

$$b = \frac{n\sum X_i Y_i - \sum X_i \sum Y_i}{n\sum X_i^2 - (\sum X_i)^2} = \frac{\sum Y_i - na}{\sum X_i} \tag{3.4}$$

【例3-2】 南方公司 2000 年-2004 年产销量与资金变化情况如表 3-3 所示。

表3-3 南方公司产销量与资金变化情况表

年份	产销量(x)（万件）	资金占用量(y)（万元）
2002	15	200
2003	25	220
2004	40	250
2005	35	240
2006	55	280

2007 年预计产销量达到 90 万件，试预测 2007 年资金需求量。

解：（1）首先根据表 3-3 整理出表 3-4。

表3-4　南方公司产销量与资金变化及相关数据

年份	产销量(x)	资金占用量(y)	xy	x^2
1999	15	200	3 000	225
2000	25	220	5 500	625
2001	40	250	10 000	1 600
2002	35	240	8 400	1 225
2003	55	280	15 400	3 025
$n=5$	$\sum X_i = 170$	$\sum Y_i = 1190$	$\sum X_i Y_i = 42\,300$	$\sum X_i^2 = 6\,700$

(2)根据表3-4资料计算 a 和 b：

$b = (5 \times 42\,300 - 170 \times 1\,190) \div [5 \times 6\,700 - (170)^2] = 2$

$a = (1\,190 - 2 \times 170) \div 5 = 170$

(3)把 $a = 170, b = 2$ 代入 $y = a + bx$，得线性回归方程：

$y = 170 + 2x$

(4)将2007年预计产销量90万件代入上式，得2007年资金需求量为：

$y = 170 + 2 \times 90 = 350$（万元）

运用线性回归法必须注意以下几个问题：①资本需要额与营业业务量之间线性关系的假定应符合实际情况；②确定 a, b 数值，应利用预测年度前连续若干年的历史资料，一般要有3年以上的资料；③应考虑价格等因素的变动情况。

第二节　权益资金筹集

权益性筹资或称为自有资金，是指企业通过吸收直接投资、发行股票、内部积累等方式筹集的资金。

一、吸收直接投资

（一）吸收直接投资的含义和主体

1. 吸收直接筹资的含义

按照国际惯例，企业的全部资本按其所有权的归属，可以分为股权资本和债权资本。企业的股权资本一般由投入资本（或股本）和留存收益构成。根据我国有关财务制度的规定，企业的股权资本包括资本金、资本公积金、盈余公积金和未分配利润。

企业的资本金是企业所有者为创办和发展企业而投入的资本，是企业股权资本最基本的部分。企业资本金因企业组织形式的不同而有不同的表现形式，在股份制企业中称为"股本"，在非股份制企业中则称为"投入资本"。

投入资本筹资是指非股份制企业以协议等形式吸收国家、其他企业、个人和外商等的直接投入的资本，形成企业投入资本的一种筹资方式。投入资本筹资不以股票为媒介，适用于非股份制企业。它是非股份制企业筹集股权资本的一种基本方式。

2. 吸收直接投资的主体

一般而言，吸收直接投资的主体是指进行投入资本筹资的企业。从法律上讲，现代企业主要有三种法律形式，也可以说是三种企业制度，即独资制、合伙制和公司制。在我国，公司制企业又分为股份制企业（包括股份有限公司和有限责任公司）和国有独资公司。可见，采用吸收直接投资的主体只能是非股份制企业,包括个人独资企业、个人合伙企业和国有独资企业。

目前在我国,吸收直接投资的主体按照所有制标准进行分类,可以分为国有独资企业、个人独资企业和个人合伙企业等。

(二)吸收直接投资的种类

1. 吸收直接投资按所形成股权资本的构成分类

(1)吸收国家投资

国家投资是指有权代表国家投资的政府部门或者机构以国有资产投入企业,在这种情况下形成的资本叫国有资本。吸收国家投资是国有企业筹集自有资金的主要方式。根据《企业国有资本与财务管理暂行办法》的规定,国家对企业注册的国有资本实行保全原则。企业在持续经营期间,对注册的国有资本除依法转让外,不得抽回,并且以出资额为限承担责任。企业拟以盈余公积、资本公积转增实收资本的,国有企业和国有独资公司由企业董事会或经理办公会决定,并报主管财政机关备案;股份有限公司和有限责任公司由董事会决定,并经股东大会审议通过。吸收国家投资一般具有以下特点:①产权归属国家;②资金的运用和处置受国家约束较大;③在国有企业中采用比较广泛。

(2)吸收法人投资

法人投资是指法人单位以其依法可以支配的资产投入企业,在这种情况下形成的资本叫法人资本。吸收法人投资一般具有以下特点:①发生在法人单位之间;②以参与企业利润分配为目的;③出资方式灵活多样。

(3)吸收个人投资

个人投资是指社会个人或本企业内部职工以个人合法财产投入企业,在这种情况下形成的资本称为个人资本。吸收个人资本一般具有以下特点:①参加投资的人员较多;②每人投资的数额相对较少;③以参与企业利润分配为目的。

2. 吸收直接投资按投资者的出资形式分类

(1)筹集现金投资。筹集现金投资是企业筹集投入资本所乐于采用的形式。企业有了现金,可用于购置资产、支付费用,比较灵活方便。因此,企业一般争取投资者以现金方式出资。各国法规大多都对现金出资比例作出了规定,或由融资各方协商确定。

(2)筹集非现金投资。

筹集非现金投资主要有两类形式。

一是筹集实物资产投资,即投资者以房屋、建筑物、设备等固定资产和材料、燃料、产品等流动资产作价投资。企业吸收的实物应符合如下条件:①确为企业科研、生产、经营所需;②技术性能比较好;③作价公平合理。

二是筹集工业产权投资,即投资者以专利权、商标权、商誉、非专利技术等无形资产作价投资。企业吸收的工业产权应符合以下条件:①能帮助研究和开发出新的高科技产品;②能帮助生产出适销对路的高科技产品;③能帮助改进产品质量,提高生产效率;④能帮助大幅度降低各种消耗;⑤作价比较合理。

企业在吸收以无形资产投资时应特别谨慎,要进行认真的可行性研究。因为以无形资产投资实际上是把有关技术资本化了,把技术的价值固定化了。而技术具有时效性,因其不断老化而导致价值不断减少甚至完全丧失,风险较大。

三是筹集土地使用权出资。投资者也可以用土地使用权来进行投资。土地使用权是按有关法规和合同的规定使用土地的权利。企业吸收土地使用权投资应符合以下条件:①企业科研、生产、销售活动所需要的;②交通、地理条件比较适宜;③作价公平合理。

（三）吸收直接投资的条件和要求

企业采用吸收直接投资方式筹措股权资本，必须符合一定的条件和要求，主要有以下几个方面。

1. 主体条件

采用吸收直接投资方式筹措投入资本的企业，应当是非股份制企业，包括个人独资企业、个人合伙企业和国有独资企业。而股份制企业按规定应以发行股票方式取得股本。

2. 需要要求

企业投入资本的出资者以现金、实物资产、无形资产出资时，必须符合企业生产经营和科研开发的需要。

3. 消化要求

企业筹集的投入资本，如果是实物和无形资产，则必须在技术上能够消化，企业经过努力在工艺、人员操作方面能够适应。

（四）吸收投资的程序

企业吸收直接投资，一般要遵循如下程序。

1. 确定筹资数量

吸收投资一般是在企业开办时所使用的一种筹资方式。进行筹资时，应当合理确定所需筹资的数量。国有独资企业的增资，必须由国家授权投资的机构或国家授权的部门决定；合资或合营企业的增资须由出资各方协商决定。

2. 寻找投资单位

企业在吸收投资之前，需要做一些必要的宣传，以便使出资单位了解企业的经营状况和财务情况，有目的地进行投资，这将有利于企业在比较多的投资者中寻找最合适的工作伙伴。

3. 协商投资事项

寻找到投资单位后，双方便可以进行具体的协商，以便合理确定投资的数量和出资方式。一般来说，企业期望投资者以现金方式出资，但如果投资者的确拥有较先进的适用于企业的固定资产、无形资产等，也可用其进行投资。

4. 签署投资协议

双方经初步协商后，如没有太大异议，便可以进一步协商。这里的关键是以实物投资、无形资产投资的作价问题。这是因为投资的报酬、风险的承担都是以由此确定的出资额为依据。一般而言，双方应按公平合理的原则协商定价。如果争议比较大，可聘请有关资产评估机构来评定。当出资数额、资产作价确定后，便可签署投资协议或合同，以明确双方的权利和责任。

5. 取得资本来源

签署拨款决定或投资协议后，应按规定或计划取得资本来源。吸收国家以现金投资的，通常有拨款计划，确定拨款期限、每期数额及划拨方式，企业可按计划取得现金。吸收出资各方以实物资产和无形资产出资的，应结合具体情况，采用适当方法，进行合理估价，然后办理产权的转移手续，取得资产。

（五）筹集非现金投资的估价

企业筹集的非现金投资，主要指流动资产、固定资产和无形资产，应按照评估确定或合同、协议约定的金额计价。

1. 筹集流动资产的估价

企业筹集的流动资产，包括材料、燃料、产成品、在产品、自制半成品、应收款项和有价证券等。

（1）对于材料、燃料、产成品等，可采用现行市价法或重置成本法进行估价。

（2）对于在产品、自制半成品，可先按完工程度折算为相当于产成品的约当产量，再按产成品的估价方法进行估价。

（3）对于应收款项，应针对具体情况，采用合理的估价方法：

① 凡是能够立即收回的应收账款，可以按其账面价值作为评估价值；

② 凡是能够立即贴现的应收票据，可以其贴现值作为评估价值；

③ 凡是不能立即收回的应收款，应合理估价其坏账损失，并以其账面价值扣除坏账损失后的金额作为评估价值；

④ 凡是能够立即变现的带息票据和计息债券，可以其面额加上持有期间的利息作为评估价值。

2. 筹集固定资产的估价

筹集固定资产投资，主要是机器设备、房屋建筑物等。

（1）对于筹集的机器设备，一般采用重置成本法和现行市价法进行估价；对有独立生产能力的机器设备，亦可采用收益现值法估价。评估价值应包括机器设备的直接成本和间接成本。

（2）房屋建筑物价值的高低，是由多方面因素决定的，主要受原投资额、地理位置、质量、新旧程度等因素的影响，可采用现行市价法并结合收益现值法进行估价。

3. 筹集无形资产的估价

企业筹集的无形资产投资，主要有专利权、专有技术、商标权、商誉、土地使用仅、特许经营权、租赁权、版权等。

（1）对于能够单独计算自创成本或外购成本的无形资产，如专利权、专有技术等，可以采用重置成本法估价。

（2）对于在现时市场上有交易参照物的无形资产，如专利权、租赁权、土地使用权等，可采用现行市价法进行估价。

（3）对于无法确定研制成本或购买成本，又不能在市场上找到交易参照物，但能为企业持续带来收益的无形资产，如特许经营权、商标权、商誉等，可采用收益现值法估价。

（六）吸收投资的优缺点

1. 吸收投资的优点

（1）有利于增强企业信誉。吸收投资所筹集的资金属于自有资金，能增强企业的信誉和借款能力，对扩大企业经营规模、壮大企业实力具有重要作用。

（2）有利于尽快形成生产能力。吸收投资可以直接获取投资者的先进设备和先进技术，有利于尽快形成生产能力，尽快开拓市场。

（3）有利于降低财务风险。吸收投资可以根据企业的经营状况向投资者支付报酬。企业经营状况好，就可以向投资者多支付一些报酬；企业经营状况不好，就可不向投资者支付报酬或少支付报酬，比较灵活，所以财务风险较小。

2. 吸收投资的缺点

（1）资本成本较高。相对于负债筹资而言，采用吸收投资方式筹集资金所需要负担的资本成本较高，特别是企业经营状况较好和赢利较强时更是如此。因为向投资者支付的报酬是根据其出资的数额和企业实现利润的多寡来计算的。

（2）容易分散企业控制权。采用吸收投资方式筹集资金，投资者一般都要求获得与投资数量相适应的经营管理权，这是接受外来投资的代价之一。如果外部投资者的投资较多，则投资者会有相当大的管理权，甚至会对企业实行完全控制，这是吸收投资的不利因素。

二、发行普通股

股票是股份有限公司签发的证明股东所持股份的凭证,是为筹措股权资本而发行的有价证券。它代表持股人在公司中拥有的所有权。股票持有人即为公司的股东。公司股东作为出资人按投入公司的资本额享有所有者的资产收益、公司重大决策和选择管理者的权利,并以其所持股份为限对公司承担责任。

(一)股票的种类

股份有限公司根据筹资者和投资者的需要,发行各种不同的股票。股票的种类很多,可按不同的标准进行分类。

1. 以股东享有权利和承担义务的大小为标准,将股票分成普通股票和优先股票

普通股票简称普通股,是股份公司依法发行的具有管理权、股利不固定的股票。普通股具备股票的最一般特征,是股份公司资本的最基本部分。

普通股在权利和义务方面的特点是:(1)普通股股东享有公司的经营管理权;(2)普通股股利分配在优先股之后进行,并依公司赢利情况而定;(3)公司解散清算时,普通股股东对公司剩余财产的请求权位于优先股之后;(4)公司增发新股时,普通股股东具有认购优先权,可以优先认购公司所发行的股票。

优先股票简称优先股,是公司发行的优先于普通股股东分取股利和公司剩余财产的股票。多数国家的公司法规定,优先股可以在公司设立时发行,也可以在公司增发新股时发行。但有些国家的法律则规定,优先股只能在特殊情况下,如公司增发新股或清理债务时才准发行。

2. 以股票票面上有无记名为标准,将股票分为记名股票与无记名股票

记名股票是在股票上载有股东姓名或名称,并将其记入公司股东名册的一种股票。记名股票要同时附有股权手册,只有同时具备股票和股权手册,才能领取股息和红利。记名股票的转让、继承都要办理过户手续。

无记名股票是指在股票上不记载股东姓名或名称的股票。凡持有无记名股票,都可成为公司股东。无记名股票的转让、继承无须办理过户手续,只要将股票交给受让人,就可发行转让效力,移交股权。

公司向发行人、国家授权投资的机构、法人发行的股票,应当为记名股票。对社会公众发行的股票,可以为记名股票,也可以为无记名股票。

3. 以股票票面上有无金额为标准,将股票分为面值股票和无面值股票

面值股票是在票上标有一定金额的股票。持有这种股票的股东,对公司享有的权利和承担的义务大小,依其所持有的股票票面金额占公司发行在外股票总面值的比例而定。

无面值股票是不在票面上标出金额,只载明所占公司股本总额的比例或股份数的股票。无面值股票的价值随公司财产的增减而变动,而股东对公司享有的权利和承担义务的大小,直接依股票标明的比例而定。目前,我国《公司法》不承认无面值票面,规定股票应记载股票的面额,并且其发行价格不得低于票面金额。

4. 以发行时间的先后为标准,将股票分为始发股和增发股

所谓始发股是公司设立时发行的股票。所谓增发股是公司增资时发行的股票。始发股和增发股的发行条件、发行目的、发行价格都不尽相同,但是股东的权利和义务却是一样的。

5. 以发行对象和上市地区为标准,将股票分为 A 股、B 股、H 股和 N 股等

在我国内地,有 A 股和 B 股。A 股是以人民币标明票面金额,并以人民币认购和交易的股票。B 股是以人民币标明票面金额,以外币认购和交易的股票。另外,还有 H 股和 N 股,H

股为在香港上市的股票，N 股是在纽约上市的股票。

（二）普通股的权利

普通股股票的持有人称为普通股股东，普通股股东一般具有以下权利。

1. 公司管理权

普通股股东的管理权主要体现在为董事会选举中有选举权和被选举权，通过选出的董事会代表所有股东对企业进行控制和管理。具体来说，普通股股东的管理权主要包括投票权、查账权、阻止越权经营的权利。

2. 分享盈余权

分享盈余权，即普通股股东经董事会决定后，有从净利润中分得股息和红利的权利。

3. 出让股份权

出让股份权，即股东有权出售或转让股票。

4. 优先认股权

优先认股权，即普通股股东拥有优先于其他投资者购买公司增发新股票的权利。

5. 剩余财产要求权

剩余财产要求权，即当公司解散、清算时，普通股股东对剩余财产有要求权。但是，公司破产清算时，财产的变价收入，首先要用来清偿债务，然后支付优先股股东，最后才能分配给普通股股东。

（三）股票发行的基本要求

股份公司发行股票，分为设立发行和增资发行，但不论是设立发行还是增资发行，根据我国《公司法》、《证券法》等规定，都必须依循下列基本要求。

1. 股份有限公司的资本划分为股份，每股金额相等。

2. 公司的股份采取股票的形式。

3. 股份的发行实行公开、公平、公正的原则，必须同股同权、同权同利。

4. 同次发行的股票，每股的发行条件和价格应当相同。各个单位或者个人所认购的股份，每股应当支付相同价额。

5. 股票发行价格可以按票面金额，也可以超过票面金额，但不得低于票面金额。即可以按面额发行或溢价发行，但不得折价发行。

6. 公司对公开发行股票所筹集资金，必须按照招股说明书所列资金用途使用。

（四）股票的发行程序

各国对股票的发行程序都有严格的法律规定，未经法定程序发行的股票无效。设立发行和增资发行在程序上有所不同。

1. 设立发行股票的程序

股份公司设立时发行股票的基本程序如下。

（1）发起人认足股份，交付出资。股份有限公司的设立，可以采取发起设立或募集设立两种方式。无论采用哪种设立方式，发起人均须认足其应认购的股份。若采用发起设立方式，须由发起人认购公司应发行的全部股份；若采用募集设立方式，须由发起人至少认购公司应发行股份的法定比例（不少于35%），其余部分向社会公开募集。

发起人可以用现金出资，也可以用实物、工业产权、非专利技术、土地使用权作价出资。对作为出资的实物、工业产权、非专利技术或者土地使用权，必须进行合理评估作价，并折合为股份。在发起设立方式下，发起人以书面认定公司章程规定应认购的股份后，应及时缴纳全部股款;以实物、工业产权、非专利技术或者土地使用权抵作股款的,应依法办理其财产权的转移手续。发起人交付全部出资后,应当选举董事会和监事会,由董事会办理设立登记事项。

在募集设立方式下,发起人认足其应认购的股份并交付出资后,其余股份可向社会公开募集。

(2)提出募集股份申请。发起人向社会公开募集股份时,必须向国务院证券管理部门递交募股申请,并报送批准设立公司的文件,主要包括:公司章程;经营估算书;发起人姓名或者名称、发起人认购的股份数、出资种类及验资证明;招股说明书;代收股款银行的名称及地址;承销机构的名称及有关协议等文件。

(3)公告招股说明书,制作认股书,签订承销协议。在向社会公开募股申请获得批准之前,任何人不得以任何方式泄露招股的具体情况。募股申请获得批准后,发起人应在规定期限内向社会公告招股说明书,并制作认股书。招股说明书应附有发起人制定的公司章程,并载明发起人认购的股份数、每股的票面金额和发行价格、无记名股票的发行总数、认股人的权利义务、本资募股的起止期限、逾期未募足时认股人可撤回所认购股份的说明等事项。认股书应当载明招股说明书所列事项,由认股人填写所认股数、金额、认股人住所,并签名、盖章。

发起人向社会公开发行股票,应当由依法设立的证券承销机构承销,并签订承销协议;还应当同银行签订代收股款协议。

(4)招认股份,缴纳股款。发行股票的发起人或其股票承销机构,通常以广告或书面通知的方式招募股份。认购者认股时,需在由发起人制作的认股书上填写认购股数、金额、认股人住所,并签名、盖章。认购者一旦填写了认股书,就要承担认股书中约定的缴纳股款的义务。

发起人公开向社会招募股份时,有时会出现认股者所认购总股数超过发起人拟招募总股数的情况,这时可以采用抽签方式决定哪些认购者的认股书有效。

认股人应在规定的期限内向代收股款的银行缴纳股款。无论股票有无面额、股票面额大小,股款一律按发行价格一次缴足。认股人应在缴纳股款的同时,交付认股书。收款银行应向缴纳股款的认股人出具需由发起人签名盖章的股款缴纳收据,并负责向有关部门出具收缴股款的证明。缴足后,发起人应当委托法定的机构进行验资,并出具验资证明。

(5)召开创立大会,选举董事会、监事会。发行股份的股数募足后,发起人应在规定期限内(法定30天内)主持召开创立大会。创立大会由认股人组成,应有代表股份总数半数以上的认股人出席方可举行。

创立大会通过公司章程,选举董事会和监事会的成员,并有权对公司的设立费用进行审核,对发起人用于抵作股款的财产的作价进行审核。

(6)办理公司设立登记,交割股票。经创立大会选举产生的董事会,应在创立大会结束后30天内,办理申请公司设立的登记事项。股份有限公司登记成立后,即向股东正式交付股票。公司登记成立前不得向股东交割股票。

股票采用纸面形式或者由国务院证券管理部门规定的其他形式。股票应当载明公司名称、公司登记成立的日期、股票种类、票面金额及代表的股份数、股票的编号。发起人的股票还应标明发起人股票字样。股票须由董事长签名,公司盖章。

2. 增资发行新股的程序

股份有限公司成立以后,在其存续期间为增加资本,会多次发行新股份。增资发行新股的基本程序如下。

(1)作出发行新股决议。根据我国《公司法》,公司发行新股须由股东大会作出决议,包括新股种类及数额、新股发行价格、新股发行的起止日期、向原有股东发行新股的种类及数额等事项。

按照国际惯例,在授权资本制度下,公司董事会可在授权股额内作出发行新股的决定。所谓授权资本制度是在公司章程规定公司预定发行股票总额(授权股额)的范围内,股东大会授予董事会决定增发股票的权限,公司成立时所发行的股票不应少于预定发行股票总额的1/4,其余股份在公司成立后由董事会随时决定发行。但当预定发行总数已满而仍需增加发行时,还需由股东大会决议调整公司章程,增加授权股数,董事会再据此作出发行新股的决定。由此可见,发行新股的决策权,在理论上属于股东大会,在实际中是由董事会行使,这有利于公司把握股票筹资的良好时机,及时作出增资决策。目前,不少国家如英国、美国、日本等均先后实行了授权资本制度,并赋予法律效力。

公司发行新股的种类、数额及发行价格,需根据公司股票在市场上的推销前景,公司筹措资本的需要,公司连续赢利情况和财产增值情况,并考虑发行成本来予以确定。

(2)提出发行新股的申请。公司作出发行新股的决议后,董事会必须向国务院授权的部门或者省级人民政府申请批准。属于向社会公开募集的新股,须经国务院证券管理部门批准。

(3)公告招股说明书,制作认股书,签订承销协议。公司经批准向社会公开发行新股时,必须公告新股招股说明书和财务会计报表及附表,并制作认股书,还需与证券经营机构签订承销协议。

(4)招认股份,缴纳股款,交割股票。

(5)改选董事、监事,办理变更登记。公司发行新股募足股款后,应立即召开股东大会,改选董事、监事。这种改选是由于公司股份增加、股份比例结构变动所引起的增额性改选。

然后,公司必须向登记机关办理变更登记,并向社会公告。变更登记事项主要包括本次实际发行新股的股数及金额、发行新股后变更的股东名册、经改选的公司董事和监事名单等。

(五)股票的发行方法

股票的发行方法和推销方式对于及时筹集和募足资本有着重要的意义。发行公司应根据具体情况,选择适宜的股票发行方法与推销方式。

1. 股票的发行方法

股票发行的具体方法有以下几种。

(1)有偿增资。有偿增资是出资人须按股票面额或市价,用现金或实物购买股票。有偿增资又可分为公募发行、股东优先认购、第三者分摊等具体做法。

公募发行即向社会公众公开发行募集股票。它又分为直接公募和间接公募两种。

① 直接公募发行是发行公司通过证券商等中介机构,向社会公众发售股票,发行公司承担发行责任与风险,证券商不承担风险而只收取一定的手续费。在英国,这种做法适用于最确定可靠,或相反地适用于令人难以置信的股票的发行。

② 间接公募发行是发行公司通过投资银行发行、包销,投资银行承担发行风险,由投资银行先将股票购入,再售给社会公众。这种做法在西方广为流行。在美国,90%以上的新股票是采用这种办法发行的。

(2)股东无偿配股。股东无偿配股是公司不向股东收取现金或实物财产,而是无代价地将公司发行的股票配给股东。公司采用这种做法,其目的不在增资,而是为了调整资本结构,提高公司的社会地位,增强股东的信心。按照国际惯例,无偿配股通常有三种具体做法,即无偿交付、股票派息、股票分割。

无偿交付是指股份公司用资本公积金转增股本,按股东现有股份比例无偿地交付新股票。

股票派息是股份公司以当年利润分派新股代替对股东支付现金股利。这种做法对股份公司而言,可以避免资本外流,扩大股本规模。但由于增加了股份数额,也加重了股利分配负担。

股票分割是指将大面额股票分割为若干小面额股票。例如,将原来的一股分为两股或两股分为三股。其结果是增加了股份总数,但并不改变股本总额。实行股票分割的目的,在于降低股票票面金额,便于个人投资者购买,以促进股票的发行和流通。

(3)有偿无偿并行增资。采用这种办法时,股份有限公司发行新股时,股东只需交付一部分股款,其余部分由公司公积金抵充。这种办法兼有增加资本和调整资本结构的作用。

2. 股票的推销方式

股票的发行是否成功,最终取决于能否将股票全部推销出去。股份公司公开向社会发行股票,其推销方式不外乎有两种选择,即自销或委托承销。

(1)自销方式。股票发行的自销方式,是指股份公司自行直接将股票出售给投资者,而不经过证券经营机构承销。自销方式可节约股票发行成本,但发行风险完全由发行公司自行承担。这种推销方式并不普遍采用,一般仅适用于发行风险较小、手续较为简单、数额不多的股票发行。在国外主要由知名度高、有实力的公司向现有股东推销股票时采用。

(2)委托承销方式。股票发行的委托承销方式,是指发行公司将股票销售业务委托给证券承销机构代理。证券承销机构是指专门从事证券买卖业务的金融中介机构,在我国主要为证券公司、信托公司等,在美国一般是投资银行,在日本则是称为"干事公司"的证券公司。委托承销方式是发行股票所普遍采用的推销方式。我国《公司法》规定,公司向社会公开发行股票,不论是募集设立时首次发行股票还是设立后再次发行新股,均应当由依法设立的证券经营机构承销。委托承销方式包括包销和代销两种具体办法。

① 股票发行的包销,是由发行公司与证券经营机构签订承销协议,全权委托证券承销机构代理股票的发售业务。采用这种办法,一般由证券承销机构买进股份公司公开发行的全部股票,然后将所购股票转售给社会上的投资者。在规定的募股期限内,若实际募股份数达不到预定发行股份数,剩余部分由证券承销机构全部承购下来。

发行公司选择包销办法,可促进股票顺利出售,及时筹足资本,还可免于承担发生风险;不利之处是要将股票以略低的价格售给承销商,且实际付出的发行费用较高。

② 股票发行的代销,是由证券经营机构代理股票发售业务,若实际募集股份数达不到发行股数,承销机构不负承购剩余股份的责任,而是将未售出的股份归还给发行公司,发行风险由发行公司自己承担。

根据我国有关股票发行法规的规定,公司拟公开发行股票的面值总额超过人民币3 000万元或者预期销售总金额超过人民币5 000万元的,应当由承销团承销。承销团由两个以上承销机构组成,一般包括总承销商、副总承销商、分销商。总承销商由发行人按照公开竞争的原则,通过竞标或协商确定。

(六)普通股发行定价

股票发行价格通常有等价、时价和中间价三种。等价是指以股票面额为发行价格,即股票的发行价格与其面额等价,也称平价发行或面值发行。时价是以公司原发行同种股票的现行市场价格为基准来选择增发新股的发行价格,也称市价发行。中间价是取股票市场价格与面额的中间值作为股票的发行价格。以中间价和时价发行都可能是溢价发行,也可能是折价发行。值得注意的是,我国公司法规定公司发行股票不准折价发行,即不准以低于股票面额的价格发行。

根据我国《证券法》的规定,股票发行采取溢价发行的,其发行价格由发行人与承销的证券公司协商确定。发行人通常会参考公司经营业绩、净资产、发展潜力、发行数量、行业特点、股市状态等,确定发行价格。在实际工作中,股票发行价格的确定方法主要有以下三种:

1. 市盈率法

市盈率又称本益比(P/E),是指公司股票市场价格与公司赢利的比率。其计算公式为:

$$市盈率 = \frac{每股市价}{每股净收益} \tag{3.5}$$

市盈率法是以公司股票的市盈率为依据确定发行价格的一种方法。采用市盈率法确定股票发行价格的步骤如下:

(1)应根据注册会计师审核后的赢利预测计算出发行公司的每股净收益。

$$每股净收益 = \frac{净利润}{发行前总股本数} \tag{3.6}$$

确定每股净收益的方法有两种:一是完全摊薄法。即用发行当年预测全部净利润除以总股本,直接得出每股净利润。二是加权平均法。采用加权平均法确定每股净利润较为合理。因股票发行的时间不同,资金实际到位的先后对企业效益影响较大,同时投资者在购股后才应享受应有的权益。加权平均法计算公式为:

$$每股净收益 = \frac{发行当年预测净利润}{发行前总股本数 + 本次公开发行股本数 \times \frac{12 - 发行月数}{12}} \tag{3.7}$$

(2)根据二级市场的平均市盈率、发行公司所处行业的情况(同类行业公司股票的市盈率)、发行公司的经营状况及其成长性等拟订发行市盈率。

(3)依发行市盈率与每股净收益之乘积决定发行价。

$$发行价 = 每股净收益 \times 发行市盈率 \tag{3.8}$$

2. 净资产倍率法

净资产倍率法又称资产净值法,是指通过资产评估和相关会计手段确定发行公司拟募股资产的每股净资产值,然后根据市场的状况将每股净资产值乘以一定的倍率,以此确定股票发行价格的方法。净资产倍率法在国外常用于房地产公司的资产现值要重于商业利益的公司的股票发行,但在国内一直未采用。以此种方式确定每股发行价格不仅应考虑公平市值,还须考虑市场所能接受的溢价倍数。以净资产倍率法确定发行股票价格的计算公式为:

$$发行价格 = 每股净资产值 \times 溢价倍数 \tag{3.9}$$

3. 现金流量折现法

现金流量折现法是通过预测公司未来赢利能力,据此计算出公司净现值,并按一定的折现率折算,从而确定股票发行价格的方法。其基本要点是:首先是用市场接受的会计手段预测公司每个项目若干年内每年的净现金流量,再按照市场公允的折现率,分别计算出每个项目未来的净现金流量的净现值。公司的净现值除以公司股份数,即为每股净现值。采用此法应注意两点:第一,由于未来收益存在不确定性,发行价格通常要对上述每股净现值折让20% ~ 30%;第二,用现金流量折现法定价的公司,其市盈率往往远高于市场平均水平,但这类公司发行上市时套算出来的市盈率与一般公司发行的市盈率之间不具可比性。这一方法在国际主要股票市主要用于对新上市公路、港口、桥梁、电厂等基建公司的估值发行的定价。这类公司的特点是前期投资大、初期回报不高,上市时的利润一般偏低,如果采用市盈率法发行定价则会低估其真实价值,而对公司未来收益(现金流量)的分析和预测能比较准确地反映公司的整体价值和长远价值。

(七)普通股筹资的优缺点

1. 普通股筹资的优点

与其他筹资方式相比,普通股筹措资本具有如下优点。

（1）没有固定利息负担。公司有盈余，并认为适合分配股利，就可以分给股东；公司盈余较少，或虽有盈余但资金短缺或有更有利的投资机会，就可少支付或不支付股利。

（2）没有固定到期日，不用偿还。利用普通股筹集的是永久性的资金，除非公司清算才需偿还。它对保证企业最低的资金需求有重要意义。

（3）筹资风险小。由于普通股没有固定到期日，不用支付固定的利息，因此风险小。

（4）能增加公司的信誉。普通股本与留存收益构成公司所借入一切债务的基础。有了较多的自有资金，就可以为债权人提供较大的损失保障，因而，普通股筹资可以提高公司的信用价值，同时也为使用更多的债务资金提供了强有力的支持。

（5）筹资限制较少。利用优先股或债券筹资，通常有许多限制，这些限制往往会影响公司经营的灵活性，而利用普通股筹资则没有这种限制。

另外，由于普通股的预期收益较高并且一定程度地抵消通货膨胀的影响（通常在通货膨胀期间，不动产升值时普通股也随之升值），因此普通股筹资容易吸收资金。

2. 普通股筹资的缺点

运用普通股筹措资本也有以下缺点。

（1）普通股的资本成本较高。首先，从投资者的角度讲，投资于普通股风险较高，相应地要求有较高的投资报酬率。其次，对于筹资公司来讲，普通股股利从净利润中支付，不像债券利息那样作为费用从税前支付，因而不具有抵税作用。此外，普通股的发行费用一般也高于其他证券的发行费用。

（2）以普通股筹资会增加新股东，这可能会分散公司的控制权，削弱原有股东对公司的控制。

此外，新股东分享公司未发行新股前积累的盈余，会降低普通股的每股净收益，从而可能引起股价的下跌。

三、发行优先股

优先股是股份公司发行的具有一定优先权的股票。它既具有普通股的某些特征，又与债券有相似之处。普通股股东一般把优先股看成是一种特殊的债券；从债券持有人来看优先股属于股票；从公司管理当局和财务人员看，优先股则具有双重性质；从法律上讲，企业对优先股不承担还本义务，因此它是企业自有资金的一部分。

（一）优先股的种类

1. 按股利能否累积可分为累积优先股和非累积优先股

累积优先股：只有把所积累的优先股股利全部支付之后才能支付普通股股利的优先股股票。

非累积优先股：仅按当年利润分取股利，不予累积补付的优先股股票。

2. 按是否转换为普通股可分为可转换优先股和不可转换优先股

可转换优先股：股东可在一定时期内按照一定比例把优先股转换成普通股的股票。

不可转换优先股：是指不能转换成普通股的股票。

3. 按能否参与剩余利润分配可分为参与优先股和非参与优先股

参与优先股：不仅能取得固定股利，还有权与普通股一同参与利润分配的股票。

非参与优先股：只能取得固定股利的优先股。

4. 按是否有赎回优先股的权利可分为可赎回优先股和不可赎回优先股

可赎回优先股：股份公司可以按照一定价格收回的优先股。是否收回以及何时收回由发行公司确定,但是赎回价格一般高于面值。

不可赎回优先股:不能收回的优先股股票。

注意:累积优先股、可转换优先股和参与优先股有利于股东;而可赎回优先股对股份公司有利。

(二)优先股股东的权利

1. 优先分配股利权。优先股股利的支付位于普通股之前。

2. 优先分配剩余资产权。当企业破产清算时,出售资产所得的收入,优先股的请求权位于债务人之后,但位于普通股之前。

3. 部分管理权:优先股股东的管理权限是有严格限制的。通常在股东大会上优先股股东没有表决权,但涉及优先股的有关问题时有权参加表决。

(三)优先股筹资的优缺点

1. 优点

(1)没有固定到期日,不用偿还本金。优先股筹集的资金属于企业自有资金,企业对优先股不承担还本义务。

(2)股利支付既固定,又具有一定的弹性。企业对优先股不承担还本义务,当公司盈余不足时,优先股股东不能要求公司破产付息。

(3)有利于增强公司信誉。发行优先股,可增强公司的实力与信誉,增强公司对外举债的能力。

2. 缺点

(1)筹资成本高。优先股股利要从净利中支付,而债务利息在所得税前扣除,故筹资成本比债务资金成本高。

(2)筹资限制多。发行优先股,通常有许多限制,如对普通股支付的限制、对公司借债的限制等。

(3)财务负担重。由于优先股股利要从净利中支付,且股利固定,当利润下降时,优先股股利会成为一项较重的财务负担。

第三节　短期负债资金筹集

一、短期借款

短期借款,是指企业向银行和其他非银行金融机构借入的期限在一年以内的借款。

(一)短期借款的种类

短期借款主要有生产周转借款、临时借款、结算借款等。按照国际通行做法,短期借款还可依偿还方式的不同,分为一次性偿还借款和分期偿还借款;依利息支付方法的不同,分为收款法借款、贴现法借款和加息法借款;依有无担保,分为抵押借款和信用借款。

(二)短期借款的信用条件

银行发放贷款时,往往涉及以下信用条件。

1. 信贷额度

信贷额度是借款企业与银行在协议中规定的借款最高限额。在信贷额度内,企业可以随时按需要支用借款。但如协议是非正式的,则银行并无须按最高借款限额保证贷款的法律义务。

2. 周转信贷协定

周转信贷协定是银行从法律上承诺向企业提供不超过某一最高限额的贷款协定。企业享用周转信贷协议，要对贷款限额中的未使用部分付给银行一笔承诺费。

【例3-3】 某企业与银行商定的周转信贷额度为1 000万元，承诺费率为1%，该企业年度实际借款额为600万元，计算该企业应向银行支付的承诺费。

解：应付承诺费 =（1 000 - 600）× 1%

= 4（万元）

3. 补偿性余额

补偿性余额是银行要求借款企业在银行中保留一定数额的存款余额，一般为借款额的10% ~ 20%，其目的是降低银行贷款风险，但对借款企业来说，却加重了利息负担。

补偿性余额实际借款利率 = 名义利率 ÷（1 - 补偿性余额比率）　　　　　　　（3.10）

【例3-4】 某企业按年利率9%向银行借款100万元，银行要求保留10%的补偿性余额，计算企业实际借款利率。

解：企业实际借款利率 = 9% ÷（1 - 10%）

= 10%

4. 借款抵押

借款抵押是指企业以抵押品作担保向银行取得一定借款的信用条件。通常抵押品是借款企业的应收账款、存货、股票、债券以及房屋等。银行发放贷款的数额一般为抵押品的30% ~ 50%，这一比例的高低取决于抵押品的变现能力和银行的风险偏好。一般抵押借款的资金成本高于非抵押借款。

5. 偿还条件

无论何种借款，银行一般都会规定还款的期限。根据我国金融制度的规定，贷款到期后仍无能力偿还的，视为逾期贷款，银行要照章加收逾期罚息。

6. 以实际交易为贷款条件

当企业发生经营性临时资金需求，向银行申请贷款以求解决时，银行则以企业将要进行的实际交易为贷款基础，单独立项，单独审批，最后作出决定并确定贷款的相应条件和信用保证。对这种一次性借款，银行要对借款人的信用状况、经营情况进行个别评价，才能确定贷款的利息率、期限和数量。

（三）借款利息的支付方式

1. 利随本清法

利随本清法，又称收款法，是在借款到期时向银行支付利息的方法。采用这种方法，借款的名义利率等于其实际利率。

2. 贴现法

贴现法，是银行向企业发放贷款时，先从本金中扣除利息部分，在贷款到期时借款企业再偿还全部本金的一种计息方法。贴现法的实际贷款利率的计算公式为：

$$贴现贷款实际利率 = \frac{利息}{贷款金额 - 利息} × 100\%$$　　　　　（3.11）

（四）短期借款筹资的优缺点

1. 短期借款的优点

（1）筹资速度快。企业获得短期借款所需时间要比长期借款短得多，因为银行发放长期贷款前，通常要对企业进行比较全面的调查分析，花费时间较长。

（2）筹资弹性大。短期借款数额及借款时间弹性较大,企业可在需要资金时借入,在资金充裕时还款,便于企业灵活安排。

2. 短期借款筹资的缺点

（1）筹资风险大。短期资金的偿还期短,在筹资数额较大的情况下,如企业资金调度不周,就有可能出现无力按期偿付本金和利息,甚至被迫破产。

（2）与其他短期筹资方式相比,资金成本较高,尤其是存在补偿性余额和附加利率的情况下,实际利率通常高于名义利率。

二、商业信用

商业信用是指商品交易中的延期付款或延期交货而形成的借贷关系,是企业之间的一种直接信用关系。商业信用已成为企业普遍使用的短期资金筹措方式。

（一）商业信用的形式

商业信用的形式主要有应付账款、应付票据、预收账款。

1. 应付账款

应付账款即赊购商品形成的欠款,是一种典型的商业信用形式。应付账款是卖方向买方提供信用,允许买方收到商品后不立即付款,可延续一定时间付款。

2. 应付票据

应付票据是企业根据购销合同进行延期付款的商品交易时所开出的反映债权债务关系的票据。应付票据主要是商业汇票。商业汇票根据承兑人的不同可分为商业承兑汇票和银行承兑汇票。商业承兑汇票是由收款人开出,经付款人承兑,或由付款人开出并承兑的汇票。银行承兑汇票是由收款人或承兑申请人开出,由银行审查同意承兑的汇票。

3. 预收账款

预收账款是指卖方按照合同或协议的规定,在交付商品之前,向买方预收部分或全部货款的信用行为。它等于卖方向买方先借一笔款项,然后用商品偿还。这种情况中的商品往往是紧俏商品或是生产周期长、售价高的商品,买方乐意预付货款而取得期货,卖方由此筹集到资金。

（二）商业信用的条件

商业信用条件是指销货人对付款时间和现金折扣所作的具体规定。如"2/10,n/30"便属于一种信用条件。卖方在销售中推出信用期限的同时,往往会推出现金折扣条款,如"2/10,n/30"表示信用期为 30 天,允许买方在 30 天内免费占用资金;如买方在 10 天内付款,可以享有 2% 的现金折扣。从总体上来看,信用条件主要有以下几种形式。

1. 预收货款

一般用于以下两种情况:企业已知买方的信用欠佳;销售生产周期长、售价高的商品。

2. 延期付款,但不涉及现金折扣

这是指卖方允许买方在交易发生后的一定时期内按发票金额支付货款。如"n/30"指卖方允许买方在 30 天内按发票金额支付货款。该条件下的信用期一般为 30~60 天,有些季节性的生产企业可能为其顾客提供更长的信用期。

3. 延期付款,但早付款可享受现金折扣

这是指买方在卖方规定的折扣期内付款可享受规定的现金折扣。如"2/10,n/30"表示信用期为 30 天,如买方在 10 天内付款,可以享有 2% 的现金折扣;如买方在 20~30 天付款,不享受现金折扣。提供现金折扣的目的是为了加速货款的回收。现金折扣率一般为发票金额的 1% ~ 5%。

（三）现金折扣成本的计算

现金折扣成本指买方赊购商品时,卖方提供现金折扣,买方没有利用,放弃享受现金折扣的机会成本。其计算公式为:

$$放弃现金折扣成本率 = \frac{现金折扣率}{1 - 现金折扣率} \times \frac{360}{信用期 - 折扣期} \tag{3.12}$$

【例 3 – 5】 A 企业向 B 企业购入一批原材料,价款总数为 200 万元,付款约定为(2/10, n/30)。

放弃现金折扣的成本 = 2% × 360/[(1 - 2%)(30 - 10)] = 36.73%

假定银行贷款利率为 10%,则 A 企业不应该放弃现金折扣,宁可向银行借款在第 10 天付款 196 万元,享有现金折扣。因为借款 20 天的利息为 1.08(196 × 10% × 20/360)万元,花 1.08 万元省下 4 万元是划算的。

（四）商业信用融资的优缺点

1. 优点

(1)筹资便利。因为商业信用与商品买卖同时进行,属于一种自然性融资,随时可以随着购销行为的产生获得这项资金。

(2)筹资成本低。如果没有现金折扣,或企业不放弃现金折扣,则利用商业信用筹资没有实际成本。

(3)限制条件少。商业信用无须担保和抵押,与其他筹资方式比,限制条件较少。

2. 缺点

(1)期限短。商业信用的期限一般都很短,资金不能长期占用。

(2)现金折扣成本高。如果放弃现金折扣,会付出较高的资金成本。

第四节　长期负债资金筹集

一、银行借款

银行借款是指企业根据借款合同向银行或非银行金融机构借入的需要还本付息的款项,又称为银行借款筹资。

（一）银行借款的种类

1. 按借款的期限分类

银行借款按借款期限长短不同,可分为短期借款和长期借款。短期借款是指借款期限在 1 年以内的借款;长期借款是指借款期限在 1 年以上的借款。

2. 按借款的条件分类

银行借款按借款担保条件不同,可分为信用借款、担保借款和票据贴现。

3. 银行借款按提供贷款的机构不同,可分为政策性银行贷款和商业性银行贷款

（二）银行借款的程序

1. 企业提出借款申请

企业要向银行借入资金,必须向银行提出申请,填写包括借款金额、借款用途、偿还能力、还款方式等内容的"借款申请书",并提供有关资料。

2. 银行审查借款申请

银行对企业的借款申请要从企业的信用等级、基本财务情况、投资项目的经济效益、偿债能力等多方面作必要的审查,以决定是否提供贷款。

3. 银企签订借款合同

企业向银行借入资金时,双方必须签订借款合同。借款合同是规定借款企业和银行双方的权利、义务和经济责任的法律文件。借款合同包括基本条款、保证条款、违约条款及其他附属条款等内容。

4. 企业取得借款

双方签订借款合同后,银行按合同规定向企业发放贷款。

5. 企业还本付息

企业按借款合同规定按时足额归还借款本息。如因故不能按期归还,应在借款到期之前,向银行提出延期申请,由贷款银行审定是否给与延期。

(三)银行借款的优缺点

1. 银行借款的优点

(1)筹资速度快。与发行证券相比,银行借款不需印刷证券、报请批准等,一般所需时间短,可以较快满足资金的需要。

(2)筹资成本低。与发行债券相比,银行借款利率较低,且不需支付发行费用。

(3)借款弹性大。企业与银行可以直接接触,商谈借款金额、期限和利率等具体条款。借款后如情况发生变化可再次协商修改条款。借款到期后,如还款有困难,取得银行同意,还可延期归还。

2. 银行借款的缺点

(1)财务风险较大。企业经营不利时,可能产生不能偿付的风险。

(2)限制条款较多。如定期报送有关报表、不准改变借款用途等。

(3)筹资数额有限。银行借款筹资都有一定的上限。

二、发行债券

债券是企业依照法定程序发行的、承诺按一定利率定期支付利息,并到期偿还本金的有价证券,是持券人拥有公司债权的凭证。

(一)债券的种类

1. 按发行主体分类

债券按发行主体不同,可分为政府债券、金融债券和企业债券。

政府债券是由中央政府或地方政府发行的债券。政府债券风险小、流动性强。

金融债券是银行或其他金融机构发行的债券。金融债券风险不大、流动性较强、利率较高。

企业债券是由各类企业发行的债券。企业债券风险较大、利率较高、流动性差别较大。

2. 按有无抵押担保分类

债券按有无抵押担保,可分为信用债券、抵押债券和担保债券。

信用债券又称为无抵押担保债券,是以债券发行者自身信誉而发行的债券。政府债券属于信用债券,信誉良好的企业也可以发行信用债券。企业发行信用债券往往有一些限制条件,如不准企业将其财产抵押给其他债权人,不能随意增发企业债券,未清偿债券之前股利不能分得过多等。

抵押债券是指以一定抵押品作抵押而发行的债券。当企业不能偿还债务时,债权人可将抵押品拍卖以获取债券本息。

担保债券是指由一定保证人作担保而发行的债券。当企业没有足够资金偿还债券时,债权人可以要求保证人偿还。

3. 按是否记名分类

债券按是否记名,可分为记名债券和无记名债券。

4. 按债券利率是否变动分类

债券按利率不同,可分为固定利率债券和浮动利率债券。

5. 按偿还期限分类

债券按偿还期限不同,可分为短期债券和长期债券。

短期债券是指偿还期在一年以内的债券。长期债券是指偿还期在一年以上的债券。

6. 按是否标明利息率

债券按是否标明利息率,可分为有息债券和贴现债券。

7. 按是否可转换成普通股分类

债券按是否可转换成普通股,可分为可转换债券和不可转换债券。

(二)债券的发行

1. 债券发行的资格

我国《公司法》规定,股份有限公司、国有独资公司和两个以上的国有企业或者其他两个以上的国有投资主体投资设立的有限责任公司,有资格发行公司债券。

2. 债券发行的条件

(1)股份有限公司的净资产额不低于人民币3 000万元,有限责任公司的净资产额不低于人民币6 000万元。

(2)累计债券总额不超过公司净资产额的40%。

(3)最近3年平均可分配利润足以支付公司债券1年的利息。

(4)所筹集的资金投向符合国家产业政策。

(5)债券的利率不得超过国务院限定的利率水平。

(6)国务院规定的其他条件。

发行公司凡是有下列情形之一的,不得再次发行公司债券。

(1)前一次发行的公司债券尚未募足的。

(2)对已发行的公司债券或者其债务有违约或延迟支付本息的事实,且仍处于持续状态的。

3. 债券发行的程序

公司发行债券需要经过一定的程序,办理有关手续。

(1)作出发行债券决议。公司在实际发行债券之前,必须作出发行债券的决议,具体决定公司债券发行总额、票面金额、发行价格、募集办法、债券利率、偿还日期及方式等内容。

我国股份有限公司、有限责任公司发行公司债券,由董事会制订方案,股东会作出决议;国有独资公司发行公司债券,应由国家授权投资的机构或者国家授权的部门作出决定。在国外,公司发行债券一般需经董事会通过决议,由2/3以上的董事出席,且超过出席董事的半数通过。

(2)提出发行债券申请。按照国际惯例,公司发行债券须向主管部门提交申请,未经批准,公司不得发行债券。我国规定,公司申请发行债券由国务院证券管理部门批准。公司申请应提交公司登记证明、公司章程、公司债券募集办法、资产评估报告和验资报告等。

(3)公告债券募集办法。发行公司债券的申请经批准后,公开向社会发行债券,应当向社会公告债券募集办法。根据我国《公司法》的规定,公司债券募集办法中应当载明本次发行债券总额和债券面额、债券利率、还本付息的期限与方式、债券发行的起止日期、公司净资产额、已发行而未到期的公司债券总额、债券的承销机构等事项。

公司若发行可转换公司债券,还应在债券募集办法中规定具体的转换办法。

(4)委托证券承销机构发售。公司债券的发行方式一般有私募发行和公募发行两种。

私募发行是指由发行公司将债券直接发售给投资者。这种发行方式因受限制,极少采用。

公募发行是指发行公司通过承销团向社会发售债券。在这种发行方式下,发行公司要与承销团签订承销协议。承销团由数家证券公司或投资银行组成。承销团的承销方式有代销和包销。代销是指由承销团代为推销债券;在约定期限内未售出的余额将退还发行公司,承销团不承担发行风险。包销是由承销团先购入发行公司拟发行的全部债券,然后再售给社会上的投资者,如果在约定期限内未能全部售出,余额要由承销团负责认购。

公募发行是世界各国通常采用的公司债券发行方式。美国甚至强制要求某些债券(如电力、制造业公司债券)必须公募发行。我国有关法律、法规亦要求公开发行债券。

(5)交付债券,收缴债券款,登记债券存根簿。发行公司公开发行公司债券,由证券承销机构发售时,投资者直接向承销机构付款购买,承销机构代理收取债券款,交付债券;然后,发行公司向承销机构收缴债券款并结算预付的债券款。

根据我国《公司法》的规定,公司发行的公司债券,必须在债券上载明公司名称、债券面额、利率、偿还期限等事项,并由董事长签名,公司盖章。

公司发行的债券,还应在公司债券存根簿中登记。对于记名公司债券,应载明的事项包括:①债券持有人的姓名(或名称)及住所;②债券持有人取得债券的日期及债券的编号;③债券总额、债券票面金额、债券利率、债券还本付息的期限与方式;④债券的发行日期。对于无记名债券,应在债券存根簿上载明债务总额、利率、偿还期限与方式、发行日期及债券的编号等事项。

4. 债券发行的方式

债券的发行方式有委托发行和自行发行。委托发行是指企业委托银行或其他金融机构承销全部债券,并按总面额的一定比例支付手续费。自行发行是指债券发行企业不经过金融机构直接把债券配售给投资单位或个人。

5. 债券的发行价格

债券的发行价格有三种:一是按债券面值等价发行,等价发行又叫面值发行;二是按低于债券面值折价发行;三是按高于债券面值溢价发行。

债券之所以会偏离面值发行,是因为债券票面利率与金融市场平均利率不一致。如果债券利率大于市场利率,则由于未来利息多计,导致债券内在价值大而应采用溢价发行。如果债券利率小于市场利率,则由于未来利息少计,导致债券内在价值小而应采用折价发行。债券溢价、折价可依据资金时间价值原理算出的内在价值确定。

(1)按期付息、到期一次还本、不考虑发行费用的债券发行价格计算公式为:

$$债券发行价格 = \frac{票面金额}{(1+市场利率)^n} + \sum_{t=1}^{n} \frac{票面金额 \times 票面利率}{(1+市场利率)^n} \tag{3.13}$$

或　债券发行价格 = 票面金额 $\times (p/F, i_1, n)$ + 票面金额 $\times i_2 \times (p/A, i_1, n)$

式中:n 为债券期限,i_1 为市场利率,i_2 为票面利率。

【例3-6】 某企业发行债券筹资,面值1 000元,期限5年,发行时市场利率10%,每年末付息,到期还本。要求:分别按票面利率为8%、10%、12%计算债券的发行价格。

解:若票面利率为8%:

$$发行价格 = 1\ 000 \times 8\% \times (P/A,10\%,5) + 1\ 000 \times (P/F,10\%,5)$$
$$= 80 \times 3.790\ 8 + 1\ 000 \times 0.620\ 9$$
$$= 924.16(元)$$

若票面利率为10%:

$$发行价格 = 1\ 000 \times 10\% \times (P/A,10\%,5) + 1\ 000 \times (P/F,10\%,5)$$
$$= 100 \times 3.790\ 8 + 1\ 000 \times 0.620\ 9$$
$$= 1\ 000(元)$$

若票面利率为12%:

$$发行价格 = 1\ 000 \times 12\% \times (P/A,10\%,5) + 1\ 000 \times (P/F,10\%,5)$$
$$= 120 \times 3.790\ 8 + 1\ 000 \times 0.620\ 9$$
$$= 1\ 075.80(元)$$

从上面计算结果可见,上述三种情况分别以折价、等价、溢价发行。在上面的讨论中使用的市场利率是复利年利率,当债券以单利计息时,即使票面利率与市场利率相等,也不应是面值发行。

(2) 不计复利、到期一次还本付息的债券发行价格计算公式为:

$$债券发行价格 = 票面金额 \times (1 + i_2 \times n) \times (p/F, i_1, n) \tag{3.14}$$

式中符号含义与前面相同。

【例3-7】 根据例3-5资料,改成单利计息,到期一次还本利息,其余不变。

解:若票面利率为8%:

$$发行价格 = 1\ 000 \times (1 + 5 \times 8\%) \times (P/F,10\%,5)$$
$$= 1\ 400 \times 0.620\ 9$$
$$= 869.26(元)$$

若票面利率为10%:

$$发行价格 = 1\ 000 \times (1 + 5 \times 10\%) \times (P/F,10\%,5)$$
$$= 1\ 500 \times 0.620\ 9$$
$$= 931.35(元)$$

若票面利率为12%:

$$发行价格 = 1\ 000 \times (1 + 5 \times 12\%) \times (P/F,10\%,5)$$
$$= 1\ 600 \times 0.620\ 9$$
$$= 993.44(元)$$

6. 债券的信用评级

(1)债券评级的意义。公司公开发行债券通常由债券评信机构评定等级。债券的信用等级对于发行公司和投资者都有重要的影响。它直接影响着公司发行债券的效果和投资者的投资选择。

债券的评级制度最早源于美国。1909年,美国人约翰·穆迪在《铁路投资分析》一文中,首先运用了债券评级的分析方法。从此,债券评级的方法推广开来,并逐渐形成评级制度,为许多国家所采用。实际中,各国并不强制债券发行者必须取得债券评级,但在发达的证券市场上,没有经过评级的债券往往不被广大投资者接受而难以推销。因此,发行债券的公司一般都自愿向债券评级机构申请评级。

我国的债券评级工作也在迅猛发展。根据中国人民银行的有关规定,凡是向社会公开发行的企业债券,需由中国人民银行及其授权的分行指定的资信评级机构或公证机构进行评信。我国《证券法》规定,公司发行债券,必须向经认可的债券评信机构申请信用评级。

下面概要介绍比较流行的债券信用等级、债券评级程序和方法。

(2)债券的信用等级。债券的信用等级表示债券质量的优劣,反映债券偿本付息能力的强弱和债券投资风险的高低。

国外流行的债券信用等级,一般分为三等九级。这是由国际上著名的美国信用评定机构穆迪投资者服务公司和标准普尔公司分别采用的。现列示如表3-5所示。

表3-5 债券信用等级表

标准普尔公司		穆迪公司	
AAA	最高级	Aaa	最高质量
AA	高级	Aa	高质量
A	上中级	A	上中质量
BBB	中级	Baa	下中质量
BB	中下级	Ba	具有投机因素
B	投机级	B	通常不值得正式投资
CCC	完全投机级	Caa	可能违约
CC	最大投机级	Ca	高投机性,经常违约
C	规定赢利付息但未能赢利付息	C	最低级

现以表3-5中标准普尔公司评定债券的信用等级为例,说明其表示的具体含义。

AAA,表示最高级债券,其还本付息能力最强,投资风险最低。

AA,高级债券,有很强的还本付息能力,但保证程度略低于AAA级,投资风险略高于AAA级。

A,表示有较强的付息还本能力,但可能受环境和经济条件的不利影响。

BBB,表示有足够的付息还本能力,但经济条件或环境的不利变化可能导致偿付能力的削弱。

BB,表示债券本息的支付能力有限,具有一定的投资风险。

B,表示投机性债券,风险很高。

CCC,表示完全投机性债券,风险很高。

CC,表示投机性最大的债券,风险最高。

C,表示最低级债券,一般表示未能付息的收益债券。

一般认为,只有前三个级别的债券是值得进行投资的债券。

根据美国标准普尔公司和穆迪公司的经验,世界各国、各地区结合自己的实际情况制定债券等级标准,这些标准在很大程度上完全相同。

(3)债券的评级程序。公司债券评级的基本程序包括下述三个方面的内容。

1）发行公司提出评级申请。债券的评级首先需由发行公司或其代理机构向债券评级机构提出正式的评级申请,并为接受评级审查提供有关资料,包括:①公司概况;②财务状况与计划;③长期债务与自有资本的结构;④债券发行概要等。在美国,债券的评级申请通常在实际发行债券之前提出。

2）评级机构评定债券等级。债券评级机构接受申请后,组织由产业研究专家、财务分析专家及经济专家组成的评级工作小组,对有关资料进行调查、审查,并与发行公司座谈,以便深入分析;然后拟出草案提交评级委员会。评级委员会经过讨论,通过投票评定债券的等级,并征求发行公司的意见。如果发行公司同意,则此等级就被确定下来;如果发行公司不同意,可申明理由提请重评更改等级。这种要求重评的申请仅限一次,第二次评定的级别不能再更改。评定的债券级别要向社会公告。

3）评级机构跟踪检查。债券评级机构评定发行公司的债券之后,还要对发行公司从债券发售直至清偿的整个过程进行追踪调查,并定期审查,以确定是否有必要修正已发行、流通债券的原定等级。如果发行公司的信用、经营等情况发生了较大的变化,评级机构认为有必要作出新的评级,将根据具体情况调高或调低原定的债券等级,通知发行公司并予以公告。

（4）债券的评级方法。债券评级机构在评定债券等级中,需要进行分析判断,通常采用定性和定量分析相结合的方法。一般针对以下几个方面进行分析判断。

1）公司发展前景。包括分析判断债券发行公司所处行业的状况,如是"朝阳产业"还是"夕阳产业",分析评级公司的发展前景、竞争能力、资源供应的可靠性等。

2）公司的财务状况。包括分析评价公司的债务状况、偿债能力、赢利能力、周转能力和财务弹性及其持续发展的稳定性和发展变化的趋势。

3）公司债券的约定条件。包括分析评价公司发行债券有无担保及其他限制条件、债券期限、付息偿本方式等。

此外,对在外国或国际性证券市场上发行的债券,还要进行国际风险分析,主要是进行国际政治、社会、经济的风险分析,作出定性判断。

我国一些省市的评信机构对企业债券按行业分为工业企业债券和商业企业债券,按筹资用途分为用于技改项目的债券和用于新建项目的债券。在企业债券信用评级工作中,一般主要考查企业概况、企业素质、财务质量、项目状况、项目发展前景、偿债能力。其中,企业概况只作参考,不计入总分。其余五方面为:1）企业素质,主要考查企业领导群体素质、经营管理状况与竞争能力,占总分的 10% ;2）财务质量,一般分资金实力、资金信用、周转能力、经济效益等内容,采用若干具体指标来测算、计分,占总分的 35% ,影响最大;3）项目状况,主要考查项目的必要性和可行性,计分一般占 15% 左右;4）项目发展前景,包括项目在行业中的地位、作用和市场竞争能力、主要经济指标增长前景预测等,计分最高占 10% ;5）偿债能力,主要分析债券到期时偿还资金来源的偿债能力,包括偿债资金来源占全部到期债务的偿还能力和偿债资金来源占已发行全部到期债券的偿还能力,计分一般占 30% 左右。

在评估中,财务质量以定量分析为主;其余四个方面尚缺乏具体的定量指标,仍以定性分析为主,在操作中很大程度上依赖评估人员的经验与水平,弹性很大。

（三）债券筹资的优缺点

1. 债券筹资的优点

（1）资金成本较低。与股票的股利相比较而言,债券的利息允许在所得税前支付,发行公司可享受税上利益,故公司实际负担的债券成本一般低于股票成本。

（2）保证股东对企业的控制权。债券持有人无权参与发行公司的管理决策,因此,公司发行债券不会像增发新股那样可能会分散股东对公司的控制权。

（3）可以发挥财务杠杆作用。由于债券利率是固定的，当企业赢利状况好时，由财务杠杆作用导致原有投资者获取更大的收益。

（4）便于调整资本结构。在公司发行可转换债券以及可提前赎回债券的情况下，则便于公司主动且合理地调整资本结构。

2. 债券筹资的缺点

（1）筹资风险大。债券筹资有固定到期日，要承担还本付息义务。当企业经营不善时，会减少原有投资者的股利收入，甚至会因不能偿还债务而导致企业破产。

（2）限制条件多。发行债券的限制性条款比优先股及短期债务严得多，这对企业造成较多约束，影响企业财务灵活性。

（3）筹资额有限。当公司的负债比例超过一定的程度后，债券筹资的成本会迅速上升，甚至导致债券难以发行。因此，债券发行数量不可能太多，否则会影响企业信誉。

三、融资租赁

（一）融资租赁的概念

租赁是承租人以支付租金的形式，向出租人租用某种资产的一种契约性行为。

租赁的种类很多，按租赁的性质不同，可分为经营租赁和融资租赁两大类。

经营租赁，又称服务租赁或营业租赁，它是由承租人向出租人交付租金，由出租人向承租人提供资产使用及相关的服务，并在租赁期满时由承租人把资产归还给出租人。经营租赁的目的通常为了获得资产的短期使用权，不是为了融资。

融资租赁，又称财务租赁，它是承租人为融通资金而向出租人租用资产的一种长期租赁。由于它满足企业对资产的长期需要，故有时也称为资本租赁。融资租赁是现代租赁的主要形式。

（二）融资租赁的形式

融资租赁有以下三种形式。

1. 直接租赁

直接租赁是指承租人直接向出租人租入所需要的资产，并付出租金。直接租赁的出租人主要是制造厂商、租赁公司。除制造厂商外，其他出租人都是先从制造厂商购买资产，再出租给承租人。直接租赁是融资租赁的典型形式。

2. 售后租回

售后回租是指承租人先把其拥有主权的资产出售给出租人，然后再将该项资产租回的使用，并按期向出租人支付租金，资产售价大致为时价。这种租赁方式既使承租人通过出售资产获得一笔资金，满足企业对资金的需要，同时保留了企业对该项资产的使用权。但失去了财产的所有权。

3. 杠杆租赁

杠杆租赁是由资金出借人为出租人提供部分购买资产的资金，再由出租人购入资产租给承租人的方式。杠杆租赁涉及出租人、承租人和资金出借人三方当事人。从承租人的角度来看，它与其他融资租赁形式无多大区别，从出租人的角度来看，它只出购买资产的部分资金（如30%），作为自己的投资，其余部分（如70%）则以该项资产作为担保向资金出借人借入。在杠杆租赁方式下，出租人具有资产所有权人、出租人、债务人三重身份，出租人既向承租人收取租金，又向借款人偿还本息，既是出租人，又是债务人，同时拥有对资产的所有权。如果出租人不能按期偿还借款,那么资产的所有权就要转归资金出借人。出租人获得的租赁收益一般大于借款成本支出,其差额就是出租人的杠杆收益,故称为杠杆租赁。

(三)融资租赁的程序

1. 选择租赁公司

当企业决定采用融资租赁方式取得某项设备时,应开始了解各租赁公司,取得租赁公司的融资条件、租赁费用等资料进行比较,择优选定。

2. 办理租赁委托

当企业选定租赁公司后,便可向其提出申请,办理委托。企业需填写"租赁申请书",说明所需设备的具体要求,还要提供企业的财务状况文件,包括资产负债表、利润表、现金流量表等。

3. 签订购货协议

租赁公司受理租赁委托后,即由租赁公司与承租企业的一方或双方选择设备的制造商或销售商,与其进行技术与商务谈判,签订购货协议。

4. 签订租赁合同

租赁合同由承租企业与租赁公司签订。租赁合同用以明确双方的权利与义务,它是租赁业务的重要法律文件。融资租赁合同的内容包括一般条款和特殊条款两部分。

5. 办理验货与投保

承租企业收到租赁设备,要进行验收。验收合格后签发交货及验收合格证并提交给租赁公司,租赁公司据以向制造或销售商付款。同时,承租企业向保险公司办理投保事宜。

6. 支付租金

承租企业在租赁期内按合同规定的租金数额、支付日期、支付方式,向租赁公司支付租金。

7. 处理租赁期满的设备

融资租赁合同期满时,承租企业应按合同规定对租赁设备选购、承租或退还。一般来说,租赁公司在期满时会把租赁设备以低价卖给承租企业或无偿转给承租企业。

(四)融资租赁租金的计算

1. 融资租赁租金的构成

融资租赁租金包括设备价款和租息两部分,其中租息又可分为租赁公司的融资成本、租赁手续费等。(1)设备价款,包括设备的买价、运杂费及途中保险费等构成,它是租金的主要内容;(2)融资成本,即租赁公司所垫资金在租赁期间的应计利息;(3)租赁手续费,包括租赁公司承办租赁业务的营业费用及一定的利润。租赁手续费的高低由租赁公司与承租企业协商确定,一般按租赁资产价款的某一百分比收取。

2. 租金的支付方式

租金的支付方式影响到租金的计算。租金通常采用分次支付的方式,具体又分为以下几种类型。

(1)按支付时期长短不同,可分为年付、半年付、季付、月付等。

(2)按支付时期的先后不同,可分为先付租金和后付租金。先付租金指在期初支付租金;后付租金指在期末支付租金。

(3)按每期支付金额不同,可分为等额支付和不等额支付。

3. 租金的计算方法

在我国的融资租赁业务中,租金的计算方法一般采用等额年金法。因为租金有先付租金和后付租金两种支付形式,故分别说明。

(1)后付租金的计算。承租企业与租赁公司商定的租金支付方式,大多为等额后付租金,即普通年金。

根据普通年金现值的计算公式,每期期末支付租金数额的计算公式为:

$$A = P \div (P/A, i, n) \tag{3.15}$$

式中:n 为租赁期限,i 为市场利率,P 为租金总额,A 为每期支付的租金

【例3-8】 某企业向租赁公司租入一套设备,设备原价100万元,租期10年,租赁期满后归企业所有。为保证租赁公司的利益,承租企业与租赁公司商定的折现率为16%,租金每年年末支付一次。要求:计算该企业每年年末应付等额租金的数额。

解:$A = 100 \div (P/A, 16\%, 10)$

$\qquad = 100 \div 4.8332 \approx 20.6902$(万元)

(2)先付租金的计算。承租企业有时与租赁公司商定,采取等额先付租金的支付方式支付租金。

根据即付年金现值的计算公式,每期期初支付租金数额的计算公式为:

$$A = P \div [(P/A, i, n-1) + 1]$$

式中符号含义与前面相同。

【例3-9】 仍用例3-8的资料,假如租金在每年年初支付。则每期期初支付租金数额的计算如下:

解:$A = 100 \div [(P/A, 16\%, 10-1) + 1]$

$\qquad = 100 \div (4.6065 + 1) \approx 17.8364$(万元)

若例3-8假如租金在每年年初支付,则折现率降为14%,企业的资金成本为10%,哪种租金的支付方式对企业更有利?

(五)融资租赁的优缺点

1. 融资租赁的优点

(1)筹资速度快。融资租赁比借款购置设备更迅速、更灵活,有助于企业迅速形成生产能力。

(2)筹资限制少。与发行股票、债券、银行借款比,融资租赁的限制条件较少。

(3)设备陈旧风险小。随着科学技术的不断进步,固定资产更新周期日趋缩短,企业设备陈旧风险很大。融资租赁可减少这一风险。因为融资租赁的期限一般为资产使用年限的75%,且多数租赁协议都规定由出租人承担设备陈旧过时的风险。

(4)财务风险小。由于租金在整个租期内分摊,可适当减少不能偿付的风险。

(5)税收负担轻。由于租金在所得税前扣除,具有抵减所得税的作用。

2. 融资租赁的缺点

融资租赁筹资的主要缺点是资金成本较高。一般来说,融资租赁的租金比银行借款或发行债券所负担的利息高很多,因此在企业财务困难时,固定的租金会构成一项较重的财务负担。

【名词解释】

企业筹资:指企业根据其生产经营、对外投资和调整资本结构的需要,通过筹资渠道,运用筹资方式,筹措所需资金的财务活动。

企业筹资的基本目的:为了自身的生存与发展和增加股东财富。

企业筹资的分类:①按照资金的来源渠道不同,可将筹资分为权益筹资和负债筹资;②按

照是否通过金融机构,可将筹资分为直接筹资和间接筹资;③按照所筹资金使用期限的长短,可将筹资分为短期资金筹集与长期资金筹集;④按照资金的取得方式不同,可将筹资分为内源筹资和外源筹资;⑤按照筹资的结果是否在资产负债表上得以反映,可将筹资分为表内筹资和表外筹资。

  企业筹资的动机:①扩张性筹资动机;②调整性筹资动机;③混合性筹资动机。

  企业筹资的原则:①规模适当原则;②筹措及时原则;③来源合理原则;④方式经济原则。

  企业筹资的渠道:①政府财政资金;②银行信贷资金;③其他金融机构资金;④其他企业资金;⑤民间资金;⑥企业内部资金。

  企业筹资方式:①吸收直接投资;②发行股票;③借款;④发行公司债券;⑤商业信用;⑥租赁;⑦利用留存收益。

  吸收直接投资的种类:①吸收国家投资;②吸收法人投资;③吸收个人投资。

  吸收直接投资按投资者的出资形式分类:①筹集现金投资;②筹集非现金投资。

  吸收投资的程序:①确定筹资数量;②寻找投资单位;③协商投资事项;④签署投资协议;⑤取得资本来源。

  吸收投资的优点:①有利于增强企业信誉;②有利于尽快形成生产能力;③有利于降低财务风险。

  吸收投资的缺点:①资本成本较高;②容易分散企业控制权。

  股票的种类:①以股东享有权利和承担义务的大小为标准,将股票分成普通股票和优先股票;②以股票票面上有无记名为标准,将股票分为记名股票与无记名股票;③以股票票面上有无金额为标准,将股票分为面值股票和无面值股票;④以发行时间的先后为标准,将股票分为始发股和增发股;⑤以发行对象和上市地区为标准,将股票分为 A 股、B 股、H 股和 N 股等。

  普通股的权利:①公司管理权;②分享盈余权;③出让股份权;③优先认股权;⑤剩余财产要求权。

  市盈率:又称本益比(P/E)是指公司股票市场价格与公司赢利的比率。

  净资产倍率法:又称资产净值法是指通过资产评估和相关会计手段确定发行公司以募股资产的每股净资产值,然后根据市场的状况将每股净资产值乘以一定的倍率,以此确定股票发行价格的方法。

  现金流量折现法:是通过预测公司未来赢利能力,据此计算出公司净现值,并按一定的折现率折算,从而确定股票发行价格的方法。

  短期借款:是指企业向银行和其他非银行金融机构借入的期限在一年以内的借款。

  信贷额度:是借款企业与银行在协议中规定的借款最高限额。

  周转信贷协定:是银行从法律上承诺向企业提供不超过某一最高限额的贷款协定。

  补偿性余额:是银行要求借款企业在银行中保留一定数额的存款余额,一般为借款额的10%~20%,其目的是降低银行贷款风险,但对借款企业来说,却加重了利息负担。

  借款抵押:是指企业以抵押品作担保向银行取得一定借款的信用条件。

  利随本清法:又称收款法,是在借款到期时向银行支付利息的方法。

  贴现法:是银行向企业发放贷款时,先从本金中扣除利息部分,在贷款到期时借款企业再偿还全部本金的一种计息方法。

  商业信用:是指商品交易中的延期付款或延期交货而形成的借贷关系,是企业之间的一种直接信用关系。

  银行借款:是指企业根据借款合同向银行或非银行金融机构借入的需要还本付息的款项,

又称为银行借款筹资。

债券：是企业依照法定程序发行的、承诺按一定利率定期支付利息，并到期偿还本金的有价证券，是持券人拥有公司债权的凭证。

融资租赁：又称财务租赁，它是承租人为融通资金而向出租人租用资产的一种长期租赁。由于它满足企业对资产的长期需要，故有时也称为资本租赁。

【课后复习题】

（一）思考题

1. 简述权益资金与债务资金的主要差异。

2. 简述企业筹资的目的。

3. 普通股股东有哪些权利？

4. 简述股份有限公司股票发行有哪几种方式？

5. 商业信用筹资的优劣体现在哪些方面？

（二）单项选择题

1. 按照资金来源渠道不同，可将筹资分为（　　　）。

A. 直接筹资和间接筹资　　　　B. 内源筹资和外源筹资

C. 权益性筹资和负债性筹资　　D. 短期筹资和长期筹资

2. 下列权利中，不属于普通股股东权利的是（　　　）。

A. 公司管理权　　　　　　　　B. 分享盈余权

C. 优先认股权　　　　　　　　D. 优先分配剩余财产权

3. 在下列各项中，能够引起企业自有资金增加的筹资方式是（　　　）。

A. 吸收直接投资　　　　　　　B. 发行公司债券

C. 利用商业信用　　　　　　　D. 留存收益转增资本

4. 企业选择筹资渠道时下列各项中需要优先考虑的因素是（　　　）。

A. 资金成本　　　B. 企业类型　　　C. 融资期限　　　D. 偿还方式

5. 已知某普通股的 β 值为 1.2，无风险利率为 6%，市场组合的必要收益率为 10%，该普通股的市价为 10 元/股，预计第一期的股利为 0.8 元，不考虑筹资费用，则该普通股股利的年增长率为（　　　）。

A. 6%　　　　　　B. 2%　　　　　　C. 2.8%　　　　　　D. 3%

6. 相对于股票筹资而言，长期借款的缺点是（　　　）。

A. 筹资速度慢　　　B. 筹资成本高　　　C. 借款弹性差　　　D. 财务风险大

7. 按照有无特定的财产担保，可将债券分为（　　　）。

A. 记名债券和无记名债券　　　B. 可转换债券和不可转换债券

C. 信用债券和抵押债券　　　　D. 不动产抵押债券和证券抵押债券

8. 下列各项资金，可以利用商业信用方式筹措的是（　　　）。

A. 国家财政资金　　B. 银行信贷资金　　C. 其他企业资金　　D. 企业自留资金

9. 每份认股权证按一定比例含有几家公司的若干股股票，则据此可判定这种认股权证是（　　　）。

A. 单独发行认股权证　　　　　B. 附带发行认股权证

C. 备兑认股权证　　　　　　　D. 配股权证

10. 可转换债券筹资的优点不包括（　　　）。

A. 有利于稳定股票价格　　　　B. 可以节约利息支出

C. 可转换为股票，不需要还本　　D. 增强筹资的灵活性

（三）多项选择题

1. 企业筹资可以满足（　　　）。

　A. 生产经营的需要　　　　　　　　B. 对外投资的需要

　C. 调整资本结构的需要　　　　　　D. 归还债务的需要

2. 企业进行筹资需要遵循的基本原则包括（　　　）。

　A. 规模扩张原则　　　　　　　　　B. 筹措及时原则

　C. 来源合理原则　　　　　　　　　D. 方式经济原则

3. 以下不属于普通股筹资缺点的有（　　　）。

　A. 会降低公司的信誉　　　　　　　B. 容易分散控制权

　C. 有固定到期日，需要定期偿还　　D. 使公司失去隐私权

4. 认股权证的特征包括（　　　）。

　A. 在认股之前持有人对发行公司拥有债权

　B. 它具有促销的作用

　C. 可以提高每股收益

　D. 用认股权证购买普通股票，其价格一般低于市价

5. 关于吸收直接投资，下列说法正确的有（　　　）。

　A. 投资者只能以现金和实物出资　　B. 容易分散企业控制权

　C. 有利于尽快形成生产能力　　　　D. 资金成本较低

6. 下列属于企业留存收益来源的有（　　　）。

　A. 法定公积金　　　　　　　　　　B. 任意公积金

　C. 资本公积金　　　　　　　　　　D. 未分配利润

7. 补偿性余额的存在，对借款企业的影响有（　　　）。

　A. 增加了应付利息　　　　　　　　B. 减少了可用资金

　C. 提高了筹资成本　　　　　　　　D. 减少了应付利息

8. 资金成本对企业筹资决策的影响表现在（　　　）。

　A. 资金成本是确定最优资金结构的主要参数

　B. 资金成本是影响企业筹资总额的唯一因素

　C. 资金成本是企业选用筹资方式的参考标准

　D. 资金成本是企业选择资金来源的基本依据

9. 关于普通股资金成本的计算，下列说法正确的有（　　　）。

　A. 股票的 β 系数越大，其资金成本越高

　B. 无风险利率不影响普通股资金成本

　C. 普通股的资金成本率就是投资者进行投资的必要报酬率

　D. 预期股利增长率越大，普通股成本越高

10. 股票上市的有利影响包括（　　　）。

　A. 有助于改善财务状况　　　　　　B. 便于保护公司的隐私

　C. 利用股票市场客观评价企业　　　D. 利用股票可激励员工

（四）判断题

1. 筹资渠道解决的是资金来源问题，筹资方式解决的是通过何种方式取得资金的问题，它们之间不存在对应关系。（　　　）

2. 从出租人的角度来看，杠杆租赁与直接租赁并无区别。（　　　）

3. 资金成本是指筹资费用,即为筹集资金付出的代价。( )

4. 利用债券筹资可以发挥财务杠杆作用,且筹资风险低。( )

5. 在财务管理中,依据财务比率与资金需求量之间的关系预测资金需求量的方法称为比率预测法。( )

6. 信贷额度亦即贷款限额,是借款人与银行在协议中规定的允许借款人借款的最高限额。在这个信贷额度内,银行必须满足企业的借款要求。( )

7. 贴现法是银行向企业发放贷款时,先从本金中扣除利息部分,而到期时借款企业再偿还全部本息的一种计息方法。( )

8. 发行认股权证可以为公司筹集额外现金并促进其他筹资方式的运用。( )

9. 股票发行的方式包括公募发行和私募发行,其中私募发行有自销和承销两种方式。( )

10. 商业信用是指商品交易中的延期付款或延期交货所形成的借贷关系,是企业之间的一种间接信用关系。( )

(五)计算分析题

1. 某上市公司计划建造一项固定资产,寿命期为 5 年,需要筹集资金 600 万元。有以下资料。

资料一:普通股目前的股价为 20 元/股,筹资费率为 4%,刚刚支付的股利为 3 元,股利固定增长率为 2%。

资料二:如果向银行借款,则手续费率为 1%,年利率为 5%,期限为 5 年,每年结息一次,到期一次还本。

资料三:如果发行债券,债券面值 1 000 元、期限 5 年、票面利率为 6%,每年结息一次,发行价格为 1 200 元,发行费率为 5%。

假定:公司所得税税率为 33%。

要求:

(1)根据资料一计算留存收益和普通股筹资成本;

(2)根据资料二计算长期借款筹资成本;

(3)根据资料三计算债券筹资成本。

2. 某公司拟采购一批零件,供应商报价如下。

(1)立即付款,价格为 9 630 元。

(2)30 天内付款,价格为 9 750 元。

(3)31~60 天内付款,价格为 9 870 元。

(4)61~90 天内付款,价格为 10 000 元。

假设银行短期贷款利率为 15%,一年按 360 天计算。

要求:计算放弃现金折扣的成本(比率),并确定对该公司最有利的付款日期和价格。

3. 东大公司为扩大经营规模融资租入一台机器,该机器的市价为 522 万元,设备运抵公司过程中租赁公司支付运费以及保险费共计 26 万元,租期为 10 年,租赁公司的融资成本为 65 万元,租赁手续费为 20 万元。租赁公司要求的报酬率为 16%。

要求:

(1)确定租金总额。

(2)如果租金每年年初等额支付,则每期租金为多少?

(3)如果租金每年年末等额支付,则每期租金为多少?

4. 某公司编制的资金需要量预测表如下:

需求状态与企业营销管理任务

年 度	产销量(X_i)(万件)	资金占用(Y_i)(万元)	X_iY_i	X_i^2
2004	20	75	1 500	400
2005	22	80	1 760	484
2006	21	77	1 617	441
2007	24	85	2 040	576
合计 $n=4$	$\sum X_i = 87$	$\sum Y_i = 317$	$\sum X_iY_i = 6\,917$	$\sum X_i^2 = 1\,901$

要求:

(1)利用回归直线法确定资金需要量与产销量的线性关系方程;

(2)如果预计 2008 年的产销量为 30 万件,预测该年资金需要量。

5. 已知某公司 2007 年销售收入为 20 000 万元,销售净利润率为 12%,净利润的 60% 分配给投资者。2007 年 12 月 31 日的资产负债表(简表)如下。

资产负债表(简表)

2007 年 12 月 31 日   单位:万元

资 产	期末余额	负债及所有者权益	期末余额
货币资金	1 000	应付账款	1 000
应收账款净额	3 000	应付票据	2 000
存 货	6 000	长期借款	9 000
固定资产净值	7 000	实收资本	4 000
无形资产	1 000	留存收益	2 000
资产总计	18 000	负债及所有者权益	18 000

该公司 2008 年计划销售收入比上年增长 30%,为实现这一目标,公司需新增设备一台,价值 148 万元。据历年财务数据分析,公司流动资产和流动负债随销售额同比率增减。公司如需对外筹资,可按面值发行票面年利率为 10%、期限为 10 年、每年年末付息的公司债券解决。假设该公司 2008 年的销售净利率和利润分配政策与上年保持一致,公司债券发行费用可忽略不计,适用的所得税率为 33%。

要求:

(1)计算 2008 年公司需增加的营运资金;

(2)预测 2008 年需要对外筹集的资金量;

(3)计算发行债券的资金成本;

(4)填列 2008 年年末简化资产负债表。

资产负债表(简表)

2008 年 12 月 31 日   单位:万元

资 产	期末余额	负债及所有者权益	期末余额
流动资产		流动负债	
固定资产		长期负债	
无形资产		所有者权益	
资产总计		负债及所有者权益	

第四章

资金成本与资本结构

通过本章学习,重要掌握资本成本的构成、种类和作用,掌握个别资本成本率和综合资本成本率的计算方法;理解经营杠杆、财务杠杆、复合杠杆的基本原理,掌握经营杠杆系数、财务杠杆系数、复合杠杆系数的计算方法及其应用;理解资本结构的含义、种类和意义;理解资本结构的决策因素及其定性分析。

【重点难点】

重点: 加权平均资金成本、边际资金成本的计算;经营杠杆、财务杠杆和复合杠杆的计算与应用;每股收益无差别点分析法、比较资金成本法、公司价值分析法。

难点: 边际资金成本的计算、杠杆与风险的关系。

第一节　资本成本

一、资本成本的含义与作用

正确计算和合理降低资本成本,是制定筹资决策的基础。公司的投资决策也必须建立在资本成本的基础上,任何投资项目的报酬率必须高于其资本成本。

(一)资本成本的概念

资本成本是指企业取得和使用资本时所付出的代价。例如,筹资公司向银行支付的借款利息和向股东支付的股利等。这里的资本是指企业所筹集的长期资本,包括股权资本和长期债权资本。从投资者的角度看,资本成本也是投资者要求的必须报酬或最低报酬。在市场经济条件下,资本是一种特殊的商品,企业通过各种筹资渠道,采用各种筹资方式获得的资本往往都是有偿的,需要承担一定的成本。

(二)资本成本的构成要素

企业从事生产经营活动所需要的资本,主要包括自有资本和借入资金两部分,体现在资产负债表右方的各个项目上,即负债(短期负债和长期负债)和股东权益。从广义上讲,企业筹集和使用任何资金,不论短期的还是长期的,都要付出代价。狭义的资本成本仅指筹集和使用长期资金(包括自有资本和借入长期资金)的成本。借入长期资金即债务资本,要求企业定期付息,到期还本,投资者风险较少,企业对债务资本负担较低的成本;但因为要定期还本付息,企业的财务风险大。自有资本不用还本,收益不定,投资者风险较大,因而要求获得较高的报酬,企业要支付较高的成本;但因为不用还本付息,企业的财务风险较小。对于仅仅用于满足企业经营周期性或季节性变化而筹措的短期负债,由于这些短期负债不稳定,故其资本成本一般忽略不计(短期负债成本通常与营运资本的管理相联系)。也就是说,与资本成本密切相关的资本构成要素是:长期债务、优先股、普通股以及留存收益等。

而资本成本从绝对量的构成来看,包括用资费用和筹资费用两部分。

1. 用资费用

用资费用是指企业在生产经营和对外投资活动中因使用资本而承付的费用。例如,向债权人支付的利息,向股东分配的股利等。用资费用是资本成本的主要内容。长期资本的用资费用是经常性的,并随使用资本数量的多少和时期的长短而变动,因而属于变动性资本成本。

2. 筹资费用

筹资费用是指企业在筹集资本活动中为获得资本而付出的费用。例如,向银行支付的借款手续费,因发行股票、债券而支付的发行费用等。筹资费用与用资费用不同,它通常是在筹资时一次全部支付的,在获得资本后的用资过程中不再发生,因而属于固定性的资本成本,可视为对筹资额的一项扣除。

（三）资本成本率的种类

在企业筹资实务中,通常运用资本成本的相对数,即资本成本率。资本成本率是指企业用资费用与有效筹资额之间的比率,通常用百分比来表示。一般而言,资本成本率有下列几类:

1. 个别资本成本率

个别资本成本率是指企业各种长期资本的成本率,如股票资本成本率、债券资本成本率、长期借款资本成本率等。企业在比较各种筹资方式时,需要使用个别资本成本率。

2. 综合资本成本率

综合资本成本率是指企业全部长期资本的成本率。企业在企业进行长期资本结构决策时,可以利用综合资本成本率。

3. 边际资本成本率

边际资本成本率是指企业追加长期资本的成本率。企业在追加筹资方案的选择中,需要运用边际资本成本率。

（四）资本成本的作用

资本成本是企业筹资管理的一个重要概念,国际上将其视为一项"财务标准"。资本成本对于企业筹资管理、投资管理,乃至整个财务管理和经营管理都有重要的作用。

1. 资本成本是选择筹资方式、进行资本结构决策和选择追加筹资方案的依据

（1）个别资本成本率是企业选择筹资方式的依据。一个企业长期资本的筹集往往有多种筹资方式可供选择,包括长期借款、发行债券、发行股票等。这些长期筹资方式的个别资本成本率的高低不同,可作为比较选择各种筹资方式的一个依据。

（2）综合资本成本率是企业进行资本结构决策的依据。企业的全部长期资本通常是由多种长期资本筹资类型的组合而构成的。企业长期资本的筹资可有多个组合方案供选择。不同筹资组合的综合资本成本率的高低,可以用来比较各个筹资组合方案,作出资本结构决策的一个依据。

（3）边际资本成本率是比较选择追加筹资方案的依据。企业为了扩大生产经营规模,往往需要追加筹资。不同追加筹资方案的边际资本成本率的高低,可以作为比较选择追加筹资方案的一个依据。

2. 资本成本是评价投资项目,比较投资方案和进行投资决策的经济标准

一般而言,一个投资项目,只有当其投资收益率高于其资本成本率,在经济上才是合理的;否则,该项目将无利可图,甚至发生亏损。因此,国际上通常将资本成本率视为一个投资项目必须赚得的"最低报酬率"或"必要报酬率",视为是否采纳一个投资项目的"取舍率",作为比较选择投资方案的一个经济标准。

在企业投资评价分析中,可以将资本成本率作为折现率,用于测算各个投资方案的净现值和现值指数,以比较选择投资方案,进行投资决策。

3. 资本成本可以作为评价企业整个经营业绩的基准

企业的整个经营业绩可以用企业全部投资的利润率来衡量,并可与企业全部资本的成本率相比较,如果利润率高于成本率,可以认为企业经营有利;反之,如果利润率低于成本率,则可认为企业经营不利,业绩不佳,需要改善经营管理,提高企业全部资本的利润率和降低成本率。

二、资本成本的计算

(一)个别资本成本率的测算原理

一般而言,个别资本成本率是企业用资费用与有效筹资额的比率。通常按年计算,其基本的测算公式如下:

$$K = \frac{D}{P - f} \tag{4.1}$$

$$K = \frac{D}{P(1 - F)} \tag{4.2}$$

式中:K——资本成本率,以百分率表示;

D——年度用资费用额;

P——筹资额;

f——筹资费用额;

F——筹资费用率,即筹资费用额与筹资额的比率。

由此可见,个别资本成本的高低取决于三个因素,即用资费用、筹资费用和筹资额,现说明如下。

1. 用资费用是决定个别资本成本率高低的一个主要因素。在其他两个因素不变的情况下,某种资本的用资费用大,其成本率就高;反之,用资费用小,其成本率就低。

2. 筹资费用也是影响个别资本成本率高低的一个因素。一般而言,发行债券和股票的筹资费用较大,故其资本成本率较高;而其他筹资方式的筹资费用较小,故其资本成本率较低。

3. 筹资额是决定个别资本成本率高低的另一个主要因素。在其他两个因素不变的情况下,某种资本的筹资额越大,其成本率越低;反之,筹资额越小,其成本率越高。

此外,对公式4.1及其分母$(P - f)$还需说明以下三点。

首先,筹资费用是一次性费用,属于固定性资本成本。它不同于经常性的用资费用,后者属于变动性资本成本。因此,不可将 $K = D/(P - f)$ 写成 $K = (D + f)/P$。

其次,筹资费用是筹资时即支付的,可视作对筹资额的一项扣除,即筹资净额或有效筹资额为 $(P - f)$。

最后,用公式 $K = D/(P - f)$ 而不用 $K = D/P$,表明资本成本率与利息率在含义上和数量上的差别。例如,借款利息率是利息额与借款筹资额的比率,它只含有用资费用即利息费用,但不考虑筹资费用即借款手续费。

在充分考虑货币的时间价值和投资风险的情况下,个别资本成本率还可采用折现模型来估算。对此将结合债权资本成本率和股权资本成本率的测算加以说明。

(二)长期债权资本成本率的测算

长期债权资本成本率一般有长期借款资本成本率和长期债券资本成本率两种。根据企业所得税法的规定,企业债务的利息允许从税前利润中扣除,从而可以抵免企业所得税。因此,企业实际负担的债权资本成本率应当考虑所得税因素,即

$$K_d = R_d(1 - T) \tag{4.3}$$

式中:K_d——债权资本成本率,亦可称税后债权资本成本率;

R_d——企业债务利息率,亦可称税前债权资本成本率;

T——企业所得税税率。

在企业债权筹资实务中,可能出现一些较为复杂的情况,如债务利息的结算资数、债务面值与到期值不一致、企业信用或债券等级差别,从而债权人风险不同等,需要根据具体情况测算其资本成本率。

1. 长期借款资本成本率的测算

企业长期借款资本成本率可按下列公式测算:

$$K_l = \frac{I_l(1 - T)}{L(1 - F_l)} \tag{4.4}$$

式中:K_l——长期借款资本成本率;

I_l——长期借款年利息额;

L——长期借款筹资额,即借款本金;

F_l——长期借款筹资费用融资率,即借款手续费率。

【例4-1】 达实公司从银行取得一笔长期借款2 000万元,手续费率0.1%,年利率5%,期限三年,每年结息一次,到期一次还本。所得税率为33%,则该借款成本为:

$$银行借款成本 = \frac{2\,000 \times 5\% \times (1 - 33\%)}{2\,000 \times (1 - 0.1\%)} = 3.35\%$$

由于借款的手续费很低,上式中的筹资费用常可忽略不计,以上式可简化为:

$$K_l = R_l(1 - T) \tag{4.5}$$

式中:R_l——借款利息率。

根据例4-1但不考虑借款手续费,则这笔借款的资本成本率测算为:

$$K_l = 5\% \times (1 - 33\%) = 3.35\%$$

当借款合同附加补偿性余额条款的情况下,企业可动用的借款筹资额应扣除补偿性余额,这时借款的实际利率和资本成本率就会上升。

【例4-2】 圣达公司欲获借款1 000万元,年利率5%,期限3年,每年结息一次,到期一次还本。银行要求补偿性余额20%。企业所得税税率33%。这笔借款的资本成本率测算为:

$$K_l = \frac{1\,000 \times 5\% \times (1 - 33\%)}{1\,000 \times (1 - 20\%)} = 4.19\%$$

2. 长期债券资本成本率的测算

企业债券资本中的利息费用亦在所得税前列支,但发行债券的筹资费用一般较高,应予考虑。债券的筹资费用即发行费用,包括申请费、注册费、印刷费和上市费以及推销费等,其中有的费用按一定的标准支付。此外,债券的发行价格有等价、溢价和折价等情况,与面值有时不一致。因此,债券的资本成本率的测算与借款有所不同。

在不考虑资金时间价值时,债券资本成本率可按下列公式测算:

$$K_b = \frac{I_b(1 - T)}{B(1 - F_b)} \tag{4.6}$$

式中:K_b——债券资本成本率;

B——债券筹资额,按发行价格确定;

F_b——债券筹资费用率。

【例4-3】 长城公司拟等价发行面值1 000元、期限5年、票面利率8%的债券4 000张,每年结息一次。发行费用为发行价格的5%,公司所得税税率33%。该批债券的资本成本率测算为:

$$K_b = \frac{1\,000 \times 8\% \times (1 - 33\%)}{1\,000 \times (1 - 5\%)} = 5.64\%$$

在例4-3中的债券是以等价发行,如果按溢价100元发行,则其资本成本率为:

$$K_b = \frac{1\,000 \times 8\% \times (1 - 33\%)}{1\,100 \times (1 - 5\%)} = 5.13\%$$

如果按折价50元发行,则其资本成本率为:

$$K_b = \frac{1\,000 \times 8\% \times (1 - 33\%)}{950 \times (1 - 5\%)} = 5.94\%$$

（三）股权资本成本率的测算

按照公司股权资本的种类,股权资本成本率主要有普通股资本成本率、优先股资本成本率和留存收益资本成本率等。根据所得税法的规定,公司需以税后利润向股东分派股利,故没有抵税利益。

1. 普通股资本成本率的测算

普通股筹资的成本就是普通股投资的必要报酬率,其测算方法一般有三种:即股利折现模型、资本资产定价模型和无风险利率加风险溢价法。

（1）股利折现模型

股利折现模型的基本形式是:

$$P_0 = \sum_{t=1}^{n} \frac{D_t}{(1 + K_c)^t} \tag{4.7}$$

式中:P_0——普通股筹资净额,即发行价格扣除发行费用;

D_t——普通股第t年股利;

K_c——普通股投资必要收益率,即普通股资金成本率。

运用上面的模型测算普通股筹资成本,因具体的股利政策而有所不同。

① 公司采用固定股利政策。如果公司采用固定股利政策,即每年分派固定数额的现金股利,则普通股筹资成本可按下式测算:

$$普通股筹资成本 = \frac{每年固定股利}{普通股筹资金额 \times (1 - 普通股筹资费率)} \times 100\% \tag{4.8}$$

【例4-4】 某公司拟发行一批普通股,发行价格12元,每股发行费用2元,预定每年分派现金股利每股1.2元。则该普通股筹资成本测算为:

$$普通股筹资成本 = \frac{1.2}{12 - 2} \times 100\% = 12\%$$

② 公司采用固定股利增长率的政策。如果采用固定股利增长率的政策,股利固定增长率为g,则普通股筹资成本可按下式测算:

$$普通股筹资成本 = \frac{第一年预期股利}{普通股筹资金额 \times (1 - 普通股筹资费率)} \times 100\% + 股利固定增长率$$

$$\tag{4.9}$$

【例4-5】 某公司准备增发普通股,每股发行价为15元,发行费用3元,预定第一年分派现金股利每股1.5元,以后每年股利增长5%。则该普通股筹资成本测算为:

$$普通股筹资成本 = \frac{1.5}{15-3} \times 100\% + 5\% = 17.5\%$$

(2)资本资产定价模型

资本资产定价模型的含义可以简单地描述为:普通股投资的必要报酬率等于无风险报酬率加上风险报酬率。用公式表示如下:

$$K_c = R_f + \beta(R_m - R_f) \tag{4.10}$$

式中:R_f——无风险报酬率;

R_m——市场报酬率或市场投资组合的期望收益率;

β——某公司股票收益率相对于市场投资组合期望收益率的变动幅度。

当整个证券市场投资组合的收益率增加1%时,如果某公司股票的收益率增加2%,那么该公司股票的β值为2,如果另外一家公司股票的收益率仅上升0.5%,则其β值为0.5。

【例4-6】 某股份公司普通股股票的β值为1.5,无风险利率为6%,市场投资组合的期望收益率为10%。则该公司的普通股筹资成本为:

普通股筹资成本 $=6\% + 1.5 \times (10\% - 6\%) = 12\%$

(3)无风险利率加风险溢价法

无风险利率加风险溢价法认为,由于普通股的求偿权不仅在债权之后,而且还次于优先股,因此,持有普通股股票的风险要大于持有债权的风险。这样,股票持有人就必然要求一定的风险补偿。一般情况来看,通过一段时间的统计数据,可以测算出某公司普通股股票期望收益率超出无风险利率的大小,即风险溢价R_p。无风险利率R_f一般用同期国债收益率表示,这是证券市场最基础的数据。因此,用无风险利率加风险溢价法计算普通股筹资成本的公式为:

$$K_c = R_f + R_p \tag{4.11}$$

【例4-7】 假定某股份公司普通股的风险溢价估计为8%,而无风险利率为5%,则该公司普通股筹资的成本为:

普通股筹资成本 $=5\% + 8\% = 13\%$

2. 优先股资本成本率的测算

优先股的股利通常是固定的,公司利用优先股筹资需花费发行费用,因此,优先股资本成本率的测算类似于普通股。测算公式是:

$$K_p = \frac{D_p}{P_p} \tag{4.12}$$

式中:K_p——优先股资本成本率;

D_p——优先股每股年股利;

P_p——优先股筹资净额,即发行价格扣除发行费用。

【例4-8】 某公司准备发行一批优先股,每股发行价格5元,发行费用0.2元,预计年股利0.5元。其资本成本率测算如下:

$$K_p = \frac{0.5}{5-0.2} = 10.42\%$$

3. 留存收益资本成本的测算

留存收益是由公司税后利润形成的,属于权益资本。一般企业都不会把全部收益以股利形式分给股东,留存收益是企业资金的一种重要来源。企业留存收益等于股东对企业进行追加投资,股东对这部分投资与以前交给企业的股本一样,要求获得同普通股等价的报酬,所以留存收益也要计算成本。留存收益筹资成本的计算与普通股基本相同,但不用考虑筹资费用。

(1)在普通股股利固定的情况下,留存收益筹资成本的计算公式为:

$$留存收益筹资成本 = \frac{每年固定股利}{普通股筹资金} \times 100\% \tag{4.13}$$

(2)在普通股股利逐年固定增长的情况下,留存收益筹资成本的计算公式为:

$$留存收益筹资成本 = \frac{第一年预期股利}{普通股筹资金} \times 100\% + 股利年增长率 \tag{4.14}$$

【例4-9】 某公司普通股目前的股价为10元/股,筹资费率为8%,刚刚支付的每股股利为2元,股利固定增长率3%,则该企业留存收益筹资的成本为:

$$留存收益筹资成本 = \frac{2 \times (1 + 3\%)}{10} \times 100\% + 3\% = 23.6\%$$

三、加权平均资金成本

企业可以从多种渠道、用多种方式来筹集资金,而各种方式的筹资成本是不一样的。为了正确进行筹资和投资决策,就必须计算企业的加权平均资金成本。加权平均资金成本是指分别以各种资金成本为基础,以各种资金占全部资金的比重为权数计算出来的综合资金成本。加权平均资金成本是由个别资金成本和各种长期资金比例这两个因素决定的。各种长期资金比例是指一个企业各种长期资金分别占企业全部长期资金的比例,即狭义的资本结构。

$$加权平均资金成本 = \sum(某种资金占总资金的比重 \times 该种资金的成本) \tag{4.15}$$

【例4-10】 某企业现有资金总额10 000万元,其中,长期借款3 000万元,长期债券3 500万元,普通股3 000万元,留存收益500万元,其资金成本率分别为4%、6%、14%和13%。计算该企业的加权平均资金成本率。

解:(1)计算各种资金所占的比重:

$$长期借款占资金总额的比重 = \frac{3\,000}{10\,000} = 0.3$$

$$长期债券占资金总额的比重 = \frac{3\,500}{10\,000} = 0.35$$

$$普通股占资金总额的比重 = \frac{3\,000}{10\,000} = 0.3$$

$$留存收益占资金总额的比重 = \frac{500}{10\,000} = 0.05$$

(2)计算加权平均资金成本:

加权平均资金成本 = 0.3 × 4% + 0.35 × 6% + 0.3 × 14% + 0.05 × 13% = 8.15%

在测算加权平均资金成本时,企业资本结构或各种资金在总资金中所占的比重取决于各种资金价值的确定。各种资金价值的确定基础主要有三种选择:账面价值、市场价值和目标价值。

按账面价值确定资金比重,企业财务会计所提供的资料主要是以账面价值为基础的。财务会计通过资产负债表可以提供以账面价值为基础的资本结构资料,这也是企业筹资管理的一个依据。使用账面价值确定各种资本比例的优点是:易于从资产负债表中取得这些资料,容易计算;其主要缺点是:资本的账面价值可能不符合市场价值,如果资本的市场价值与账面价值差别很大时,计算结果会与资本市场现行实际筹资成本有较大的差距,从而不利于加权平均资金成本的测算和筹资管理的决策。

按市场价值确定资金比重,是指债券和股票等以现行资本市场价格为基础确定其资金比重,这样计算的加权平均资金成本能反映企业目前的实际情况,但证券市场价格变动频繁。为弥补证券市场价格变动频繁的不便,也可选用平均价格。

按目标价值确定资金比重是指债券和股票等以未来预计的目标市场价格确定其资金比重。这种权数能够反映企业期望的资本结构,而不是像按账面价值和市场价值确定的权数那样只反映过去和现在的资本结构,所以,按目标价值权数计算得出的加权平均资金成本更适用于企业筹措新资金。然而,企业很难客观合理地确定证券的目标价值,有时这种计算方法不易推广。

由上可见,在个别资本成本率一定的情况下,企业综合资本成本率的高低是由资本结构所决定的,这是资本结构决策的一个原理。

四、资金的边际成本

(一)边际资金成本的概念

边际资金成本是指资金每增加一个单位而增加的成本。在现实中,边际资金成本通常在某一筹资区间内保持稳定,当企业以某种筹资方式筹资超过一定限度时,边际资金成本会提高,此时,即使企业保持原有的资本结构,也仍有可能导致加权平均资金成本上升。因此,边际资金成本也可以称为随筹资额增加而提高的加权平均资金成本。在企业追加筹资时,不能仅仅考虑目前所使用的资金的成本,还要考虑为投资项目新筹集的资金的成本,这就需要计算资金的边际成本。

企业追加筹资有时可能只采取某一种筹资方式。但在筹资数额较大,或在目标资本结构既定的情况下,往往需要通过多种筹资方式的组合来实现。这时,边际资金成本应该按加权平均法计算,而且其资本比例必须以市场价值确定。

(二)边际资金成本的计算

1. 确定目标资本结构。
2. 测算个别资金的成本。
3. 计算筹资总额分界点。筹资分界点是指在保持某资金成本率的条件下,可以筹集到的资金总限度。一旦筹资额超过筹资分界点,即使维持现有的资本结构,其资金成本也会增加。

$$筹资总额分界点 = \frac{某种筹资方式的成本分界点}{目标资金结构中该种筹资方式所占比重} \qquad (4.16)$$

4. 计算边际资金成本。根据计算出的分界点,可得出若干组新的筹资范围,对各筹资范围分别计算加权平均资金成本,即可得到各种筹资范围的边际资金成本。

【例4-11】 华西公司拥有长期资金400万元,其中长期借款100万元,普通股300万元。该资本结构为公司理想的目标结构。公司拟筹集新的资金200万元,并维持目前的资本结构。随筹资额增加,各种资金成本的变化如下表:

表4-1 华西公司筹资资料

资金种类	目标资本结构	新筹资额(万元)	个别资金成本
长期借款	25%	40 及以下 40 以上	4% 8%
普通股	75%	75 及以下 75 以上	10% 12%

要求:计算各筹资总额分界点及相应各筹资范围的边际资金成本。

第一,要计算各种筹资方式的筹资总额分界点。

长期借款的筹资总额分界点(1)40÷25% = 160(万元)

普通股筹资总额分界点(2)75÷75% = 100(万元)

这就意味着对借款而言,当筹资总额小于160万元时,因借款占25%,则借款筹资额小于40万元,那么借款资金成本为4%,而当筹资总额大于160万元时,则借款筹资额大于40万元,那么借款资金成本将为8%;对股票而言,当筹资总额小于100万元时,因股票占75%,则股票筹资额将小于75万元,那么股票资金成本为10%,而当筹资总额大于100万元时,则股票筹资额大于75万元,那么股票资金成本将为12%。

第二,划分追回筹资范围。将筹资总额分界点,由小到大排序,即可将0到无穷大的追加筹资范围,划成几个小的范围段,本例即为0~100万元、100万元~160万元和160万元以上。

表4-2 资金边际成本计算表   单位:万元

序号	筹资总额的范围(万元)	筹资方式	目标资金结构(%)	个别资金成本	资金的边际成本
1	0~100	长期借款	25%	4%	1%
		普通股	75%	10%	7.50%
		第一范围资金边际成本8.5%			
序号	筹资总额的范围(万元)	筹资方式	目标资金结构(%)	个别资金成本	资金的边际成本
2	100~160	长期借款	25%	4%	1%
		普通股	75%	12%	9%
		第二范围资金边际成本10%			
3	160 以上	长期借款	25%	8%	2%
		普通股	75%	12%	9%
		第三范围资金边际成本11%			

第二节 杠杆原理

自然界中的杠杆效应,是指人们通过利用杠杆,可以用较小的力量移动较重物体的现象。财务管理中也存在着类似的杠杆效应,表现为:由于特定费用(如固定成本或固定财务费用)的存在而导致的,当某一财务变量以较小幅度变动时,另一相关财务变量会以较大幅度变动。合理运用杠杆原理,有助于企业合理规避风险,提高资金营运效率。

杠杆利益与风险是企业资本结构决策的一个基本因素。企业的资本结构决策应当在杠杆利益与风险之间进行权衡。本节将分析并衡量经营杠杆利益与风险、财务杠杆利益与风险,以及这两种杠杆利益与风险的综合——复合杠杆利益与风险。

一、经营风险和经营杠杆

(一)经营风险

企业经营面临各种风险,可划分为经营风险和财务风险。

经营风险是指由于经营上的原因导致的风险,即未来的息税前利润(EBIT)的不确定性。经营风险因具体行业、具体企业以及具体时期而异。市场需求、销售价格、成本水平、对价格的调整能力、固定成本等因素的不确定性影响经营风险。由于经营杠杆的作用,当营业总额下降时,营业利润下降得更快,从而给企业带来经营风险。

(二)经营杠杆的含义

企业的经营杠杆,又称营业杠杆或营运杠杆,是指企业在经营活动中对营业成本中固定成本的利用。企业的经营风险部分取决于其利用固定成本的程度。在其他条件不变的情况下,产销量的增加虽然不会改变固定成本总额,但会降低单位固定成本,从而提高单位利润,使息税前利润的增长率大于产销量的增长率。反之,产销量的减少会提高单位固定成本,降低单位利润,使息税前利润下降率也大于产销量下降率。如果不存在固定成本,所有成本都是变动的,那么,边际贡献就是息税前利润,这时的息税前利润变动率就同产销量变动率完全一致。由于经营杠杆对经营风险的影响最为综合。因此,常被用来衡量经营风险的大小。

(三)经营杠杆的计量

只要企业存在固定成本,就存在经营杠杆效应的作用。对经营杠杆的计量最常用的指标是经营杠杆系数或经营杠杆度。经营杠杆系数,是指息税前利润变动率相当于产销业务量变动率的倍数。它反映着经营杠杆的作用程度。为了反映营业杠杆的作用程度,估计营业杠杆利益的大小,评价营业风险的高低,需要测算经营杠杆系数。其测算公式为:

$$DOL = \frac{\Delta EBIT/EBIT}{\Delta S/S} \qquad (4.17)$$

式中:DOL——营业杠杆系数;

$\quad EBIT$——息税前利润;

$\quad \Delta EBIT$——营业利润的变动额;

$\quad S$——营业额;

$\quad \Delta S$——营业额的变动额

为了便于计算,可将上列公式变换如下:

$\because EBIT = Q(P - V) - F$

$\Delta EBIT = \Delta Q(P - V)$

$$\therefore \quad DOL_Q = \frac{Q(P - V)}{Q(P - V) - F} \qquad (4.18)$$

或 $\quad DOL_S = \dfrac{S - C}{S - C - F} \qquad (4.19)$

式中:DOL_Q——按销售数量确定的经营杠杆系数;

$\quad Q$——销售数量;

$\quad P$——销售单价;

$\quad V$——单位销量的变动成本额;

F——固定成本总额；

DOL_S——按销售金额确定的经营杠杆系数；

C——变动成本总额，可按变动成本率乘以销售总额来确定。

【例4-12】 A公司有关资料如表4-3所示，试计算该企业2006年的经营杠杆系数。

表4-3 A公司有关资料   金额单位：万元

项 目	2005年	2006年	变动额	变动率(%)
销售额	1 000	1 200	200	20
变动成本	600	720	120	20
边际贡献	400	480	80	20
固定成本	200	200	0	—
息税前利润	200	280	80	40

解：

经营杠杆系数$(DOL) = \dfrac{80/200}{200/1\,000} = \dfrac{40\%}{20\%} = 2$

上述计算是按经营杠杆的理论公式计算的，利用该公式，必须以已知变动前后的有关资料为前提，比较麻烦，而且无法预测未来（如2007年）的经营杠杆系数。按简化公式计算如下：

按表4-3中2005年的资料可求得2006年的经营杠杆系数：

经营杠杆系数$(DOL) = \dfrac{400}{200} = 2$

计算结果表明，两个公式计算出的2006年经营杠杆系数是完全相同的。

同理，可按2006年的资料求得2007年的经营杠杆系数：

经营杠杆系数$(DOL) = \dfrac{480}{280} = 1.71$

【例4-13】 甲、乙两家企业2007年预计的情况如下：

表4-4 甲、乙两家企业2007年统计情况

企业名称	经济状况	概率	销售额（万元）
甲企业	好	0.2	5 000
	中	0.4	4 000
	差	0.4	3 200
乙企业	好	0.3	8 000
	中	0.4	7 000
	差	0.3	5 800

其他资料如下：

（1）甲企业的变动成本率为60%，固定成本为1 000万元，所得税率为25%；

（2）乙企业的变动成本率为70%，固定成本为1 200万元，所得税率为25%。

要求：

(1)计算两家企业期望的边际贡献和息税前利润；

(2)计算两家企业息税前利润方差、标准差和标准离差率，比较经营风险；

(3)计算两家企业的经营杠杆系数，比较风险。

解：(1)甲企业的边际贡献及概率分别为：

$5\,000 \times (1 - 60\%) = 2\,000$（万元），概率为 0.2

$4\,000 \times (1 - 60\%) = 1\,600$（万元），概率为 0.4

$3\,200 \times (1 - 60\%) = 1\,280$（万元），概率为 0.4

期望的边际贡献 $= 2\,000 \times 0.2 + 1\,600 \times 0.4 + 1\,280 \times 0.4 = 1\,552$（万元）

甲企业的息税前利润及概率分别为：

$2\,000 - 1\,000 = 1\,000$（万元），概率为 0.2

$1\,600 - 1\,000 = 600$（万元），概率为 0.4

$1\,280 - 1\,000 = 280$（万元），概率为 0.4

期望的息税前利润 $= 1\,000 \times 0.2 + 600 \times 0.4 + 280 \times 0.4 = 552$（万元）

乙企业的边际贡献及概率分别为：

$8\,000 \times (1 - 70\%) = 2\,400$（万元），概率为 0.3

$7\,000 \times (1 - 70\%) = 2\,100$（万元），概率为 0.4

$5\,800 \times (1 - 70\%) = 1\,740$（万元），概率为 0.3

期望边际贡献 $= 2\,400 \times 0.3 + 2\,100 \times 0.4 + 1\,740 \times 0.3 = 2\,082$（万元）

乙企业的息税前利润及概率分别为：

$2\,400 - 1\,200 = 1\,200$（万元），概率为 0.3

$2\,100 - 1\,200 = 900$（万元），概率为 0.4

$1\,740 - 1\,200 = 540$（万元），概率为 0.3

期望的息税前利润 $= 1\,200 \times 0.3 + 900 \times 0.4 + 540 \times 0.3 = 882$（万元）

(2)甲企业的息税前利润方差

$= (1\,000 - 552)^2 \times 0.2 + (600 - 552)^2 \times 0.4 + (280 - 552)^2 \times 0.4 = 70\,656$

标准差 $= \sqrt{70\,656} = 265.81$

标准离差率 $= 265.81 \div 552 = 0.48$

乙企业的息税前利润方差

$= (1200 - 882)^2 \times 0.2 + (900 - 882)^2 \times 0.4 + (540 - 882)^2 \times 0.3 = 65\,556$

标准差 $= \sqrt{65\,556} = 256.04$

标准离差率 $= 256.04 \div 882 = 0.29$

由于期望值不同，所以，应该用标准离差率比较风险，结论是甲企业的经营风险大。

(3)甲企业的经营杠杆系数 $= 1\,552 \div 552 = 2.81$

乙企业的经营杠杆系数 $= 2\,082 \div 882 = 2.36$

结论：甲企业的经营风险大。

（四）经营杠杆与经营风险的关系

引起企业经营风险的主要原因是市场需求和成本等因素的不确定性，经营杠杆本身并不是利润不稳定的根源。但是，经营杠杆扩大了市场和生产等不确定性因素对利润变动的影响。而且，经营杠杆系数越高，利润变动越剧烈，企业的经营风险就越大。一般来说，在

其他因素一定的情况下,固定成本越高,经营杠杆系数越大,企业的经营风险也就越大。其关系可表示为:

$$经营杠杆系数 = \frac{基期边际贡献}{基期边际贡献 - 基期固定成本} \tag{4.20}$$

或

$$经营杠杆系数 = \frac{(基期销售单价 - 基期单位变动成本) \times 基期产销量}{(基期销售单价 - 基期单位变动成本) \times 基期产销量 - 基期固定成本} \tag{4.21}$$

从上式可以看出,影响经营杠杆系数的因素包括产品销售数量、产品销售价格、单位变动成本和固定成本总额等因素。经营杠杆系数将随固定成本的变化呈同方向变化,即在其他因素一定的情况下,固定成本越高,经营杠杆系数越大。同理,固定成本越高,企业经营风险也越大;如果固定成本为零,则经营杠杆系数等于1。

在影响经营杠杆系数的因素发生变动的情况下,经营杠杆系数一般也会发生变动,从而产生不同程度的经营杠杆和经营风险。由于经营杠杆系数影响着企业的息税前利润,从而也就制约着企业的筹资能力和资本结构。因此,经营杠杆系数是资本结构决策的一个重要因素。

控制经营风险的方法有:增加销售额、降低产品单位变动成本、降低固定成本比重。

二、财务风险与财务杠杆

(一)财务风险

财务风险,亦称筹资风险,是指企业在经营活动过程中与筹资有关的风险,尤其是指在筹资活动中利用财务杠杆可能导致企业权益资本收益下降的风险,甚至可能导致企业破产的风险。主要表现为丧失偿债能力的可能性和股东每股收益即 EPS 的不确定性。由于财务杠杆的作用,当息税前利润下降时,税后利润下降得更快,从而给企业股权资本所有者造成财务风险。

在企业资本规模和资本结构一定的条件下,企业从息税前利润中支付的债务利息是相对固定的,当息税前利润增多时,每1元息税前利润所负担的债务利息会相应降低,扣除企业所得税后可分配给企业股权资本所有者的利润就会增加,从而给企业所有者带来额外的收益。

(二)财务杠杆的含义

在资本总额及其结构既定的情况下,企业需要从息税前利润中支付的债务利息通常都是固定的。当息税前利润增大时,每1元盈余所负担的固定财务费用(如利息、融资租赁租金等)就会相对减少,就能给普通股股东带来更多的盈余;反之,每1元盈余所负担的固定财务费用就会相对增加,就会大幅度减少普通股的盈余。这种由于固定财务费用的存在而导致普通股每股收益变动率大于息税前利润变动率的杠杆效应,称作财务杠杆。企业的全部长期资本是由股权资本和债权资本构成的。股权资本成本是变动的,在企业所得税后利润中支付;而债权资本成本通常是固定的,并在企业所得税前扣除。不管企业的息税前利润多少,首先都要扣除利息等债权资本成本,然后才归属于股权资本。因此,企业利用财务杠杆会对股权资本的收益产生一定的影响,有时可能给股权资本的所有者带来额外的收益即财务杠杆利益,有时可能造成一定的损失即遭受财务风险。

(三)财务杠杆的计量

只要在企业的筹资方式中有固定财务费用支出的债务,就会存在财务杠杆效应。但不同企业财务杠杆的作用程度是不完全一致的,为此,需要对财务杠杆进行计量。对财务杠杆计量的主要指标是财务杠杆系数。财务杠杆系数是指普通股每股收益的变动率相当于息税前利润

变动率的倍数,计算公式为:

$$DFL = \frac{\Delta EAT/EAT}{\Delta EBIT/EBIT} \tag{4.22}$$

或 $DFL = \dfrac{\Delta EPS/EPS}{\Delta EBIT/EBIT}$ $\qquad(4.23)$

式中:DFL——财务杠杆系数;

$\quad\Delta EAT$——税后利润变动额;

$\quad EAT$——税后利润额;

$\quad\Delta EBIT$——息税前利润变动额;

$\quad EBIT$——息税前利润额;

$\quad\Delta EPS$——普通股每股税后利润变动额;

$\quad EPS$——普通股每股税后利润额。

为了便于计算,可将上列公式变换如下:

$$\because\ EPS = \frac{(EBIT - I)(1 - T)}{N}$$

$$\Delta EPS = \Delta EBIT\frac{(1 - T)}{N}$$

$$\therefore\ DFL = \frac{EBIT}{EBIT - I} \tag{4.24}$$

式中:I——债务年利息额;

$\quad T$——公司所得税税率;

$\quad N$——流通在外普通股股数。

【例4-14】 A公司2006年的净利润为670万元,所得税税率为33%,估计下年的财务杠杆系数为2。该公司全年固定成本总额为1 500万元,公司年初发行了一种债券,数量为10万张,每张面值为1 000元,发行价格为1 100元,债券票面利率为10%,发行费用占发行价格的2%。假设公司无其他债务资本。

要求:(1)计算2006年的利润总额;

(2)计算2006年的利息总额;

(3)计算2006年的息税前利润总额;

(4)计算2007年的经营杠杆系数;

(5)计算2006年的债券筹资成本(计算结果保留两位小数)。

解:(1)利润总额 $= \dfrac{670}{1 - 33\%} = 1\ 000$(万元)

(2)2006年利息总额 $= 10 \times 1\ 000 \times 10\% = 1\ 000$(万元)

(3)$\dfrac{EBIT}{EBIT - 1\ 000} = 2$

$EBIT = 2\ 000$(万元)

(4)$DOL = \dfrac{1\ 500 + 2\ 000}{2\ 000} = 1.75$

(5)债券融资成本 $= \dfrac{1\ 000 \times 10\% \times (1 - 33\%)}{1\ 100 \times (1 - 2\%)} = 6.22\%$

(四)财务杠杆与财务风险的关系

由于财务杠杆的作用,当息税前利润下降时,税后利润下降得更快,从而给企业股权资本所有者造成财务风险。财务杠杆会加大财务风险,企业举债比重越大,财务杠杆效应越强,财务风险越大。财务杠杆与财务风险的关系可通过计算分析不同资本结构下普通股每股收益及其标准离差和标准离差率来进行测试。

控制财务风险的方法有:控制负债比率,即通过合理安排资本结构,适度负债使财务杠杆利益抵销风险增大所带来的不利影响。

三、复合杠杆系数

(一)复合杠杆的概念

由于存在固定成本,产生经营杠杆的效应,使得销售量变动对息税前利润有扩大的作用;同样,由于存在固定财务费用,产生财务杠杆的效应,使得息税前利润对普通股每股收益有扩大的作用。如果两种杠杆共同起作用,那么,销售额的细微变动就会使每股收益产生更大的变动。

复合杠杆是指由于固定生产经营成本和固定财务费用的共同存在,而导致的普通股每股收益变动率大于产销量变动率的杠杆效应,是经营杠杆和财务杠杆的综合。

(二)复合杠杆的计量

复合杠杆系数反映了经营杠杆与财务杠杆之间的关系,即为了达到某一复合杠杆系数,经营杠杆和财务杠杆可以有多种不同组合。在维持总风险一定的情况下,企业可以根据实际,选择不同的经营风险和财务风险组合,实施企业的财务管理策略。

只要企业同时存在固定生产经营成本和固定财务费用等财务支出,就会存在复合杠杆的作用。对复合杠杆计量的主要指标是复合杠杆系数或复合杠杆度。复合杠杆系数是指普通股每股收益变动率相当于产销量变动率的倍数。其计算公式为:

$$复合杠杆系数(DCL) = \frac{普通股每股收益变动率}{产销量变动率} \qquad (4.25)$$

$$复合杠杆系数(DCL) = 经营杠杆系数 \times 财务杠杆系数 \qquad (4.26)$$

$$复合杠杆系数(DCL) = \frac{边际贡献}{息税前利润 - 利息 - 融资租赁租金} \qquad (4.27)$$

【例4-15】 某公司2006年只经营一种产品,息税前利润总额为90万元,变动成本率为40%,债务筹资的利息为40万元,单位变动成本100元,销售数量为10 000台,预计2007年息税前利润会增加10%。

要求:(1)计算该公司2007年的经营杠杆系数、财务杠杆系数、复合杠杆系数。

(2)预计2007年该公司的每股利润增长率。

解:(1)计算固定成本:

$100/P = 40\%$ →单价 $P = 250$(元)

固定成本 = $(250 - 100) \times 10\ 000 - 900\ 000 = 60$(万元)

边际贡献 = 息税前利润 + 固定成本 = $90 + 60 = 150$(万元)

经营杠杆系数 = $150/90 = 1.67$

财务杠杆系数 = $90/(90 - 40) = 1.8$

复合杠杆系数 = $1.67 \times 1.8 = 3$

(2)每股利润增长率 = $1.8 \times 10\% = 18\%$

第三节 资本结构及其优化

一、资本结构概述

（一）资本结构的含义

资本结构是指企业各种资金的构成及其比例关系。资本结构是企业筹资决策的核心问题。企业应综合考虑有关影响因素，运用适当的方法确定最佳资本结构，并在以后追加筹资中继续保持。企业现有资本结构不合理，应通过筹资活动进行调整，使其趋于合理化。

在企业筹资管理活动中，资本结构有广义和狭义之分。广义的资本结构是指企业全部资本价值的构成及其比例关系，它不仅包括长期资本，还包括短期资本，主要是短期债权资本。狭义的资本结构是指企业各种长期资本价值的构成及其比例关系，尤其是指长期的股权资本与债权资本的构成及其比例关系。狭义的资本结构下，短期债权资本作为营运资本来管理。

企业资本结构是由企业采用的各种筹资方式筹集资金而形成的，各种筹资方式不同的组合类型决定着企业资本结构及其变化。企业筹资方式很多，但总的来看分为负债资本和权益资本两类，因此，资本结构问题总的来说是负债资本的比例问题，即负债在企业全部资本中所占的比重。

（二）资本结构的种类

资本结构可以从不同角度来认识，于是形成各种资本结构种类，主要有资本的属性结构和资本的期限结构两种。

1. 资本的属性结构

资本的属性结构是指企业不同属性资本的价值构成及其比例关系。企业全部资本就属性而言，通常分为两大类：一类是股权资本，另一类是债权资本。这两类资本构成的资本结构就是该企业资本的属性结构。例如，ABC公司的资本总额为10 000万元，其中银行借款和应付债券属于债权资本，两者合计5 000万元，比例为50%；普通股和留存收益属于股权资本，两者合计5 000万元，比例为50%。债权资本和股权资本各为5 000万元或各占50%，或者债权资本与股权资本之比为1∶1。这就是ABC公司资本的属性结构的不同表达。企业同时有债权资本和股权资本构成的资本属性结构，有时又称"搭配资本结构"或"杠杆资本结构"，其搭配比例或杠杆比例通常用债权资本的比例来表示。

2. 资本的期限结构

资本的期限结构是指不同期限资本的价值构成及其比例关系。一个企业的全部资本就期限而言，一般可以分为两类：一类是长期资本；另一类是短期资本。这两类资本构成的资本结构就是资本的期限结构。在上例中，ABC公司的银行借款2 000万元中有1 000万元是短期借款，1 000万元是长期借款，应付债券、普通股和留存收益都是长期资本，因此该公司短期资本为1 000万元，长期资本为9 000万元，或长期资本占90%，短期资本占10%，或者长期资本与短期资本之比为9∶1。这就是ABC公司资本期限结构的不同表达。

3. 资本结构的价值基础

对于上述资本结构，尚未具体指明资本的价值计量基础。在介绍综合资本成本率时曾说明资本价值的计量基础有账面价值、现时市场价值和未来目标价值。一个企业的资本分别按这三种价值计量基础来计量和表达资本结构，就形成三种不同价值计量基础反映的资本结构，即资本的账面价值结构、资本的市场价值结构和资本的目标价值结构。

（1）资本的账面价值结构是指企业资本按历史账面价值基础计量反映的资本结构。一个企业资产负债表的右方"负债及所有者权益"或"负债及股东权益"所反映的资本结构就是按账面价值计量反映的，由此形成的资本结构是资本的账面价值结构。它不太适合企业资本结构决策的要求。

（2）资本的市场价值结构是指企业资本按现时市场价值基础计量反映的资本结构。当一个企业的资本具有现时市场价格时，可以按其市场价格计量反映资本结构。通常上市公司发行的股票和债券具有现时的市场价格，因此，上市公司可以市场价格计量反映其资本的现时市场价值结构。它比较适合于上市公司资本结构决策的要求。

（3）资本的目标价值结构是指企业资本按未来目标价值计量反映的资本结构，当一家公司能够比较准确地预计其资本的未来目标价值时，可以按其目标价值计量反映资本结构。从理解的角度讲，它更适合企业资本结构决策的要求，但资本的未来目标价值不易客观准确地估计。

（三）影响资本结构的因素

影响资本结构的因素包括以下几方面。

1. 企业财务状况

企业获利能力越强、财务状况越好、变现能力越强，就有能力负担财务上的风险，其举债筹资就越有吸引力。衡量企业财务状况的指标主要有流动比率、利息周转倍数、固定费用周转倍数、投资收益率等。

2. 企业资产结构

（1）拥有大量固定资产的企业，主要通过长期负债和发行股票筹集资金；

（2）拥有较多流动资产的企业，更多依赖流动负债筹集资金；

（3）资产适用于抵押贷款的公司举债额较多；

（4）以研发为主的公司则负债很少。

3. 企业产品销售情况

如果企业的销售比较稳定，其获利能力也相对稳定，则企业负担固定财务费用的能力相对较强；如果销售具有较强的周期性，则企业将冒较大的财务风险。

4. 投资者和管理人员的态度

如果一个企业股权较分散，企业所有者并不担心控制权旁落，因而会更多地采用发行股票的方式来筹集资金。反之，有的企业被少数股东所控制，为了保证少数股东的绝对控制权，多采用优先股或负债方式筹集资金。喜欢冒险的财务管理人员，可能会安排比较高的负债比例；一些持稳健态度的财务人员则使用较少的债务。

5. 贷款和信用评级机构的影响

一般而言，大部分贷款人都不希望企业的负债比例太大。同样，如果企业债务太多，信用评级机构可能会降低企业的信用等级，从而影响企业的筹资能力。

6. 行业因素

不同行业，资本结构有很大差别。财务经理必须考虑本企业所在的行业，以确定最佳的资本结构。

7. 所得税税率的高低

企业利用负债可以获得减税利益，因此，所得税税率越高，负债的好处越多；如果税率很低，则采用举债方式的减税利益就不显著。

8. 利率水平的变动趋势

如果财务管理人员认为利息率暂时较低,但不久的将来有可能上升,企业应大量发行长期债券,从而在若干年内把利率固定在较低的水平上。

(四)资本结构理论

人们对资本结构有着若干不同认识。最早提出资本结构理论这一问题的是美国经济学家戴维·杜兰德。杜兰德认为,早期企业的资本结构是按照净收益法、净营业收益法和传统折中法建立的。1958 年,莫迪格利尼和米勒又提出了著名的 MM 理论。在此基础上,后人又进一步提出了代理理论和等级筹资理论等。

1. 净收益理论

该理论认为,利用债务可以降低企业的综合资金成本。由于债权的投资报酬率固定,债权人有优先求偿权,所以,债权投资风险低于股权投资风险,债权资金成本率一般低于股权资金成本率。因此,负债程度越高,加权平均资金成本就越低。当负债比率达到 100% 时,企业价值将达到最大。

这是一种极端的资本结构理论观点。这种观点虽然考虑到财务杠杆利益,但忽略了财务风险。很明显,如果公司的债权资金比例过高,财务风险就会很高,公司的加权平均资金成本率就会上升,公司的价值反而下降。

2. 净营业收益理论

该理论认为,资本结构与企业的价值无关,决定企业价值高低的关键要素是企业的净营业收益。如果企业增加成本较低的债务资金,即使债务成本本身不变,但由于加大了企业的风险,导致权益资金成本的提高。这一升一降,相互抵消,企业的加权平均资金成本仍保持不变。也就是说,不论企业的财务杠杆程度如何,其整体的资金成本不变,企业的价值也就不受资本结构的影响。因而不存在最佳资本结构。

这是另一种极端的资本结构理论观点。这种观点虽然认识到债权资金比例的变动会产生财务风险,也可能影响公司的股权资金成本率,但实际上公司的加权平均资金成本不可能是一个常数。公司净营业收益的确会影响公司价值,但公司价值不仅仅取决于公司净营业收益的多少。

3. MM 理论

1958 年,莫迪格利尼和米勒提出了著名的 MM 理论。在无税收、资本可以自由流通、充分竞争、预期报酬率相同的证券价格相同、完全信息、利率一致、高度完善和均衡的资本市场等一系列假定之下,MM 理论提出了两个重要命题。

命题 I:无论企业有无债权资本,其价值(普通股资本与长期债权资本的市场价值之和)等于公司所有资产的预期收益额按适合该公司风险等级的必要报酬率予以折现。其中,企业资产的预期收益额相当于企业扣除利息、税收之前的预期赢利即息税前利润,企业风险等级相适应的必要报酬率相当于企业的加权资金成本率。

命题 II:利用财务杠杆的公司,其股权资金成本率随筹资额的增加而提高。因为便宜的债务给公司带来的财务杠杆利益会被股权资金成本率的上升而抵消,所以,公司的价值与其资本结构无关。因此,在没有企业和个人所得税的情况下,任何企业的价值,不论其有无负债,都等于经营利润除以适用于其风险等级的收益率。风险相同的企业,其价值不受有无负债及负债程度的影响。

修正的 MM 资本结构理论提出,有债务的企业价值等于有相同风险但无债务企业的价值加上债务的节税利益。因此,在考虑所得税的情况下,由于存在税额庇护利益,企业价值会随负债程度的提高而增加,股东也可获得更多好处。于是,负债越多,企业价值也会越大。

4. 代理理论

代理理论的创始人詹森和麦克林认为,企业资本结构会影响经理人员的工作水平和其他行为选择,从而影响企业未来现金流入和企业市场价值。该理论认为,公司债务的违约风险是财务杠杆系数的增函数,随着公司债权资本的增加,债权人的监督成本随之上升,债权人会要求更高的利率。这种代理成本最终要由股东承担(即股权代理成本增加),公司资本结构中债权比率过高会导致股权价值的降低。均衡的企业所有权结构是由股权代理成本和债权代理成本之间的平衡关系来决定的,债权资本适度的资本结构会增加股权的价值。除债务的代理成本之外,还有一些代理成本涉及公司雇员、消费者和社会等,在资本结构决策中也应予以考虑。

5. 等级筹资理论

1984年,梅耶斯等学者提出了一种新的优序筹资理论。该理论认为:首先,外部筹资的成本不仅包括管理和证券承销成本,还包括不对称信息所产生的"投资不足效应"而引起的成本。为消除"投资不足效应"而引起的成本,企业可以选择用内部积累的资金去满足净现值为正的投资机会。所以,通过比较外部筹资和内部筹资的成本,当企业面临投资决策时,理论上首先考虑运用内部资金。其次,债务筹资优于股权投资。优序筹资理论的两个中心思想是:(1)偏好内部筹资;(2)如果需要外部筹资,则偏好债务筹资。由于企业所得税的节税利益,负债筹资可以增加企业的价值,即负债越多,企业价值增加越多,这是负债的第一种效应;但是,财务危机成本期望值的现值和代理成本的现值会导致企业价值的下降,即负债越多,企业价值减少额越大,这是负债的第二种效应。负债比率较小时,第一种效应大;负债比率较大时,第二种效应大。由于上述两种效应相互抵消,企业应适度负债。最后,由于非对称信息的存在,企业需要保留一定的负债容量以便有利可图的投资机会来临时可发行债券,避免以过高的成本发行新股。按照等级筹资理论,不存在明显的目标资本结构,因为虽然留存收益和增发新股均属股权筹资,但前者最先选用,后者最后选用;获利能力较强的公司之所以安排较低的债权比率,并不是由于已确定较低的目标债权比率,而是由于不需要外部筹资;获利能力较差的公司选用债权筹资是由于没有足够的留存收益,而且在外部筹资选择中债权筹资为首选。

从成熟的证券市场来看,企业的筹资优序模式首先是内部筹资,其次是借款、发行债券、可转换债券,最后是发行新股筹资。但是,对于新兴证券市场来说却未必如此。

20世纪80年代,新兴证券市场具有明显的股权融资偏好(如中国),企业筹资顺序的选择几乎与等级筹资模型是背道而驰的。其原因主要有以下三点:第一,在不健全的资本市场机制前提下,市场和股东对代理人(董事会和经理)的监督效率很低,经理们有较多的私人信息和可自由支配的现金流量;第二,代理人认为企业股权筹资的成本是以股利来衡量的,而股利的发放似乎是按代理人的计划分配的,从而使他们认为股票筹资的成本是廉价的;第三,经理利用股权筹资可使他们承担较小的破产风险。在我国现阶段的证券市场,企业的股利支付率很低,使代理人错误地认为股权筹资的成本很低。在我国企业的财务实务中,有相当多的代理人还没有把最优债务比理论和筹资优序理论应用到企业筹资中去,多半是以简单的直观判断和表面的资金成本来选择筹资方式,这无疑走进了股权投资偏好的误区。实际上,在我国证券市场进行股票筹资的成本是较高的,远远高于银行目前的贷款利率,对于处于稳定成长期或成熟期的企业来讲,股权筹资并不经济。

由此可得如下启示,股票筹资的成本并不低,不是上市公司的拟上市公司筹资的唯一途径。特别是对于已经进入稳定成长期或成熟期的企业来说,其筹资的最优策略选择应是发行债券及可转换债券,或通过银行等金融机构进行商业借贷更为合理。无理性地进行大规模的股票筹资,不仅带来资金成本的提高,而且其经营业绩压力也是不可忽视的,这也是西方国家在进入成熟期后举债筹资回购股票的主要原因。因此,股票筹资并不是企业筹资策略的唯一选择。

二、最佳资本结构的确定

从上述分析可知,利用负债资金具有双重作用,适当利用负债,可以降低企业资金成本,但当企业负债比率太高时,会带来较大的财务风险。为此,企业必须权衡财务风险和资金成本的关系,确定最佳资本结构。最佳资本结构是指在一定条件下使企业加权平均资金成本最低、企业价值最大的资本结构。

确定最佳资本结构的方法有每股收益无差别点法、比较资金成本法和公司价值分析法。

(一)每股收益无差别点法(又称每股利润无差别点或息税前利润—每股收益分析法,EBIT—EPS 分析法)

资本结构是否合理可以通过分析每股收益的变化来衡量,能提高每股收益的资本结构是合理的资本结构。按每股收益大小判断资本结构的优劣可以运用每股收益无差别点法。

每股收益无差别点处息税前利润的计算公式为:

$$\frac{(EBIT - I_1) \cdot (1 - T)}{N_1} = \frac{(EBIT - I_2) \cdot (1 - T)}{N_2}$$

$$\overline{EBIT} = \frac{N_2 \cdot I_1 \cdot (1 - T) - N_1 \cdot I_2 \cdot (1 - T)}{(N_2 - N_1) \cdot (1 - T)} \tag{4.28}$$

式中:$EBIT$——每股收益无差别点处的息税前利润;

I_1、I_2——为两种筹资方式下的年利息;

N_1、N_2——为两种筹资方式下的流通在外的普通股股数,T 为所得税税率。

根据每股收益无差别点,可以分析判断在什么样的销售水平下,适于采用何种资本结构。每股收益无差别点可以用销售量、销售额、息税前利润来表示,还可以用边际贡献来表示。如果已知每股收益相等时的销售水平,也可以计算出有关的成本水平。

进行每股收益分析时,当销售额(或息税前利润)大于每股无差别点的销售额(或息税前利润)时,运用负债筹资可获得较高的每股收益;反之,运用权益筹资可获得较高的每股收益。每股收益越大,风险也越大,如果每股收益的增长不足以补偿风险增加所需要的报酬,尽管每股收益增加,股价仍会下降。

【例 4 - 16】 三菱公司当前资本结构如下表所示。

表 4 - 5　三菱公司当前资本结构

单位:万元

筹资方式	金额
长期债券(年利率8%)	1 000
普通股(4 500 万股)	4 500
留存收益	2 000
合计	7 500

因生产发展需要,公司年初准备增加资金2 500 万元,现有两个筹资方案供选择。

甲方案为增加发行1 000 万股普通股,每股市价2.5 元;乙方案为按面值发行每年年末付息、票面利率为10%的公司债券2 500 万元。假定股票与债券的发行费用均可忽略不计;使用的所得税税率为33%,预计息税前利润1 200 万元。

表4-6 三菱公司不同资本结构下的每股利润 单位:万元

项 目	增发股票	增发债券
预计息税前利润	1 200	1 200
利 息	80	330
利润总额	1 120	870
所得税	369.6	287.1
净利润	750.4	582.9
普通股股数	5 500	4 500
每股利润	0.1364	0.1295

甲、乙方案的每股利润分别为:

$$EPS_{甲} = \frac{(1\,200 - 1\,000 \times 8\%) \times (1 - 33\%)}{5\,500} = 0.1364$$

$$EPS_{乙} = \frac{(1\,200 - 1\,000 \times 8\% - 2\,500 \times 10\%) \times (1 - 33\%)}{4\,500} = 0.1295$$

由以上两种计算均得到甲方案的每股利润高于乙方案,故应采用乙方案。

将三菱公司的资料代入公式得:

$$\frac{(\overline{EBIT} - 1\,000 \times 8\%)(1 - 33\%)}{5\,500} = \frac{(\overline{EBIT} - 1\,000 \times 8\% - 2\,500 \times 10\%)(1 - 33\%)}{4\,500}$$

求得:$\overline{EBIT} = 1\,455$(万元)

此时:$EPS_{甲} = EPS_{乙} = 0.25$

这就是说,当息税前利润等于1 455万元时,每股收益为0.25元。如图4-1所示,当息税前利润大于1 455万元时,利用负债筹资较为有利;当息税前利润小于1 455万元时,利用普通股筹资为宜;当息税前利润等于1 455万元时,采用两种方式没有差别。三菱公司预计息税前利润为1 200万元,故利用普通股筹资的方式较为有利。如预计息税前利润为1 600万元,则采用发行债券筹资的方式较为有利。

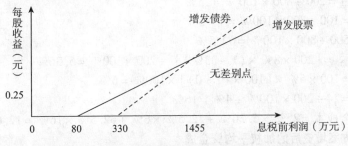

图4-1 三菱公司每股收益无差别点分析示意图

应当说明的是,这种分析方法只考虑了资本结构对每股利润的影响,并假定每股利润最大,股票价格也就越高。最佳资本结构亦即每股利润最大的资本结构。但没有考虑资本结构对风险的影响,是不全面的。因为随着负债的增加,投资者的风险加大,股票价格和企业价值也会有下降的趋势,所以,单纯地用 EBIT—EPS 分析法有时会作出错误的决策。

(二)比较资金成本法

该方法的基本思路是:决策前先拟订若干个备选方案,分别计算各方案的加权平均资金成本,并根据加权平均资金成本的高低来确定资本结构。

最佳资本结构亦即加权平均资金成本最低的资本结构。

与 EBIT—EPS 分析法没有考虑风险因素不同,比较资金成本法认为公司的最佳资本结构应当是可使公司的总价值最高,而不一定是每股利润最大的资本结构。同时,在公司总价值最大的资本结构下,公司的资金成本也是最低的。所以,为使公司达到或保持最佳资本结构,应该选用能使公司资金成本最低的筹资方案。这里,要注意与计算资金成本方法及股票收益率方法的综合运用。

【例 4 – 17】 华特公司目前资金结构如下表所示:

表 4 – 7　华特公司目前的资金结构

单位:万元

资金来源	金额
长期债券(年利率8%)	200
优先股(年股息率6%)	100
普通股25 000 股	500
合计	800

该公司普通股每股面额200 元,今年期望股利为24 元,预计以后每年股息增加4%,该公司所得税率33%,假设发行各种证券均无筹资费用。该公司计划增资200 万元,有以下两个方案可供选择。

甲方案:发行债券200 万元,年利率为10%,此时普通股息将增加到26 元,以后每年还可增加5%,但由于风险增加,普通股市价将跌至每股180 元;

乙方案:发行债券100 万元,年利率为10%,发行普通股100 万元,此时普通股股息将增加到26 元,以后每年再增加4%,由于企业信誉提高,普通股时价将上升至230 元。

要求:通过计算,在甲、乙两个方案中选择较优方案。

1. 计算目前资金结构下的加权平均资金成本

长期债券比重 = 200 ÷ 800 × 100% = 25%

优先股比重 = 100 ÷ 800 × 100% = 12.5%

普通股比重 500 ÷ 800 × 100% = 62.5%

长期债券成本 = [200 × 8% × (1 – 33%)] ÷ 200 × 100% = 5.36%

优先股成本 = 100 × 6% × [100 × (1 – 0)] × 100% = 6%

普通股成本 = 24 ÷ 200 × 100% + 4% = 16%

加权平均资金成本 = 25% × 5.36% + 12.5% × 6% + 62.5% × 16% = 12.09%

2. 计算按甲方案增资后的加权平均资金成本

原债券比重 = 200 ÷ 1 000 × 100% = 20%

新发行债券比重 = 200 ÷ 1 000 × 100% = 20%

优先股比重 = 100 ÷ 1 000 × 100% = 10%

普通股比重 = 500 ÷ 1 000 × 100% = 50%

原债券成本 = 5.36%

新发行债券成本 = 10% × (1 − 33%) = 6.7%

优先股成本 = 6%

普通股成本 = 26 ÷ 180 × 100% + 5% = 19.44%

甲方案综合资金成本 = 20% × 5.36% + 20% × 6.7% + 10% × 6% + 50% × 19.44% = 12.73%

3. 计算按乙方案增资后的加权平均资金成本

原债券比重 = 200 ÷ 1 000 × 100% = 20%

新发行债券比重 = 100 ÷ 1 000 × 100% = 10%

优先股比重 = 100 ÷ 1 000 × 100% = 10%

普通股比重 = 600 ÷ 1 000 × 100% = 60%

原债券成本 = 5.36%

新发行债券成本 = 10% × (1 − 33%)/(1 − 0) = 6.7%

优先股成本 = 6%

普通股成本 = 26 ÷ 230 × 100% + 4% = 15.30%

乙方案综合资金成本 = 20% × 5.36% + 10% × 6.7% + 10% × 6% + 60% × 15.3% = 11.52%

通过计算,可以看出乙方案加权平均资金成本不仅低于甲方案,而且低于目前的加权平均资金成本。所以应选择乙方案,使企业加权平均资金成本较低。

（三）公司价值分析法

公司价值分析法,是通过计算和比较各种资本结构下公司的市场总价值来确定最佳资本结构的方法。最佳资本结构亦即公司市场价值最大的资本结构。这种方法的出发点是,财务管理的目标在于追求公司价值的最大化。可是,只有在风险不变的情况下,每股收益的增长才会导致股价上升,实际上经常是随着每股收益的增长,风险也加大。如果每股收益的增长不足以弥补风险增加所需的报酬,尽管每股收益增加,股价仍可能下降。所以,最佳资本结构应当是可使公司的总价值最高,而不是每股收益最大的资本结构。同时公司的总价值最高的资本结构,公司的资金成本也是最低的。

公司的市场总价值 = 股票的总价值 + 债券的价值

为简化起见,假定债券的市场价值等于其面值。股票市场价值的计算公式如下:

$$股票市场价值 = \frac{(息税前利润 - 利息) × (1 - 所得税税率)}{普通股成本} \tag{4.29}$$

式中的普通股成本,可采用资本资产定价模型计算:

$$K_c = R_f + \beta \cdot (R_m - R_f) \tag{4.30}$$

而公司的资金成本,则应采用加权平均资金成本来表示。

加权平均资金成本 = 债务资金成本 × 债务额占总资金的比重 + 普通股成本 × 股票额占总资金的比重 (4.31)

三、资本结构的调整

当企业现有资本结构与目标资本结构存在较大差异时,企业需要进行资本结构的调整。企业调整资本结构的方法有以下三种。

（一）存量调整

在不改变现有资产规模的基础上，根据目标资本结构要求，对现有资本结构进行调整。存量调整的方法有：债转股、股转债；增发新股偿还债务；调整现有负债结构，如与债权人协商将长、短期负债转换；调整权益资本结构，如以资本公积转增股本。

（二）增量调整

通过追加筹资量，以增加总资产的方式来调整资本结构。其主要途径是从外部取得增量资本，如发行新债、举借新贷款、进行融资租赁、发行新股票等。

（三）减量调整

通过减少资产总额的方式来调整资本结构。其主要途径包括：提前归还借款、收回发行在外的可提前收回债券、股票回购减少公司股本、进行企业分立等。

【名词解释】

资本成本：指企业取得和使用资本时所付出的代价。

用资费用：指企业在生产经营和对外投资活动中因使用资本而承付的费用。

筹资费用：指企业在筹集资本活动中为获得资本而付出的费用。

个别资本成本率：指企业各种长期资本的成本率，

综合资本成本率：指企业全部长期资本的成本率。

边际资本成本率：指企业追加长期资本的成本率。

加权平均资金成本：指分别以各种资金成本为基础，以各种资金占全部资金的比重为权数计算出来的综合资金成本。

边际资金成本：指资金每增加一个单位而增加的成本。

杠杆利益与风险：企业资本结构决策的一个基本因素。企业的资本结构决策应当在杠杆利益与风险之间进行权衡。

经营风险：指由于经营上的原因导致的风险，即未来的息税前利润（EBIT）的不确定性。

企业的经营杠杆：又称营业杠杆或营运杠杆，是指企业在经营活动中对营业成本中固定成本的利用。

财务风险：亦称筹资风险，是指企业在经营活动过程中与筹资有关的风险，尤其是指在筹资活动中利用财务杠杆可能导致企业权益资本收益下降的风险，甚至可能导致企业破产的风险。

财务杠杆：由于固定财务费用的存在而导致普通股每股收益变动率大于息税前利润变动率的杠杆效应。

复合杠杆：指由于固定生产经营成本和固定财务费用的共同存在，而导致的普通股每股收益变动率大于产销量变动率的杠杆效应，是经营杠杆和财务杠杆的综合。

资本结构：指企业各种资金的构成及其比例关系。资本结构是企业筹资决策的核心问题。

【课后复习题】

（一）思考题

1. 资本成本的内容有哪些？

2. 如何计算公司个别资本成本、加权平均资本成本、边际资本成本？

3. 简述财务管理中的杠杆效应与风险。

4. 如何计算经营杠杆系数、财务杠杆系数、总杠杆系数？

5. 企业最佳资本结构决策的方法有哪几种？如何运用？

(二)单项选择题

1. 下列关于综合资金成本的说法不正确的是( )。

A. 包括加权平均资金成本和边际资金成本

B. 边际资金成本,是指资金每增加一个单位而增加的成本

C. 当企业拟筹资进行某项目投资时,应以边际资金成本作为评价该投资项目可行性的经济指标

D. 边际资金成本采用加权平均法计算,其权数为目标价值权数

2. 甲公司目标资本结构中长期债务的比重为40%,债务资金的增加额在0~100万元范围内,其利率维持5%不变。该企业与此相关的筹资总额分界点为( )万元。

A. 50   B. 100   C. 250   D. 200

3. 在实务中,计算加权平均资金成本时通常采用的权数为( )。

A. 目标价值权数   B. 市场价值权数   C. 账面价值权数   D. 评估价值权数

4. A企业负债资金的市场价值为4 000万元,股东权益的市场价值为6 000万元。债务的税前资金成本为15%,股票的β为1.41,企业所得税税率为34%,市场风险溢酬9.2%,国债的利率为11%。则加权平均资金成本为( )。

A. 23. 97%   B. 9. 9%   C. 18. 34%   D. 18. 67%

5. 某企业希望在筹资计划中确定期望的加权平均资金成本,为此需要计算个别资金占全部资金的比重。此时,最适宜采用的计算基础是( )。

A. 目前的账面价值   B. 目前的市场价值

C. 预计的账面价值   D. 目标市场价值

6. 在下列各选项中,属于半固定成本的是( )。

A. 计件工资费用   B. 按年支付的广告费

C. 按直线法计提的折旧费用   D. 按月薪制开支的质检人员工资费用

7. 下列各项中属于酌量性固定成本的是( )。

A. 固定资产直线法计提的折旧费   B. 长期租赁费

C. 直接材料费   D. 研究与开发费

8. 如果企业一定期间内的固定生产经营成本和固定财务费用均不为0,则由上述因素共同作用而导致的杠杆效应属于( )。

A. 经营杠杆效应   B. 财务杠杆效应   C. 复合杠杆效应   D. 风险杠杆效应

9. 下列关于经营杠杆的说法不正确的是( )。

A. 经营杠杆,是指由于固定成本的存在而导致税前利润变动率大于产销量变动率的杠杆效应

B. 经营杠杆本身并不是利润不稳定的根源,但是经营杠杆扩大了市场和生产等不确定因素对利润变动的影响

C. 在其他因素一定的情况下,固定成本越高,经营杠杆系数越大

D. 按照简化公式计算经营杠杆系数时,本期边际贡献的大小并不影响本期的经营杠杆系数

10. 某企业拟发行200万元的企业债券,债券票面利率为10%,期限两年。若市场利率为

12%,则此债券需(　　)。

 A. 溢价发行   B. 折价发行

 C. 平价发行   D. 以 1 : 1.2 比率溢价发行

（三）多项选择题

1. 下列关于成本习性的说法正确的有(　　)。

 A. 总成本按习性最终可分解为固定成本和变动成本两部分

 B. 固定成本总额固定不变

 C. 成本习性,是指成本总额与业务量之间在数量上的依存关系

 D. 混合成本按其与业务量的关系又可分为半变动成本和半固定成本

2. 下列各因素中,其不确定性影响经营风险的有(　　)。

 A. 市场需求   B. 成本水平

 C. 销售价格   D. 对价格的调整能力

3. 吸收一定比例的负债资金,可能产生的结果有(　　)。

 A. 降低企业资金成本   B. 加大企业复合风险

 C. 加大企业财务风险   D. 提高每股收益

4. 下列各项中,影响资本结构的有(　　)。

 A. 企业资产结构   B. 行业因素

 C. 投资者和管理人员的态度   D. 所得税税率的高低

5. 下列说法正确的有(　　)。

 A. 拥有较多流动资产的企业,更多依赖流动负债来筹集资金

 B. 资产适用于抵押贷款的公司举债额较少

 C. 信用评级机构降低企业的信用等级会提高企业的资金成本

 D. 以研发为主的公司负债往往很少

6. 下列各选项中,可用于确定企业最优资本结构的方法有(　　)。

 A. 高低点法   B. 公司价值分析法

 C. 比较资金成本法   D. 每股收益无差别点法

7. 下列有关资本结构理论的表述正确的有(　　)。

 A. 净收益理论认为,负债程度为 100% 时,企业价值将达到最大

 B. 净营业收益理论认为,负债多少与企业价值无关

 C. MM 理论认为,在不考虑所得税的情况下,风险相同的企业,其价值不受负债程度的影响;但在考虑所得税的情况下,负债越多,企业价值越大

 D. 等级筹资理论认为,公司筹资偏好内部筹资,如果需要外部筹资,则偏好债务筹资

8. 关于代理理论的说法正确的有(　　)。

 A. 公司资本结构中债权比率过高会导致股东价值的降低

 B. 代理成本最终要由股东承担

 C. 均衡的企业所有权结构是由股权代理成本和债权代理成本之间的平衡关系决定的

 D. 债务比率越大企业价值越小

9. 资本结构的调整方法中属于存量调整的是(　　)。

 A. 增发新股偿还债务   B. 举借新贷款

 C. 债转股   D. 发行新股票

10. 下列关于财务风险的说法正确的有（　　）。

A. 亦称筹资风险

B. 是指企业在经营活动过程中与筹资有关的风险

C. 如果企业固定财务费用为0，则没有财务风险，财务杠杆系数为0

D. 在其他因素一定的情况下，固定财务费用越高，财务杠杆系数越大

（四）判断题

1. 边际贡献等于销售收入与销售成本的差额，息税前利润等于边际贡献与固定成本的差额，其中的固定成本中不包括利息费用。（　　）

2. 财务杠杆，是指由于固定财务费用的存在而导致普通股每股利润变动率大于息税前利润变动率的杠杆效应。只要在企业的筹资方式中有固定财务费用支出的债务，就会存在财务杠杆效应，财务杠杆会加大财务风险，企业负债比重越大，财务杠杆效应越强，财务风险越大。（　　）

3. 资本结构，是指企业各种资本的构成及其比例关系。资本结构问题总的来说是负债资本的比例问题，即负债在企业全部资本中所占的比重。（　　）

4. 最优资本结构是使企业筹资能力最强、财务风险最小的资本结构。（　　）

5. 从成熟的证券市场来看，企业筹资的优序模式首先是内部筹资，其次是增发股票，发行债券和可转换债券，最后是银行借款。（　　）

6. 在应用比较资金成本法进行企业最佳资本结构决策时，如果息税前利润大于每股利润无差别点的息税前利润，企业通过负债筹资比权益资本筹资更为有利，因为将使企业资金成本降低。（　　）

7. 当息税前利润大于零，单位边际贡献不变时，除非固定成本为零或业务量无穷大，否则息税前利润的变动率大于销售量的变动率。（　　）

8. 要想降低约束性固定成本，就要在预算时精打细算，合理确定这部分成本的数额。（　　）

9. 企业发行长期债券筹集资金，债券总面额400万元，票面利率为12%，其支付各种筹资费用8万元，据此可计算该种长期债券的资金成本为12.24%。（　　）

10. 筹资期限的长短决定资金成本的高低，就各种筹资方式而言，期限越长，则其资金成本越低，风险也越大。（　　）

（五）计算分析题

1. ABC公司只生产和销售甲产品，其总成本习性模型为 $y = 8\,000 + 4x$。假定该公司2007年度产品销售量为12 000件，每件售价为6元；按市场预测2008年产品的销售数量将增长10%。

要求：（1）计算2007年该公司的边际贡献总额；

（2）计算2007年该公司的息税前利润；

（3）计算2008年的经营杠杆系数；

（4）计算2008年息税前利润增长率；

（5）假定公司2007年利息费用7 000元，且无融资租赁租金和优先股，计算2008年复合杠杆系数。

2. 南方公司目前的资本结构（账面价值）为：

长期债券　　　　680万元

普通股　　　　　1 000万元（100万股）

留存收益　　　320 万元

目前正在编制明年的财务计划,需要融资 500 万元,有以下资料:

(1)本年派发现金股利每股 0.6 元,预计明年每股收益增长 10%,股利支付率(每股股利/每股收益)保持 25% 不变;

(2)外部资金通过增发长期债券解决,每张债券面值 100 元,发行价格为 108 元,票面利率为 8%,分期付息,到期还本;(为简化考虑,不考虑筹资费用和溢价摊销,并假设目前的长期债券资本成本与增发的长期债券的资本成本相同)

(3)目前无风险利率为 4%,股票价值指数平均收益率为 10%,如果其提高 1%,该公司股票的必要收益率会提高 1.5%。

(4)公司适用的所得税税率为 25%。

要求:(1)计算长期债券的税后资金成本;

(2)计算明年的净利润;

(3)计算明年的股利;

(4)计算明年留存收益账面余额;

(5)计算长期债券筹资额以及明年的资本结构中各种资金的权数;

(6)确定该公司股票的 β 系数并根据资本资产定价模型计算普通股资金成本;

(7)按照账面价值权数计算加权平均资金成本。

3.A 公司 2007 年 12 月 31 日资产负债表上的长期负债与股东权益的比例为 40:60,该公司计划于 2008 年为一个投资项目筹集资金,可供选择的筹资方式包括:向银行申请长期借款和增发普通股,A 公司以现有资本结构作为目标结构。其他有关资料如下:

(1)如果 A 公司 2008 年新增长期借款在 40 000 万元以下(含 40 000 万元)时,借款年利息率为 6%;如果新增长期借款在 40 000 万~100 000 万元范围内,年利息率将提高到 9%;A 公司无法获得超过 100 000 万元的长期借款。银行借款筹资费忽略不计。

(2)如果 A 公司 2008 年度增发的普通股规模不超过 120 000 万元(含 120 000 万元),预计每股发行价为 20 元;如果增发规模超过 120 000 万元,预计每股发行价为 16 元。普通股筹资费率为 4%(假定不考虑有关法律对公司增发普通股的限制)。

(3)A 公司 2008 年预计普通股股利为每股 2 元,以后每年增长 5%。

(4)A 公司适用的企业所得税税率为 33%。

要求:(1)分别计算下列不同条件下的资金成本:

① 新增长期借款不超过 40 000 万元时的长期借款成本;

② 新增长期借款超过 40 000 万元时的长期借款成本;

③ 增发普通股不超过 12 000 万元时的普通股成本;

④ 增发普通股超过 12 000 万元时的普通股成本;

(2)计算所有的筹资总额分界点;

(3)计算 A 公司 2008 年最大筹资额;

(4)根据筹资总额分界点确定各个筹资范围,并计算每个筹资范围内的边际资金成本;

(5)假定上述项目的投资额为 180 000 万元,预计内部收益率为 13%,根据上述计算结果,确定本项筹资的边际资金成本,并做出是否应当投资的决策。

4.某公司年销售额 900 万元,变动成本率 70%,全部固定成本和费用 120 万元,总资产 350 万元,资产负债率 40%,负债的平均利息率 8%,假设所得税率为 40%。该公司拟改变经营计划,追加投资 240 万元,每年固定成本增加 25 万元,可以使销售额增加 20%,并使变动成本率下降至60%。该公司以提高权益净利率同时降低复合杠杆系数作为改进经营计划的标准。

要求:(1)计算目前情况的权益净利率和复合杠杆系数;

(2)所需资金以追加实收资本取得,计算权益净利率和复合杠杆系数,判断应否改变经营计划;

(3)所需资金以10%的利率借入,计算权益净利率和复合杠杆系数,判断应否改变经营计划;

(4)如果应该改变经营计划,计算改变计划之后的经营杠杆系数。

5. E公司2007年度的销售收入为1 000万元,利息费用100万元,实现净利润100万元,2007年末发行在外普通股股数为200万股,不存在优先股。2008年公司为了使销售收入达到2 000万元,需要增加资金200万元。这些资金有两种筹集方案:(方案1)通过增加借款取得,利息率为12%;(方案2)通过增发普通股股票取得,预计发行价格为10元/股。假设固定生产经营成本可以维持在2007年125万元/年的水平,变动成本率也可以维持2007年的水平,该公司所得税率为20%,不考虑筹资费用。

要求:(1)计算2007年的息税前利润;

(2)计算变动成本率;

(3)计算(方案2)中增发的股数;

(4)计算(方案1)中增加的利息;

(5)计算两种筹资方案每股收益无差别点的销售额和息税前利润;

(6)在不考虑风险的情况下,应采用何种筹资方案?

(7)计算两个方案筹资后的财务杠杆系数,并说明存在差异的原因;

(8)如果息税前利润在每股收益无差别点上增长10%,根据杠杆系数计算(方案1)的每股收益增长率。

第五章

项目投资管理

通过本章的学习,掌握项目投资决策的相关理论;理解并掌握现金流量的内容和净现金流量的计算、掌握投资评价指标及其运用;了解投资分析的风险调整贴现法和肯定当量法;熟悉固定资产更新的决策和所得税与折旧对项目投资的影响。

【重点难点】

重点:现金流量的内容和净现金流量的计算、投资评价指标运用。

难点:投资分析的风险调整贴现法和肯定当量法。

第一节　项目投资决策的相关理论

一、项目投资的概述

(一)项目投资的含义和特点

从广义上讲,投资是指为了在未来获得收益而发生的投入财力的行为。投资按照其内容不同可分为项目投资、证券投资和其他投资等类型。本章所介绍的项目投资是一种以特定项目为对象,直接与新建项目或更新改造项目有关的长期投资行为。

与其他形式投资相比,项目投资具有以下主要特点。

1. 投资金额大

项目投资,特别是战略性的扩大生产能力投资一般都需要较多的资金,其投资额往往是企业及其投资人多年的资金积累,在企业总资产中占有相当大的比重。因此,项目投资对企业未来的现金流量和财务状况都将产生深远的影响。

2. 影响时间长

项目投资,投资期及发挥作用的时间都较长,对企业未来的生产经营活动和长期经营活动将产生重大影响。

3. 变现能力差

项目投资一般不准备在一年或一个营业周期内变现,其变现能力也较差。因为,项目投资一旦完成,要想改变是相当困难的,不是无法实现,就是代价太大。

4. 投资风险大

因为影响项目投资未来收益的因素特别多,加上投资额大、影响的时间长和变现能力差,必然造成其投资风险比其他投资大,对企业未来的命运产生决定性影响。无数事例证明,一旦项目投资决策失败,会给企业带来先天性的、无法逆转的损失。

（二）项目投资的程序

1. 项目提出

投资项目的提出是项目投资的第一步，是根据企业的长期发展战略、中长期投资计划和投资环境的变化，在把握良好投资机会的情况下提出的。它可以由企业管理当局或企业高层管理人员提出，也可以由企业的各级管理部门和相关部门领导提出。

2. 项目评价

投资项目的评价主要涉及如下几项工作：（1）对提出的投资项目进行适当分类，为分析评价做好准备；（2）计算有关项目的建设周期，测算有关项目投产后的收入、费用和经济效益，预测有关项目的现金流出；（3）运用各种投资评价指标，把各项投资按可行程度进行排序；（4）写出详细的评价报告。

3. 项目决策

投资项目评价后，应按分权管理的决策权限，由企业高层管理人员或相关部门经理作最后决策。投资额小的战术性项目投资或维持性项目投资，一般由部门经理作出决策，战略性的投资或投资额特别重大的项目投资还需要报董事会或股东大会批准。不管由谁最后决策，其结论一般都可以分成以下三种：（1）接受这个投资项目，可以进行投资；（2）拒绝这个项目，不能进行投资；（3）发还给项目提出的部门，重新论证后，再行处理。

4. 项目执行

决定对某项目的执行过程中，应注意原来作出的投资决策是否合理，是否正确。一旦出现新的情况，就要随时根据变化的情况作出新的评价。如果情况发生重大变化，原来投资决策变得不合理，那么，就要进行是否终止投资或怎样终止投资的决策，以避免更大的损失。

（三）项目投资的主体

投资主体是各种投资人的统称，是具体投资行为的主体。从企业项目投资的角度看，其直接投资主体就是企业本身。企业在进行项目投资决策时，首先关心的是全部投资资金的投放和回收情况，而不管这些资金究竟来源于何处。但由于企业投资项目具体使用的资金分别来源于企业所有者和债权人，他们也必然会从不同角度关心企业具体投资项目的成败。因此，在进行项目投资决策时，还应考虑他们的要求，分别从自有资金提供者和借入资金贷放者的立场去分析问题，提供有关信息。本章主要从企业投资主体的角度研究项目投资问题。

（四）项目计算期的构成

项目计算期是指投资项目从投资建设开始到最终清理结束整个过程的全部时间，即该项目的有效持续时间。完整的项目计算期，包括建设期和生产经营期。其中建设期（记作 s，$s_{(0)}$ 的第一年年初（记作第 0 年）称为建设起点，建设期的最后一年年末（第 s 年）称为投产日；项目计算期的最后一年年末（记作第 n 年）称为终结点，从投产日到终结日之间的时间间隔称为生产经营期（记作 p），生产经营期包括试产期和达产期（完全达到设计生产能力）。项目计算期、建设期和生产经营期之间有以下关系：

$$n = s + p \tag{5.1}$$

二、项目投资的概述

（一）项目投资的分类

1. 项目投资的对象及其类型

项目投资的对象简称项目，它是用于界定投资客体范围的概念。工业企业项目投资主要可分为以新增生产力为目的的新建项目和以恢复或改善生产力为目的的更新改造项目两大类。显然,前者属于外延式扩大再生产的类型,后者属于简单再生产或内涵式扩大再生产的类型。

新建项目按其涉及内容还可以进一步细分为单纯固定资产投资项目和完整工业投资项目。单纯固定资产投资项目简称固定资产投资,其特点在于:在投资中只包括为取得固定资产而发生的垫支资本投入而不涉及周转资本的投入。完整工业投资项目则不仅包括固定资产投资,而且还涉及流动资产投资,甚至包括其他长期资产项目(如无形资产)的投资。因此,不能将项目投资等同于固定资产投资。

2. 原始总投资和投资总额的内容

(1)原始总投资又称为初始投资,是反映项目所需现实资金水平的价值指标。从项目投资的角度看,原始总投资是企业为使项目完全达到设计生产能力、开展正常经营而投入的全部现实资金,包括建设投资和流动资金投资两项内容。

建设投资是指在建设期内按一定生产经营规模和建设内容进行的投资,包括以下几方面。

① 固定资产投资。这是项目用于购置或安装固定资产应当发生的投资,也是任何类型项目投资中不可缺少的投资内容。计算折旧的固定资产原值与固定资产投资之间可能存在差异,原因在于固定资产原值可能包括应构成固定资产成本的建设期内资本化的借款利息,即

$$固定资产原值=固定资产投资+建设期资本化的借款利息 \qquad (5.2)$$

② 无形资产投资。这是指项目用于取得无形资产而发生的投资。

③ 开办费投资。这是为组织项目投资的企业在其筹建期内发生的,不能计入固定资产和无形资产价值的那部分投资。

流动资金投资是指项目投产前后,分次或一次投放于流动资产项目的投资增加额,又称为垫支流动资金或营运资金投资。其计算公式为:

$$本年流动资金增加额=本年流动资金需要数-截至上年的流动资金投资额 \qquad (5.3)$$

$$经营期流动资产需用数=该年流动资产需用数-该年流动负债需用数 \qquad (5.4)$$

(2)投资总额是一个反映项目投资总体规模的价值指标,它等于原始总投资与建设期资本化利息之和。其中建设期资本化利息是指在建设期发生的与构建项目所需的固定资产、无形资产等长期资产有关的借款利息。

3. 项目投资资金的投入方式

投资主体将总投资额注入具体投资项目的投入方式,分为一次投入和分次投入两种形式。一次投入方式是指投资行为集中一次发生在项目计算期第一个年度的年初或年末。如果投资行为涉及两个或两个以上年度,或虽然只涉及一个年度,但同时在该年度的年初和年末发生,则属于分次投入方式。

资金投入方式与项目计算期的构成情况有关,同时也受到投资项目的具体内容制约。建设投资即可以采用年初预付的方式,也可采用年末结算的方式,因此该项目投资必须在建设期内一次或分次投入。就单纯固定资产投资项目而言,如果建设期等于零,说明固定资产投资的投资方式是一次投入;如果固定资产投资是分次投入的,则意味着该项目建设期一般大于一年。

流动资金投资必须采用预付的方式,因此其首次投资最迟必须在建设期末(投产日)完成,亦可在试产期内有关年份的年初分次追加投入。正因为如此,在实务中,即使其完整工业项目的建设期为零,其原始投资也可能采用分次投入方式。

课堂讨论题:如果企业投资项目的投资额为分次投入,如何确定其总投资额的价值?

第二节 项目投资的现金流量

一、现金流量概述

(一)现金流量的概念

现金流量也称现金流动量。在项目投资决策中,现金流量是指投资项目在其计算期内因资本循环而可能或应该发生的各种现金流入量与现金流出量、现金净流量的统称,它是计算项目投资决策评价指标的主要根据和重要信息之一。

项目投资决策所使用的现金概念,是广义的现金,它不仅包含各种货币资金,而且还包括项目投入企业拥有的非货币资源的变现价值(或重置成本)。例如,一个项目需要使用原有的厂房、设备和材料等,则相关的现金流量是指它们的变现价值,而不是其账面成本。

(二)现金流量的构成

投资决策中的现金流量,从时间特征上看包括以下三个组成部分。

1. 初始现金流量

初始现金流量是指开始投资时发生的现金流量,一般包括固定资产投资、无形资产投资、开办费投资、流动资金投资和原有固定资产的变价收入等。

2. 营业现金流量

营业现金流量是指投资项目投入使用后,在其寿命周期内由于生产经营所带来的现金流入和流出的数量。

3. 终结现金流量

终结现金流量是指投资项目完成时所发生的现金流量,主要包括固定资产的残值收入或变价收入、收回垫支的流动资金和停止使用的土地变价收入等。

(三)项目投资分析的假设条件

1. 投资项目类型假设

假设投资项目只包括单纯固定资产投资项目、完整工业投资项目和更新改造投资项目三种类型,这些项目又可进一步分为不考虑所得税因素和考虑所得税因素的项目。

2. 财务可行性分析假设

假设投资决策是从企业投资者的立场出发,投资决策者确定现金流量就是为了进行项目财务可行性研究,该项目已经具备国民经济可行性和技术可行性。

3. 全投资假设

假设在确定项目的现金流量时,只考虑全部投资的运动情况,而不具体区分自有资金和借入资金等具体形式的现金流量。即使实际存在借入资金也将其作为自有资金对待。

4. 建设期投入全部资金假设

不论项目的原始总投资是一次投入还是分次投入,除个别情况外,假设它们都是在建设期内投入的。

5. 经营期与折旧年限一致假设

假设项目主要固定资产的折旧年限或使用年限与经营期相同。

6. 时点指标假设

为便于利用资金时间价值的形式,不论现金流量具体内容所涉及的价值指标实际上是时点指标还是时期指标,均假设按照年初或年末的时点指标处理。其中,建设投资在建设期内有关年度的年初或年末发生,流动资金投资则在建设期末发生;经营期内各年的收入、成本、折旧、摊销、利润、税金等项目的确认均在年末发生;项目最终报废或清理均发生在终结点(但更新改造项目除外)。

7. 确定性假设

假设与项目现金流量有关的价格、产销量、成本水平、所得税率等因素均为已知常数。

(四)现金流量与会计利润的关系

在会计核算时,利润是按照权责发生制确定的,而现金净流量是根据收付实现制确定的,两者既有联系又有区别。在投资决策中,研究的重点是现金流量,而把利润的研究放在次要地位,理由如下。

1. 整个投资有效年内,利润总计与现金净流量总计是相等的。 由于传统的财务会计核算以持续经营和会计分期为前提,坚持权责发生制原则,致使企业在某个特定会计期间内的利润与现金净流量可能不一致,但在整个持续经营期内,利润与现金净流量是相等的。就某一个具体的项目而言,也是如此。所以,现金净流量可以取代利润作为评价净收益的指标。

2. 对货币时间价值的考虑。 计算会计利润时的收入和支出不一定是当期收到和支付的现金,故不利于其现值的确定;而现金流量反映的是当期的现金流入和流出量,有利于考虑时间价值因素。

3. 方案评价的客观性。 利润在各年的分布受折旧方法、摊销方法等人为因素的影响,而现金流量的分布不受这些人为因素的影响,可以保证评价的客观性。在特定的会计期间,采用不同的折旧方法、存货计价方法、成本计算方法等,得出的经营利润指标是不同的,但它们的经营现金流量却是相同的。

4. 在投资分析中,对项目效益的评价是以假设其收回的资本再投资为前提的。 利润反映项目的盈亏状况,而有利润的年份不一定能产生相应的现金用于再投资,只有现金净流量才能用于再投资。一个项目能否维持下去,不是取决于某年份是否有利润,而是取决于是否有现金用于所需要的各种支付。显然,在资本预算中现金流动状况比盈亏状况更为重要。

课堂讨论:项目投资分析为什么不使用利润指标,而采用现金流量?

二、现金流量的内容

现金流入量是指能够使投资方案的现实货币资金增加的项目,简称为现金流入;现金流出量是指能够使投资方案的现实货币资金减少或需要动用现金的项目,简称为现金流出。不同投资项目的现金流入量和现金流出量的构成内容有一定差异。

(一)单纯固定资产投资项目的现金流量

新建项目中的单纯固定资产投资项目,简称固定资产项目,是指只涉及固定资产投资而不涉及其他长期投资和流动资金投资的项目。它往往以新增生产能力,提高生产效率为特征。

1. 现金流入量的内容

(1)增加的营业收入。指固定资产投入使用后每年新增的全部销售收入或业务收入。

(2)回收固定资产余值。指该固定资产在终结点报废清理时所回收的价值。

2. 现金流出量的内容

固定资产投资;新增经营成本,指该固定资产投入使用后每年增加的经营成本;增加的各项税款,指该固定资产投入使用后,因收入的增加而增加的营业税、因应纳税所得额增加而增加的所得税等。

（二）完整工业投资项目的现金流量

完整工业投资项目简称新建项目，它是以新增工业生产能力为主的投资项目，其投资涉及内容比较广泛。

1. 现金流入量的内容

营业收入，指项目投产后每年实现的全部销售收入或业务收入，它是经营期主要的现金流入量项目；回收固定资产余值，指投资项目的固定资产在终结点报废清理或中途变价转让处理时所回收的价值；回收流动资金，主要指新建项目在项目计算期完全终止时因不再发生新的替代投资而回收的原垫付的全部流动资金投资额。回收流动资金和回收固定资产余值统称为回收额；其他现金流入量，指以上三项指标以外的现金流入量项目。

2. 现金流出量的内容

建设投资，这是建设期发生的主要现金流出量；流动资金投资；经营成本，指在经营期内为满足正常生产经营而动用现实货币资金支付的成本费用，又被称付现的营运成本，它是生产经营阶段上最主要的现金流出量项目；各项税款，指项目投产后依法缴纳的、单独列示的各项税款，包括营业税和所得税等；其他现金流出，指不包括在以上内容中的现金流出项目。

（三）现金流量的估算

由于项目投资的投入、回收及收益的形成均以现金流量的形式表现，因此，在整个项目计算期的各个阶段上，都有可能发生现金流量。必须逐年估算每一时点上的现金流入量和现金流出量。下面以完整工业项目为例介绍现金流量的估算方法。

1. 现金流入量的估算

（1）营业收入的估算。应按照项目在经营期内有关产品（产出物）的各年预计单价（不含增值税）和预测销售量进行估算。

（2）回收固定资产余值的估算。由于我们已经假定主要固定资产的折旧年限等于生产经营期，因此，对于建设项目来说，只要按主要固定资产的原值乘以其法定净残值率，即可估算出在终结点发生的回收固定资产余值；在生产经营期内提前回收的固定资产余值可根据其预计净残值估算。

（3）回收流动资金的估算。假定在经营期不发生提前回收流动资金，则在终结点一次回收的流动资金应等于各年垫支的流动资金投资额的合计数。

（4）其他现金流入量的估算。

2. 现金流出量的估算

（1）建设投资的估算。其中固定资产投资又称固定资产原始投资，主要应当根据项目规模和投资计划所确定的各项建筑工程费用、设备购置成本、安装工程费用和其他费用来估算。

（2）流动资金投资的估算。首先应根据与项目有关的经营期每年流动资产需用额和该年流动负债需用额的差额来确定本年流动资金需用额，然后用本年流动资金需用额减去截至上年年末的流动资金占用额（以前年度已经投入的流动资金累计数）确定本年的流动资金增加额。

（3）经营成本的估算。与项目相关的某年经营成本等于当年的总成本费用（含期间费用）扣除该年折旧额、无形资产和开办费的摊销额，以及财务费用中的利息支出等项目后的差额。

（4）各项税款的估算。在进行新建项目投资决策时，通常只估算所得税；更新改造项目还需要估算因变卖固定资产发生的营业税。

（四）估算现金流量时应注意的问题

为了正确计算投资项目的增量现金流量，需要正确判断哪些支出会引起企业总现金流量的变动,哪些支出不会引起企业总现金流量的变动。在进行这种判断时,应注意以下几个问题。

1. 区分相关成本和非相关成本

相关成本是指与特定项目决策有关的、在判断现金流量时必须加以考虑的成本。例如,差额成本、未来成本、重置成本、机会成本等都属于相关成本。非相关成本是指与特定项目决策无关的、在判断现金流量时不必加以考虑的成本。例如,沉没成本、过去成本、账面成本等都属于非相关成本,如项目实施前所发生的市场调研费用、咨询论证费用等。如果将非相关成本纳入投资方案的总成本,则一个有利的方案可能因此变得不利,一个较好的方案可能变为较差的方案,从而造成决策的失误。

2. 要考虑投资项目(方案)对公司其他部门或产品的影响

当我们采纳一个新的项目后,该项目可能对公司的其他部门或产品造成有利或不利的影响,这种效应被称为附加效应。例如,新建车间生产的新产品上市后,原有其他产品的销路可能减少,而且整个公司的销售额也许不增加甚至减少。因此,在判断现金流量时,不应将新建车间的销售收入作为增量收入来处理,而应扣除其他部门因此而减少的销售收入,以二者之差作为新建项目的现金流量。当然,也可能发生相反的情况,新产品上市后将促进其他部门的销售增长,主要看新项目与原有部门是竞争关系还是互补关系。

3. 机会成本

在投资方案的选择中,如果选择了一个投资方案,则必须放弃投资于其他途径的机会,其他投资机会可能取得的收益是实行本方案的一种代价,被称为机会成本。例如,某公司一投资项目需要占用一块土地,该公司刚好拥有一块土地,如果将其出售,可得净收入100万元;如果将这块土地用于项目投资,公司将损失100万元出售土地的收入,这部分丧失的收入即为投资的机会成本。机会成本并不是简单意义上的"成本"含义,它不是一种支出或费用,而是失去的收益。这种收益不是实际发生的,而是潜在的。机会成本总是针对具体方案的,离开被放弃的方案就无从计量确定。重视机会成本有利于全面考虑可能采取的各种方案,以便为既定资源寻求最为有利的使用途径。

4. 对营运资本的影响

投资于新建项目,有时需要增加现金、应收账款和存货。这种营运资本的投资在其发生时应视为现金流出,而在项目寿命期末,收回营运资本时应视为现金流入。营运资本投资的增减不一定仅限于项目开始和结束时,在任何时候都可以发生。

5. 制造费用

在确定项目现金流量时,只有那些确因本投资项目而引起的费用(如增加的管理人员工资、租金和动力支出等)才能计入投资项目的现金流量;与公司投资进行与否无关的费用则不应计入投资项目现金流量中。

三、净现金流量的计算

(一)净现金流量的含义

净现金流量又称现金净流量,是指在项目计算期内由每年现金流入量与同年现金流出量之间的差额所形成的序列指标,它是计算项目投资决策评价指标的重要依据。

净现金流量具有以下两个特征:第一,无论在经营期内还是在建设期内都存在净现金流量。第二,由于项目计算期不同阶段上的现金流入和现金流出发生的可能性不同,使得各阶段上的净现金流量在数值上表现出不同的特点:建设期内的净现金流量一般小于或等于零;在经营期内的净现金流量多为正值。

根据净现金流量的定义,其计算公式为:

$$某年净现金流量 = 该年现金流入量 - 该年现金流出量 \tag{5.5}$$

(二)净现金流量的计算方法

为简化净现金流量的计算,可以根据项目计算期不同阶段上的现金流入量和流出量的具体内容,直接计算各阶段净现金流量。

1. 建设期现金净流量的计算。其计算公式为:

$$建设期某年的净现金流量 = -投资额 \tag{5.6}$$

2. 经营期现金净流量的计算。其计算公式为:

经营期某年净现金流量 = 该年净利润 + 该年折旧 + 该年摊销 + 该年利息 + 该年回收额

回收额为零时的经营期内现金净流量又称为经营现金净流量。按照有关回收额均发生在终点上的假设,经营期内回收额不为零时的现金净流量亦称为终结点现金净流量。显然终结点现金净流量等于终结点那一年的经营现金净流量与该期回收额之和。

【例 5-1】 沈阳华时晨汽车股份公司投资于工业项目,需要一次投入固定资产投资 600 万元,流动资金投资 120 万元,资金全部来源于银行借款,年利息率为 10%,建设期 2 年,发生资本化利息 100 万元,经营期 5 年,按直线法折旧,期满有净残值 60 万元。该项目投入使用后,预计每年销售收入 320 万元,每年经营成本 120 万元。该企业所得税税率为 33%,不享受减免税待遇。经营期每年支付借款利息 70 万元,经营期结束时归还本金。设定折现率为 10%。要求:计算建设期现金净流量、经营期年现金净流量和终结点现金净流量。

解:依题意计算该项目有关指标:

固定资产原值 = 固定资产投资 + 建设期资本化利息 = 600 + 100 = 700(万元)

年折旧 = (700 - 60) ÷ 5 = 128(万元)

项目计算期 = 建设期 + 经营期 = 2 + 5 = 7(年)

建设期现金净流量:

$NCF_0 = -600$(万元);$NCF_1 = 0$;$NCF_2 = -120$(万元)

经营期年现金净流量:

经营期某年现金净流量 = 该年净利润 + 该年折旧 + 该年摊销 + 该年利息 + 该年回收额

$NCF_{3\sim6} = (320 - 120 - 128 - 70) \times (1 - 33\%) + 128 + 70 = 199.34$(万元)

终结点现金净流量:

$NCF_7 = 199.34 + 120 + 60 = 379.34$(万元)

第三节　项目投资决策评价指标

一、投资决策评价指标及其类型

(一)评价指标的含义

项目投资决策评价指标是指用与衡量和比较投资项目可行性、据以进行方案决策的定量化标准与尺度,是由一系列综合反映投资效益、投入产出关系的量化指标构成的。

(二)评价指标的分类

1. 按是否考虑资金时间价值分类。评价指标按其是否考虑资金时间价值,可分为静态评价指标和动态评价指标两大类。静态评价指标是指在计算过程中不考虑资金时间价值因素的指标,又称为非折现评价指标,包括静态资金回收期和投资利润率。与静态评价指标相反,在动态评价指标的计算过程中必须充分考虑和利用资金时间价值,因此动态评价指标又称为折现评价指标,包括净现值、净现值率、获利指数和内部收益率。

2. 按指标性质不同分类。评价指标按其性质不同,可分为在一定范围内越大越好的正指标和越小越好的反指标两大类。投资利润率、净现值、净现值率、获利指数和内部收益率属于正指标;静态投资回收期属于反指标。

3. 按指标数量特征分类。评价指标按其数量特征的不同,可分为绝对量指标和相对量指标。前者包括以时间为计量单位的静态投资回收期指标和以价值量为计量单位的净现值指标;后者除获利指数用指数形式表现外,大多为百分比指标。

4. 按指标重要性分类。评价指标按其在决策中所处的地位,可分为主要指标、次要指标和辅助指标。净现值、内部收益率等为主要指标;静态投资回收期为次要指标;投资利润率为辅助指标。

项目投资决策评价指标比较多,本章主要从财务评价的角度介绍投资利润率、静态投资回收期、净现值、净现值率、获利指数、内部收益率6项指标。

(三)静态评价指标的含义、计算方法和特点

1. 投资利润率

(1)投资利润率的定义。投资利润率又称投资报酬率(记作 ROI),是指投产期正常年度利润或年均利润占投资总额的百分比。

(2)投资利润率的计算方法。其计算公式为:

投资利润率 = 年利润或年均利润 ÷ 投资总额 × 100%　　　　　　　　　　　　　　(5.7)

分子的年利润是指一个正常达产年份的利润总额,年均利润则是指经营期内全部利润除以经营年数的平均数;分母的投资总额为原始投资与资本化利息之和。

【例5-2】 某商业城一投资项目,有两个投资方案 A 和 B,投资总额均为 100 万元,全部用于购入新设备,采用直线法折旧,使用年限均为 5 年,期末无残值。有关资料如表 5-1 所示。分别计算两个方案的投资利润率。

表 5-1　某商业城一投资项目的有关资料　　　　　　　　　　　　　单位:万元

项目计算期	A 方案		B 方案	
	利 润	现金净流量	利 润	现金净流量
0		(100)		(100)
1	15	35	10	30
2	15	35	14	34
3	15	35	18	38
4	15	35	22	42
5	15	35	26	46
合计	75	75	90	90

解:A 方案的投资利润率 = 15 ÷ 100 × 100% = 15%

B 方案的投资利润率 = 90 ÷ 5 ÷ 100 × 100% = 18%

(3)投资利润率的优缺点。投资利润率是一个静态正指标,其优点是计算过程比较简单,能够反映建设期资本化利息的有无对项目的影响。其缺点在于:第一,没有考虑资金时间价值因素;第二,不能正确反映建设期长短、投资方式的不同和回收额的有无等条件对项目的影响;第三,无法直接利用净现金流量信息;第四,计算公式中分子分母的时间特征不同,不具有可比性。

只有投资利润率指标大于或等于无风险投资利润率的投资项目才具有财务可行性。

2. 静态投资回收期

（1）静态投资回收期的定义。静态投资回收期，又叫全部投资回收期，简称回收期，是指以投资项目经营净现金流量抵偿原始总投资所需要的全部时间。该指标以年为单位，包括两种形式：包括建设期的投资回收期（记作 PP）和不包括建设期的投资回收期（记作 PP'）。显然，在建设期为 s 时，$PP' + s = PP$。只要求出其中一种形式，就可很方便推出另一种形式。

（2）静态投资回收期的计算方法

① 年现金流量相等时。这种方法所要求的应用条件比较特殊，包括：项目投资后开始的若干年内每年的净现金流量必须相等，这些年内的经营净现金流量之和应大于或等于原始总投资。

如果一项长期投资决策方案满足以下特殊条件，即投资均集中发生在建设期内，投产后前若干年（设为 m 年）每年经营净现金流量相等，且有以下关系成立：

$m \times$ 投产后前 m 年每年相等的净现金流量（NCF）$\geqslant$ 原始投资

则可按以下简化公式直接求出不包括建设期的投资回收期：

不包括建设期的投资回收期 = 原始总投资 ÷ 投产后前若干年每年相等的净现金流量

$$(5.8)$$

在计算出不包括建设期的投资回收期的基础上，将其与建设期 s 代入下式，即可求得包括建设期的回收期：

$$PP = PP' + s \tag{5.9}$$

【例 5 - 3】 有关现金净流量的资料如例 5 - 1 中所示。

要求：计算静态投资回收期。

解：依题意，建设期 $s = 2$，投产后 3 ~ 6 年现金净流量相等，$m = 4$，经营期前 4 年每年的净现金净流量 $NCF_{3\sim6} = 199.34$ 万元，原始投资额为 720 万元。

$m \times$ 投产后前 m 年每年相等的现金净流量 $= 4 \times 199.34 = 797.36$ 万元 $>$ 原始投资额 720 万元

因此，静态投资回收期为：

不包括建设期的投资回收期 $= 720 \div 199.34 = 3.61$（年）

包括建设期的投资回收期 $= PP' + s = 3.61 + 2 = 5.61$（年）

② 年现金流量不相等时。这种方法是通过计算"累计净现金流量"的方式，来确定投资回收期的方法。因为不论在什么情况下，都可以通过这种方法来确定静态投资回收期，因此此法又称为一般方法。

该方法的原理是：按照回收期的定义，包括建设期的投资回收期满足以下关系式，即

$$NCF_t = 0$$

这表明包括建设期的投资回收期恰好是累计净现金流量为零的年限。

【例 5 - 4】 根据例 5 - 2 的资料计算 B 投资方案的投资回收期。

解：如表 5 - 2 所示。

表 5 - 2 B 投资方案的投资回收期　　　　　　　　　　　　　　　　　单位：万元

项目计算期	B 方案	
	现金净流量	累计现金净流量
1	30	30
2	34	64
3	38	102
4	42	144
5	46	190

从表 5 - 2 中可以看出，B 方案的投资回收期在 2 年和 3 年之间，用插入法可计算出：
B 方案投资回收期：
不包括建设期的投资回收期 = 2 + (100 - 64) ÷ (102 - 64) = 2.95(年)
包括建设期的投资回收期 = $PP' + s = 2.95 + 2 = 4.95$(年)

(3)静态投资回收期的优缺点。静态投资回收期在实践中应用较为广泛。在评价方案可行性时，包括建设期的投资回收期比不包括建设期的投资回收期应用会更广泛。

它的优点是：第一，能够直观地反映原始投资的返本期限；第二，便于理解，计算简单；第三，可以直接利用回收期之前的净现金流量信息。其缺点是：第一，没有考虑资金时间价值因素；第二，不能正确反映投资方式的不同对项目的影响；第三，不考虑回收期满后继续发生的净现金流量的变化情况。

在不考虑其他评价指标的前提下，只有当该指标小于或等于基准投资回收期的投资项目才具有财务可行性。

(四)动态评价指标的含义、计算方法和特点

1. 净现值

(1)净现值的定义。净现值(NPV)是指投资项目(方案)在整个建设和使用期限内未来现金流入量的现值与未来现金流出量的现值之差，或称为各年现金净流量现值的代数和。

净现值的计算涉及两个主要参数：一是项目的现金流量；二是折现率。根据这两个主要参数，即可计算项目的净现值。其计算公式为：

$$NPV = \sum_{t=0}^{n} \frac{NCF_t}{(1+K)^t} = \sum_{t=0}^{n} NCF_t (1+K)^{-t} \tag{5.10}$$

式中，NCF_t 为第 t 期现金净流量；K 为资本成本或投资必要收益率，为简化计算，假设各年不变；n 为项目周期(指项目建设期和使用期)。

(2)净现值的计算方法

① 经营期内各年现金净流量相等。其计算公式为：

净现值 = 年现金净流量 × 年金现值系数 - 投资现值 (5.11)

【例 5 - 5】 天宇公司拟购入设备一台，价值 60 000 元，按直线法计提折旧，使用 6 年，期末无残值。预计投产后每年可获得利润 8 000 元，设贴现率为 12%，求该项目的净现值。

解：依题意：

$NCF_0 = -60\,000$(元)；$NCF_{1\sim6}(8\,000 + 60\,000) ÷ 6 = 18\,000$(元)

$NPV = 18\,000 × (P/A, 12\%, 6) - 60\,000 = 18\,000 × 4.1114 - 60\,000 = 14\,005.2$(元)

② 经营期内各年现金净流量不相等。其计算公式为：

净现值 = Σ(各年的现金净流量 × 各年的现值系数) - 投资现值 (5.12)

【例 5 - 6】 根据例 5 - 5 资料，假设投产后每年可获得利润分别为 6 000 元、6 000 元、8 000 元、8 000 元、10 000 元和 12 000 元，其余条件不变，求该项目的净现值。

解：依题意：

$NCF_0 = -60\,000$(元)；年折旧额 = 60 000 ÷ 6 = 10 000(元)

$NCF_{1\sim2} = 6\,000 + 10\,000 = 16\,000$(元)；$NCF_{3\sim4} = 8\,000 + 10\,000 = 18\,000$(元)

$NCF_5 = 10\,000 + 10\,000 = 20\,000$(元)；$NCF_6 = 12\,000 + 10\,000 = 22\,000$(元)

$NPV = 16\,000 × (P/F, 12\%, 1) + 16\,000 × (P/F, 12\%, 2) + 18\,000 × (P/F, 12\%, 3) + $
$\quad 18\,000 × (P/F, 12\%, 4) + 20\,000 × (P/F, 12\%, 5) + 22\,000 × (P/F, 12\%, 6) - 60\,000$
$\quad = 16\,000 × 0.8929 + 16\,000 × 0.7972 + 18\,000 × 0.7118 + 18\,000 × 0.6355 + 20\,000 ×$

$0.5674 + 22\,000 \times 0.5066 - 60\,000$

$= 13\,786.2(元)$

(3)净现值的优缺点。净现值是一个折现的绝对值正指标,是投资决策评价指标中最重要的指标之一,其计算形式又与净现值率、内部收益率的计算有关,因此,心须熟练掌握它的计算技巧。它的优点是:第一,充分考虑了资金时间价值;第二,能够利用项目计算期内的全部净现金流量信息。其缺点是:无法直接反映投资项目的实际收益率水平。只有当该指标大于或等于零的投资项目才具有财务可行性。

2. 净现值率

(1)净现值率的定义。净现值率($NPVR$)是反映项目的净现值占原始投资现值的比率,亦可将其理解为单位原始投资的现值所创造的净现值。

(2)净现值率的计算方法。其计算公式为:

净现值率 = 项目的净现值/原始投资的现值合计   (5.13)

【例 5 - 7】 根据例 5 - 5 的资料计算净现值率。

解:依题意,净现值 = 14 005.2(元),原始投资的现值合计 = 60 000(元)

净现值率 = 14 005.2 ÷ 60 000 = 0.233 4

(3)净现值率的优缺点。净现值是一个折现的相对量评价指标。它是优点在于:第一,可以从动态的角度反映项目投资的资金投入与净产出之间的关系;第二,比其他折现相对指标更容易计算。其缺点与净现值指标的相似,同样无法直接反映投资项目的实际收益率,而且必须以已知净现值为前提。

只有当该指标大于或等于零的投资项目才具有财务可行性。

3. 获利指数

(1)获利指数的定义。获利指数(PI)又被称为现值指数,是指投产后按行业基准折现率或设定折现率折算的各年净现金流量的现值合计与原始投资的现值合计之比。

(2)获利指数的计算方法。其计算公式为:

获利指数 = 投产后各年净现金流量的现值合计/原始投资的现值合计   (5.14)

当原始投资在建设期内全部投入时,获利指数与净现值率有如下关系:

获利指数 = 1 + 净现值率   (5.15)

【例 5 - 8】 根据例 5 - 5 的资料计算获利指数。

解:依题意,获利指数 = 投产后各年净现金流量的现值合计/原始投资的现值合计。

投产后各年净现金流量的现值合计 = 18 000 × (P/A,12%,6) = 74 005.2(元),原始投资的现值合计 = 60 000(元)

获利指数 = 74 005.2 ÷ 60 000 = 1.2334

或

获利指数 = 1 + 净现值率 = 1 + 0.2334 = 1.2334

(3)获利指数的优缺点。获利指数也是一个折现的相对量评价指标,可从动态的角度反映项目投资的资金投入与总产出之间的关系;其缺点除了无法直接反映投资项目的实际收益率外,计算起来比净现值率指标复杂,计算口径也不一致。

只有当该指标大于或等于 1 的投资项目才具有财务可行性。

在实务中通常并不要求直接计算获利指数,如果需要考核这个指标,可在求得净现值率的基础上推算出来。

4. 内部收益率

（1）内部收益率的定义

内部收益率（Internal Rate of Return，IRR）又称内含报酬率，是指能够使投资项目的未来现金流入量现值和流出量现值相等（净现值为零）时的折现率，它反映了投资项目的真实收益。内部收益率应满足下面的公式：

$$NPV = \sum_{t=0}^{n} NCF_t (1 + IRR)^{-t} = 0 \tag{5.16}$$

（2）内部收益率指标的计算方法

① 经营期内各年净现金流量相等，且全部投资均于建设起点一次投入，建设期为零。该方法是指当项目投产后的净现金流量表现为普通年金的形式时，可以直接利用年金现值系数计算内部收益率的方法，又称为简便算法。

该方法所要求的充分必要条件是：项目的全部投资均于建设起点一次投入，建设期为零，建设起点第 0 期净现金流量等于原始投资的负值，即 $NCF_0 = -I$；投产后每年净现金流量相等，第 1 年第 n 期每期净现金流量取得了普通年金的形式。

在此方法下，内部收益率可按下式确定：

年金现值系数 = 投资额 - 年现金净流量 $\tag{5.17}$
$(P/A, IRR, N) = I/NCF$

这种方法的具体程序如下。

第一，根据上述公式计算年金现值系数。

年金现值系数 = 投资额 ÷ 年现金净流量 $\tag{5.18}$

第二，根据计算出来的年金现值系数与已知的年限 N，查年金系数表确定内部收益率的范围。

第三，用插入法求出内部收益率。

【例 5 - 9】 根据例 5 - 5 资料计算内部收益率。

解：依题意，$(P/A, IRR, 6) = 60\,000/1\,800 = 3.3333$

查表可知：

$(P/A, 18\%, 6) = 3.4976 > 3.3333$；$(P/A, 20\%, 6) = 3.3255 < 3.3333$

$IRR = 18\% + (3.4976 - 3.3333)/(3.4976 - 3.3255) \times (20\% - 18\%) = 19.91\%$

② 经营期内各年净现金流量不相等。该方法是指先通过计算项目不同设定折现率的净现值，然后根据内部收益率的定义所揭示的现值与设定折现率的关系，采用一定技巧，最终设法找到能使净现值等于零的折现率——内部收益率的方法，又称为逐次测试逼近法。若项目不符合上述方法的条件，必须按此法计算内部收益率。

具体应用步骤如下。

第一，估计一个贴现率，用它来计算净现值。如果净现值为正数，说明该方法的实际内部收益率大于预计的贴现率，应提高贴现率再进一步测试；如果净现值为负数，说明该方法的实际内部收益率小于预计的贴现率，应降低贴现率再进一步测试。如此反复测试，找出使净现值由正到负或由负到正且接近于零的两个贴现率。

第二，根据上述相邻的两个贴现率用内插法求出该方案的内部收益率。由于逐步测试逼进法是一种近似方法，因此相邻的两个贴现率不能相差太大，否则误差很大。

【例 5 - 10】 已知一个项目各年的净现金流量为：$NCF_0 = -1\,000$ 万元，$NCF_1 = 0$ 万元，$NCF_{2\sim8} = 360$ 万元，$NCF_{9\sim10} = 250$ 万元，$NCF_{11} = 350$ 万元。要求：计算该项目的内部收益率

（中间结果保留全部小数,最终结果保留两位小数）。

解:经判断,该项目只能用逐次测试逼进法计算。

按照要求,自行设定折现率并计算净现值,据此调整折现率。经过 5 次测试,得到如表 5 – 3 所示数据(计算过程略)。

表 5 – 3 测试数据

测试次数	设定折现率(%)	净现值(万元)
1	10	+918.3839
2	30	–192.7991
3	20	+217.3128
4	24	+39.3177
5	26	–30.1907

从表 5 – 3 中可以看出,内部收益率在 24% 和 26% 之间。

应用内插法得:

$IRR = 24\% + (39.3177 - 0)/[39.3177 - (-30.1907)] \times (26\% - 24\%) = 25.13\%$

若投资项目(方案)的内部收益率大于或等于项目的资本成本或投资最低收益率,则接受该项目;反之,则应放弃。项目的内部收益率越是大于资本成本,即使此项投资是以借款进行的,那么,在还本付息后,该投资项目仍能给企业带来较多的剩余受益。

(3)内部收益率的评价。内部收益率是方案本身的收益能力,反映其内在的获利水平,以内部收益率的高低来决定方案的取舍,使资本预算更趋于精确化。内部收益率指标可直接根据投资项目本身的参数(现金流量)计算其投资收益率,在一般情况下,能够正确反映项目本身的获利能力,但在互斥项目的选择中,利用这一标准有时会得出与净现值不同的结论,这时应以净现值作为选择标准。

二、项目投资决策评价指标的运用

(一)独立方案财务可行性评估和投资决策

在财务管理中,将一组互相分离、互不排斥的方案称为独立方案。在独立方案中,选择某一方案并不排斥选择另一种方案。就一组完全独立的方案而言,其存在的前提条件如下。

1. 投资资金来源无限制。

2. 投资资金无优先使用的排列。

3. 各投资方案所需要的人力、物力均能得到满足。

4. 不考虑地区、行业之间的相互关系及其影响。

5. 每一投资方案是否可行仅取决于本方案的经济效益,与其他方案无关。

对于独立方案中的任何一个方案,进行决策时都存在着"接受"或"拒绝"的选择。只有完全具备或基本具备财务可行性的方案,才可以接受;完全不具备或基本不具备财务可行性的方案,只能选择"拒绝"。

评价财务可行性的要点包括以下几个。

1. 判断方案是否完全具备财务可行性的条件。如果说某一投资方案的所有评价指标均处于可行区间,即同时满足以下条件时,则可以断定该投资方案无论从哪个方面看都具备财力可行性,或完全具备可行性。这些条件是:净现值≥0;净现值率≥0;获利指数≥1;内部收益率≥行业基准折现率 i；包括建设期的静态投资回收期 $n/2$（项目计算期的一半）；不包括建设期的静态投资回收期 $\leq p/2$（经营期的一半）；投资利润率≥基准投资利润率 i（事先给定）。

2. 判断方案是否完全不具备财务可行性的条件。如果某一方投资项目的评价指标均处于不可行区间，即同时满足以下条件时，则可以断定该投资项目无论从哪个方面看都不具备财务可行性，或完全不具备可行性，应当彻底放弃该投资方案。这些条件是：$NPV \leq 0$；$NPVR \leq 0$；$PI \leq 1$；$IRR \leq i$；$PP \geq n/2$；$PP' \geq p/2$；$ROI \leq i$。

3. 判断是否基本具备财务可行性的条件。如果在评价过程中发现某项目的主要指标处于可行区间（如 $NPV \geq 0$，$NPVR \geq 0$，$PI \geq 1$，$IRR \geq i$），但次要或辅助指标处于不可行区间（$PP \geq n/2$，$PP \geq p/2$，$ROI \leq i$），则可以断定该项目基本上具有财务可行性。

4. 判断方案是否基本不具备财务可行性的条件。如果在评价过程中发现某项目出现 $NPV \leq 0$，$NPVR \leq 0$，$PI \leq 1$，$IRR \leq i$ 的情况，即使有 $PP \geq n/2$，$PP' \geq p/2$ 或 $ROI \leq i$ 发生，也可断定该项目基本上不具备财务可行性。

在对独立方案进行可行性评价过程中，除了要熟练掌握和运用上述判定条件外，还必须明确以下两点。

第一，主要评价指标在评价财务可行性的过程中起主导作用。在对独立项目进行财务可行性评价和投资决策的过程中，当静态投资回收期（次要指标）或投资利润率（辅助指标）的评价结论与净现值等主要指标的评价结论发生矛盾时，应当以主要指标的结论为准。

第二，利用动态指标对同一个投资项目进行评价和决策会得出完全相同的结论。在对同一个投资项目进行财务可行性评价时，净现值、净现值率、获利指数和内部收益率指标的评价结论是一致的。

【例 5 – 11】 某固定资产投资项目只有一个方案，其原始投资为 2 000 万元，项目计算期为 6 年（其中生产经营期为 5 年），基准投资利润率为 9.5%，行业基准折现率为 10%。有关投资决策评价指标如下：$ROI = 10\%$，$PP = 3.5$ 年，$PP' = 2.5$ 年，$NPV = +1\ 863.65$ 万元，$NPVR = 96\%$，$PI = 1.96$，$IRR = 12.73\%$。要求：评价该项目的财务可行性。

思路：按独立投资方案进行可行性分析评价。

解：因为 $ROI = 10\% > i = 9.5\%$，$PP' = 2.5$ 年 $< p/2 = 3$ 年，$NPV = +1\ 863.65$ 万元 > 0 元，$NPVR = 96\% > 0$，$PI = 1.96 > 1$，$IRR = 12.73\% > i_c = 10\%$，所以该方案基本上具有财务可行性（尽管 $PP = 3.5$ 年 $> n/2 = 3$ 年，超过基准回收期）。

因为该方案各项主要评价指标均达到或超过相应标准，所以基本上具有财务可行性，只是包括建设期的投资回收期较长，有一定风险。如果条件允许，可实施投资。

（二）多个互斥方案的比较决策

1. 多个互斥方案比较决策的含义。互斥方案是指互相关联、互相排斥的方案，即一组方案中的各个方案彼此可以相互代替，采纳方案组中的某一方案，就会自动排斥这组方案中的其他方案。因此，互斥方案具有排他性。例如，某企业拟增加一条生产线（购置设备），既可以自己生产制造，也可以向国内其他厂家订购，还可以向某外商订购，这一组设备购置方案即互斥方案，因为在这三个方案中，只能选择其中一个方案。

多个互斥方案比较决策是指在每一个入选方案已具备财务可行性的前提下，利用具体决策方法比较各个方案的优劣，利用评价指标从各个备选方案中最终选出一个最优方案的过程。对互斥方案而言，评价每一方案的财务可行性，不等于最终的投资决策，但它是进一步开展各方案之间比较决策的重要前提，因为只有完全具备或基本具备财务可行性的方案，才有资格进入最终决策；完全不具备或基本不具备财务可行性的方案，不能进入下一轮比较选择。已经具备财务可行性,并进入最终决策程序的互斥方案也不能保证在多方案决策中被最终选定,因为还要进行下一轮淘汰筛选。

2. 多个互斥方案比较决策的方法。项目投资多方案比较决策的方法是指利用特定评价指标作为决策标准或依据的各种方法统称,主要包括净现值法、净现值率法、差额投资内部收益率法、年等额净回收额法和计算期统一法等具体方法。

(1)净现值法。它是指通过比较所有投资方案的净现值指标的大小来选择最优方案的方法。该法适用于原始投资相同且项目计算期相等的多方案比较决策。在此法下,净现值最大的方案为优。

【例 5 - 12】 某个固定资产投资项目需要原始投资 1 000 万元,有 A、B、C 和 D 四个互相排斥的备选方案可供选择,各方案的净现值指标分别为 2 486.928 万元、1 271.230 万元、2 190.20 万元、1 681.962 万元。

要求:① 评价每一方案的财务可行性;② 按净现值法进行比较决策。

思路:按净现值法在原始投资额相等的多个互斥方案决策中进行比较并评价。

解:① 因为 A、B、C、D 每个备选方案的净现值均大于零,所以这些方案均具有财务可行性。

② 因为 2 486.928 > 2 190.20 > 1 681.962 > 1 271.230,所以 A 方案为最优,其次为 C 方案,再次为 D 方案,最差为 B 方案。

(2)净现值率法。它是指通过比较所有投资方案的净现值率指标的大小来选择最优方案的方法。该法适用于原始投资相同的多个互斥方案的比较决策。在此法下,净现值率最大的方案为优。

在投资额相同的互斥方案比较决策中,采用净值率法会与净现值法得到完全相同的结论;但投资额不相同时,情况就不同了。

【例 5 - 13】 已知 A 项目与 B 项目为互斥方案。A 项目原始投资的现值为 300 万元,净现值为 59.94 万元;B 项目原始投资的现值为 200 万元,净现值为 48 万元。

要求:① 分别计算两个项目的净现值率(结果保留两位小数);② 讨论能否运用净现值法或净现值率法在 A 项目和 B 项目之间作出比较。

思路:通过对方案净现值和净现值率的计算讨论净现值法和净现值率法的局限性。

解:① A 项目的净现值率 = 59.94/300 ≈ 0.20;B 项目的净现值率 = 48/200 = 0.24。

② 在净现值法下,因为 59.94 > 48,所以 A 项目优于 B 项目。在净现值率法下,因为 0.24 > 0.2,所以 B 项目优于 A 项目。

由于两个项目的原始投资额不相同,导致两种方法的决策结论相互矛盾,无法据此作出相应的比较决策。

可能有人认为:本例的结论应当是"B 项目优于 A 项目",因为净现值率指标能反映项目单位投资所取得的净现值,B 项目的每万元投资可能带来 0.24 万元的净现值,而 A 项目的每万元投资只能带来 0.2 万元的净现值,显然,B 项目的投资效益要高于 A 项目。如果把用于 A 项目的 300 万元投资用于 B 项目,可以同时上 1.5 个 B 项目,就可以得到 72(= 48 × 1.5 = 0.24 × 300)万元的净现值,大于 A 项目的净现值 59.94 万元。

这样考虑问题似乎有一定道理。但如果考虑以下几点理由,又会得到截然不同的结论。

第一,在本例题中,参与比较决策的只有 A 项目和 B 项目,不存在将 A 项目的投资用于投资一个以下 B 项目的条件,即 B 项目不一定具有无限可复制性。所谓"无限可复制性",是指可以同时上几个完全相同的项目。许多项目不具备这种特性。例如,经测算,在一个地区投资建设一条某型号汽车的生产线是有利可图的,但简单地同时重复建设两个以上该型号汽车的生产线,则完全有可能是得不偿失的。

第二,即使 B 项目具有无限可复制性,也不可能存在投资 1.5 个项目的可能性。因为半个 B 项目意味着投资额不足,无法形成生产能力,不会为投资者带来一分钱的正的净现值。

第三,假定投资者已经筹集到 300 万元的资金,如果只能上 B 项目,放弃 A 项目,就意味着为了追求 48 万元净现值而放弃 59.94 万元的净现值,同时还会有 100(300 − 200)万元的资金因找不到投资的出路而闲置,要由 B 项目承担相应的资金成本。这样显然对投资者是不利的。

总之,通过以上分析,可得出结论:无论净现值法还是净现值率法,都不能用于原始投资额不相同的互斥方案比较决策,必须考虑采取其他方法。

(3)差额投资内部收益率法。它是指在两个原始投资额不同方案的差量现金净流量(ΔNCF)的基础上,计算出差额内部收益率(ΔIRR),并与行业基准折现率进行比较,进而判断方案孰优孰劣的方法。该法适用于两个原始投资不相同的多方案比较决策。其原理如下。

假定有 A 和 B 两个投资方案,A 方案的投资额大,B 方案的投资额小。我们可以把 A 方案看成两个方案之和。第一个方案是 B 方案,即把 A 方案投资于 B 方案;第二个方案是 C 方案。用于 C 方案投资的是 A 方案投资额与 B 方案投资额之差。因为把 A 方案的投资用于 B 方案会因此而节约一定的投资,可以作为 C 方案的投资资金来源。

C 方案的净现金流量等于 A 方案的净现金流量减去 B 方案的净现金流量而形成的差量现金净流量。根据该值计算出来的差额内部收益率,其实质就是 C 方案的内部收益率。

在这种情况下,A 方案等于 B 方案与 C 方案之和;A 方案与 B 方案的比较,相当于 B 与 C 两方案之和与 B 方案的比较。如果差额内部收益率大于基准折现率,则 C 方案具有财务可行性,这就意味着 A 方案优于 B 方案;如果差额内部收益率小于基准折现率,则 C 方案不具有财务可行性,这就意味着 B 方案优于 A 方案。

总之,在此方法下,当差额内部收率指标大于或等于基准折现率或设定折现率时,原始投资额大的方案较优;反之,则投资少的方案为优。

【例 5 − 14】 根据例 5 − 13 的资料,A 项目原始投资的现值为 300 万元,1 ~ 10 年的净现金流量为 58.58 万元;B 项目原始投资的现值为 200 万元,1 ~ 10 年的净现金流量为 40.36 万元。行业基准折现率为 10%。

要求:① 计算差量现金净流量;② 计算差额内部收益率;③ 用差额内部收益率法作出比较投资决策。

解:① $\Delta NCF_0 = -300 - (-200) = -100$(万元);

$\Delta NCF_{1-10} = 58.58 - 40.36 = 18.22$(万元)

② $(P/A, \Delta IRR, 10) = 100/18.22 \approx 5.4885$

当折现率 = 12% 时,$(P/A, 12\%, 10) = 5.6502 > 5.4885$

当折现率 = 14% 时,$(P/A, 14\%, 10) = 5.2161 < 5.4885$

可知,$12\% < \Delta IRR < 14\%$,用内插法:

$\Delta IRR = 12\% + (5.6502 - 5.4885)/(5.6502 - 5.2161) \times (14\% - 12\%)$

$\approx 12.74\%$

③ 由于 $\Delta IRR = 12.74\% > 10\%$,所以应当投资 A 项目。

(4)年等额净回收额法。它是指通过比较所有投资方案的年等额净回收额(记作 NA)指标的大小来选择最优方案的决策方法。该法适用于原始投资不相同,特别是项目计算期不同的多方案比较决策。在此法下,年等额净回收额最大的方案为优。某方案的年等额净回收额等于该方案净现值与相关回收系数(或年金现值系数倒数)的乘积。

若某方案净现值为 NPV,设定折现率或行业基准折现率为 i_c,项目计算期为 n,则年等额净回收额可按下式计算:

$$NA = 净现值 \times 回收系数 = NPV/年金现值系数 = NPV(A/P, i_c, n) = NPV/(P/A, i_c, n)$$

(5.19)

【例 5-15】 某企业拟投资建设一项目。现有三个方案可供选择:A 方案的原始投资为 60 000 元,项目计算期为 6 年(建设期 1 年),投资与计算起点一次投入,净现值为 30 344 元,投资回收期为 3 年;B 方案的项目计算期为 8 年,净现值为 50 000 元,投资回收期为 5 年,C 方案的项目计算期为 12 年,净现值为 70 000 元;投资回收期为 7 年。行业基准折现率为 10%。

要求:① 判断每个方案的财务可行性;② 用年等额净回收额法做出最终的投资决策(计算结果保留两位小数)。

解:① 因为 A 方案的净现值大于零,包括建设期的投资回收期 = 3 年 = 6/2 年,所以 A 方案具有完全财务可行性。

因为 B 方案和 C 方案的净现值均大于零,投资回收期大于项目计算期的一半,所以 B 方案和 C 方案基本具备财务可行性。

② A 方案的年等额净回收额 = A 方案的净现值/$(P/A, 10\%, 6)$ = 30 344/4.3553 = 6 967(元);

B 方案的年等额净回收额 = B 方案的净现值/$(P/A, 10\%, 8)$ = 50 000/5.334 9 = 9 372(元);

C 方案的年等额净回收额 = C 方案的净现值/$(P/A, 10\%, 12)$ = 70 000/6.813 7 = 10 273(元)。

因为 C 方案的年等额净回收额最大,所以选择 C 方案。

(5)计算期统一法。它是指通过对计算期不相等的多个互斥方案选定一个共同的计算分析期,以满足时间可比性的要求,进而根据调整后的评价指标来选择最优的方案的方法。该法包括方案重复法和最短计算期法两种具体处理方法。

① 方案重复法。又称计算期最小公倍数法,是将各方案计算期的最小公倍数作为比较方案的计算期,进而调整有关指标,并据此进行多方案比较决策的一种方法。

应用此法,可采取两种方式。

第一种方式,将各方案计算期的各年净现金流量或费用流量进行重复计算,直到与最小公倍数计算期相等;然后,再计算净现值、净现值率、差额内部收益率或费用现值等评价指标;最后根据调整后的评价指标进行方案比选。

第二种方式,直接计算每个方案项目原计算期内的评价指标(主要指净现值),再按照最小公倍数原理分别对其折现,并求代数和,最后根据调整后的净现值指标进行方案比选。

【例 5-16】 A 和 B 方案的计算期分别为 10 年和 15 年,净现值分别为 1 568.54 万元和 1 738.49 万元,基准折现率为 10%。

要求:用计算期统一法中的方案重复法(第二种方法)作出最终的投资决策。

解:依题意,A 方案的项目计算期为 10 年,B 方案的项目计算期为 15 年,两个方案的计算期的最小公倍数为 30 年。

在此期间,A 方案重复两次,B 方案只重复一次,则调整后的净现值为:

A 方案的净现值 = 1 568.54 + 1 568.54 × $(P/F, 10\%, 10)$ + 1 568.54 × $(P/F, 10\%, 20)$ =

2 406. 30(万元)

B 方案的净现值 = 1 738. 49 + 1 738. 49 × (P/F,10%,15) = 2 154. 68(万元)

因为 2 406. 30(万元) > 2 154. 68(万元),所以 A 方案优于 B 方案。

由于有些方案的计算期相差很大,按最小公倍数所确定的计算期往往很长。假定有四个互斥方案的计算期分别为 15、25、30 和 50,那么它们的最小公倍数为 150 年,显然考虑这么长时间内的重复计算既复杂又无必要。为了克服方案重复法,人们设计了最短计算期法。

② 最短计算期法。又称最短寿命期法,是指在将所有方案的净现值均还原为等额年回收额的基础上,再按照最短的计算期来计算出相应的净现值,进而根据调整后的净现值指标进行多方案比较决策的一种方法。

【例 5 – 17】 有关资料仍按例 5 – 15 中的资料。

要求:用最短计算期法作出最终的投资决策。

解:依题意,A,B 和 C 三个方案的计算期分别为 6 年、8 年和 12 年,其中最短的计算期为 6 年,三个方案的年等额净回收额分别为 6 967 元、9 372 元和 10 273 元。

则调整后的净现值指标分别为:

A 方案调整后的净现值 = 6 967 × (P/A,10%,6) = 30 344(元)(原来的净现值)

B 方案调整后的净现值 = 9 372 × (P/A,10%,6) = 40 818(元)

C 方案调整后的净现值 = 10 273 × (P/A,10%,6) = 44 742(元)

因为 C 方案调整后的净现值最大,所以选择 C 方案。

3. 多方案组合排队投资决策。如果一组方案中既不属于相互独立,又不属于相互排斥,而是可以实现任意组合或排队,则这些方案被称作组合或排队方案,其中又包括先决方案、互补方案和不完全方案等形式。在这种方案决策中,除了要求首先评价所有方案的财务可行性,淘汰不具备财务可行性的方案外,在接下来的决策中需要衡量不同组合条件下的有关评价指标的大小,从而作出最终决策。

这类决策涉及的多个项目之间不是相互排斥的关系,它们之间可以实现任意组合。又分两种情况:① 在资金总量不受限制的情况下,可按每一项目的净现值大小排队,确定优先考虑的项目顺序;② 在资金总量受到限制时,则需要按净现值率或获利指数的大小,结合净现值进行各种组合排队,从中选出能使 $\sum NPV$ 最大的最优组合。具体程序如下。

第一,以各方案的净现值率高低为序,逐项计算累计投资额,并与限定投资总额进行比较。

第二,当截止到某项投资项目(假定为第 J 项)的累计投资额恰好达到限定的投资总额时,则第 1 项至第 J 项目组合为最优投资组合。

第三,若在排序过程中未能直接找到最优组合,必须按下列方法进行必要的修正。

(1)当排序中发现第 J 项的累计投资额首次超过限定投资额,而删除该项后,按顺延的项目计算的累计投资额却小于或等于限定投资额时,可将第 J 项与第 (J + 1) 项交换位置,继续计算累计投资额。这种交换可连续进行。

(2)当排序中发现第 J 项的累计投资额首次超过限定投资额,又无法与下一项进行交换,第 (J - 1) 项的原始投资大于第 J 项原始投资时,可将第 J 项与第 (J - 1) 项交换位置,继续计算累计投资额。这种交换亦可连续进行。

(3)若经过反复交换,已不能再进行交换,仍未找到能使累计投资额恰好等于限定投资额的项目组合时,可按最后一次交换后的项目组合作为最优组合。

总之,在主要考虑投资效益的条件下,多方案比较决策的主要依据,就是能否保证在充分利用资金的前提下,获得尽可能多的净现值总量。

【例5-18】 A、B、C、D和E五个投资项目为非互斥方案,有关原始投资额、净现值、净现值率等数据如表5-4所示。

表5-4 五个投资项目有关数据

单位:万元

项 目	原始投资	净现值	净现值率(%)
A	15	7.95	53
B	12.5	2.1	16.8
C	12	6.7	55.83
D	10	1.8	18
E	30	11.1	37

要求:分别就以下不相关情况作出多方案组合决策:

(1)投资总额不受限制。

(2)投资总额最大限量为40万元。

解:按各方案净现值率的大小排序,并计算累计原始投资和累计净现值数据。其结果如表5-5所示。

表5-5 计算数据

单位:万元

顺 序	项 目	原始投资	净现值	净现值率(%)
1	C	12	6.7	55.83
2	A	15	7.95	53
3	E	30	11.1	37
4	D	10	1.8	18
5	B	12.5	2.1	16.8

根据表5-5数据投资组合决策原则作如下决策:

(1)当投资总额不受限制或限额大于或等于40万元时,表3-5的投资组合方案最优。

(2)计算在限量内各投资组合的净现值。

C+A+D=6.7+7.95+1.8=16.45(万元);C+A+B=6.7+7.95+2.1=16.75(万元)

C+A=6.7+7.95=14.65(万元);C+D=6.7+1.8=8.5(万元)

C+B=6.7+2.1=8.8(万元);A+D+B=7.95+1.8+2.1=11.85(万元)

A+D=7.95+1.8=9.75(万元);A+B=7.95+2.1=10.05(万元)

E+D+=11.1+1.8=12.9(万元);D+B=1.8+2.1=3.9(万元)

以上在限额内的各个组合净现值合计最大的是C+A+B,净现值为16.75万元,即C+A+B组合为最优组合。

三、固定资产更新的决策

(一)固定资产更新改造投资项目的现金流量

固定资产更新改造投资项目,简称更改项目,包括以全新的固定资产替换原有同型号的旧固定资产的更新项目和以一种新型号的固定资产替换旧型号固定资产的改造项目两类。前者可以恢复固定资产的生产效率,后者则可以改善企业经营条件。总之,它们都可能达到增产或降低成本的目的。其现金流量的内容比完整工业项目简单,但比单纯固定资产项目复杂。

1. 现金流入量的内容。因使用新固定资产而增加的营业收入;处置旧固定资产的变现净收入。指在更新改造时因处置旧设备、厂房等而发生的变价收入与清理费用之差;新旧固定资产回收余值的差额。指按旧固定资产原定报废年份计算的,新固定资产当时余值大于旧固定资产设定余值形成的差额。

2. 现金流出量的内容。购置新固定资产的投资;因使用新固定资产而增加的经营成本(节约的经营成本用负值表示);因使用新固定资产而增加的流动资金投资(节约的流动资金用负值表示);增加的各项税税款,指更新改造项目投入使用后,因收入的增加而增加的营业税,因应纳税所得额增加而增加的所得税等。

(二)固定资产更新改造投资项目现金流量的计算

1. 建设期净现金流量的计算。如果更新改造投资项目的固定资产投资均在建设期内投入,建设期不为零,且建设期末不发生新固定资产投资,也不涉及追加流动资金投资,则建设期的简化计算公式为:

建设期某年净现金流量 = 该年发生的新固定资产投资 - 旧固定资产变价净收入 (5.20)

建设期末的净现金流量 = 因旧固定资产提前报废发生净损失而抵减的所得税额 (5.21)

因旧固定资产提前报废发生净损失而抵减的所得税额 = 旧固定资产清理净损失 × 适用的企业所得税税率 (5.22)

2. 经营期净现金流量的计算。如果建设期为零,则经营期净现金流量的计算公式为:

经营期第一年净现金流量 = 该年因更新改造而增加的净利润 + 该年因更新改造而增加的折旧额 + 因旧固定资产提前报废发生净损失而抵减的所得税额 (5.23)

经营期其他各年净现金流量 = 该年因更新改造而增加的净利润 + 该年因更新改造而增加的折旧额 + 该年回收新固定资产净残值超过继续使用的旧固定资产净残值之差额 (5.24)

若建设期不为零,则第一个公式无效,整个经营期现金净流量均可按第二个公式计算。

【例5-19】 沈阳起重设备有限公司计划变卖一套尚可使用5年的旧设备,另购置一套新设备来替换它。旧设备的折余价值为80 000元,目前变价收入60 000元。新设备投资额为150 000元,预计使用5年。至第5年末末,新、旧设备的预计残值相等。使用新设备可使企业在未来5年内每年增加营业收入16 000元,降低经营成本9 000元,该企业按直线法计提折旧,所得税税率为33%。

要求:计算使用新设备比使用旧设备增加的净现金流量。

解:依题意,

(1)更新设备比继续使用旧设备增加的投资额 = -(150 000 - 60 000) = -90 000(元)

(2)经营期第1~5年每年因更新改造而增加的折旧 = 90 000 ÷ 5 = 18 000(元)

(3)经营期第1年差量现金净流量

= (16 000 + 9 000 - 18 000) × (1 - 33%) + 18 000 + (80 000 - 60 000) × 33%

= 4 690 + 18 000 + 6 600 = 29 290(元)

(4)经营期第2~5年差量现金净流量

= (16 000 + 9 000 - 18 000) × (1 - 33%) + 18 000

= 4 690 + 18 000 = 22 690(元)

(三)固定资产更新改造投资项目的决策

在固定资产更新改造项目的投资决策中,常用的方法就是前面介绍的差额投资内部收益率法。当项目的差额投资内部收益率指标大于或等于基准折现率或设定折现率时,应当进行更新改造;反之,就不应当进行此项更新改造。

【例5-20】 沿用例5-19的资料,若行业基准折现率分别为10%和12%,确定应否用新设备替换现有旧设备。已知某更新改造项目的差量现金净流量为 $\Delta NCF_0 = -90\ 000$ 元, $\Delta NCF_1 = 29\ 290$ 元, $\Delta NCF_{2-5} = 22\ 690$ 元。

解:计算差额投资内部收益率。

设折现率为10%测试:

$$NPV = 29\ 290 \times (P/F,10\%,1) + 22\ 690 \times (P/A,10\%,4) \times (P/F,10\%,1) - 90\ 000$$
$$= 29\ 290 \times 0.9091 + 22\ 690 \times 3.1699 \times 0.9091 - 90\ 000$$
$$= 26\ 627.54 + 65\ 387.05 - 90\ 000 = 2\ 014.59(元)$$

设折现率为12%测试:

$$NPV = 29\ 290 \times (P/F,12\%,1) + 22\ 690 \times (P/A,12\%,4) \times (P/F,12\%,1) - 90\ 000$$
$$= 29\ 290 \times 0.8929 + 22\ 690 \times 3.0373 \times 0.8929 - 90\ 000$$
$$= 26\ 153.04 + 61\ 535.40 - 90\ 000 = -2\ 311.56(元)$$

插值计算:

$$\frac{i-10}{12\% - 10\%} = \frac{0 - 2014.59}{-2311.56 - 2014.59}$$

$$\Delta IRR = 10.93\%$$

在行业基准折现率为10%时,因为 $\Delta IRR = 10.93\% \times 10\%$,所以应该以新设备替换旧设备。

在行业基准折现率为12%时,因为 $\Delta IRR = 10.93\% \times 12\%$,所以不应更新设备。

四、所得税与折旧对项目投资的影响

由于所得税是企业的一种现金流出,其大小取决于利润的大小和税率的高低,而利润的大小受折旧方法的影响,因此讨论所得税对现金流量的影响必然会涉及折旧问题。折旧影响现金流量,从而影响投资决策,实际上是所得税的存在引起的。

(一)税后成本和税后收入

对企业来说,绝大部分费用项目都可以抵减所得税,所以支付的各项费用应以税后的基础来观察。凡是可以减免税负的项目,实际支付额并不是企业真正的成本,而应将因此减少的所得税考虑进去。扣除了所得税影响以后的费用净额,称为税后成本。

【例5-21】 新隆大家庭当前月份的损益情况如表5-6所示。该企业正在考虑一项广告计划,每月支付8 000 元,所得税税率为30%。该项广告的税后成本是多少?

表5-6 新隆大家庭当前月份的损益情况 单位:元

项 目	不做广告方案	做广告方案
销售收入	60 000	60 000
成本和费用	20 000	20 000
新增广告费用		8 000
税前利润	40 000	32 000
所得税(30%)	12 000	9 600
税后净利	28 000	22 400
新增广告税后成本	5 600	

解:从表5-6中可以看出,该项广告的税后成本为每月5 600 元,两个方案的唯一差别是广告费8 000 元,对净利润的影响为5 600(28 000-22 400)元。税后成本的计算公式为:

税后成本＝实际支付×(1-税率)

据此,该项广告的税后成本的计算公式为:

税后成本＝8 000×(1-30%)＝5 600(元)

与税后成本相对应的概念是税后收入。由于所得税的作用,企业的营业收入会有一部分流出企业,企业实际得到的现金流入是税后收益:

税后收益＝收入金额×(1-税率) (5.25)

(二)折旧的抵税作用

加大成本会减少利润,从而使所得税减少。如果不计提折旧,企业的所得税将会增加许多。折旧可以起到减少税负的作用,这种作用称为"折旧抵税"或"税收挡板"。

【例5-22】 现有A和B两家企业,全年销售收入、付现费用均相同,所得税税率为30%。两者的区别是:A企业有一项可计提折旧的资产,每年折旧额相同,B企业没有可计提折旧的资产。两家企业的现金流如表5-7所示。

表5-7 折旧对税负的影响 单位:元

项　目	A企业	B企业
销售收入	80 000	80 000
费　用:		
付现营业费用	40 000	40 000
折　旧	12 000	0
合　计	52 000	40 000
税前利润	28 000	40 000
所得税(30%)	8 400	12 000
税后净利	19 600	28 000
营业现金流入:		
净　利	19 600	28 000
折　旧	12 000	0
合　计	31 600	28 000
A企业比B企业多余的现金	2 400	

解:从表5-7中可以看出,A企业利润虽然比B企业少8 400元,但现金净流量却多出3 600元,其原因在于有12 000元的折旧计入成本,使应纳税所得额减少12 000元,从而少纳税3 600(12 000×30%)元。这笔现金保存在企业,不必缴出。折旧对税负的影响可按以下方法计算:

税负减少额＝折旧额×税率＝12 000×30%＝3 600(元)

(三)税后现金流量

考虑所得税因素以后,现金流量的计算有三种方法。

1.根据现金流量的定义计算。根据现金流量的定义,所得税是一种现金支付,应当作为每年营业现金流量的一个减项。其计算公式为:

营业现金流量＝营业收入-付现成本-所得税 (5.26)

2.根据年末营业结果来计算。企业每年现金增加来自两个主要方面:一是当年增加的净

利润;二是计提的折旧,以现金形式从销售收入中扣回,留在企业里。其计算公式为:

$$营业现金流量 = 营业收入 - 付现成本 - 所得税 \tag{5.27}$$
$$= 营业收入 - (营业成本 - 折旧) - 所得税$$
$$= 营业利润 + 折旧 - 所得税$$
$$= 税后净利润 + 折旧$$

3. 根据所得税对收入和折旧影响计算。由于所得税的影响,现金流量并不等于项目名义上的收支金额,可以通过税后成本、税后收入和折旧抵税三要素来计算营业现金流量。其计算公式为:

$$营业现金流量 = 税后净利润 + 折旧 \tag{5.28}$$
$$= (营业收入 - 营业成本) \times (1 - 税率) + 折旧$$
$$= [营业收入 - (付现成本 + 折旧)] \times (1 - 税率) + 折旧$$
$$= 营业收入 \times (1 - 税率) - 付现成本 \times (1 - 税率) + 折旧 \times 税率$$
$$= 税后收入 - 税后付现成本 + 折旧抵税$$

以上计算营业现金流量的三种方法,在项目投资决策分析时需要根据已知条件选择使用。例如,在决定某个项目是否投资时,往往使用差额分析法确定现金流量,并不知道整个企业的利润,这样使用第三种计算方法就比较方便。

第四节 项目投资风险分析

投资活动充满了风险性,决策时不仅要考虑到资金的时间价值,而且要考虑到投资风险价值,即投资者所要求的投资报酬率必须包括资金时间价值与投资风险价值两部分。风险价值是指投资者因为投资活动中冒风险而取得的报酬,通常以风险报酬率来表示。

投资风险分析的常用方法是风险调整贴现率法和肯定当量法。

一、风险调整贴现率法

(一)风险调整贴现率法的含义

风险调整贴现率法是指将无风险报酬率调整为考虑风险的投资报酬率(风险调整贴现率),然后根据风险调整贴现率来计算净现值并据此选择投资方案的决策方法。

(二)风险调整贴现率的计算

$$风险调整贴现率 = 无风险报酬率 + 风险报酬率 \tag{5.29}$$
$$= 无风险报酬率 + 风险报酬斜率 \times 风险程度$$

如果用 K_i 代表项目 i 按风险调整贴现率;b_i 代表项目 i 的风险报酬斜率;R_f 代表无风险报酬率;CV_i 代表项目 i 的风险程度,即标准离差率,则上式可表示为:

$$K_i = R_f + b_i \times CV_i \tag{5.30}$$

在这种方法下,确定风险调整贴现率的关键是确定风险报酬斜率 b_i 和标准离差率 CV_i。

下面举例说明这种调整方法的计算过程。

【例 5-23】 某公司现有 A、B 和 C 三个投资项目,公司要求的无风险最低报酬率为 8%,有关资料如表 5-8 所示。

表5-8　A、B和C项目现金流量及其概率分布　　　　　单位:元

年份	A项目		B项目		C项目	
	现金流量	概率	现金流量	概率	现金流量	概率
0	-10 000	1.0	-5 000	1.0	-5 000	1.0
1	6 000	0.3				
	4 000	0.5				
	2 000	0.2				
2	8 000	0.25				
	6 000	0.55				
	4 000	0.2				
3	5 000	0.3	4 000	0.2	8 000	0.3
	4 000	0.4	10 000	0.6	10 000	0.4
	3 000	0.3	16 000	0.2	12 000	0.3

根据以上资料可计算各项目的标准离差率如下。

首先,计算各项目的现金流量的期望值(E)。

A项目:

$E_1 = 6\,000 \times 0.3 + 4\,000 \times 0.5 + 2\,000 \times 0.2 = 4\,200(元)$

$E_2 = 8\,000 \times 0.25 + 6\,000 \times 0.55 + 4\,000 \times 0.2 = 6\,100(元)$

$E_3 = 5\,000 \times 0.3 + 4\,000 \times 0.4 + 3\,000 \times 0.3 = 4\,000(元)$

B项目:

$E_B = 4\,000 \times 0.2 + 10\,000 \times 0.6 + 16\,000 \times 0.2 = 10\,000(元)$

C项目:

$E_C = 8\,000 \times 0.3 + 10\,000 \times 0.4 + 12\,000 \times 0.3 = 10\,000(元)$

其次,计算各项目现金流量的标准差(σ)及综合标准差(D)。

A项目:

$\sigma_1 = \sqrt{(6\,000 - 4\,200)^2 \times 0.3 + (4\,000 - 4\,200)^2 \times 0.5 + (2\,000 - 4\,200)^2 \times 0.2}$
$= 1\,400(元)$

$\sigma_2 = \sqrt{(8\,000 - 6\,100)^2 \times 0.25 + (6\,000 - 6\,100)^2 \times 0.55 + (4\,000 - 6\,100)^2 \times 0.2}$
$= 1\,338(元)$

$\sigma_3 = \sqrt{(5\,000 - 4\,000)^2 \times 0.3 + (4\,000 - 4\,000)^2 \times 0.4 + (3\,000 - 4\,000)^2 \times 0.3}$
$= 775(元)$

$D_A = \sqrt{\dfrac{1\,400^2}{(1 + 8\%)^2} + \dfrac{1\,338^2}{(1 + 8\%)^4} + \dfrac{775^2}{(1 + 8\%)^6}}$
$= 1\,837(元)$

B项目:

$\sigma_B = \sqrt{(4\,000 - 10\,000)^2 \times 0.2 + (10\,000 - 10\,000)^2 \times 0.6 + (16\,000 - 10\,000)^2 \times 0.2}$
$= 3\,795(元)$

C项目:

$$\sigma_C = \sqrt{(8\,000 - 10\,000)^2 \times 0.3 + (10\,000 - 10\,000)^2 \times 0.4 + (12\,000 - 10\,000)^2 \times 0.3}$$
$$= 1\,549\,(元)$$

最后,计算各项目的标准离差率(CV)。

A 项目:

现金流入量现值($\dfrac{4\,200}{1 + 8\%} + \dfrac{6\,100}{(1 + 8\%)^2} + \dfrac{4\,000}{(1 + 8\%)^3} = 12\,294\,$(元)

$$CV_A = \frac{1837}{12294} = 0.15$$

B 项目:$CV_B = \dfrac{3\,795}{10\,000} = 0.38$

C 项目:$CV_C = \dfrac{1\,549}{10\,000} = 0.155$

风险报酬斜率 b 的大小取决于投资者对风险的态度,它通常是经验值,可根据历史数据用高低点法或直线回归法求得,也可用更为直观的方法求解斜率 b。

假设要求的风险调整报酬率为 14%,中等风险程度的项目变化系数为 0.3,则:

$$b = \frac{14\% - 8\%}{0.3} = 0.2$$

据此得到:$K_A = 8\% + 0.2 \times 0.15 = 11\%$

$K_B = 8\% + 0.2 \times 0.38 = 15.6\%$

$K_C = 8\% + 0.2 \times 0.155 = 11.1\%$

所以,按调整前的贴现率计算的 A、B 和 C 各项目的净现值分别为(按概率最大的现金流量计算):

$$NPV_A = \frac{4\,200}{1 + 8\%} + \frac{6\,100}{(1 + 8\%)^2} + \frac{4\,000}{(1 + 8\%)^3} - 10\,000 = 2\,294\,(元)$$

$$NPV_B = 10\,000 \times (1 + 8\%)^{-3} - 5\,000 = 2\,938\,(元)$$

$$NPV_C = 10\,000 \times (1 + 8\%)^{-3} - 5\,000 = 2\,938\,(元)$$

按调整后的贴现率计算的净现值分别为:

$$NPV_A = \frac{4\,200}{1 + 11\%} + \frac{6\,100}{(1 + 11\%)^2} + \frac{4\,000}{(1 + 11\%)^3} - 10\,000 = 1\,663\,(元)$$

$$NPV_B = 10\,000 \times (1 + 15.6\%)^{-3} - 5\,000 = 1\,473\,(元)$$

$$NPV_C = 10\,000 \times (1 + 11.1\%)^{-3} - 5\,000 = 2\,292\,(元)$$

由此可见,风险因素的引入使得贴现率加大,不仅使得各项目的净现值在调整前后发生了改变,也使得各项目间的优劣次序发生了改变。

(三)风险调整贴现率法的评价

风险调整贴现率法对风险大的项目采用较高的贴现率,对风险小的项目采用较低的贴现率,这种做法比较符合逻辑,便于理解,因而被理论界认同,且广泛使用。但其用单一的贴现率同时完成风险调整和时间调整,这意味着风险随时间推移而加大,夸大了远期现金流量的风险,可能与事实不符,对有些行业而言不太合适。从实务上看,经常使用的仍是风险调整贴现率法,主要原因是风险调整贴现率比肯定当量系数更容易估计,而且大部分投资项目都使用收益率来进行决策,调整贴现率更符合人们的习惯。

二、肯定当量法

(一)肯定当量法的含义

所谓肯定当量法,就是通过一个系数(肯定当量系数)将不确定的各年现金流量调整为确定的现金流量,然后再用无风险报酬率作为贴现率计算项目的有关评价指标(主要是净现值),进而做出项目可行与否的决策。调整后的净现值为:

$$NPV = \sum_{t=0}^{n} \frac{\alpha_t NCF_t}{(1 + R_f)^t} \tag{5.31}$$

式中,α_t 为肯定当量系数。

(二)肯定当量系数的确定方法

肯定当量系数是指肯定的现金流量对与之相当的不肯定的现金流量的比值,即不肯定的1元现金流量期望值相当于肯定的现金流量的系数。通过它可将各年不肯定的现金流量折合成肯定的现金流量。肯定当量系数的计算公式为:

$$\alpha_t = 肯定的现金流量 \div 不肯定的现金流量的期望值 \tag{5.32}$$

肯定当量系数的值域为 $0 < \alpha_t \leqslant 1$。当 α_t 为 1 时,表示现金流量为肯定的金额。肯定当量系数越大,现金流量的风险越小。肯定当量系数的选用取决于投资者对风险的态度。

肯定当量系数可由经验丰富的分析人员凭主观判断确定,但这种人为因素有时会影响项目评估的客观性,从而导致决策的失误。为了避免这种倾向,应该按照衡量投资项目风险大小的变异系数即现金流量的标准离差率来确定。变异系数越小,风险越小,肯定当量系数越大;反之,则相反。变异系数与肯定当量系数的对照关系如表 5-9 所示。

表 5-9　变异系数与肯定当量系数对照表

变异系数(CV_i)	肯定当量系数(α_t)
0.00 ~ 0.07	1
0.08 ~ 0.15	0.9
0.16 ~ 0.23	0.8
0.24 ~ 0.32	0.7
0.33 ~ 0.42	0.6
0.43 ~ 0.54	0.5
0.55 ~ 0.70	0.4
⋮	⋮

依据例 5-23 计算各项目的变异系数及净现值如下:

A 项目:

$$CV_1 = \frac{\sigma_1}{E_1} = \frac{1\,400}{4\,200} = 0.33 ; \quad CV_2 = \frac{\sigma_2}{E_2} = \frac{1\,338}{6\,100} = 0.22 ; \quad CV_3 = \frac{\sigma_3}{E_3} = \frac{775}{4\,000} = 0.19$$

查表可知:

$$\alpha_1 = 0.6 ; \alpha_2 = 0.8 ; \alpha_3 = 0.8$$

$$NPV_A = \frac{4\,200 \times 0.6}{1 + 8\%} + \frac{6\,100 \times 0.8}{(1 + 8\%)^2} + \frac{4\,000 \times 0.8}{(1 + 8\%)^3} - 10\,000 = -943 （元）$$

同理:

$$CV_B = \frac{\sigma_B}{E_B} = \frac{3\,795}{10\,000} = 0.38 ; \quad CV_C = \frac{\sigma_C}{E_C} = \frac{1\,549}{10\,000} = 0.16$$

$$NPV_B = \frac{10\,000 \times 0.6}{(1 + 8\%)^3} - 5\,000 = -237\,(\text{元})$$

$$NPV_C (\frac{10\,000 \times 0.8}{(1 + 8\%)^3} - 5\,000 = 1\,350\,(\text{元})$$

(三)肯定当量法的评价

肯定当量法在理论上受到好评。该方法对时间价值和风险价值分别进行调整,先调整风险,然后把肯定的现金流量用无风险收益率进行折现。对不同年份的现金流量,可以根据风险的差别使用不同的肯定当量系数进行调整,克服了风险调整折现率法容易夸大远期风险的缺陷,但如何准确合理地确定肯定当量系数却是一个十分困难的问题。

【名词解释】

项目投资:是一种以特定项目为对象,直接与新建项目或更新改造项目有关的长期投资行为。

现金流量:也称现金流动量。在项目投资决策中,现金流量是指投资项目在其计算期内因资本循环而可能或应该发生的各种现金流入量与现金流出量、现金净流量的统称,它是计算项目投资决策评价指标的主要根据和重要信息之一。

机会成本:是指在投资方案的选择中,如果选择了一个投资方案,则必须放弃投资于其他途径的机会,其他投资机会可能取得的收益是实行本方案的一种代价。

现金净流量:又称净现金流量,是指在项目计算期内由每年现金流入量与同年现金流出量之间的差额所形成的序列指标,它是计算项目投资决策评价指标的重要依据。

投资利润率:又称投资报酬率(记作 ROI),是指投产期正常年度利润或年均利润占投资总额的百分比。

净现值率:是指投资项目(方案)在整个建设和使用期限内,未来现金流入量的现值与未来现金流出量的现值之差,或称为各年现金净流量现值的代数和。

内部收益率:又称内含报酬率,是指能够使投资项目的未来现金流入量现值和流出量现值相等(净现值为零)时的折现率,它反映了投资项目的真实收益。

互斥方案:是指互相关联、互相排斥的方案,即一组方案中的各个方案彼此可以相互代替,采纳方案组中的某一方案,就会自动排斥这组方案中的其他方案。

风险调整贴现率法:风险调整贴现率法是指将无风险报酬率调整为考虑风险的投资报酬率(风险调整贴现率),然后根据风险调整贴现率来计算净现值,并据此选择投资方案的决策方法。

肯定当量法:是通过一个系数(肯定当量系数)将不确定的各年现金流量调整为确定的现金流量,然后再用无风险报酬率作为贴现率计算项目的有关评价指标(主要是净现值),进而作出项目可行与否的决策。

肯定当量系数:是指肯定的现金流量对与之相当的不肯定的现金流量的比值,即不肯定的 1 元现金流量期望值相当于肯定的现金流量的系数。

【课后分析案例】

绿运公司芦荟开发投资项目

芦荟生产项目(下称本项目)由某进出口总公司和云南某生物制品公司合作开发,共同投资成立绿运公司经营。本项目是一个芦荟深加工项目,属于农产品或生物资源的开发利用,符合国家生物资源产业发展方向,是政府鼓励的投资项目。

具体产品方案为：① 芦荟浓缩液 800 吨（折合冻干粉 40 吨），建成芦荟浓缩液生产线一条，400 吨供应冻干粉生产线作为原材料，其余 400 吨无菌包装后外销。② 年产芦荟冻干粉 20 吨，建成芦荟冻干粉生产线一条。

（一）项目总投资估算

项目总投资 3 931.16 万元，其中，建设投资 3 450.16 万元，占总投资的 87.76%；流动资金 481.00 万元，占总投资的 12.24%。芦荟浓缩液车间、冻干粉车间和管理部门使用的固定资产分别为 1 914.38 万元、1 197.38 万元和 67.39 万元。

（二）资金的筹集和使用

本项目总投资 3 931.16 万元，其中，1 572.46 万元向商业银行贷款，贷款利率为 10%；其余 2 358.7 万元自筹，投资者期望的最低报酬率为 22%，这一资本结构也是该企业目标资本结构。

本项目建设期 1 年。在项目总投资中，建设投资 3 450.16 万元应在建设期期初一次全部投入使用，流动资金 481.00 万元在投产第一年初一次投入使用，项目生产期为 15 年。

为简便起见，本案例假设不考虑增值税，城建税和教育费附加等已考虑在相关费用的预计中，所得税税率按 33% 计算。

（三）项目财务可行性分析

1. 现金流量测算

（1）投资期现金流量

$NCF_0 = -3\,450.16$（万元），$NCF_1 = -481.00$（万元）

（2）经营期现金流量（见表 5 - 10）

（3）终结期现金流量

$NCF = 481 + (1\,914.38 + 1\,197.38 + 67.39) \times 5\% = 3\,179.15$（万元）

表 5 - 10　经营期现金流量测算表
单位：万元

项　目	2 ~ 6 年	7 ~ 16 年
销售收入	4 800	4 800
减：总成本	2 746.49	2 692.29
利润总额	2 053.51	2 107.71
减：所得税	677.66	695.54
净利润	1 375.85	1 412.17
加：折旧等非付现成本	255.55	201.35
经营现金净流量	1 631.40	1 613.52

2. 折现率的确定（见表 5 - 11）

表 5 - 11　折现率测算表

筹资方式	资本成本	资本结构	综合资本成本
负债	$10 \times (1 - 33\%) = 6.67\%$	1 572.46/3 931.16 = 40%	$6.67\% \times 40\% = 2.67\%$
股权	22%	60%	$22\% \times 60\% = 13.2\%$
合计		100%	16%

所以，本项目选择 16% 作为折现率和基准收益率。

3. 固定资产评价指标的计算

本项目计算了四个指标作为投资方案财务可行性判断的依据,其中前两个指标属于静态指标,后两个指标属于动态指标。

(1)年平均报酬率法。

年平均报酬率 $= (1\,631.40 \times 5 + 1\,613.52 \times 10) \div 15 \div 3\,931.16 \times 100\% = 41.19\%$

(2)投资回收期法。本项目投资回收期计算如表 5−12 所示。

表 5−12　投资回收期测算表　　　　　　　　　　单位:万元

年　份	现金净流量	累计现金净流量
0	−3 450.16	−3 450.16
1	−481.00	−3 931.16
2	1 631.40	−2 299.76
3	1 631.40	−668.36
4	1 631.40	963.04

投资回收期 $= 3 + 668.36 \div 1\,631.40 = 3.41$(年)

(3)净现值法。通过上述现金流量的分布可以看出,2～6 年和 7～16 年的现金流量是递延年金,可按年金的方法折现;其他现金流量可用复利现值的方法折现。

$NPV = 1\,631.40 \times (3.685 - 0.862) + 1\,613.52 \times (5.669 - 3.685) +$

　　　　$3\,179.15 \times 0.093 - 3\,450.16 - 481 \times 0.862$

　　　$= 4\,605.44 + 3\,201.22 + 295.66 - 3\,450.16 - 414.62 = 4\,237.54$(万元)

NPV 大于零,方案可行。

(4)内部收益率法。采用逐项测试法加插值法求内部收益率。

当 $i = 40\%$ 时,$NPV = -887.69$(万元);当 $i = 36\%$ 时,$NPV = -445.05$(万元);当 $i = 32\%$ 时,$NPV = 14.65$(万元)。

可见,IRR 处于 32% 和 36% 之间,运用插值法,则:$IRR = 32\% + 14.65 \div (445.05 - 14.65) \times 4\% = 32.14\%$,即 IRR 大于 16%,方案可行。

【课后复习题】

(一)讨论题

1. 项目投资的现金流入量和现金流出量分别包括哪些内容?

2. 利润和现金流量的关系如何?

3. 如何计算净现金流量?

4. 项目投资评价的一般方法有哪些?

5. 如何应用项目投资评价的各种方法?

(二)单项选择题

1. 某完整工业投资项目的建设期为零,第一年流动资产需用额为 1 000 万元,流动负债需用额为 600 万元,则该年流动资金投资额为(　　)万元。

A. 400　　　　　　B. 600　　　　　　C. 1 000　　　　　　D. 1 600

2. 在下列评价指标中,属于非折现正指标的是(　　)。

A. 静态投资回收期　B. 投资利润率　　　C. 内部收益率　　　D. 净现值

3. 在财务管理中,将企业为使项目完全达到设计生产能力,开展正常经营而投入的全部现实资金称为(　　)。

A. 投资总额　　　　B. 现金流量　　　　C. 建设投资　　　　D. 原始总投资

4. 下列各项中,各类项目投资都会发生的现金流出是(　　)。

A. 建设投资　　　　B. 固定资产投资　　C. 无形资产投资　　　D. 流动资金投资

5. 已知某投资项目按 14% 折现率计算的净现值大于 0,按 16% 折现率计算的净现值小于 0,则该项目的内部收益率肯定(　　)。

A. 大于 14% ,小于 16%　　　　　　B. 大于 14%

C. 等于 15%　　　　　　　　　　　D. 大于 16%

6. 某企业拟按 15% 的期望投资报酬率进行一项固定资产投资决策,所计算的净现值指标为 100 万元,资金时间价值为 8% 。假定不考虑通货膨胀因素,则下列表述中正确的是(　　)。

A. 该项目的获利指数小于 1　　　　B. 该项目的内部收益率小于 8%

C. 该项目的风险报酬率为 7%　　　　D. 该企业不应该进行此项投资

7. 某投资项目的项目计算期为 5 年,净现值为 10 000 万元,行业基准折现率为 10% ,5 年期,折现率为 10% 的年金现值系数为 3.791,则该项目的年等额净回收额约为(　　)万元。

A. 2 000　　　　　B. 2 638　　　　　C. 37 910　　　　D. 50 000

8. 下列各项中,不属于投资项目现金流出量内容的是(　　)。

A. 固定资产投资　　　　　　　　　B. 折旧与摊销

C. 无形资产投资　　　　　　　　　D. 新增经营成本

9. 如果某投资项目的相关评价指标满足以下关系:$NPV > 0$,$NPVR > 0$,$PI > 1$,$IRR > i_c$,$PP > n/2$,则可以得出的结论是(　　)。

A. 该项目基本具备财务可行性　　　B. 该项目完全具备财务可行性

C. 该项目基本不具备财务可行性　　D. 该项目完全不具备财务可行性

10. 当项目计算的折现率与内部收益率相等时(　　)。

A. 净现值大于 0　　　　　　　　　B. 净现值小于 0

C. 净现值等于 0　　　　　　　　　D. 净现值不一定

(三)多项选择题

1. 项目投资具有的特点包括(　　)。

A. 投资金额大　　　　　　　　　　B. 影响时间大

C. 变现能力差　　　　　　　　　　D. 投资收益高

2. 原始总投资包括的内容有(　　)。

A. 固定资产投资　　　　　　　　　B. 无形资产投资

C. 流动资金投资　　　　　　　　　D. 资本化利息

3. 下列投资决策评价指标中,需要以行业基准折现率作为计算依据的包括(　　)。

A. 净现值率　　　　　　　　　　　B. 获利指数

C. 内部收益率　　　　　　　　　　D. 投资利润率

4. 在独立方案财务可行性决策时,当内部收益率大于行业基准折现率时,下列关系式中正确的有(　　)。

A. 获利指数大于 1　　　　　　　　B. 回收期小于计算期的一半

C. 净现值率大于 0　　　　　　　　D. 净现值率小于 0

5. 下列各项中,既属于原始总投资,又构成项目投资总额内容的有(　　)。

A. 固定资产投资　　　　　　　　　B. 流动资金投资

C. 无形资产投资　　　　　　　　　D. 资本化利息

6. 按评价指标数量特征分类时,属于绝对数指标的有(   )。

A. 净现值
B. 静态投资回收期
C. 投资利润率
D. 内部收益率

7. 完整的工业投资项目的现金流入主要包括(   )。

A. 营业收入
B. 回收固定资产变现净值
C. 固定资产折旧
D. 回收流动资金

8. 下列各项中,可用于评价原始投资不相同的互斥投资方案的方法有(   )。

A. 净现值法
B. 年等额净回收额法
C. 静态投资回收期法
D. 差额投资内部收益率法

9. 净现值与现值指数的共同之处在于(   )。

A. 都考虑了资金时间价值因素
B. 都不能反映投资方案的实际投资报酬率
C. 都以设定的折现率为计算基础
D. 都可以进行投资额不同的方案之间的比较

10. 净现值法的优点有(   )。

A. 考虑了资金时间价值
B. 考虑了项目计算期的全部净现金流量
C. 考虑了投资风险
D. 可从动态上反映项目的实际投资收益率

(四)判断题

1. 在全投资假设条件下,从投资企业的立场看,企业取得借款应视为现金流入,而归还借款和支付利息应视为现金流出。(   )

2. 在评价投资项目的财务可行性时,如果静态投资回收期或投资利润率的评价结论与净现值指标的评价结论发生矛盾,应当以净现值指标的结论为准。(   )

3. 在应用差额投资内部收益率法对固定资产更新改造投资项目进行决策时,如果差额内部收益率小于行业基准折现率或资金成本率,就不应当进行更新改造。(   )

4. 投资利润率是指达产期正常年度利润或年平均利润占原始总投资额的百分比。(   )

5. 在投资项目决策中,只要投资方案的投资利润大于零,该方案就是可行方案。(   )

6. 在评价原始投资额不同的多个互斥方案时,当差额内部收益率指标小于基准收益率或设定折现率时,原始投资额较小的方案为优。(   )

7. 在评价投资项目的财务可行性时,如果静态投资回收期大于或等于基准投资回收期,则方案是可行方案,否则为不可行方案。(   )

8. 折旧政策影响企业的现金流量。(   )

9. 在项目投资决策的评价指标中,内部收益率的计算本身与项目设定折现率的高低无关。(   )

10. 内部收益率是指能使投资方案的获利指数为 1 的折现率。(   )

(五)计算分析题

1. 设贴现率为 10%,有三个投资方案,有关现金流量数据如表 5-13 所示。

表 5-13 有关现金流量数据
单位:元

期 间	A 方案	B 方案	C 方案
0	-20 000	-9 000	-12 000
1	11 800	1 200	4 600
2	13 240	6 000	4 600
3		6 000	4 600

求三个方案的净现值、净现值率和获利指数。

2. 某投资项目在建设起点一次性投资 254 979 元,当年完工并投产,经营期为 15 年,每年可获净现金流量 50 000 元。求该项投资的内部收益率。

3. 某企业拟建一项固定资产,需投资 100 万元,按直线法折旧,使用期 10 年,期末无残值。该项工程于当年投产,预计投产后每年可获净利 10 万元。要求计算 IRR。

4. 有 A、B、C、D 和 E 五个投资项目为非互斥方案,有关原始投资额、净现值、净现值率和内部收益率数据如表 5 - 14 所示。

表 5 - 14　有关数据

单位:万元

项 目	原始投资	净现值	净现值率	内部收益率(%)
A	300	120	0.4	18
B	200	40	0.2	21
C	200	100	0.5	40
D	100	22	0.22	19
E	100	30	0.3	35

要求:分别就以下不相关情况作出多方案组合决策。

(1)投资总额不受限制。

(2)投资总额受到限制,分别为 200 万、300 万、400 万、450 万、500 万、600 万、700 万、800 万和 900 万元。

5. 某公司拟投产一新产品,需要购置一套专用设备,预计价款 900 000 元,追加流动资金 145 822 元。公司的会计政策与税法规定相同,设备按 5 年折旧,采用直线法计提,净残值率为零。该产品预计销售单价为 20 元,单位变动成本为 12 元,每年增加固定付现成本 500 000 元,该公司所得税税率为 40% ,投资的最低报酬率为 10% 。

要求:计算净现值为零的销售量水平(保留两位小数)。

▪第六章▪

证券投资决策

通过本章学习,应掌握证券投资特别是债券和股票投资的投资价值及其收益率的评价,理解证券内在价值、证券投资组合等概念。

┌─────────── 【重点难点】 ───────────┐

重点:债券和股票投资价值及收益率的计算与评价、证券投资组合风险与收益的评价。
难点:投资价值与收益评价方法中贴现率的意义与确定。

└────────────────────────────────┘

第一节　证券投资概述

一、证券及其种类

证券,是指用以证明或设定权利所做成的书面凭证,它表明证券持有人或第三者有权取得该证券所拥有的特定权益。

证券按不同的分类标准可以分为不同种类。

1. 按照证券发行主体的不同,可分为政府证券、金融证券和公司证券。政府证券是中央政府或地方政府为筹集资金而发行的证券;金融证券是银行或其他金融机构为筹集资金而发行的证券;公司证券是工商企业发行的证券。

2. 按照证券所体现的权益关系,可分为所有权证券和债权证券。所有权证券是指证券的持有人便是证券发行单位的所有者的证券,如股票;债权证券是指证券的持有人是证券发行单位的债权人的证券,如债券。

3. 按照证券收益的决定因素,可分为原生证券和衍生证券。原生证券的收益大小主要取决于发行者的财务状况;衍生证券包括期货合约和期权合约两种基本类型,其收益取决于原生证券的价格。

4. 按照证券收益稳定性的不同,可分为固定收益证券和变动收益证券。固定收益证券在证券票面规定有固定收益率;变动收益证券的收益情况随企业经营状况而改变。

5. 按照证券到期日的长短,可分为短期证券和长期证券。短期证券是指到期日短于一年的证券;长期证券是到期日长于一年的证券。

6. 按照募集方式的不同,可分为公募证券和私募证券。公募证券,又称公开发行证券,是指发行人向不特定的社会公众广泛发售的证券;私募证券,又称内部发行证券,是指面向少数特定投资者发行的证券。

二、证券投资的目的与特征

（一）证券投资的目的

证券投资是指投资者将资金投资于股票、债券、基金及衍生证券等资产,从而获取收益的一种投资行为。

企业进行证券投资的目的主要有以下几个方面。

1. 暂时存放闲置资金。证券投资在多数情况下都是出于预防的动机,以替代较大量的非营利的现金余额。

2. 与筹集长期资金相配合。处于成长期或扩张期的公司一般每隔一段时间就会发行长期证券,所获得的资金往往不会一次用完,企业可以将暂时闲置的资金投资于有价证券,以获取一定的收益。

3. 满足未来的财务需求。企业根据未来对资金的需求,可以将现金投资于期限和流动性较为恰当的证券,在满足未来需求的同时获得证券带来的收益。

4. 满足季节性经营对现金的需求。从事季节性经营的公司在资金有剩余的月份可以投资证券,而在资金短缺的季节将证券变现。

5. 获得对相关企业的控制权。通过购入相关企业的股票可实现对该企业的控制。

（二）证券投资的特征

相对于实物投资而言,证券投资具有如下特点。

1. 流动性强。证券资产的流动性明显地高于实物资产。

2. 价格不稳定。证券相对于实物资产来说,受人为因素的影响较大,且没有相应的实物作保证,其价值受政治、经济环境等各种因素的影响较大,具有价值不稳定、投资风险大的特点。

3. 交易成本低。证券交易过程快速、简捷,成本低。

三、证券投资的对象与种类

金融市场上的证券很多,其中可供企业投资的证券主要有国债、短期融资券、可转让存单、企业股票与债券、投资基金以及期权、期货等衍生证券。具体可以分为以下几类。

（一）债券投资

债券投资,是指投资者购买债券以取得资金收益的一种投资活动。

1. 债券投资的特点:(1)债券投资风险相对较小。债券票面价值不会受到市场价格变动的影响,并且债券利息一定,只要将债券持有至到期日,一般情况下,投资者的期望收益不会发生变动,收益稳定性高,风险较小。(2)债券投资中债务人的偿还期限有限定。任何债券都规定有到期的期限,债券到期后,投资者根据规定收回投资,债务人必须按时偿还债券本金。(3)债券投资有较好的流动性。如果债券投资者在债券到期前需要现金,可将持有的债券售出或拿到银行等金融机构做抵押获得抵押款。(4)债券投资者能获得一定的投资收益。债券投资既能保本又能生息,而且生息幅度大于银行储蓄;同时,在特定的时间还可以获取出售的价格差收益;债券投资与股票投资相比,其收益相对稳定。

2. 债券投资的优点:(1)本金的安全性高。与股票投资相比,债券投资风险相对较小。政府债券有国家财政做后盾,不会发生违约风险,其本金的安全性高,通常被视为无风险证券。金融债券和公司债券的持有人,也由于拥有优先求偿权,其本金损失的可能性较小。(2)债券投资的收入稳定性强。一般情况下,债券都有固定的票面利率,债券持有人可以定期取得固定的利息收入,这种较稳定的利息收入便于债券投资者合理安排资金收支。

3. 债券投资的缺点:(1)收益率比较低。债券投资收益通常是事前预定的,收益率通常不及股票高。(2)债券投资者无经营管理权。股权投资的权力之一就是享有被投资单位的经营管理权,而债券投资无法直接对被投资单位的经营活动施加影响。

(二)股票投资

股票投资,是指投资者将资金投向股票,通过股票的买卖和收取股利以获得收益的投资行为。

1. 股票投资的特点:(1)股票投资具有本金的不可返还性。股票投资与债券投资都是证券投资,但投资性质不同,股票投资属于股权性质的投资,股票投资者一旦出资购买了股票,其投资资金便具有不可返还性,不会同债券投资那样在一定期限收回投资本金。(2)股票投资的风险大。股票投资的风险通常比债券投资的风险大。原因有二:一是股票投资除了不能定期收回投资本金外,其股利收入的大小与所投资公司的经营情况密切相关,如果出现经营亏损,投资者则不能享受到股利分配;二是股票价格受股市面上价格波动的影响往往脱离其票面价格,股市价格的变化莫测,使股票价格具有较大的波动性。(3)股票投资的收益不稳定。股票投资的收益主要是所投资公司发放的股利和转让股票的价差收益,由于股利收入和股票价差收入的不稳定性,导致股票投资收益的不稳定。(4)股票投资具有极大的投机性。股票市场上股票价格的频繁波动和暴涨暴跌,给股票买卖的投机带来了可能,股票投机者可根据股票价格的涨落价差取得投机性收益。而债券市场的价格也有一定的波动性,但债券价格不会偏离其价格太多,因此,其投机性相对较小。

2. 股票投资的优点:(1)期望收益高。股票投资属于变动收益性投资,股利收益的波动性较大,而且股票价格受各种因素的影响,不断处于变动之中,股票投资的风险水平较高,因此,股票投资的期望收益率要远高于债券投资。(2)拥用经营控制权。股票投资属于所有者投资,投资者可凭借其股权比例行使其对被投资单位生产经营活动的监督和管理权利。

3. 股票投资的缺点:(1)股票投资风险大。投资者购买股票后,不能要求被投资单位偿还本金,只能在证券市场上转让。而影响股票价格波动的因素很多,政治因素、经济因素、投资者的心理预期、股份公司的经营情况等都会影响股票价格的变化,使得股票投资具有较高的风险。(2)股票投资收益不稳定。股票投资的收益主要是公司发放的股利和股票转让的价差收益,相对于债券而言,其收益稳定性差。

(三)基金投资

基金投资,是指投资者通过购买投资基金股份或收益凭证来获取收益的投资方式。这种方式可使投资者享受专家服务,有利于分散风险,获得较高的、较稳定的投资收益。

1. 基金投资的特点:(1)基金投资是一种集合投资理财方式。投资基金将多个投资者的资金集中起来,委托基金管理人进行共同投资,表现出一种集合理财的特点。(2)能最大限度地分散投资风险。为降低投资风险,我国《证券投资基金法》规定,基金必须以组合投资的方式进行基金的投资运作,从而使"组合投资、分散风险"成为基金的一大特色。(3)可享受专业理财服务。投资基金交由专业的投资机构进行管理和运作,专业投资机构中一般拥有大量具有丰富证券投资知识的专门人员,他们能够科学地进行证券投资决策,从而尽可能地避免一般投资者由于缺乏专业投资知识而引起的失误;另外,专业投资机构通常与金融市场联系密切,具有强大的信息网络,信息资料齐全,设备先进,能够更好地对证券市场进行全方位的动态跟踪与分析,拥有单个投资者不具备的投资优势,从而可以提高基金投资的收益。

2. 投资基金与股票、债券等投资工具的区别:(1)发行者和发行目的不同,体现的经济关系不同。发行股票一般是为了满足股份公司筹集资本的需要,体现的是一种所有权关系;发行债券一般是政府、金融机构以及企业为了满足追加资金的需要,体现的是一种债权债务关系;而基金发起人发行基金股份或基金受益凭证是为了形成一个以分散组合投资为特色,以降低风险而达到资产增值目的的基金组织,基金投资人与发起人之间是一种契约关系,他们都不参与基金的运营管理,而是委托基金管理人进行运营,托管人进行托管,因此,投资者、发起人、托管人以及管理人之间完全是一种信托契约关系。(2)存续时间不同。债券的性质决定了有一定的到期日,在约定的时间还本付息;股票是公司所有权的证明,没有到期日;而基金比较灵活,可规定有存续期,也可无存续期,即使投资基金有存续期,也可以经持有人大会或基金公司董事会决定提前终止或期满再延续。(3)投资面向对象不同。股票、债券投资通常直接面向的主体是需要融资的法人单位,而投资基金的投资直接面向的是其他证券,如股票、债券等。如果说股票、债券是一次投资范畴,投资基金则属于再投资范畴或二次投资范畴。(4)风险和收益不同。投资基金不能得到一个确定的利率收益,也没有定期取得收益的任何保证,但投资基金主要投向有价证券,并且是委托专门投资机构进行分散的投资组合,因此,其风险要比股票投资小而比债券投资大,其收益比债券投资高比股票投资低。(5)投机性不同。债券一般只是单纯的投资对象,投机性较小;由于股票价格的频繁波动,股票有着很强的投机性。投资基金一般来说是一种中长期投资工具,不能当做股票来炒,但它又不同于债券,投资基金的价格是随着投资者经营效益的高低而发生变化,具有波动性,所以基金的投机性介于股票、债券两者之间。

3. 基金投资的优点:基金投资的最大优点是能够在不承担太大风险的情况下获得较高收益。原因在于投资基金具有专家理财优势,具有资金规模优势。

4. 基金投资的缺点:(1)无法获得很高的投资收益。投资基金在投资组合过程中,在降低风险的同时,也丧失了获得巨大收益的机会。(2)在大盘整体大幅度下跌的情况下,投资人可能承担较大风险。

(四)期货投资

期货是指买卖双方支付一定数量的保证金,通过期货交易所进行的以将来某一特定日期作为交割日,按成交时约定的价格交割一定数量的某种特定商品或证券的标准化协议或合约。期货相对于现货交易而言,是一种远期交易。现货交易通常是在买卖成交后很短的时间内(如当日、次日、第二日等)进行交割,买者付款,卖者交出商品、证券等。期货主要有两大类:一是商品期货,如大豆、石油等期货交易;二是证券期货,如外汇期货、利率期货、股票期货、股票指数期货等。

期货投资,是指投资者通过买卖期货合约躲避价格风险或赚取利润的一种投资方式。所谓期货合约,是指在将来一定时期以指定价格买卖一定数量和质量的商品而由商品交易所制定的统一的标准合约,它是确定期货交易关系的一种契约,是期货市场的交易对象。

企业买入期货合约,就等于同意在将来某一指定日期、指定地点、按约定价格从交易对方那里购进某种商品或证券;企业卖出期货合约,就等于同意在将来某指定日期、指定地点、按约定价格交付或卖出某种商品或证券给交易对方。本书主要指证券期货投资。

1. 期货投资的特点:(1)期货投资需要的资金少。由于期货交易实行保证金交易和逐日盯市制度,所以进行期货投资不需要按照期货合约价值缴纳现金,只需每日收盘时按市价计算要缴纳的保证金(一般为成交金额的 10% 左右)数额,多退少补,因此,投资者只需支付少量的保证金就可以进行大额的期货交易。(2)期货投资的地点、方式等都有严格的限制。与现货投资不同,期货交易所采用会员制,只有交易所会员才有资格进场交易,且期货交易的对象只是一纸统一的期货合约。期货合约已经由期货交易所对指定商品、证券的种类、价格、数量、交收月份、交收地点等都作出了统一规定,具有固定的格式和内容,是一种标准化书面协议书,即实行标准化管理。相关的管理机构还对期货合约的价格浮动界限与每天交易额都有限定以防止交易欺诈和垄断。(3)期货投资具有明显的投机性。尽管期货合约中写明了指定数量的资产必须在规定的时日交出,但期货投资的交易中并不真正转移资产的所有权,真正需要履约进行现货交割的是极少数,绝大部分交易都在合约到期前通过做相反交易对冲交易而了结,只进行现金差额结算,减少或免除实物交换,这种交易的实质是买空和卖空。期货投资对冲交易多,实物交割少,具有明显的投机性。(4)期货投资具有保值和套利功能。期货投资保值是指利用期货合约为现货市场上的现货进行保值,以冲抵现货市场上价格变动所带来的价格风险从而实现现货保值。期货投资套利是指期货市场参与者利用不同月份、不同市场、不同商品之间的差价,同时买入和卖出两张不同类别的期货合约以从中获取风险利润的交易行为。

(五)期权投资

期权又称选择权,是指买卖期货合约选择权的权利。具体地说,期权是一种能在未来指定时期、以指定价格买人或卖出一定数量的某种特定商品或证券的权利。

期权投资是指为了实现赢利或规避风险的目的而投资从事期权交易的活动。期权交易的对象是期权合约。

在期权交易过程中,期权的投资者就是期权的购买者,称为买方,是指按照一定价格买进期权合约的一方;期权投资者按要求在向对方支付一定数量的费用(或权利金)之后,就取得了一种权利,这种权利使他可以在指定期限内的任何时候或某一时日行使买进或卖出的权利,也可以到期不执行这一权利,任其作废。放弃权利时,期权投资者所支付的权利金不能收回。

在期权交易过程中,卖出期权的一方称为卖方,是承担由买方选择决定所发生的执行合约的交割责任方;对于出售期权的卖方来说,在收取了一定数量的期权保险费或权利金之后,在指定期限内必须无条件服从买方的选择并履行成交时的允诺,按规定出售或购进期权买入方所要求的特定商品或证券,而没有选择权。

在期权交易过程中,所涉及的期权权利金,是期权买方向卖方支付的获得这一权利而付出的价格,因而实际上是期权交易中的成交价,又称期权价格或期权保险费。在标准期权合约中,期权权利金是唯一的变量,必须是交易所通过公开竞价形成,期权权利金最后确定要受整个期权合约、期权合约到期月份、履约价格等影响。

上述买方、卖方、期权权利金、期权的有效期(即合约中指定的时期)等构成了期权合约的主要要素。

1. 期权投资的特点。期权投资除了与期货一样,具有需要的资金少、有严格的限制、具有投机性和保值套利的特点外,还有下面几个特点:(1)期权投资买卖的是一种特殊的权利,期权投资者拥有的是权利而非责任。(2)期权投资的风险小于期货投资风险。(3)期权投资需要真正进行交割的比率比期货交易的更少,因为期权投资者可以放弃期权合约的权利。

2. 期权投资的优点。对于期权的买方来说,期权投资的优点有:一是风险是有限的并且是已知的,即购买期权时所付出的期权保险费;二是即使市场情况的发展对期权购买者不利,他只要放弃期权即可退出市场,从而避免进一步的损失。对于期权的卖方来说,期权交易的优点主要表现为:卖出期权时所收入的期权保险费可以用于冲减库存成本。

3. 期权投资的缺点。对于期权买方来说,期权交易的缺点是:当放弃执行期权时,事先一次性支付的期权保险费不能收回,会形成损失。对于期权卖方来说,期权交易的缺点有:一是由于最大收益仅限于期权保险费收入，所以在处于变化无常的市场情况下，当库存成本增加时，所收入的期权保险费入不敷出；二是当市场情况有利于卖方时，由于卖方期权已经售出而失去良机。

4. 期权投资与期货投资的区别。期权投资与期货投资具有相似之处，但它们也有区别（1）投资者的权利义务对称性不同。期权合约属于单向合约，期权出售者必须承担由买方选择决定所发生的执行合约的交割责任，可期权投资者只拥有权利而非责任，期权投资者只有在肯定获利时才执行期权；而期货合约是双向合约，只要期货合约一旦签订，买卖双方都不仅有权利而且还有义务买进或卖出，否则就违背了期货的交易规则。（2）履约保证不同。期货交易双方均需要开立保证金账户并按规定缴纳履约保证金，如果是亏损还要追加保证金；而期权交易中，只有期权出售者才需要开立保证金账户并按规定缴纳保证金，以保证其履约的义务，至于期权购买者，因期权合约只规定其权利而未规定其义务，无须开立保证金账户，也无须缴纳保证金。（3）现金流转不同。期权交易中，只是在成交时，期权购买者必须向期权出售者支付一定的权利金，除了到期履约外，交易双方在整个合约的有效期内将不再发生任何现金流转；而期货交易双方在成交时不发生现金收付关系，但在成交后，由于实行逐日结算制度，交易双方将因市场价格的变动而每日都可能发生保证金账户的现金流转。（4）盈亏特点不同。由于期货双方都无权违约，合同到期要求合同双方签订人必须执行，否则，由此引起的损失由违约方承担。因此，从理论上讲，期货交易中双方潜在的赢利和亏损都是无限的。而期权交易中，由于期权购买者和期权出售者存在权利和义务上的不对称性，他们在交易中的盈亏也具有不对称性。从理论上讲，期权购买者在交易中的潜在亏损是有限的，仅限于所支付的权利金，而可能取得的赢利却是无限的；相反，期权出售者在交易中所取得的赢利是有限的，仅限于其收取的期权保险费，而可能遭受的损失却是无限的。

（六）证券组合投资

证券组合投资，是指企业将资金同时投资于多种证券，是企业等法人单位进行证券投资时常用的投资方式。相对于其他投资方式而言，组合投资可以帮助投资者全面捕捉获利机会，有效地分散证券投资风险，因此，它是企业在进行证券投资时常用的投资方式。

第二节 证券投资价值与收益评价

一、证券投资价值的确定

证券投资价值主要包括债券投资价值和股票投资价值，这是指证券未来现金流入的现值。

（一）债券投资价值

债券价值又称债券的内在价值，它是指债券未来现金流入的现值。债券作为一种投资，它的购买价格是现金流的流出，债券未来到期本息的收回或债券中途出售的收入是现金流入。因此，要计算债券投资价值，首先要计算债券未来现金流入的现值，只有当债券未来现金流入的现值大于债券现行购买价格，才值得购买。因此，债券价值是评价债券投资决策方案的一个重要指标。

通常情况下，债务是固定利率，每年付息一次，到期归还本金，按照这种模式，债券价值等于债券利息收入的年金现值与该债券到期收回本金的现值之和，其计算公式如下：

$$V = \frac{I_1}{(1+i)^1} + \frac{I_2}{(1+i)^2} + \cdots + \frac{I_n}{(1+i)^n} + \frac{M}{(1+i)^n} \tag{6.1}$$

式中:V——表示债券价值;

I——表示每年的利息;

M——表示到期的本金;

i——表示按照当时的市场利率或投资人要求的最低报酬率确定的贴现率;

n——表示债券到期前的年数。

【例6-1】 某债券面值为10 000万元,票面利率为10%,期限为5年,每年付息一次,A企业要对该债券进行投资,当前的利率为12%,该债券的内在价值为多少?

解:根据公式(6.1)可知:

$$V = \frac{1\ 000}{(1 + 12\%)^1} + \frac{1\ 000}{(1 + 12\%)^2} + \cdots + \frac{1\ 000}{(1 + 12\%)^5} + \frac{10\ 000}{(1 + 12\%)^5}$$

$$= 1\ 000 \times 3.605 + 10\ 000 \times 0.567$$

$$= 9\ 275(元)$$

即只有当这种债券的市场价格低于9 275元时,A企业购买该债券才是有利的。

(二)股票投资价值

企业进行股票投资的目的主要有两种:一是获利,即作为一般的的投资,获取股利收入及股票买卖差价;二是控股,即通过购买某一企业的大量股票达到控制该企业的目的。在第一种情况下,企业仅将某种股票作为证券投资组合的一个组成部分。而在第二种情况,企业应集中资金投资于被控股企业的股票上,这时考虑更多的不应是目前的利益,而应是长远利益,即拥有多少股权才能达到控制的目的。

股票的投资价值主要由其内在价值决定。股票内在价值是指其预期的未来现金流入的现值。股票的未来现金流入包括两个部分:每期预期股利和出售时得到的价格收入。对股票投资收益的评价也必须计算出股票的内在价值,然后将其与股票的当前的市价相比较:如果股票内在价值高于股票价格,就可以考虑买进;如果股票内在价值与股票当前市价持平,就可以考虑继续持有;如果股票内在价值低于股票当前市价,就可以考虑卖出。

1. 股票价值评价的基本模型

(1)第一种情况。如果企业永远持有某种股票,则该企业可获得的现金流入就是永无休止的股利,因此其股票价值为各年股利收入的现值之和。其计算公式如下:

$$V = \frac{D_1}{(1 + R_s)^1} + \frac{D_2}{(1 + R_s)^2} + \cdots + \frac{D_n}{(1 + R_s)^n} + \cdots$$

$$= \sum_{t=1}^{\infty} \frac{D_t}{(1 + R_s)^t} \tag{6.2}$$

式中:V——股票的价值;

D_t——第t期得到的股利;

R_s——股票的最低收益率(或必要报酬率)。

(2)第二种情况。如果企业不打算永久地持有股票,而是要在合适的时候出售,以赚取股票买卖差价,这时股票未来的现金流入就是持有期间的股利收入和售出股票收入两个部分。其股票价值的计算公式如下:

$$V = \frac{D_1}{(1 + R_s)^1} + \frac{D_2}{(1 + R_s)^2} + \cdots + \frac{D_n}{(1 + R_s)^n} \tag{6.3}$$

2. 零成长股票的价值

零成长股票是指该股票每年的股利发放金额都相等,每年股票股利增长率同上年相比为零的股票。这时各年的股利(D)均为一个固定的常数,实际上相当于一个永续年金。运用永续年金求现值的方法,可以得出股票价值的计算公式为:

$$V = \sum_{t=1}^{\infty} \frac{D_t}{(1 + R_s)^t} = \frac{D}{R_s} \tag{6.4}$$

【例6-2】 甲公司准备购买A公司的股票,该股票每股每年分配股利3元,甲公司要求的最低报酬率为10%,则该股票的内在价值为:

$$V = \frac{D}{R_s} = \frac{3}{10\%} = 30(元)$$

即只有当A公司的股票价格低于30元时,甲公司才会购买该股票。

3. 固定成长股票的价值

固定成长股票是指股票每年股利是稳定增长的,且每年的增长率是固定的。即增长率同上年相比都相等的股票。这种股票的价值计算公式为:

$$V = \sum_{t=1}^{\infty} \frac{D_0(1 + i)^t}{(1 + R_s)^t} \tag{6.5}$$

当g固定时,上述公式可以简化为:

$$V = \frac{D_0(1 + g)}{R_s - g} = \frac{D_1}{R_s - g} \tag{6.6}$$

式中:g——股利增长率;

D_0——上年度股利;

D_1——投资后第一年预期发放的股利。

【例6-3】 某企业准备投资一种股票,该股票上年每股发放股利为2.6元,预计以后每年以3%的增长率增长,若该企业要求的必要报酬率为10%,则该股票的价格为多少时企业可以进行投资?

根据题意知:$R_s = 10\%$,$g = 3\%$,$D_0 = 2.6$元,则股票目前的内在价值计算如下:

$$V = \frac{D_0(1 + g)}{R_s - g} = \frac{2.6 \times (1 + 3\%)}{(10\% - 3\%)} = 38.26(元)$$

所以,当该股票市场价格低于38.26元时,企业可以进行该股票的投资。

4. 非固定成长股票的价值

非固定成长股票,是指股票未来股利的增长是不固定的,不同阶段的股利的增长是不同的。例如,在一段时间内高速增长,在另一段时间内正常增长或固定不变。

当股票的股利非固定成长时,要计算股票的内在价值,可先将股票的变动情况分为几个相对固定成长或零成长阶段,然后再根据前面介绍的零成长股票或固定成长股票内在价值的计算公式来计算。具体计算步骤如下。

第一步,计算出非固定增长期间的股利现值;

第二步,找出非固定增长期结束时的股价,然后再算出这一股价的现值;

在非固定增长期结束时,股票已由非固定增长转为固定增长股,所以可以利用固定增长股票模型算出那时的股价,然后求其现值。

第三步,将上述两个步骤求得的现值加在一起,所求得的和就是非固定增长股票的价值。

【例6-4】 某企业发行股票,预期公司未来4年高速增长,年增长率为15%。在此以后转为正常增长,年增长率为8%。普通股投资的最低收益率为12%,最近支付股利2元。则该企业股票的内在价格计算过程如下:

第一步,计算超常增长期的股利现值,如表6-1所示。

表6-1 股利现值表达 单位:元

年 份	股利(D)	复利现值系数(12%)	现 值
1	$2 \times (1+15\%) = 2.3$	0.8929	2.054
2	$2.3 \times (1+15\%) = 2.645$	0.7972	2.109
3	$2.645 \times (1+15\%) = 3.0418$	0.7118	2.165
4	$3.0418 \times (1+15\%) = 3.498$	0.6355	2.222
合 计			8.55

第二步,计算第四年年底的股票内在价值:

$$V_4 = \frac{D_5}{R_s - g} = \frac{3.498 \times (1+8\%)}{12\% - 8\%} = 94.45(元)$$

其现值为:$94.45 \times (1+12\%)^{-4} = 94.45 \times 0.6355 = 60.02(元)$

第三步:计算股票当前的内在价值:

$$V_0 = 8.55 + 60.02 = 68.57(元)$$

即只有该企业的股票的市价在68.57元以下时,该企业股票才值得购买。

5. 股票市盈率估价分析

股票市盈率是指股票市价与每股收益之比,表示股价是每股收益的几倍。前面介绍的各种股票价值计算方法,理论上比较严谨,计算结果的使用也比较方便,但由于股利的预计十分复杂,因此预测未来相当长甚至无限期的收益是非常困难的,而市盈率分析则是一种比较粗略的衡量股票价值的方法,这种方法比较简单,易于掌握,实务中被许多投资者所采用。市盈率的计算公式如下:

$$市盈率 = \frac{每股市价}{每股收益} \tag{6.7}$$

将上式转化,可得:

$$股票价格 = 该股票市盈率 \times 该股票每股收益 \tag{6.8}$$

$$股票价值 = 行业平均市盈率 \times 该股票每股收益 \tag{6.9}$$

根据证券投资中介机构等提供的同类股票过去若干年平均市盈率,乘以当前的每股收益,可以得出股票的公平价值。用公平价值与当前市价比较,可以分析所付价格是否合理。

【例6-5】 甲公司的股票每股收益1.5元,市盈率10,行业类似股票的市盈率为11,则:

股票价值 = $11 \times 1.5 = 16.5(元)$

股票价格 = $10 \times 1.5 = 15(元)$

计算结果表明,市场对该股票的评估略低,股价属于正常,该股票有一定投资潜力。

二、证券投资收益

证券投资收益是指投资者进行证券投资所获得的净收入,主要包括债券利息、股利和资本利得。

1. 利息。利息是债券投资者凭借所持债券向债券发行单位领取的债券利息。利息的多少不仅取决于投资者所持债券的数量,还取决于债券利率的高低。由于债券发行主体不同,投资者实际所获得的利息收入也有差别。例如,投资于政府债券的利息收入往往可享受免税待遇,而投资于企业债券的利息收入却需要扣除所得税后才形成企业债券投资的净利息收入。

2. 股利。股利是对股票投资者的各种方式的投资收益的合称。一般而言,优先股的股利往往是固定的,因而被称为"股息";普通股的股利则是不固定的,股利的多少完全取决于企业经营业绩及股利政策,因而被称为"分红"。

3. 资本利得。资本利得是证券投资者进行证券买卖所获取的差价收入,即证券出售价格减去证券购买价格及证券交易费用的余额,其中的证券交易费用包括手续费和印花税。由于市场行情经常变动,证券投资者持有证券就会出现资本盈余或资本亏损,但这种盈余与亏损都是未实现的,只有将证券售出才成为实际的盈余或亏损。

三、证券投资收益率

证券投资的收益有绝对数、相对数两种表示方法,在财务管理中通常用相对数,即收益率来表示。

(一)债券投资收益率

债券投资收益率的确定通常采用面值收益率、当前收益率和持有期收益率三种方法进行计算。下面分别介绍这些债券收益率的计算方法。

1. 面值收益率。面值收益率又称票面收益率、名义收益率或息票率,是指印制在债券票面上的固定利率(即票面利率),是债券年利息与其面额之比率。面值收益率反映了债券投资者按照债券的面值购入、持有至期满所获得的收益水平。所以,当债券的购买价格等于其面值时,面值收益率等于投资者的实际收益率。

【例6-6】 某债券面值为1 500元,移买价格为1 500元,债券上标明的利息率为7%,则投资者的面值收益率为多少? 投资者的实际收益率为多少?

解:根据题意知,投资者持有该债券的面值收益率为7%。

由于投资者购买债券的价格等于债券面值,因此,投资者的实际收益率也为7%。

2. 当前收益率。当前收益率又称当时收益率、直接收益率、本期收益率,是指债券的年利息收入与买进债券的实际价款之比。其计算公式如下:

$$y = \frac{F \cdot i}{P} \times 100\% \tag{6.10}$$

式中:y——当前收益率;

　　　F——债券的面值;

　　　i——票面年利率;

　　　P——购买债券的实际价款。

当前收益率或本期收益率反映了购买债券的实际成本所带来的收益情况,但不反映债券投资的资本损益情况。

【例6-7】 承例6-5,若债券的购买价格为1 400元或1 600元,则此债券的当前收益率分别为多少?

解:若债券的购买价格为1 400元时,债券的当前收益率为:

$$y = \frac{1\,500 \times 7\%}{1\,400} \times 100\% = 7.50\%$$

若债券的购买价格为1 600元时,债券的当前收益率为:

$$y = \frac{1\,500 \times 7\%}{1\,611} \times 100\% = 6.56\%$$

由此可见,当债券的购买价格低于债券的面值时,其当前收益率7.50%高于面值收益率

7%;而当债券的购买价格高于债券的面值时,其当前收益率6.56%低于面值收益率7%。

3. 持有期收益率。持有期收益率是指债券投资者在债券持有期间所得到的收益率,通常是计算持有期年均收益率。债券持有期是指从购进债券到售出债券或到债券到期清偿之间的期间。债券持有期一般按年表示,若计算出的债券持有期的单位为"天",需要将持有天数转换为"年"来表示。转换时,一年按360天计。

下面,我们分别讨论债券持有期不超过一年的收益率和债券持有期超过一年的收益率的计算。

第一种情况:持有期不超过一年的债券收益率的计算。

持有期不超过一年的债券收益率的计算,不考虑复利计息问题,因此,债券持有期不超过一年的投资者将债券售出后,其持有期收益率的计算公式如下:

$$y_t = \frac{I + (P_t - P)}{P} \times 100\%$$ (6.11)

式中:y_t——债券持有期收益率;

I——债券持有期间的利息收入;

P——购买债券的实际价款;

P_t——持有 t 天时间后债券的售出价款。

$$持有期年平均收益率 = \frac{y_t}{T} \times 100\%$$ (6.12)

式中:T——债券的持有期(年限);$T = t$ 天$/360$。

【例6-8】 2008年7月1日,某企业以1 020元的价格购买上市债券1 000张,该债券面值为1 000元,票面利率为9%,每半年付息一次,期限5年。2009年1月1日,收到持有半年的利息。2009年3月17日,企业将该债券以1 045元的价格卖出。试计算该债券的收益率。

解:根据题意可知:$I = 1\,000 \times 9\% \times \frac{1}{2} = 45(元)$,$P_t = 1\,020(元)$,持有债券时间为2008年下半年的184天加上2009年的75天之和。

$T = (184 + 75)/360 = 0.72(年)$

则持有期收益率 $y_t = \frac{45 + (1\,045 - 1\,020)}{1\,020} \times 100\% = \frac{70}{1\,020} \times 100\% = 6.86\%$

$$持有期年均收益率 = \frac{6.86\%}{0.72} \times 100\% = 9.53\%$$

第二种情况:持有期超过一年的债券收益率的计算。

对持有期超过一年的债券收益率的确定,应按每年复利一次计算持有期年均收益率。其实质是计算使所持有的债券现金流量净现值为零的折现率,也称持有债券的内含报酬率或内部收益率。

第一,如果所持有的债券是每年年末付息,到期一次还本的情况,则可根据下列公式确定出的 r 就是债券持有期年均收益率。

$$P_0 = \sum_{t=1}^{n} \frac{F \times i}{(1+r)^t} + \frac{P_n}{(1+r)^n}$$

$$或 NPV = \sum_{t=1}^{n} \frac{F \times i}{(1+r)^t} + \frac{P_n}{(1+r)^n} - P_0 = 0$$ (6.13)

式中:r——债券持有期年均收益率;其他符号意义同前。

根据上述公式确定 r ,需要利用插值法的原理进行。

【例 6-9】 某公司债券的票面额为 1 000 元,票面利率为 10%,期限 5 年,每年付息一次。投资者以债券面值 1 100 元的价格购入并准备持有该债券到期。试计算投资该债券持有期年均收益率。

解:根据题意,可知: $P_0 = 1\ 100$ 元, $F = 1\ 000$ 元, $i = 10\%$, $P_n = 1\ 000$ 元, $t = 5$ (年)。

则根据公式: $NPV = \sum_{t=1}^{5} \frac{1\ 000 \times 10\%}{(1+r)^t} + \frac{1\ 000}{(1+r)^5} - 1\ 100 = 0$

用 $r = 8\%$ 试算,则净现值:

$NPV = 1\ 000 \times 10\% \times (P/A, 8\%, 5) + 1\ 000 \times (P/S, 8\%, 5) - 1\ 100 = -20.13$ (元)

由于计算结果小于 0,说明该债券的内部收益率低于 8%,我们应该降低贴现率进一步测试。

用 $r = 7\%$ 试算,则净现值:

$NPV = 1\ 000 \times 10\% \times (P/A, 7\%, 5) + 1\ 000 \times (P/S, 7\%, 5) - 1\ 100 = 23.03$ (元)

由于计算结果大于 0,因此可以断定该债券的到期收益率在 7% 到 8% 之间,利用插值法公式求得:

$$r = 7\% + \frac{23.02}{23.02 + 20.13} \times (8\% - 7\%) = 7.53\%$$

所以,投资者购买该债券的持有期年均收益率为 7.53%。

第二,如果所持有的债券是到期一次还本付息的情况,则可根据下列公司计算债券持有期年均收益率。

$$持有期年均收益率 = \sqrt[t]{\frac{P_n}{P_0}} - 1 \qquad (6.14)$$

【例 6-10】 某企业于 2008 年 6 月 10 日购入甲公司同日发行的面值为 10 000 元,票面利率为 8% 的债券 100 张,债券采用单利计息方式,该债券 3 年到期,到期后一次还本付息。企业按面值 95% 的价格购入。试计算债券持有期年均收益率。

解:根据题意,可知:

$P_0 = 10\ 000 \times 95\% = 9\ 500$ (元)

$P_n = 10\ 000 + 10\ 000 \times 8\% \times 3 = 12\ 400$ (元)

则该债券持有期年均收益率为:

$$持有期年均收益率 = \sqrt[3]{\frac{12\ 400}{9\ 500}} - 1 = 1.09 - 1 = 9\%$$

(二)股票投资收益率

股票投资的收益是指投资者投资于股票所取得的报酬。通常,衡量股票投资收益的指标是股票投资收益率或称股票收益率。所谓股票投资收益率,是指一定时期内股票投资取得的收益总额与股票投资额的比率,它一般以百分数来表示,而且一般是用年收益率来表示。

股票投资额是指投资者购买股票实际支付的金额,通常包括股票的购买价格和购买股票时发生的佣金以及手续费等。

股票投资收益总额包括获取股利收益和获取买卖股票的差价收益两个部分。股票收益率的确定通常采用本期收益率和持有期收益率两种方法进行计算。下面分别介绍这两种计算方法。

1. 本期收益率

股票投资的本期收益率,是指本期已收到所发放的上年现金股利与本期股票价格的比率。用公式表示如下:

$$y = \frac{D}{P} \times 100\% \tag{6.15}$$

式中:y —— 股票投资的本期收益率;

　　　D —— 本期已收到的上年现金股利;

　　　P —— 本期股票价格,通常是指该股票当日证券市场的收盘价。

2. 持有期收益率

股票投资的持有期收益率,是指投资者购买了股票持有一定时期后又将该股票售出的情况下,其持有该股票期间的收益率。通常,需要计算持有期年均收益率。持有期收益率反映了股票投资者持有股票期间的实际收益情况。由于股票投资者投资于股票时间的不同,在计算持有期收益率时所采用的方法也有所不同。

(1)持有期不超过一年的持有期收益率的计算。

持有期不超过一年的股票收益率的计算,不考虑资金时间价值问题,因此,股票持有期不超过一年的投资者将股票售出后,其计算持有期收益率的公式如下:

$$y_t = \frac{D + (P_t - P)}{P} \times 100\% \tag{6.16}$$

式中:y_t —— 股票持有期收益率;

　　　D —— 股票持有期间收到发放的股利收入;

　　　P —— 购买股票时支付的实际价款;

　　　P_t —— 持有 t 天时间后股票的售出价款。

$$持有期年均收益率 = \frac{y_t}{T} \times 100\% \tag{6.17}$$

式中:T 为股票的持有期(年限),$T = t$ 天/360。

【例 6 – 11】 甲公司在 2007 年 4 月 11 日投资 360 万元购买 A 股票 100 万股,同年 11 月 23 日将该股票以 430 万元的价格售出。

要求:计算甲公司股票投资的收益率。

解:根据题意知:$D = 0$,$P_t = 430$(万元),$P = 360$(万元),

持有期 $T = 226/360 \approx 0.63$ 年,则:

甲公司的股票持有期收益率为:

$$y_t = \frac{0 + (430 - 360)}{360} \times 100\% = 19.44\%$$

持有期年均收益率为:

$$持有期年均收益率 = \frac{19.44\%}{0.63} \times 100\% = 30.86\%$$

(2)持有期超过一年的持有期收益率的计算。

如果投资者持有股票的时间超过一年,则需要按每年复利一次考虑资金时间价值。其实质是计算使所持有的股票现金流量净现值为零的折现率,也称持有股票的内含报酬率或内部收益率。根据下列公式确定出的 R 就是股票持有期年均收益率。

$$P_0 = \sum_{t=1}^{n} \frac{D_t}{(1 + R)^t} + \frac{P_n}{(1 + R)^n}$$

或 净现值 $NPV = \sum_{t=1}^{n} \dfrac{D_t}{(1+R)^t} + \dfrac{P_n}{(1+R)^n} - P_0 = 0$ （6.18）

【例6-12】 承例6-10,若甲公司于2008年、2009年和2010年的3月13日收到A股票派发的每股现金股利分别为:0.6元、0.65元和0.7元,并于2010年4月11日以410万元的总价格全部售出所持有的股票,其他条件不变。

要求:计算甲公司股票投资的收益率。

解:根据题意知:

$D_1 = 0.6 \times 100 = 60(万元)$,$D_2 = 0.65 \times 100 = 65(万元)$,$D_3 = 0.7 \times 100 = 70(万元)$,$P_t = 410(万元)$,$P_0 = 360(万元)$,$t = 3(年)$。

则根据公式:$NPV = \sum_{t=1}^{n} \dfrac{D_t}{(1+R)^t} + \dfrac{P_n}{(1+R)^n} - P_0 = 0$

设 $R_1 = 20\%$,则净现值:

$NPV_1 = 60 \times (P/S, 20\%, 1) + 65 \times (P/S, 20\%, 2) + (70+410) \times (P/S, 20\%, 3) - 360$
$\qquad = 12.91（万元）$

$R_2 = 24\%$,则净现值:

$NPV_2 = 60 \times (P/S, 24\%, 1) + 65 \times (P/S, 24\%, 2) + (70+410) \times (P/S, 24\%, 3) - 360$
$\qquad = -17.574(万元)$

利用插值法公式可以求得股票持有期年均收益率 R 为:

$R = 20\% + \dfrac{12.91}{12.91 + 17.574} \times (24\% - 20\%) = 21.69\%$

所以,甲公司购买该股票的持有期年均收益率为21.69%。

四、基金投资收益评价

(一)投资基金的价值与报价

投资基金的估价主要涉及三个概念:基金价值、基金单位净值和基金报价。

1. 基金价值。基金也是一种证券,基金价值是指在基金投资上所能带来的现金流量。需要注意的是,基金价值的确定依据与股票、债券等其他证券的价值确定依据有很大的区别。股票、债券的价值都是指由于投资而带来的未来现金流量的折现值,也就是说,是未来的而不是现在的现金流量决定着股票、债券的价值;而基金的价值取决于目前能给投资者带来的现金流量。

由于投资基金不断变换投资组合,未来收益较难预测,再加上资本利得是投资基金的主要收益来源,变化莫测的证券价格使得对资本利得的准确预计非常困难,因此,基金价值的确定不能同股票、债券价值的确定那样,计算由于投资而带来的未来现金流量的折现值,基金的价值只能考虑目前能给投资者带来的现金流量。这种目前的现金流量用基金的净资产价值来表示,即基金的价值取决于基金净资产的现在价值。

基金净资产价值＝基金总资产市场价值－基金负债总额 （6.19）

6.18式中,基金负债总额包括以基金名义对外融资借款以及应付给投资者的分红、应付的基金管理费、应付的基金托管费以及其他应付款项。

基金管理费是基金管理人为管理和操作基金而收取的费用。基金管理费通常按照每个估值日基金净资产的一定比率(年率)逐日计提,累计至每月月底,按月支付。

基金规模越大、风险越小,管理费率就越低;反之,则越高。基金管理费通常从基金资产中扣除,不另向投资者收取。

基金托管费是基金托管人为保管和处置基金资产而收取的费用。基金托管费的规定与计算方法基本与基金管理费相同。但年托管费率一般比基金管理费率低。

在基金无负债时,基金净资产价值就是基金资产的现有市场价值。

2. 基金单位净值。基金单位净值又称单位净资产值或单位资产净值,是指某一时点每一基金单位(或基金股份)所具有的市场价值。其计算公式如下:

$$基金单位净值 = 基金净资产价值总额/基金单位总份额 \tag{6.20}$$

基金单位净值是评价基金价值最直观的指标,也是开放式基金申购价格、赎回价格以及封闭型基金上市交易价格确定的重要依据。同时,基金单位净值也是衡量一个基金经营业绩好坏的最基本指标。

3. 基金报价。基金报价是指基金的交易价格。从理论上说,基金的价值决定了基金的价格,基金交易价格的计算是以基金单位净值为基础的。一般情况下,基金交易价格与基金单位净值趋于一致,即基金单位净值高,基金的交易价格也高。

封闭型基金在二级市场上竞价交易,其交易价格的高低由供求关系和基金业绩决定,围绕着基金单位净值上下波动。

开放型基金是柜台交易,其基金份额的申购和赎回价格都直接按基金单位资产净值来计算。开放型基金通常采用两种报价形式,即认购价和赎回价。开放型基金柜台交易价格的计算公式如下:

$$基金认购价 = 基金单位净值 + 基金认购费 \tag{6.21}$$
$$基金赎回价 = 基金单位净值 - 基金赎回费 \tag{6.22}$$

基金认购价是指基金管理公司发行基金的卖出价格,卖出价格中的基金认购费是支付给基金管理公司的发行佣金;基金赎回价是指基金管理公司赎回基金的买入价格,赎回价格低于基金单位净值的目的是为了提高投资者的赎回成本,防止投资者的赎回,保持基金资产的稳定性。

基金认购费和基金赎回费的费用,都是由投资者直接承担,收取首次认购费的基金,一般不再收取赎回费。

(二)投资基金的收益率

投资基金的收益是指投资基金管理人将募集的资金进行投资组合所获得的投资收益。投资基金主要投资于股票、债券等金融工具,因此,它的收益来源主要有以下三部分:一是买卖价差;二是基金投资所得红利、股息、债息收入;三是存款利息收入。

投资基金的投资收益在扣除有关费用后需要把净收益中相当的比例分配给基金持有人。按照我国现行法律规定,投资基金收益分配比例不得低于投资基金会计年度净收益的90%,收益分配采用现金形式,每年至少一次。

反映基金投资者的投资收益的指标是基金收益率,或称基金投资回报率,是反映基金增值情况的指标,它通过基金净资产的价值变化来衡量。

由于投资基金不断变换投资组合,未来收益较难预测,再加上资本利得是投资基金的主要收益来源,变化莫测的证券价格使得对资本利得的准确预计非常困难,因此,基金收益率不能简单地以基金投资收益与基金投资额之比率来表示,而是以基金净资产的价值变化来表示。基金净资产的价值是以市价计量的,基金资产的市场价值增加,意味着基金的投资收益增加。基金收益率的计算公式如下:

$$基金收益率 = \frac{年末持有份数 \times 基金单位净值年末数 - 年初持有份数 \times 基金单位净值年初数}{年初持有份数 \times 基金单位净值年初数}$$

$$(6.23)$$

【例 6 – 13】 某基金持有的 A、B、C 三种股票的数量分别为 100 万股、50 万股和 10 万股,每股的市价分别为 10 元、20 元和 30 元,银行存款 2 000 万元,该基金负债有两项:对托管人或管理人应付的报酬 500 万元、应付税金 500 万元,已售出的基金单位为 2 500 万。

要求:计算基金单位净值。

解:基金单位均值 = (基金资产总值 – 基金负债总额)/基金单位总份额

$$= (100 \times 10 + 50 \times 20 + 10 \times 30 + 2\ 000 - 500 - 500)/2\ 500$$

$$= 1.32(元)$$

【例 6 – 14】 发行开放式基金的 W 基金公司,2008 年的相关资料如表 6 – 2 所示。

表 6 – 2   W 基金公司 2008 年的相关资料

金额单位:万元

项　目	年　初	年　末
基金资产账面价值	1 200	1 400
负债账面价值	300	400
基金资产市场价值	1 600	2 200
基金单位	600	700

假设公司收取首次认购费,认购费为基金净值的 5%,不再收取赎回费。

要求(1)计算 W 公司年初下列指标:①该基金公司基金净资产价值总额;②基金单位净值;③基金认购价;④ 基金赎回价。

(2)计算 W 公司年末的下列指标:①该基金公司基金净资产价值总额;②基金单位净值;③基金认购价;④基金赎回价。

(3)计算 W 公司 2008 年基金的收益率。

解:(1)计算年初的有关指标:

① 基金净资产价值总额 = 基金资产市场价值 – 负债总额 = 1 600 – 300 = 1 300(元)

② 基金单位净值 = 基金净资产价值总额/基金单位总份额 = 1 300/600 = 2.17(元)

③ 基金认购价 = 基金单位净值 + 首次认购费 = 2.17 + 2.17 × 5% = 2.28(元)

④ 基金赎回价 = 基金单位净值 – 基金赎回费 = 2.17(元)

(2)计算年末的有关指标:

① 基金净资产价值总额 = 基金资产市场价值 – 负债总额 = 2 200 – 400 = 1 800(元)

② 基金单位净值 = 基金净资产价值总额/基金单位总份额 = 1 800/700 = 2.57(元)

③ 基金认购价 = 基金单位净值 + 首次认购费 = 2.57 + 2.57 × 5% = 2.70(元)

④ 基金赎回价 = 基金单位净值 – 基金赎回费 = 2.57(元)

(3) 2008 年基金收益率 $= \dfrac{700 \times 2.57 - 600 \times 2.17}{600 \times 2.17} = 38.17\%$

第三节　证券投资的风险与组合

一、证券投资的风险

证券投资风险是指投资者在证券投资过程中遭受损失或达不到预期收益的可能性。证券投资的风险可以分为两类,即经济风险与心理风险。经济风险是由于种种因素的影响而给投资者造成经济损失的可能性;心里风险则是指证券投资可能对投资者心理上造成的伤害。对投资者而言,心理风险与经济风险具有同等的重要性。但由于心理风险通常取决于个别投资者素质与承受能力的强弱,并且难以衡量,故大多数投资风险是就经济风险而展开。经济风险来源于证券发行主体的变现风险、违约风险以及证券市场的利率风险和通货膨胀风险等。

1. 变现风险。指投资者不能按一定的价格及时卖出有价证券收回现金而承担的风险。

2. 违约风险。指投资者因债券发行人无法按期支付利息和偿还本金而承担的风险。政府发行的债券基本上没有违约风险,金融债券违约风险较小,而公司债券的违约风险较大。

3. 利率风险。指因利率变动引起有价证券市价下跌,从而使投资者承担损失的风险。

通常情况下,银行利率上升,则有价证券市价下降;银行利率下降,则有价证券市价上升。有价证券持有的期限越长,其利率风险程度就越大。

4. 通货膨胀风险。指由于通货膨胀使投资者在有价证券出售或到期收回现金时,由于实际购买力下降而承担的风险。

无论何种证券投资,均面临着风险问题,其共同作用的结果是直接或间接地导致证券市场价格的波动,并对证券的流动性产生负面影响。同时,尽管由于其中一些风险可以通过某种投资策略加以分散,但企业要完全回避风险则是不可能的。例如通货膨胀的风险,即使投资者退出证券市场也是无法避免的。

两个或两个以上资产所构成的集合,称为资产组合。如果资产组合中的资产均为有价证券,则该资产组合也可称为证券组合。

证券市场各种不确定性因素的客观存在,决定了投资者往往需要在风险与收益间作出利弊权衡,显然,分散风险取得高额收益是其投资的基本动机,作为分散风险的极为有效的方式,证券组合投资应运而生,通过制定不同的投资组合,可以达到风险一定,收益率尽可能量大;或收益率一定,风险尽可能最小。

二、证券投资组合的风险与收益率

(一)证券投资组合的风险

证券投资组合的风险可以分为两种性质完全不同的风险,即非系统性风险和系统性风险。

1. 非系统性风险。非系统性风险又叫可分散型风险或公司特别风险,是指仅引起单项证券投资的收益发生变动并带来损失的可能性的风险。这类风险是由发行企业、行业的原因引起的,如发行企业的高级人事变动、经营能力下降和经营出现亏损等,或者是发行企业的行业所在的市场供求关系发生变动,产品由供给不足转为供过于求,市场价格下降,导致该企业的投资效益下降。这种风险只影响某种或某几种证券,而其他证券不受影响,单个投资者可以回避,或通过持有证券的多元化加以消除。

2. 系统性风险。系统性风险是指引起市场上所有证券的投资收益发生变动并带来损失的可能性的风险。它主要包括自然风险、利率风险、购买力风险、政策法规风险和政治风险等。如国家税法的变化、宏观经济状况的变化、国家财政政策和货币政策的变化、世界能源状况的改变等都会使股票收益发生变动,这类风险影响到所有证券,是单个投资者所无法消除的。但是,系统性风险对各种证券投资收益的影响程度是不同的。例如,自然风险对农产品加工类证券投资的影响通常要比对一般工业品生产类证券投资的影响强烈一些,利率风险对债权类证券投资的影响比对股权类证券投资的影响强烈得多。

证券投资总风险由系统风险和非系统风险构成。如果投资者只投资于一种证券,他必须承担总风险。但是,如果投资者投资于多种证券,构成投资组合,那么,随着投资组合中证券数量的增加,投资组合的多元化效应会越来越显著,其中的非系统风险就会逐步被分散掉,图6-1反映了组合数量与风险的关系。美国金融学教授斯塔特曼(Meir Statman)认为只需要大约30种证券构成一个投资组合,就可基本上将非系统风险分散掉,这时投资者只需承担系统风险。

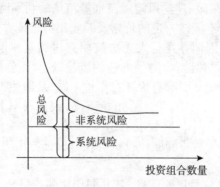

图6-1 投资组合风险分散示意图

由于非系统风险可以通过多元化的投资组合分散掉,投资者不必为其付出代价,所以,资本市场不会给予回报。也就是说,资本市场只对投资者无法避免的风险给予回报,这些风险就是系统风险。这样,决定投资期望收益率的风险就只剩下资产的系统风险了。

3. 系统风险的衡量。单项资产投资的系统风险可用 β 系数来衡量,β 系数反映了个别证券随市场投资组合的变动趋势,即个别证券的投资收益率与市场组合平均投资收益率之间变动的敏感性。其计算公式如下:

$$\beta = \frac{\sigma_{im}}{\sigma_m^2} \tag{6.24}$$

式中:σ_{im}——单项资产 i 资产与市场资产组合的协方差(表示该资产对系统风险的影响);

σ_m^2——当全部资产作为一个市场投资组合时的方差(即该市场的系统风险)。

投资组合的 β 系数等于构成投资组合的各个证券 β 系数的加权平均数,权数为各个证券在证券组合中的比重。其计算公式如下:

$$\beta_p = \sum_{i=1}^{n} w_i \beta_i \tag{6.25}$$

式中:β_p——证券投资组合的 β 系数;

n——证券投资组合中股票的数量;

w_i——证券投资组合中第 i 种证券所占的比重;

β_i——证券组合中第 i 种证券的 β 系数。

投资组合的 β 系数受到单项资产的 β 系数和各种资产在投资组合中所占比重两个因素的影响。

【例6-15】 甲企业持有 A、B、C 三种股票共200万股,其中:A 股票100万股,β 系数为1.5;B 股票70万股,β 系数为1;C 股票30万股,β 系数为2。则 A、B、C 三种股票的综合 β 系数为:

$$\beta_p = 50\% \times 1.5 + 35\% \times 1 + 15\% \times 2 = 1.4$$

如果将其中的100万元的 A 股票出手,同时买进相同金额的 D 股票,其 β 系数为1,则 D、

B、C 三种股票的综合 β 系数为：

$$\beta_p = 50\% \times 1 + 35\% \times 1 + 15\% \times 2 = 1.15$$

可见，构成组合的个别股票（例中 A 股票换成 D 股票）的 β 系数减小，则组合的综合 β 系数降低，使组合的投资风险减少；反之，风险增加。

（二）证券投资组合的风险收益

投资者进行证券组合投资与进行单项投资一样，都要求对承担的风险进行补偿，证券的风险越大，要求的收益就越高。但是，与单项投资不同，证券组合投资要求补偿的风险只是不可分散的风险，而不要求对可分散的风险进行补偿。如果有可分散风险的补偿存在，善于科学地进行投资组合的投资者将购买这部分证券，并抬高其价格，其最后的收益率只反映不能分散的风险。因此，证券投资组合的风险是指投资者因承担不可分散风险而要求的、超过时间价值的那部分额外收益。其计算公式如下：

$$R_p = \beta_p \times (K_M - R_F) \tag{6.26}$$

式中：R_p——证券组合的风险收益率；

$\quad\quad \beta_p$——证券组合的 β 系数；

$\quad\quad K_M$——所有证券的平均收益率，即市场收益率；

$\quad\quad R_F$——无风险收益率。

【例 6-16】 某企业持有甲、乙、丙、丁四种股票构成的证券投资，它们的 β 系数分别是 2.0、1.2、1.5 和 0.8，它们在证券组合中的比重分别是 50%、20%、20% 和 10%，股票的平均市场收益率为 15%，无风险收益率为 8%，试确定该证券组合的风险收益率。

解：（1）计算该证券组合的 β 系数。

$$\beta_p = \sum_{i=1}^{n} w_i \beta_i = 50\% \times 2 + 20\% \times 1.2 + 20\% \times 1.5 + 10\% \times 0.8 = 1.62$$

（2）计算该证券组合的风险收益率

$$R_p = \beta_p \times (K_M - R_F) = 1.62 \times (15\% - 8\%) = 11.34\%$$

一旦计算出风险收益率后，便可根据投资额和风险收益率计算出风险收益的数额。从以上计算中可以看出，在其他因素不变的情况下，风险收益取决于证券组合的 β 系数，β 系数越大，风险收益越大，反之亦然。

（三）证券投资组合的收益率

证券投资组合的收益率是指在风险条件下进行证券投资组合而获得的收益率。投资收益率与风险的关系可以用资本资产定价模型进行描述，该模型认为投资项目所要求的收益率由无风险收益率和风险收益率两部分组成，具体可描述如下：

$$R = R_F + \beta(R_m - R_F) \tag{6.27}$$

式中：R——某证券或某证券投资组合的必要报酬率；

$\quad\quad R_F$——无风险收益率；

$\quad\quad \beta$——该证券或该投资组合的 β 系数；

$\quad\quad R_m$——市场组合的平均收益率；

$\quad\quad R_m - R_F$——市场风险收益率。

从资本资产定价模型可以看到，某证券或某投资组合的必要收益率受到无风险收益率、市场组合的平均收益率和 β 系数三个因素的影响。由于在同一时期和同一市场，R_F 和 R_m 是一个稳定的值，此时，某证券投资组合的必要收益率就取决于 β 系数，其风险收益率与 β 系数成正比例关系。

【例 6 - 17】 某公司股票的 β 系数为 1.8，现行国库券的利率为 7%，市场上所有股票平均收益率为 18%。则该公司股票的收益率为：

$$R = R_F + \beta(R_m - R_F) = 6\% + 1.8 \times (18\% - 6\%) = 27.6\%$$

从例 6 - 17 中可以看到，证券投资组合必要报酬率与系统风险之间呈线性关系，这一关系可用图 6 - 2 表示，横坐标为 β 系数值，纵坐标为证券投资的必要报酬率，直线截距为无风险收益率。

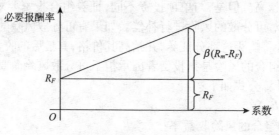

图 6 - 2 资本资产定价模型

由图 6 - 2 中可以清楚地看到：

(1)如果投资于无风险证券，如国库券，则证券的 β 系数为零，市场风险投资回报率为无风险收益率；

(2)市场投资组合的 β 系数值为 1，其投资收益率包括了无风险收益率和市场风险收益率；

(3)构成证券投资组合必要收益率的部分——风险收益率与 β 系数成正比例关系，其系数为($R_m - R_F$)，即市场组合的风险收益率；

(4)证券的 β 系数值的大小决定了其必要收益率的高低，β 系数值越大，其系统风险越大，要求的必要收益率也越高。

【名词解释】

证券：证券是指用以证明或设定权利所做成的书面凭证，它表明证券持有人或第三者有权取得该证券所拥有的特定权益。

债券投资：债券投资是指投资者购买债券以取得资金收益的一种投资活动。

股票投资：股票投资是指投资者将资金投向股票，通过股票的买卖和收取股利以获得收益的投资行为。

基金投资：基金投资是指投资者通过购买投资基金股份或收益凭证来获取收益的投资方式。

期货投资：期货投资是指投资者通过买卖期货合约，躲避价格风险或赚取利润的一种投资方式。

证券组合投资：证券组合投资是指企业将资金同时投资于多种证券，是企业等法人单位进行证券投资时常用的投资方式。

债券价值：又称债券的内在价值，它是指债券未来现金流入的现值。

股票内在价值：股票内在价值是指其预期的未来现金流入的现值。

股票市盈率：股票市盈率是指股票市价与每股收益之比，表示股价是每股收益的几倍。

基金单位净值：基金单位净值又称单位净资产值或单位资产净值，是指某一时点每一基金单位(或基金股份)所具有的市场价值。

　　证券投资风险:证券投资风险是指投资者在证券投资过程中遭受损失或达不到预期收益的可能性。

　　系统性风险:系统性风险是指引起市场上所有证券的投资收益发生变动并带来损失的可能性的风险。

　　非系统性风险:非系统性风险又叫可分散型风险或公司特别风险,是指仅引起单项证券投资的收益发生变动并带来损失的可能性的风险。

【课后复习题】

(一)思考题

1. 什么是证券和证券投资?

2. 证券可分为哪几类?

3. 试述证券投资的目的。

4. 什么是债券的内在价值? 它与债券的购买价格是一回事吗?

5. 什么是股票内在价值和股票价格?

(二)单项选择题

1. 证券投资者购买证券时,可以接受的最高价格是( )。

A. 出卖价格　　　　　B. 到期价格　　　　　C. 投资价值　　　　　D. 票面价值

2. 投资者在进行单一证券投资选择时,首选证券是( )。

A. 相对收益较相对风险小的证券　　　　　B. 风险低的证券

C. 期望收益率高的证券　　　　　D. 相对收益相对风险大的证券

3. 降低投资风险组合的有效途径是( )。

A. 选择不同的证券加以组合　　　　　B. 选择互斥项目的组合

C. 选择收益正相关的证券加以组合　　　　　D. 选择收益负相关的证券加以组合

4. 某投资人持有国库券,面值为 1 000 元,剩余年限为 6 年,购买价格为 1 200 元,票面利率为 15% ,票面期限为 8 年,到期一次还本付息,则此债券到期收益率为( )。

A. 16. 75%　　　　　B. 9. 72%　　　　　C. 12. 5%　　　　　D. 10. 7%

5. 现某一公司欲投资购买甲股票,期限为 2 年,该股票预计年股利额为 10 元/股,两年后市价可望涨到 30 元/股,企业的最低报酬率为 10% ,则该股票投资价值应为( )。

A. 42. 15 元/股　　　　　B. 40. 27 元/股

C. 33. 88 元/股　　　　　D. 54. 69 元/股

6. 一般来说,证券的出售风险与( )相联系。

A. 暂时性违约行为　　　　　B. 市价的猛涨

C. 市价的猛跌　　　　　D. 投资者的购买风险

7. 在发生经营风险的情况下( )。

A. 债券投资的风险大于股票投资的风险

B. 股票投资的安全性大于债券投资的安全性

C. 股票投资的风险小于债券投资的风险

D. 以上说法都不对

8. 下面不属于证券市场风险的是( )。

A. 政局动荡带来的风险　　　　　B. 利率风险

C. 经营风险　　　　　D. 通货膨胀风险

9. 利率变化对证券收益的影响,主要反映在( )上。

A. 资本利得

B. 投资报酬

C. 资本利得和投资报酬

D. 既可能反映在资本利得也可能反映在投资报酬

10. 变异系数就是( )。

A. 标准离差   B. 标准收益离差   C. 标准离差率   D. 综合 β 系数

（三）多项选择题

1. 投资组合能分散和弱化风险意味着( )。

A. 投资组合能消除系统风险   B. 投资组合能消除非系统风险

C. 投资组合能产生风险吸纳效应   D. 投资组合能产生收益释放效应

2. 若按年支付利息,则决定债券投资的年名义到期收益率高低的因素有( )。

A. 债券面值   B. 票面年利率   C. 购买价值   D. 偿还年限

3. 证券投资收益包括( )。

A. 资本利得   B. 债券利息   C. 股息   D. 租息

4. 证券发行企业的经营风险包括( )。

A. 发行企业破产风险   B. 通货膨胀风险

C. 发行企业经营亏损风险   D. 发行企业盈利下降风险

5. 当 A、B 股票组合在一起时,则( )。

A. 可能适当分散风险

B. 能分散掉一部分风险

C. 可能分散风险

D. 当这种股票定额相关时可分散掉全部非系统风险

6. 证券投资风险是指( )。

A. 投资者在证券投资过程中遭受损失的必然性

B. 投资者在证券投资过程中达不到预期收益的可能性

C. 投资者在证券投资过程中遭受损失的可能性

D. 投资者在证券投资过程中无法获得高额报酬的可能性

7. 来自主证券发生主体风险不包括( )。

A. 证券发生企业经营亏损风险   B. 违约风险

C. 利率风险   D. 通货膨胀风险

8. 哪些风险最终都会通过对投资者的收益稳定性的影响来体现( )。

A. 违约风险   B. 经营风险   C. 通货膨胀风险   D. 利率风险

9. 下面关于 β 系数的表述中正确的是( )。

A. 股票的 β 系数小,则风险小

B. 若某股票的 β 系数等于 0,则无风险

C. 若某股票的 β 系数等于 1,则其风险与整个市场的平均风险相同

D. 若股票的 β 系数等于 2,则其风险是整个市场的平均风险的 2 倍

10. 按照投资的风险分散理论,以等量资金投资于 A、B 两项目( )。

A. 若 A、B 项目完全负相关,组合后的风险完全抵销

B. 若 A、B 项目完全正相关,组合后的风险完全抵销

C. 若 A、B 项目完全正相关,组合后的风险不扩大也不减少

D. 若 A、B 项目的投资组合可以降低风险,但实际上难以完全消除风险

(四)判断题

1. 企业债券的真实收益率通常低于名义收益率。( )

2. 风险对投资行为的约束,不会带来较高收益。( )

3. 国库券利率是固定的,并且没有违约风险,因而也没有利率风险。( )

4. 在证券市场上,一般不存在投酬率很高,但风险很小的投资机会。( )

5. 债券的价格会随着市场的利率变化而变化,当市场利率上升时,债券价格下降,当市场利率下降时,债券价格上升。( )

6. 若某种股票为固定成长股票,成长率5%,预期一年后的股利为6元,现行国库券的收益率为10%,市场平均收益率为15.83%。而该股票的 β 系数为1.2,则该种股票价值为50元。( )

7. 当风险系数小于0时,表明投资无风险,期望收益率等于市场平均收益率。( )

8. 一般而言,银行利率下降,证券价格下降,银行利率上升,证券价格上升。( )

9. 任何证券都可能存在违约风险。( )

10. 无论何种证券,都会存在利率风险。( )

(五)计算分析题

1. 某公司于1994年7月1日购买了一张面额为5 000元的公司债券,其票面利率为10%,每年7月1日计算并支付一次利息。该债券于6年后的6月30日到期。试计算在市场利率为8%、10%、12%三种情况下债券的价值。

(1)若当前该债券溢价发行的价格为5 250元,计算该债券的到期收益率。

(2)若当前该债券折价发行的价格为4 750元,计算该债券的到期收益率。

(3)若当前该债券平价发行,计算该债券的到期收益率。

2. 某公司的投资组合中有七种股票,所占比例分别为30%、20%、20%、10%、10%、5%、和5%;其 β 系数分别为0.9、0.9、1、1.2、1.5、2 和2.1;已知平均风险股票的必要收益率为11%,无风险收益率为6%。

要求:求该投资组合的预计收益率、综合 β 系数。

3. 某公司1996年3月1日以平价购买一张面额为3 000元的债券,其票面利率为8%,每年3月1日计算并支付利息,并于五年后的2月28日到期,该公司打算一直持有该债券到期日。

要求:(1)计算到期收益率

(2)若以3 415元的价格溢价购入该债券,则债券的到期收益率是多少?

(3)若以2 500元的价格折价购入该债券,则债券的到期收益率为多少?

4. A、B、C 公司持有甲、乙、丙三种股票构成的证券组合,它们的 β 系数分别为2.0、1.3 和0.7,它们投资额分别为60万元、30万元和10万元。股票的市场平均报酬率为12%,无风险报酬率为7%。

要求:(1)确定这种证券组合的预期报酬率

(2)若 A、B、C 公司为降低风险和风险报酬,售出部分甲股票,买进部分丙股票,使甲、乙、丙三种股票在证券组合中的投资额分别为10万元、30万元和60万元,其余条件不变,试计算此时的风险报酬率和预期报酬率。

5. 某铁矿由于前期开采过量,矿藏正逐渐枯竭,导致矿山公司收益和股利以每年20%的比率减少,若该铁矿上年支付的股利为20元/股,投资要求的最低收益率为15%,那么该矿股票售价为多少时,投资人才会考虑购买。

◼第七章◼

营运资金管理

通过本章学习应掌握营运资金的含义、最佳货币资金持有量的预测方法、应收账款信用条件的评价方法及经济订货批量的基本模型;理解营运资金政策、存货 ABC 分类法;熟悉信用政策的制定和货币资金的日常控制方法。

【重点难点】

重点:最佳货币资金持有量的确定;信用政策的制定。

难点:信用标准的确立;存货控制的方法。

第一节 营运资金管理概述

一个企业要维持正常的运转就必须要拥有适量的营运资金,因此,营运资金管理是企业财务管理的重要组成部分。营运资金的管理既包括流动资产的管理,也包括流动负债的管理。

一、营运资金的概念

营运资金是指企业在生产经营活动中占用在流动资产上的资金。营运资金有广义和狭义之分,广义的营运资金又称营运资金总额,是指一个企业流动资产的总额;狭义的营运资金又称营运资金净额,是指流动资产减去流动负债后的余额。企业理财更关注营运资金净额。

使用"营运资金"这一概念,是因为在企业的流动资产中,来源于流动负债的部分由于面临债权人的短期索求权,而无法供企业在较长期限内自由运用。只有扣除短期负债之后的剩余流动资产,即营运资金,才能为企业提供一个宽裕的自由使用期间。

营运资金是流动资产的一个有机组成部分,因其具有较强的流动性而成为企业日常生产经营活动的润滑剂和衡量企业短期偿债能力的重要指标。在客观上存在现金流入量和流出量不同步和不确定的现实情况下,企业持有一定量的营运资金是十分重要的。

二、营运资金的特点

营运资金的特点体现在流动资产和流动负债的特点上。

(一)流动资产的特点

流动资产投资,又称经营性投资,与固定资产投资相比,具有如下特点。

1. 投资回收期短。投资于流动资产的资金一般在一年或一个营业周期内收回,对企业影响的时间比较短。

2. 流动性强。流动资产相对于固定资产等长期资产来说比较容易变现,这对于财务上满足临时性资金需求具有重要意义。

3. 具有并存性。流动资产在循环周转过程中,各种不同形态的流动资产在空间上同时并存,在时间上依次继起。因此,合理地配置流动资产各项目的比例,是保证流动资产得以顺利周转的必要条件。

4. 具有波动性。流动资产容易受到企业内外环境的影响,其资金占用量的波动往往很大,财务人员应有效地预测和控制这种波动,以防止其影响企业正常的生产经营活动。

(二)流动负债的特点

与长期负债相比,流动负债筹资具有如下特点。

1. 速度快。申请短期借款往往比申请长期借款更容易、更便捷,通常在较短时间内便可获得。

2. 弹性大。与长期债务相比,短期贷款给债务人更大的灵活性。

3. 成本低。在正常情况下,短期负债筹资所发生的利息支出低于长期负债筹资的利息支出。

4. 风险大。尽管短期债务的成本低于长期债务,但其风险却高于长期债务。

(三)营运资金的特点

流动资产及流动负债的特点决定了营运资金具有如下特点。

1. 周转的短期性。企业占用于流动资产上的资金通常会在一年或一个营业周期内收回,对企业的影响较小,因此营运资金一般可以通过商业信用、短期银行借款等短期筹资方式解决。

2. 实物形态的易变现性。即在意外情况下可以迅速变卖解决企业的财务困难。营运资金一般具有较强的变现能力,流动资产中的货币资金本身就是随时可支用的财务来源,具有百分之百的变现能力。其他流动资产,如交易性金融资产、应收票据和应收账款等变现能力比较强。一旦企业出现资金周转不良、现金短缺等情形,可迅速变卖这些资产换取现金。这对于财务上满足临时性资金需要具有重要意义。

3. 占有数量的波动性。营运资金的数量并非一个常数,其占用量随企业内外条件的变化而导致的供产销的变化而变化,季节性企业如此,非季节性企业也如此。随着流动资金数量的变动,流动负债的数量也相应发生变动。

4. 实物形态的多样性。流动资金每次循环都要经过采购、生产、销售过程,并表现为库存现金、原材料、在产品、产成品、应收账款等多种形态。所以流通资金管理时应合理配置各项流动资产的资金数额。

5. 来源的灵活性。商业信用、银行短期借款、短期债券、应交税金、应付工资、票据贴现等都是筹集营运资金的渠道。

6. 获利能力相对较弱,投资风险相对较小。流动资产一般被认为是企业生产经营过程中的垫支性资产,并不直接创造价值,但又是价值创造中不可或缺的要素,获利能力较小。

三、营运资金的管理原则

企业的营运资金在全部资金中占有相当大的比重,而且周转期短,形态易变,所以是企业财务管理工作的一项重要内容。实证研究表明,财务经理通常将60%的时间致力于营运资金的管理。企业进行营运资金管理,必须遵循以下原则。

1. 认真分析生产经营状况,合理确定营运资金的需要量。企业营运资金的需要数量与企业生产经营活动有直接关系,当企业产销两旺时,流动资产会不断增加,流动负债也会相应增加;而当企业产销量不断减少时,流动资产和流动负债也会相应减少。

2. 在保证生产经营需要的前提下,节约使用资金。在营运资金管理中,必须正确处理保证生产经营需要和节约合理使用资金两者之间的关系。要在保证生产经营需要的前提下,遵守勤俭节约的原则,挖掘资金潜力,精打细算地使用资金。

3. 加速营运资金周转,提高资金的利用效果。营运资金周转是指企业的营运资金从现金投入到生产经营开始,到最终转化为现金的过程。在其他因素不变的情况下,加快营运资金的周转,也就相应地提高了资金的利用效果。因此,企业要千方百计地加速存货、应收账款等流动资产的周转,以便用有限的资金取得理想的经济效益。

4. 合理安排流动资金与流动负债,保证企业的短期偿债能力。流动资产、流动负债以及两者之间的关系能较好地反映企业的短期偿债能力。流动负债是在短期内需要偿还的债务,而流动资产则是在短期内可以转化为现金的资产。因此,如果一个企业的流动资产比较多,流动负债比较少,说明企业的短期偿债能力较强;反之,则说明短期偿债能力较弱。但如果企业的流动资产太多,流动负债太少,也不是正常现象,这可能是因为流动资产闲置利用不足所致。

四、营运资金政策

对营运资金进行有效管理就要对营运资金政策进行剖析,营运资金政策主要包括营运资金持有政策和营运资金筹资政策。它们分别解决如何确定营运资金持有量和如何筹集营运资金两方面的问题。

(一)营运资金持有政策

流动资产随企业业务量的变化而变化,业务量越大,其所需的流动资产越多,但它们之间并非呈线性关系。由于规模经济、使用效率等方面的原因,流动资产以递增的比率随业务量增长。这就产生了如何把握流动资产投资量的问题。

营运资金持有量的高低,影响企业的收益和风险。较高的营运资金持有量,意味着在固定资产、流动负债和业务量一定的情况下流动资产金额较高,即企业拥有较多的货币资金、有价证券、应收账款和存货等资产,可以使企业有较大把握按时支付到期债务,及时供应材料和向客户提供产品与服务,从而保证生产经营活动平稳有序地进行,风险较小。但由于流动资产的收益性一般低于长期资产,较高的流动资产比重会降低企业的收益率。而较低的营运资金持有量带来的后果正好相反。因为,较低的流动资产比重会使企业的收益率较高,较少的货币资金、有价证券、应收账款和较低的存货资产会降低企业的偿债能力和采购支付能力,从而造成信用损失,导致原材料供应中断或阻塞,同时还可能由于不能准时向购买方供货而失去客户,在一定程度上加大了企业的风险。

从以上分析可知,营运资金持有量的确定,就是在收益和风险之间进行权衡的结果。在企业资产规模既定条件下,依据营运资金占营业额比重的高低,可以将营运资金的持有政策分为三类。

1. 宽松的营运资金持有政策。营运资金的持有量较高,收益低,风险小。

2. 紧缩的营运资金持有政策。营运资金的持有量较低,收益高,风险大。

3. 适中的营运资金持有政策。营运资金的持有量不过高也不过低,货币资金恰好应付支付的需要,存货足够满足生产和销售所用。除非利息高于资本成本,企业一般不保留有价证券。

上述三种营运资金持有政策如图 7 - 1 所示。

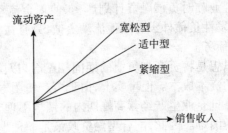

图 7 - 1 可供选择的营运资金持有政策

从理论上讲,适中的营运资金政策比较符合当今财务管理的总体目标——企业价值最大化。然而,由于营运资金的占用水平是由企业的销售规模、存货与应收账款的周转速度等多种因素共同作用的结果,因此在理财实务中很难对适中的营运资金持有政策中的营运资金持有量加以量化。

技术进步等因素也可以导致最优的营运资金持有量发生变化,例如零售巨头沃尔玛,及时应用先进的信息采集技术,在收银机上安装可以通过读取商品条形码来获知商品信息的系统,使每一条销售信息都可以及时传递给那些记录商品存货信息的计算机,每当存货低于规定的水平时,计算机就会自动地向供应商的计算机发送订单,这个程序降低了为了防止存货缺货而建立"安全存货"的需要,从而降低了实现最优营运资金持有量和赢利最大化所需的库存水平。

(二)营运资金的融资政策

企业的融资需求可分为长期性资金需求和短期性资金需求两部分。前者是指固定资产和流动资产中的长期性(稳定)部分上所占用的资金,具有固定性;而后者是指在营运资金中临时性、短期部分上所占用的资金,这部分资金需求在数量上波动很大。企业需要确定用来支持流动资产的资金有多少来自流动负债,以及需要多少长期资本来支持流动负债不足的部分。从营运资金与长、短期资金来源的配比关系,依其风险与收益的不同,主要有三种可供选择的营运资金政策类型,即配合型融资政策、激进型融资政策和稳健型融资政策。

1. 配合型融资政策。配合型融资政策的特点是:对于临时性流动资产,运用临时性负债筹资资金满足其资金需要;对于永久性流动资产和固定资产(统称为永久性资产,下同),运用长期负债、自发性负债和权益资本筹集资金满足其资金需要。配合型融资政策如图 7 - 2 所示。

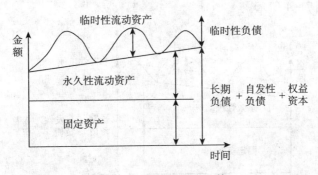

图 7 - 2 配合型融资政策

配合型融资政策要求企业临时负债融资计划严密,使现金流动与预期安排相一致。在季节性低谷时,企业应当除自发性负债外没有其他流动负债,只有在临时性流动资产的需求高峰期,企业才举借各种临时性债务。

这种融资思路的基本思想是将资产与负债的期间相配合,以降低企业不能偿还到期债务的风险和尽可能降低债务的资本成本。但事实上,由于资产使用寿命的不确定性,往往做不到资产与负债的完全配合。一旦企业生产经营高峰期内的销售不理想,未能取得销售现金收入,便会发生偿还临时性负债的困难。因此,配合型融资政策是一种理想的、对企业有着较高资金使用要求的营运资金融资政策。

2. 激进型融资政策。激进型融资政策的特点是:临时性负债不但融通临时性流动资产的资金需要,还要解决部分永久性资产的资金需要。该融资政策如图 7 - 3 所示。

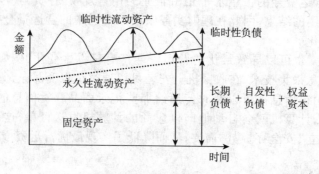

图 7 - 3　激进型融资政策

从图 7-3 可以看出,在激进型融资政策下,临时性负债在企业全部资金来源中所占比重大于配合型融资政策。由于临时性负债的资本成本一般低于长期负债和权益资本的资本成本,而激进型融资政策下临时性负债所占比重较大,所以该政策下企业的资本成本较低。但另一方面,为了满足永久性资产的长期资金需要,企业必然要在临时性负债到期后重新举债或申请债务展期,这样企业便会更不经常地举债和还债,从而加大筹资难度和风险,还可能面临由于短期负债利率的变动而增加企业资本成本的风险。所以激进型融资政策是一种收益性和风险性均较高的营运资金融资政策。

3. 稳健型融资政策。稳健型融资政策的特点是:临时性负债只融通部分临时性流动资产的资金需要,另一部分临时性流动资产和永久性资产,则由长期负债、自发性负债和权益资本作为资金来源,如图 7-4 所示。

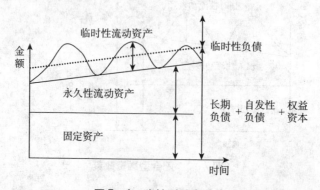

图 7 - 4　稳健型融资政策

从图7-4可以看到，与配合型融资政策相比，稳健型融资政策下临时性负债占企业全部资金来源的比例较小。企业所有的固定资产、永久性的流动资产和一部分临时性的流动资产用非流动负债和所有者权益来筹资，只有一部分临时性的流动资产由短期借款筹集。这种筹资政策使得企业营运资金加大，短期偿债风险下降，有利于保持财务结构的稳定性，但是，长期资金的增加无疑会增加企业的资金成本。在此政策下，由于临时性负债所占比重较小，所以企业无法偿还到期债务的风险较低，同时蒙受短期利率变动损失的风险也较低。然而，另一方面，却会因长期负债资本成本高于临时性负债的资本成本，以及经营淡季时仍需负担长期负债利息，从面降低企业的收益。所以，稳健型融资政策是一种风险性和收益性均较低的营运资金融资政策。

总而言之，不同的筹资政策对企业营运资金的变化的影响是不一样的，企业选择何种筹资政策，关键在于其管理者对风险的态度。

第二节　货币资金管理

货币资金是指生产过程中暂时停留在货币形态的资金，包括库存现金、银行存款和其他货币资金等。货币资金是变现能力最强的非营利性资产，即使是银行存款，其利率也非常低。货币资金持有量过多，它所提供的流动性边际效益便会随之下降，进而导致企业的收益水平降低。因此，货币资金管理的过程就是在货币资金的流动性与收益性之间进行权衡选择的过程，其目的是在保证企业经营活动货币资金需要的同时，降低企业闲置的货币资金数量，提高资金收益率。

一、持有货币资金的动机和成本

为了了解货币资金管理的目的，首先必须了解企业持有货币资金的动机和成本。

（一）持有货币资金的动机

企业持有一定数量的货币资金，主要基于以下三方面的动机。

1. 交易动机。交易动机，即企业在正常生产经营秩序下应当保持一定的现金支付能力。企业为了组织日常生产经营活动，必须保持一定数额的货币资金余额，用于购买原材料、支付工资、偿付到期债务、派发现金股利等。一般来说，企业为满足交易动机所持有的货币资金余额主要取决于企业的销售水平。企业销售扩大，销售额增加，所需现金余额也随之增加。

2. 预防动机。预防动机，即企业为应付紧急情况而需要保持的货币资金数额。由于市场行情的瞬息万变和其他各种不测因素的存在，企业通常难以对未来现金流入量与流出量作出准确的估计和预期。一旦企业对未来现金流量的预期与实际情况发生偏离，必会对企业的正常经营秩序产生极为不利的影响。因此，在正常业务活动货币资金需要量的基础上，追加一定数量的现金余额以应付未来现金流入和流出的随机波动，是企业在确定必要货币资金持有量时应当考虑的因素。企业为应付紧急情况所持有的货币资金余额主要取决于以下三方面：一是企业愿意承担风险的程度；二是企业临时举债能力的强弱；三是企业对现金流量预测的可靠程度。

3. 投机动机。投机动机，即企业为了抓住各种瞬息即逝的市场机会，获得较大的利益而准备的现金余额。如趁股票市价大幅下跌购入股票，以期在股票价格反弹时卖出股票获取价差收入等。投机动机只是企业确定现金余额时所需考虑的次要因素之一，其持有量的大小往往与企业在金融市场的投资机会及企业对待风险的态度有关。

企业除以上三种因素持有货币资金外，也会基于满足将来某一特定要求或者为在银行维持补偿性余额等其他原因而持有货币资金。企业在确定货币资金余额时,一般应综合考虑各方面的持有动机,特别是交易动机和预防动机的要求。但要注意的是,由于各种动机所需的货币资金可以调节使用,企业持有的货币资金总额并不等于各种动机所需货币资金余额的简单相加,前者通常小于后者。

(二)货币资金的成本

企业持有货币资金的成本,通常由以下三部分组成。

1. 持有成本。货币资金持有成本,是指企业因保留一定货币资金余额而增加的管理费及丧失的再投资收益。其中前者主要是由于对该项货币资金余额进行管理而增加的支出,如管理人员工资与安全措施费用等;后者是由于企业不能同时用该项货币资金进行有价证券投资所产生的机会成本。管理费用具有固定成本的性质,它在一定范围内与货币资金持有量的多少关系不大,属于决策无关成本;而放弃的投资收益即机会成本则属于变动成本,它与货币资金持有的额度关系密切,它与货币资金持有量成正比例关系。即货币资金持有量越大,机会成本越高,反之越小,因此,它属于决策相关成本。

2. 转换成本。转换成本,是企业用货币资金购入有价证券以及转让有价证券换取货币资金时付出的交易费用,即货币资金同有价证券之间相互转换的成本,如委托买卖佣金、委托手续费、证券过户费、实物交割手续费等。严格地讲,转换成本并不属于固定费用,有的具有变动成本的性质,如委托佣金或手续费,这些费用通常是按照委托成交金额计算的。因此,在有价证券总额一定的条件下,无论变现次数如何变动,所支付的委托佣金总额是相等的。

3. 短缺成本。货币资金的短缺成本,是指因货币资金持有量不足而又无法及时通过有价证券变换加以补充而给企业造成的损失,包括直接损失和间接损失。如丧失购买能力成本、信用损失成本等。货币资金短缺成本与货币资金持有量呈反方向变动关系,即货币资金持有量越大,短缺成本越低。

二、货币资金管理的内容

货币资金管理的根本目标是在确保企业高效、高质地开展经营活动的情况下,尽可能地保持最低的货币资金持有量。货币资金管理主要包括四项内容:一是确定货币资金管理目标;二是编制货币资金预算(该部分内容在第九章介绍);三是确定最佳货币资金余额;四是做好日常货币资金收支管理工作。

(一)货币资金管理目标

作为变现能力最强的资产,货币资金是满足正常经营开支、清偿债务本息、履行纳税义务的重要保证。因此,企业能否保持足够的货币资金余额,对于降低或避免经营风险与财务风险具有十分重要的意义。但同时货币资金又是一种非营利性资产,持有量过多,势必给企业造成较大的机会损失,降低整体资产的获利能力。因此,如何在货币资金的流动性与收益性之间作出合理的选择,即在保证企业高效、高质地开展经营活动的情况下,尽可能地保持最低的货币资金持有量是货币资金管理的目标。

(二)最佳货币资金持有量的确定

编制货币资金预算可以把握企业未来现金流入和流出的数量关系与期限结构,从而了解货币资金收支缺,以便事先做出相应的财务安排,但货币资金预算的编制却无法明示企业在预算期内应持有多少货币资金,即最佳货币资金持有量的确定。

确定最佳货币资金持有量常见模式有四种:货币资金周转模式、成本分析模式、存货模式和随机模式。考虑到它们的实用性和可操作性,下面重点介绍前面三种模式。

1. 货币资金周转模式。货币资金周转模式是通过货币资金周转天数确定最佳货币资金持有量的一种方法。所谓货币资金周转天数是指从货币资金投入生产经营开始,到产成品出售收回货币资金的时间。它的长短取决于存货周转天数、应收账款周转天数及应付账款周转天数,它们之间的关系如图7-4所示。

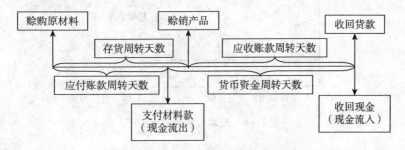

图7-5 货币资金周转天数示意图

根据图7-5所示,货币资金周转天数可按以下计算公式:

货币资金周转天数 = 存货周转天数 + 应收账款周转天数 - 应付账款周转天数　　　　(7.1)

货币资金周转天数确定后,便可确定最佳货币资金持有量。其计算公式如下:

最佳货币资金持有量 = 日货币资金需求量 × 货币资金周转天数　　　　(7.2)

日货币资金需求量 = 年货币资金需求量 ÷ 360(天)　　　　(7.3)

从上述公式可以看出,在企业的货币资金需要量一定的条件下,企业可以通过采取措施加速资金周转,减少货币资金周转天数,以降低企业的货币资金持有量,进而减少货币资金占用,提高企业的资金利用效率。

【例7-1】　某企业预计明年的存货周转天数为100天,应收账款周转天数为70天,应付账款天数为60天,企业全年的货币资金需要量为1 800万元。求该企业的最佳货币资金持有量。

解:该企业最佳货币资金持有量的计算过程如下:

货币资金周转天数 = 100 + 70 - 60 = 110(天)

日货币资金需求量 = 1 800 ÷ 360 = 5(万元)

最佳货币资金持有量 = 50 000 × 110 = 550(万元)

货币资金周转模式简单明了、易于操作。但在使用时应注意以下两个前提。

(1)企业的生产经营要持续稳定,现金支出均匀稳定,不确定因素少,保证未来年度的货币资金总需求量可以根据产销计划比较准确地预计;

(2)未来年度与历史年度的周转效率基本一致或其变化率可以预计,企业可以根据往年的历史资料较为准确地测算货币资金周转天数。

如果上述前提条件不能满足,最佳货币资金持有量计算的准确性必然会受到影响。

2. 成本分析模式。成本分析模式是根据货币资金有关成本、分析预测其总成本最低时货币资金持有量的一种方法。运用成本分析模式确定货币资金最佳持有量,只考虑因持有一定量的货币资金而产生的机会成本及短缺成本,而不予考虑管理费用和转换成本。机会成本即因持有货币资金而丧失的再投资收益,与货币资金持有量成正比例变动关系,用公式表示即:

机会成本 = 平均货币资金持有量 × 有价证券年利率(或报酬率)　　　　(7.4)

短缺成本与货币资金持有量成反向变动关系。货币资金的成本与其持有量之间的关系如图7－6所示。

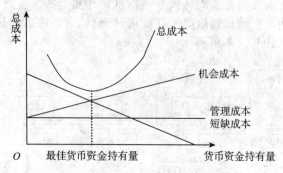

图7－6　成本分析模式示意图

从图7－6可以看出，由于各项成本同货币资金持有量的变动关系不同，使得总成本曲线呈抛物线形，抛物线的最低点，即为成本最低点，该点所对应的货币资金持有量便是最佳货币资金持有量，此时总成本最低。

实际工作中运用成本分析模式确定最佳货币资金持有量的步骤是：(1)根据不同货币资金持有量测算并确定有关的成本数据；(2)按照不同货币资金持有量及其有关成本资料编制最佳货币资金持有量测算表；(3)在测算表中找出总成本最低时的货币资金持有量，即最佳货币资金持有量。在这种模式下，最佳货币资金持有量，就是持有货币资金而产生的机会成本与短缺成本之和最小时的货币资金持有量。

【例7－2】　某企业现有A、B、C三种货币资金持有方案，有关成本资料如表7－1所示。

表7－1　货币资金持有量备选方案表

项　目	A	B	C
平均货币资金持有量	400 000	300 000	200 000
机会成本	10%	10%	10%
短缺成本	8 000	10 000	25 000

根据表7－1，可采用成本分析模式编制该企业最佳货币资金持有量测算表，如表7－2所示。

表7－2　最佳货币资金持有量测算表

方　案	货币资金持有量	机会成本	短缺成本	相关总成本
A	400 000	40 000	8 000	48 000
B	300 000	30 000	10 000	40 000
C	200 000	20 000	25 000	45 000

通过分析比较上表中各方案的总成本可知，B方案的相关总成本最低，因此企业平均持有40 000元的货币资金时，各方面的总代价最低，相关总成本为40 000元。

3. 存货模式。存货模式，是将存货经济订货批量模型原理用于确定目标货币资金持有量，其着眼点也是货币资金相关成本之和最低。

运用存货模式确定最佳货币资金持有量时,是以下列假设为前提的。

(1)企业预算期内货币需要总量可以预测;

(2)企业所需要的货币资金可通过证券变现取得,且证券变现的不确定性很小;

(3)货币资金的支出过程比较稳定、流动较小,而且每当货币资金余额降至零时,均通过部分证券变现得以补足;

(4)证券的利率或报酬率以及每次固定性交易费用可以获悉。

利用存货模式计算货币资金持有量时,由于货币资金短缺时可以通过有价证券转换补充,对短缺成本不必考虑,只对机会成本和固定性转换成本予以考虑。二者与货币资金持有量的关系为:在货币资金需求总量一定的前提下,货币资金持有量越大,机会成本就越大,但由于证券转换次数减少,转换成本就越小。反之,减少货币资金持有量,尽管可以降低持有货币资金的机会成本,但转换成本会随着证券转换次数的增加而相应增加,转换成本和机会成本与货币资金持有量之间的反方向变动趋势要求企业对货币资金与有价证券的分配比例进行合理安排,从而使机会成本与转换成本保持最低的组合水平。因此,能够使持有货币资金的机会成本与固定性转换成本之和保持最低的货币资金持有量,即为最佳货币资金持有量。

设 T 为一个周期内的货币资金总需求量;F 为每次转换有价证券的固定成本;Q 为最佳货币资金持有量(每次变现的数量);K 为有价证券年利率(机会成本);TC 为货币资金管理相关总成本。则:

货币资金管理相关总成本 = 持有机会成本 + 固定性转换成本

即:$TC = (Q/2) \times K + (T/Q) \times F$ (7.5)

货币资金管理相关总成本与持有机会成本、固定性转换成本的关系,如图7-7所示。

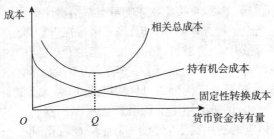

图7-7 存货模式示意图

从图7-7可以看出,货币资金管理的相关总成本与其持有量呈凹形曲线关系。持有货币资金的机会成本与证券变现的交易成本相等时,相关总成本最低,此时的货币资金持有量为最佳货币资金持有量,即:

$$Q = \sqrt{\frac{2TF}{K}}$$ (7.6)

将上式代入总成本公式得最低货币资金管理相关总成本为:$TC = \sqrt{2TFK}$

【例7-3】 某企业货币资金收支状况比较稳定,预计全年(按360天计算)需要货币资金400万元,货币资金与有价证券的转换成本为每次400元,有价证券的年利率为8%,则:

最佳货币资金持有量(Q) $= \sqrt{\dfrac{2 \times 40\,000\,000 \times 400}{8\%}} = 200\,000(元)$

最低货币资金管理相关总成本 $(TC) = \sqrt{2 \times 4\,000\,000 \times 400 \times 8\%} = 16\,000(元)$

其中:有价证券交易次数 $= 4\,000\,000/200\,000 = 20(次)$

有价证券交易间隔期 $= 360 \div 20 = 18(天)$

转换成本 $= (4\,000\,000 \div 200\,000) \times 400 = 8\,000(元)$

持有机会成本 $= (200\,000 \div 2) \times 8\% = 8\,000(元)$

(三)货币资金日常收支管理

货币资金管理目标表明,企业不仅要保证有充足的货币资金支付能力,还要大大降低其占用额,提高货币资金的使用效率,主要途径有两个:一是尽量加速收款;二是严格控制货币资金支出。

1. 加速收款。加速收款主要是尽可能缩短从客户汇款或开出支票到企业收到客户汇款或将其支票兑现的过程。企业应根据成本与收益比较原则选用适当方法加速账款的收回。

货币资金回收主要采用的方法有邮政信箱法和银行业务集中法两种。

(1)邮政信箱法,又称锁箱法,是西方企业加速货币资金流转的一种常用方法。企业可以在各主要城市租用专门的邮政信箱,并开立分行存款户,授权当地银行每日开启信箱,在取得客户支票后立即予以结算,并通过电汇将货款拨给企业所在地银行。该方法要求客户将支票直接寄给客户所在地的邮箱而不是企业总部,不但缩短了支票邮寄时间,还免除了公司办理收账、货款存入银行等手续费,因而缩短了支票邮寄以及在企业停留的时间,但采用这种方法成本较高。

(2)银行业务集中法。这是一种通过建立多个收款中心来加速货币资金流转的方法。

在这种方法下,企业不仅在总部所在地设立收款中心,还要根据客户地理位置的分布情况和收款额大小设立多个收款中心。其具体做法是:发生销售业务时,由各地分设的收款中心开出账单,当地客户收到销售企业的账单后,直接汇款或邮寄支票给当地的收款中心,收款中心收款后,立即存入当地银行或委托当地银行办理支票兑现;当地银行在进行票据交换处理后,立即转给企业总部所在地银行。这种分散开单、分散收款的做法与集中开单、集中收款相比,有两个优点:一是缩短了账单和支票往返邮寄时间;二是缩短了支票兑现所需的时间。

上述两种加速收款的做法都是有代价的,只要其边际收益大于边际开支,这些做法都是可行的,否则是不可行的。比如,销箱法缩短了货币资金从客户到企业的中间周转时间,但在多处设立收账中心,增加了相应的费用支出。为此,企业应在权衡利弊得失的基础上,作出是否采用销箱法的决策。

2. 控制货币资金支出。货币资金支出的控制包括金额上和时间上的控制,企业通常采用以下方法。

(1)延缓应付款的支付。它是指在不影响企业信誉的前提下,尽可能地推迟应付款的支付期,充分利用供货方所提供的信用优惠,使企业增加可利用的现金流量,减少持有货币资金总量。如在信用期的最后一天付款。

(2)使用现金浮游量。现金浮游量是指企业从银行存款户上开出支票总额超过其银行存款账户的余额。出现现金浮游的主要原因是企业开出支票,收款人收到支票后将其送至银行,直至银行办妥划款手续,通常需要一定的时间。所以,现金浮游量实际上是企业与银行双方出账与入账的时间差造成的,也就是在这段时间里,虽然企业已开出支票却仍可动用银行存款账上的这笔资金,以达到充分利用货币资金的目的,但是企业使用现金浮游量要谨慎行事,要预先估计好这一差额,并控制使用的时间,否则,会发生银行存款的透支。

第三节 应收账款管理

应收账款是指企业因对外赊销产品、材料、供应劳务等而应向购货或接受劳务的单位收取的款项。企业在采取赊销方式促进销售、减少存货的同时,会因持有应收账款而付出一定的代价,主要包括机会成本、管理成本、坏账成本,但同时也会因销售增加而产生一定的收益。信用政策的制定就是在成本与收益比较原则的基础上,作出信用标准、信用条件和收账政策的具体决策方案。企业还应通过采取应收账款的管理措施,主要包括应收账款追踪分析、应收账款账龄分析、应收账款收现率分析和建立应收账款坏账准备制度,降低坏账损失风险。

一、应收账款的功能与成本

(一)应收账款的功能

应收账款的功能是指在企业生产经营中所具有的作用,主要有以下两方面。

1. 促进销售。企业销售商品的形式归结起来主要有两种基本类型:现销方式和赊销方式。现销方式的最大优点是既能避免坏账损失,又能及时地将收回的款项投入再增值过程。然而,在竞争激烈的市场经济条件下,单纯地依赖现销方式往往是难以行得通的。企业如果为抑制风险损失而一味地追求现销方式,必然会丧失许多有利机会,久而久之,造成市场销路萎缩,竞争地位下降,长期利益遭受损害。因此,为适应市场竞争的需要,适时采取各种有效的赊销方式,以弥补单纯的现销方式的缺陷不可避免。赊销是企业使用的一种重要的促销手段,在赊销方式下,由于企业在销售产品的同时向对方提供了相当于货款资金的信用资金,这对买方而言具有极大的吸引力;对赊销一方也可以强化市场竞争的地位和实力,扩大销售、增加收益,降低存货管理成本,尤其是在卖方产品销售不畅、竞争力不强的情况下,对于增加销售具有十分重要的意义。

2. 减少存货。企业持有产成品存货不仅占用资金,而且还会发生仓储保管费、维护费、保险费等支出,同时还可能遭受毁损、变质等损失。虽然企业持有应收账款也会占用资金,但无须支付上述费用和损失,因此,当产成品存货较多时,企业可以采用较为优惠的信用条件进行赊销,尽快地实现存货向销售收入的转化,变持有存货为持有应收账款,以节约各项存货管理支出。

(二)应收账款的成本

赊销可以促进销售,减少存货,但持有应收账款也会付出一定的代价,这种代价即为应收账款的成本,其内容包括以下几方面。

1. 机会成本。应收账款的机会成本是指因资金投放在应收账款上而丧失的其他收入,如投资于有价证券便会有利息、股息收入,用于企业内部周转会有一个相当于企业投资利润率的收益。这一成本的大小通常与企业维持赊销业务所需要的资金数量(即应收账款投资额)及资金成本率有关。其计算公式为:

$$应收账款机会成本 = 维持赊销业务所需要的资金 × 资金成本率 \qquad (7.7)$$

公式中的资金成本率一般可按有价证券利息率计算,也可按企业综合资金成本率计算。

维持赊销业务所需要的资金数量可按下列步骤计算:

(1)计算应收账款平均余额:

$$应收账款平均余额 = \frac{年赊销额}{360} × 平均收账天数 \qquad (7.8)$$

$$=平均每日赊销额 \times 平均收账天数$$

（2）计算维持赊销业务所需要的资金

$$维持赊销业务所需要的资金 = 应收账款平均余额 \times \frac{变动成本}{销售收入} \tag{7.9}$$
$$= 应收账款平均余额 \times 变动成本率$$

以上分析是建立在赊销数量是在业务量的相关范围之内，即企业的成本水平保持不变（单位变动成本不变，固定成本总额不变），因此，随着赊销业务的扩大，只有变动成本总额随之上升。

【例7-4】 假设某企业预测的年度赊销额为600万元，应收账款平均收账天数为60天，变动成本率为60%，资金成本率为8%，则应收账款的机会成本可计算如下：

应收账款平均余额 =（600/360）×60 = 100（万元）

维持赊销业务所需要的资金 = 100×60% = 60（万元）

应收账款机会成本 = 60×8% = 4.8（万元）

上述计算表明，企业投放60万元的资金可维持600万元的赊销业务，相当于垫支资金的10倍之多。这一较高的倍数在很大程度上取决于应收账款的收账速度。正常情况下，应收账款收账天数越短，一定数量资金所维持的赊销额就越大；应收账款收账天数越长，维持相同赊销额所需要的资金数量就越大。而应收账款的机会成本在很大程度上取决于企业维持赊销业务所需要资金的多少。

2. 管理成本。管理成本是指对应收账款进行日常管理而耗费的开支，主要包括对客户资信调查费用、应收账款账簿记录费用、收账费用等。

3. 坏账成本。坏账成本是指因应收账款无法收回而给企业带来的损失。这一成本一般与应收账款数量同方向变动，即应收账款越多，坏账成本也越多。基于此，为规避发生坏账成本给企业生产经营活动的稳定性带来不利影响，企业应合理提取坏账准备。

二、应收账款政策的制定

应收账款政策亦即信用政策，是指企业为对应收账款投资进行规划与控制而确立的基本原则与行为规范，包括信用标准、信用条件和收账政策三部分内容。

（一）信用标准

信用标准是客户获得企业商业信用所应具备的最低条件，通常以预期的坏账损失率表示。

企业在信用标准的确定上，面临着两难选择，即标准过低，销售扩大但增加坏账风险和收账费用，标准过严过高，固然可以降低违约风险，减少坏账损失及收账费用，但许多客户会因不达标而不能享受企业的信用政策，从而影响企业的市场竞争力和销售收入的增加。到底应向客户提供什么样的信用标准，企业至少应做好两方面的工作：一是综合分析影响信用政策制定的因素；二是在应收账款投资所增加的收益与增加的成本之间进行权衡。

1. 信用标准的影响因素——定性分析。风险、收益、成本的对称性关系在企业信用标准制定方面的客观反映要求企业在制定或选择信用标准时必须考虑以下三个基本因素。

（1）行业竞争对手的情况。面对竞争对手，企业首先考虑的是如何在竞争中处于优势地位，保持并不断扩大市场占有率。如果竞争对手实力很强，企业欲取得或保持优势地位、就需要采取较低的信用标准以吸引客户，反之，其信用标准可以相应严格一些。

（2）企业承担风险的能力。企业承受违约风险能力的强弱，对信用标准的选择也有着重要的影响。当企业具有较强的违约风险承受能力时，就可以以较低的信用标准提高竞争力，争取客户,扩大销售;反之,如果企业承受违约风险损失的能力比较脆弱,就只能以稳键的策略,选择严格的信用标准以尽可能降低违约风险。

(3)客户的资信程度。企业在制定信用标准时,必须对客户的资信程度进行调查、分析,然后在此基础上,判断客户的信用等级是否给予客户信用优惠。客户的资信程度的高低通常从信用品质、偿付能力、资本、抵押品和经济状况五个方面进行评估,简称信用"5C"系统。

第一,信用品质。即客户履约或赖账的可能性。这是决定是否给予客户信用的首要因素,主要通过了解客户以往的付款履约记录进行评价。

第二,偿付能力。它是指客户偿还到期债务的财务实力。客户偿还到期债务主要依赖于企业流动资产中的速动资产,所以应重点了解客户流动资产的数量、质量(变现能力)及其与流动负债的性质,进而综合分析客户的流动比率和速动比率,只有流动比率和速动比率都保持在较为理想的状态,客户偿还债务的物质保证才雄厚。

第三,资本。它是指客户拥有的资本金,特别是有形资产净值和留存收益,反映了客户的经济实力与财务状况的优劣,是客户偿付债务的最终保证。

第四,抵押品。它是指客户提供的可作为授信安全保证的资产。能够作为信用担保的抵押财产,必须为客户实际所有并且应具有较高变现能力,这对向相互不知底细或信用状况存在争议的客户提供信用的企业尤为重要。

第五,经济状况。指不利经济环境对客户偿付能力的影响及客户是否具有较强的应变能力。

上述各种信息资料主要通过下列渠道取得:①客户的财务报告;②银行证明;③企业间证明。

2. 信用标准的确立——定量分析。对信用标准进行定量分析,旨在解决两个问题:一是确定客户拒付账款的风险,即坏账损失率;二是确定客户的信用等级,以作为给予或拒绝客户信用的依据。主要通过以下三个步聚来完成。

(1)设定信用等级标准。根据对客户信用资料的调查分析,确定评价信用优劣的数量标准。这可以以一组具有代表性、能够说明付款能力和财务状况的若干比率(如流动比率、速动比率、应收账款平均收账天数、存货周转率、产权比率或资产负债率、赊购付款履约情况等)作为信用风险指标,根据数年内最坏年景的情况,分别找出信用好和信用差两类顾客的上述比率的平均值,依此作为比较其他顾客的信用标准。

(2)利用既有或潜在客户的财务报表数据,计算各自的指标值,并与上述标准比较。比较的方法是:若某客户的某项指标值等于或低于差的信用标准,则该客户的拒付风险系数(即坏账损失率)增加 10 个百分点(10%);若客户的某项指标值介于好与差的信用标准之间,则该客户的拒付风险系数(坏账损失率)增加 5 个百分点(5%);当客户的某项指标值等于或高于好的信用标准时,则视该客户的这一指标无拒付风险,最后,将客户的各项指标的拒付风险系数累加,作为该客户发生坏账损失的总比率。

(3)进行风险排队,并确定各有关客户的信用等级。依据上述风险系数的分析数据,按照客户累计风险系数由小到大进行排序。然后,结合企业承受违约风险的能力及市场竞争的需要,具体划分客户的信用等级,如累计拒付风险系数在 5% 以内的为 A 级客户,在 5% 与 10% 之间的为 B 级客户等。对于不同信用等级的客户,分别采取不同的信用对策,包括拒绝或接受客户信用订单,以及给予不同的信用优惠条件或附加某些限制条款等。

对信用标准进行定量分析,有利于企业提高应收账款投资的决策效果。但由于实际情况错综复杂,同一指标相同数值往往存在着很大的差异,难以按照统一的标准进行衡量。因此,要求企业财务决策者全面考虑各指标内在质量的基础上,结合以往的经验,对各项指标进行具体的分析、判断,不能机械的遵循。

（二）信用条件

企业信用标准是企业评价客户等级,决定给予或拒绝客户信用的依据。一旦企业决定给予客户信用优惠时,就需要考虑具体的信用条件。所谓信用条件就是指企业接受客户信用订单时所提出的付款要求,主要包括信用期限、折扣期限及现金折扣率等。信用条件的基本表现方式如"2/10,1/20,n/40",意思是:若客户能够在发票开出后的10日内付款,可以享受2%的现金折扣;在10～20天之间付款,可以享受1%的现金折扣;如果放弃折扣优惠,则全部款项必须在40日内付清。在此,10天、20天为折扣期限,2%、1%为现金折扣率,40天为信用期限,也就是企业要求要求客户支付货款的宽限期限。

1. 信用期限。信用期限是指企业允许客户从购货到支付货款的时间间隔。企业产品销售量与信用期限之间存在着一定的依存关系。通常,延长信用期限,可以在一定程度上扩大销售量,从而增加毛利。但不适当地延长信用期限,会给企业带来不良后果:一是使平均收账期延长,占用在应收账款上的资金相应增加,引起机会成本增加;二是引起坏账损失和收账费用的增加。因此,企业是否给客户延长信用期限,应视延长信用期限增加的边际收入是否大于增加的边际成本而定。从理论上讲,只要延长信用期限增加的收入大于相应增加的成本,就可以延长信用期限。一般而言,企业设置信用期限时,应充分考虑以下三个因素。

（1）购买者不会付款的概率。购买者如果处于高风险行业,企业提供的信用条件相对会苛刻些。

（2）交易金额的大小。如果金额较小,信用期限则可相对短一些,小金额的应收账款的管理费用相对较高,而且,小客户的重要性也低一些。

（3）商品是否易于保存。如果存货的变现价值低,而且不能长时间保存,企业应提供比较宽松的信用期限。

2. 现金折扣和折扣期限。延长信用期限会增加应收账款占用的时间和金额。许多企业为了加速资金周转,及时收回货款,减少坏账损失,往往在延长信用期限的同时,采用一定的优惠措施。即在规定的时间内提前偿付货款的客户可按销售收入的一定比率享受折扣。如前面所说的"2/10,1/20,n/40"即附有折扣期限与现金折扣优惠条件。假设客户赊购100万元的商品,如果能够在10日内付款,就可以得到2万元的现金折扣,即只需付98万元即可;如果在20日以内付款,则可得到1万元的现金折扣,即只需付99万元;超过20天的现金折扣期,就必须支付100万元的全部账款。

现金折扣实际上是对现金收入的扣减,企业决定是否提供以及提供多大程度的现金折扣,着重考虑的是提供折扣后所得的收益是否大于现金折扣后的成本。

企业究竟应当核定多长的现金折扣期限,以及给予客户多大程度的现金折扣优惠,必须将信用期限及加速收款所得的收益与付出的现金折扣成本结合起来考查。同延长信用期限一样,采取现金折扣方式在有利于刺激销售的同时,也需要付出一定的成本代价,即给予现金折扣造成的损失。如果加速收款带来的机会收益能够绰绰有余地补偿现金折扣成本,企业就可以采取现金折扣或进一步改变当前的折扣方针,如果加速收款的机会收益不能补偿现金折扣成本的话,现金优惠条件便被认为是不恰当的。

3. 信用条件备选方案的评价。虽然企业在信用管理政策中,已将可接受的信用风险水平作了规定,当企业的生产经营环境发生变化时,就需要对信用政策中的某些规定进行修改和调整,并对改变条件的各种备选方案进行认真地评价。

【例7-5】 某企业预测年度的赊销净额为3 360万元,其信用条件是:$n/30$,变动成本率为60%,资金成本率(或有价证券利息率)为10%。假设该企业收账政策不变,固定成本总额不变。该企业准备了三个信用条件的备选方案:A方案维持$n/30$的信用条件,B方案将信用条件放宽到$n/60$,C方案将信用条件放宽到$n/90$,各备选方案的赊销收入、坏账损失率、收账费用等资料如表7-3所示。

表7-3 信用条件备选方案表

金额单位:万元

项 目	A($n/30$)	B($n/60$)	C($n/90$)
年赊销额	3 360	3 600	4200
应收账款平均收账天数	30	60	90
应收账款平均余额	3 360÷360×30=280	3 600÷360×60=600	4 200÷360×90=1 050
维持赊销业务所需资金	280×60%=168	600×60%=396	1 050×60%=630
坏账损失率	2%	3%	5%
坏账损失	3360×2%=67.2	3 600×3%=108	4 200×5%=210
收账费用	35	58	102

根据以上资料,可计算相应指标,如表7-4所示。

表7-4 信用条件分析评价表

金额单位:万元

项 目	A($n/30$)	B($n/60$)	C($n/90$)
年赊销额	3 360	3 600	4 200
变动成本	2 016	2 160	2 520
信用成本前收益	1 344	1 440	1 680
信用成本:			
应收账款机会成本	168×10%=16.8	396×10%=39.6	630×10%=63
坏账损失	67.2	108	210
收账费用	35	58	102
小计	119	205.6	375
信用成本后收益	1 225	1 234.4	1 305

根据表7-4中的资料可知,在这三种方案中,C方案($n/90$)的获利最大,它比A方案($n/30$)增加收益80万元;比B方案($n/60$)的收益要多70.6万元。因此,在其他条件不变的情况下,应选择C方案。

【例7-6】 仍以例7-5所列的资料为例,如果企业为了加速应收账款的回收,决定在C方案的基础上将赊销条件改为"2/10,1/30,$n/90$"(D方案),估计约有60%的客户(按赊销额计算)会利用2%的折扣;15%的客户将利用1%的折扣。坏账损失率降为2%,收账费用降为85万元。根据上述资料,有关指标可计算如下:

应收账款平均收账天数=60%×10+15%×30+(1-60%-15%)×90=33(天)

应收账款平均余额=4 200÷360×33=385(万元)

维持赊销业务所需要的资金=385×60%=231(万元)

应收账款机会成本=231×10%=23.1(万元)

坏账损失=4 200×2%=84(万元)

现金折扣 $=4\ 200 \times (2\% \times 60\% + 1\% \times 15\%) = 56.7$（万元）

根据以上资料可编制表 7 - 5：

表 7 - 5　信用条件分析表

金额单位：万元

项　目	C($n/90$)	D($2/10,1/30,n/90$)
年赊销额	4 200	4 200
减：现金折扣	——	56.7
年赊销净额	4 200	4 143.3
减：变动成本	2 520	2 520
信用成本前收益	1 680	1 623.3
信用成本：		
应收账款机会成本	$630 \times 10\% = 63$	$231 \times 10\% = 23.1$
坏账损失	210	84
收账费用	102	85
小计	375	192.1
信用成本后收益	1 305	1 431.2

计算结果表明，实行现金折扣以后，企业的收益增加 126.2 万元，因此，企业最终应选择 D 方案($2/10,1/30,n/90$)作为最佳方案。

（三）收账政策的确定

收账政策是指企业针对客户违反信用条件，拖欠甚至拒付账款所采取的收账策略与措施。

在企业向客户提供商业信用时，必须考虑三个问题：一是客户是否会拖欠或拒付账款，程度如何；二是怎样最大限度地防止客户拖欠账款；三是一旦账款遭到拖欠甚至拒付，企业应采取怎样的对策。前两个问题主要靠信用调查和严格信用审批制度；第三个问题则必须通过制定完善的收账方针，采取有效的收账措施予以解决。

从理论上讲，履约付款是客户不容置疑的责任与义务，债权企业有权通过法律途径要求客户履约付款。但如果企业对所有客户拖欠或拒付账款的行为均付诸法律解决，往往并不是最有效的办法，因为企业解决与客户账款纠纷的目的，主要不是争论谁是谁非，而在于怎样最有成效地将账款收回。实际上，各个客户拖欠或拒付账款的原因是不尽相同的，许多信用品质良好的客户也可能因为某些原因而无法如期付款。此时，企业如果直接向法院起诉，不仅需要花费相当数额的诉讼费，而且除非法院裁决客户破产，否则效果往往也不理想。因此，通过法院强行收回账款一般是企业不得已而为之的最终办法。基于这种考虑，企业如果能够同客户商量折中的方案，也许能够将大部分账款收回。

在客户逾期拖欠或拒付货款时，企业通常采用的收账管理办法或步骤是：首先，企业应分析现有的信用标准及信用审批制度是否存在纰漏，重新对违约客户的资信等级进行调查、评价；其次，将信用品质恶劣的客户从信用名单中删除，对其所拖欠的款项可先通过信函、电讯或者派员前往等方式进行催收，态度可以渐加强硬，并提出警告；最后，当这些措施无效时，可考虑通过法院裁决。为了提高诉讼效果，可以与其他经常被该客户拖欠或拒付账款的企业联合向法院起诉，以增强该客户信用品质不佳的证据力。对于信用记录一向正常的客户，在去电、去函的基础上，不妨派人与客户直接进行协商，彼此沟通意见，达成谅解妥协，既可密切相互间的关系，又有助于较为理想地解决账款拖欠问题，并且一旦将来彼此关系置换时，也有一个缓冲的余地。当然，如果双方无法取得谅解，也只能付诸法律进行最后裁决。

除上述收账政策外,有些国家还兴起了一种新的收账代理业务,即企业可以委托收账代理机构催收账款。但由于委托手续费往往较高,许多企业,尤其是那些资财较小、经济效益差的企业很难采用这种业务。

企业对拖欠的应收账款,无论采用何种方式进行催收,都需要付出一定的代价,即收账费用,如收款所花的邮电通信费、派专人收款的差旅费和不得已时的法律诉讼费等。通常,企业为了扩大销售,增强竞争能力,往往对客户逾期未付的款项规定一个允许的拖欠期限,超过规定的期限,企业就应采取各种形式进行催收。如果企业制定的收款政策过宽,会导致逾期未付款项的客户拖延时间更长,对企业不利;收账政策过严,催收过急,又可能伤害无意拖欠的客户,影响企业未来的销售和利润。因此,企业在制定收账政策时,要权衡利弊,掌握好宽严界限。

企业加强收账管理,及早收回货款,可以减少坏账损失,减少应收账款上的资金占用,但会增加收账费用。因此,制定收账政策就是要在增加收账费用与减少坏账损失、减少应收账款机会成本之间进行权衡。一般而言,收账费用支出越多,坏账损失越少,但两者之间并不一定存在线性关系。通常情况是:最初支出的催账费用也许不会使坏账减少多少,以后陆续支出的催账费用将对坏账损失的减少产生越来越大的效应;收账费用达到某一限度以后,催账费用的增加对进一步降低坏账损失的效力便会渐趋减弱,以致得不偿失。这个限度称为饱和点(见图 7-8)。对此,企业在组织账款催收时必须予以分析考虑。判断催账费用是否已临近饱和点的基本方法:是随着催账费用支出效果的减弱,如果坏账的边际减少额加上其边际再投资收益等于催账费用的边际增加额时,通常可以认为催账费用已抵达饱和点。

【例 7-7】 已知某企业应收账款原有的收账政策的拟改变的收账政策如表 7-6 所示。

表 7-6 收账政策备选方案资料

项 目	现行收账政策	建议收账政策
年收账费用(万元)	100	150
应收账款平均收账天数(天)	60	30
坏账损失率(%)	5	3
销售额(万元)	7 200	7 200
变动成本率	60	60

假设资金利润率为 10%,年销售额 7 200 万元(全部赊销),收账政策对销售收入的影响忽略不计。根据表 7-6 的资料,计算两种方案的收账总成本如表 7-7 所示。

表 7-7 收账政策分析评价表

金额单位:万元

项 目	现行收账政策	拟改变的收账政策
赊销额	7 200	7 200
应收账款平均收账天数(天)	60	30
应收账款平均余额	7 200 ÷ 360 × 60 = 1 200	7 200 ÷ 360 × 30 = 600
应收账款占用的资金	1 200 × 60% = 720	600 × 60% = 360
收账成本:		
应收账款机会成本	720 × 10% = 72	360 × 10% = 36
坏账损失	7 200 × 5% = 360	7 200 × 3% = 216
年收账费用	100	150
收账总成本	532	402

表7-7的计算表明,拟改变的收账政策较现行收账政策减少的坏账损失和减少的应收账款机会成本之和180万元,大于增加的收账费用50万元,因此,改变收账政策的方案是可以接受的。

总之,影响企业信用标准、信用条件和收账政策的因素很多,如销售规模、赊销期限、现金折扣率、坏账损失、过剩生产能力、信用部门成本、机会成本、存货投资等的变化。因此,在制定应收账款管理政策时既要进行定量分析,又要进行定性分析,将各方面的因素综合考虑,使制定的应收账款管理政策带来最大收益。

三、应收账款的日常控制

制定合理的信用政策,优化应收账款的投资决策,是提高应收账款投资效率,降低风险损失的基本保障。为了更加有效地促进应收账款投资的良性循环,企业还必须进一步强化日常管理工作,健全应收账款管理的责任制度与控制措施,以期顺利地实现应收账款投资的基本目标。

对于已经发生的应收账款,企业必须进行分析、控制,及时发现问题,提前采取适宜对策,加速应收账款的收回,最大限度地减少坏账损失对企业产生的不利影响。这些措施主要包括应收账款追踪分析、应收账款账龄分析、应收账款收现率分析和应收账款坏账准备制度。

(一)应收账款追踪分析

正常情况下,客户大多不愿意以损失市场信誉为代价而拖欠赊销企业的账款,但是,如果客户信用品质不佳、现金不足,或者现金的可调剂程度低下,那么企业的账款遭受拖欠也就在所难免。应收账款一旦为客户所欠,赊销企业就必须考虑如何按期足额收回的问题,要达到这一目的,赊销企业就有必要在收账之前,对该项应收账款的运行过程进行追踪分析。当然,赊销企业不可能也没必要对全部的应收账款都实施追踪分析,通常情况下,赊销企业主要以那些金额大或信用品质较差的客户的欠款作为考查的重点,如果有必要并且可能的话,赊销企业也可以对客户的信用品质与偿债能力进行延伸性调查和分析。

(二)应收账款账龄分析

企业已发生的应收账款时间长短不一,有的尚未超过信用期,有的则已逾期拖欠。一般来讲,逾期拖欠时间越长,账款催收的难度越大,成为坏账的可能性也就越高。因此,进行账龄分析,密切注意应收账款的回收情况,是提高应收账款收现效率的重要环节。

应收账款账龄分析就是考查研究应收账款的账龄结构。所谓应收账款的账龄结构,是指企业在某一时点,将发生在外的各笔应收账款按照开票周期进行归类(即确定账龄),并计算出各账龄应收账款的余额占应收账款总计余额的比重。

【例7-8】 2009年7月31日某企业应收账款账龄结构如表7-8所示。

表7-8 应收账款账龄结构表

应收账款账龄	账龄账户个数	金额(万元)	比重(%)
信用期内(设为5个月)	120	550	55
超过信用期1个月内	50	150	15
超过信用期2个月内	20	80	8
超过信用期3个月内	10	20	2
超过信用期4个月内	15	50	5
超过信用期5个月内	12	40	4
超过信用期6个月内	8	30	3
超过信用期6个月上	16	80	8
应收账款余额总计	—	1 000	100

表7-9表明,该企业应收账款余额中,有550万元尚在信用期内,占全部应收账款的55%,过期数额450万元,占全部应收账款的45%,其中逾期在1、2、3、4、5、6个月内的,分别为15%、8%、2%、5%、4%、3%。另有8%的应收账款已经逾期半年以上。此时,企业应分析逾期账款具体属于哪些客户,这些客户是否经常发生拖欠情况,发生拖欠的原因何在。一般而言,账款的逾期时间越短,收回的可能性越大,即发生坏账损失的程度相对越小;反之,收账的难度及发生坏账损失的可能性也就越大。因此,对不同拖欠时间的账款及不同信用品质的客户,企业应采取不同的收账方法,制定出经济可行的不同收账政策、收账方案;对可能发生的坏账损失,需提前有所准备,充分估计这一因素对企业损益的影响。对尚未过期的应收账款,也不能放松管理与监督,以防发生新的拖欠。

(三)应收账款收现率分析

由于企业当期现金支付需要量与当期应收账款收现额之间存在非对称矛盾,并呈现出预付性与滞后性的差异特征(如企业必须用现金支付与赊销收入有关的增值税和所得税,弥补应收账款资金占用等),这就决定了企业必须对应收账款的收现水平制定一个必要的控制标准,即应收账款收现保证率。

应收账款收现保证率是适应企业现金收支匹配关系的需要,所确定的有效收现的账款应占全部应收账款的百分比,是二者应当保持的最低的结构状态。其计算公式为:

$$应收账款收现保证率 = (当期预计现金支付总额 - 当期预计其他稳定可靠的$$
$$现金流入总额) \div 当期应收账款总计金额 \qquad (7.10)$$

式中的其他稳定可靠的现金来源额是指从应收账款收现以外的途径可以取得的各种稳定可靠的现金流入数额,如短期有价证券变现净额、可以随时取得的短期银行贷款额等。

应收账款收现保证率指标反映了企业既定会计期间预期必要现金支付需要数量扣除各种可靠、稳定性来源后的差额,必须通过应收账款有效收现予以弥补的最低保证程度,是企业控制应收账款收现水平的基本依据。其意义在于:应收款项未来是否可能发生坏账损失对企业并非最为重要,更为关键的是实际收现的账项能否满足同期必需的现金支付要求,特别是满足必要业务开支的需要,满足具有刚性约束的纳税债务及偿付不得展期或调换的到期债务的需要。

【例7-9】 某企业预期必须以现金支付的款项有:支付职工工资60万元,支付材料款50万元,应纳税款34万元,其他现金支出4万元。预计该期稳定的现金收回数是80万元。记载在该期"应收账款"明细期末账上客户有甲(欠款90万元)、乙(欠款80万元)和丙(欠款30万元),应收账款收现保证率的计算如下:

当期现金支付总额 = 60 + 50 + 34 + 4 = 148(万元)

当期应收账款总计金额 = 90 + 80 + 30 = 200(万元)

应收账款收现保证率 = (148 - 80)/200 × 100% = 34%

以上计算结果表明,该企业当期必须收回应收账款的34%,才能最低限度保证当期必要的现金支出,否则企业便有可能出现支付危机。为此,企业应定期计算应收账款实际收现率,看其是否达到了既定的控制目标,如果发现实际收现率低于应收账款收现保证率,应查明原因,采取相应措施,确保企业有足够的现金满足当期必需的现金支付要求。

关于应收账款的日常控制,除做好以上三方面的工作之外,还应建立应收账款坏账准备制度,这方面的内容已在财务会计中阐明,这里不再介绍。

第四节　存货管理

存货是指企业在日常活动中持有以备出售的产成品或商品、处在生产过程中的在产品、在生产过程或提供劳务过程中耗用的材料和物料等。企业持有充足的存货,不仅有利于生产过程的顺利进行,节约采购费用与生产时间,而且能够迅速地满足客户各种订货的需要,从而为企业的生产与销售提供较大的机动性,避免因存货不足带来的机会损失。然而,存货的增加必然要占用更多的资金,将使企业付出更大的持有成本(即存货的机会成本),而且存货的储存与管理费用也会增加,影响企业获利能力的提高。因此,如何在存货的功能(收益)与成本之间进行利弊权衡,在充分发挥存货功能的同时降低成本、增加收益、实现它们的最佳组合,成为存货管理的基本目标。而实现该目标所采用的控制方法有:经济进货批量、ABC分类法和及时生产的存货系统等。

一、存货的功能与成本

(一)存货的功能

存货的功能是指存货在企业生产经营过程中所起的作用,主要有以下几个方面。

1. 防止停工待料。由于企业的采购受市场等客观因素的影响,并不能保证只要生产过程需要,材料就能即时入库,所以为了生产过程不被中断,企业必须储备必要的原材料。

2. 适应市场变化。存货储备能够增强企业在生产和销售方面的机动性以及适应市场变化的能力。企业有了足够的库存产成品,能有效地供应市场,满足顾客的需要。相反,若某种畅销产品库存不足,将会坐失目前的或未来的推销良机,并有可以因此而失去顾客。在通货膨胀时,适当地储存原材料存货,能使企业获得因市场物价上涨而带来的好处。

3. 降低进货成本。很多企业为扩大销售规模,对购货方提供较优厚的商业折扣,即购货达到一定数量时,便在价格上给予相应的折扣优惠。企业采取批量集中进货,可获得较多的商业折扣。此外,通过增加每次购货数量,减少购货次数,可以降低采购费用。即便在推崇以零存货为管理目标的今天,仍有不少企业采取大批量购货方式,原因就在于这种方式有助于降低购货成本,只要购货成本的降低额大于因存货增加而导致的储存等各项费用的增加额,便是可行的。

4. 维持均衡生产。对于所生产的产品属于季节性产品,生产所需材料的供应具有季节性的企业,为实行均衡生产,降低生产成本,就必须适当储备一定的半成品存货或保持一定的原材料存货。否则,这些企业若按照季节性变动组织生产活动,难免会产生忙时超负荷运转,闲时生产能力得不到充分利用的情况,这也会导致生产成本的提高。其他企业在生产过程中,同样会因为各种原因导致生产水平的高低变化,拥有合理的存货可以缓冲这种变化对企业生产活动及获利能力的影响。

(二)存货成本

要实现存货的功能,就必须持有一定数量的存货,也必然要为此而发生各项支出,这就是存货的成本。主要包括以下三个方面的内容。

1. 进货成本。进货成本主要由存货的进价和进货费用构成。其中,进价又称购置成本,是指存货本身的价值,等于采购单价与采购数量的乘积。在一定时期进货总量既定的条件下,无论企业采购次数如何变动,存货的进价通常是保持相对稳定的(假设物价不变且无采购数量折扣),因而属于决策无关成本。进货费用又称订货成本,是指一定时期内(一般为一年)企业为订购有关存货而发生的各项费用。其中包括采购人员工资、采购部门的一般经费和采购业务费等。按该项费用与订货次数之间的依存关系可将其分为固定和变动两部分。前者与订货次数多少无关,是维持采购部门正常业务活动所必须发生的费用;后者则随订货次数的增减而成正比例变动,但它与每次订货数量(即批量)无关。若设全年需用某种存货总量为 A,每次订货变动成本为 C,全年订货次数 N 等于 A/Q,则相关的订货成本(即变动性订货成本总额)TC_1 的计算公式为:

$$TC_1 = C \times N = C \times \frac{A}{Q} \tag{7.11}$$

2. 储存成本。储存成本是指在一定期间内(一般为一年)企业为储存有关存货而发生的各项费用。包括支持给储运公司的搬运费、仓储费、保险费、企业仓库发生的各种费用,储存过程中发生的自然损耗代价以及因占用资金而发生的利息等,按该成本与储存量的关系可将其分为固定与变动两部分。前者与储存量多少无关,一定不变;后者与平均储存量成正比,若设 S 为单位存货年平均变动性储存成本,$\overline{Q}$ 为存货年平均储存量,则相关的储存成本(即变动储存成本总额 TC_2 的计算公式为:

$$TC_2 = S \times \overline{Q} = S \times \frac{Q}{2} \tag{7.12}$$

3. 缺货成本。缺货成本是指一定期间内(一般为一年)企业因存货不足而导致的损失,如停工待料损失、延期交货损失、临时应急购货的额外支出、因错失商机而造成的损失,以及在信誉上蒙受的损失等,其总额等于平均缺货量与单位缺货成本的乘积。缺货成本能否作为决策的相关成本,应视企业是否允许出现存货短缺的不同情形而定。若企业不允许发生缺货,则缺货成本恒为零,即属于决策无关成本,反之,则因为每次订货数量的大小会影响全年平均缺货量,从而影响全年缺货成本总额,所以是决策相关成本。

二、存货控制的方法

如何对存货投资进行管理与控制,如合理控制存货的经济进货批量、储存量与储存期以及进行 ABC 分类管理等。归结为一点就是通过财务观念、方法的更新与优化,最大限度地提高存货投资与管理效率,促进存货资金的高效,良性循环。

(一)存货经济采购批量控制

经济采购批量又称经济订货量,是指在保证生产经营需要的前提下,能使企业在存货上所花费用总额,即存货总成本达到最低的每次订货数量(记作 Q)。在不同的条件下,经济批量控制所考虑的相关成本的构成不同,但在任何情况下,都存在变动性储存成本和变动性订货成本两项内容。

简单条件下的经济批量控制模型。所谓简单条件是指假定在控制过程中涉及的存货品种单一,采购条件中没有数量折扣,采购价格不变,不允许出现缺货现象,每批订货均能一次到货的情况。在这种条件下建立的经济批量模型为基本模型。此时控制必须考虑的相关成本(TC)中只包括相关的订货成本和相关的储存成本,存货年均储存量 $\overline{Q}$ 等于 $Q/2$,则有:

$$储存相关总成本(TC) = TC_1 + TC_2 = C \times \frac{A}{Q} + S \times \frac{Q}{2} \tag{7.13}$$

利用微分值原理可求出经济批量的基本模型,并导出最低的相关总成本计算公式:

$$经济批量(Q^*) = \sqrt{\frac{2AC}{S}} \tag{7.14}$$

$$最低相关总成本(TC^*) = \sqrt{2ACS} \tag{7.15}$$

【例7-10】　某全年需要甲零件1 200件,每订购一次的订货成本为400元,每件年均储存成本为6元。要求:作出经济采购批量的控制并计算出最低的相关总成本。

解:依题意,

$A = 1\,200$ 件;$C = 400$ 元;$S = 6$ 元

利用经济批量控制模型,则有:

经济批量 $(Q^*) = \sqrt{\dfrac{2AC}{S}} = \sqrt{\dfrac{2 \times 1\,200 \times 400}{6}} = 400$ (件)

最低相关总成本 $(TC^*) = \sqrt{2ACS} = \sqrt{2 \times 1200 \times 400 \times 6} = 2\,400$ (元)

(二)复杂条件下的经济批量控制模型

上述基本模型的建立,没有考虑商业折扣条款、出现缺货现象,以及订货陆续运达企业的情况。在经济批量控制过程中,分别或集中考虑商业折扣条款、缺货和到货因素所建立的经济批量控制模型,称为复杂条件下的经济批量控制模型。也称经济批量扩展模型。本书只介绍订货陆续运达企业的经济批量控制问题。

订购的存货陆续运达企业与一次性集中运达企业的区别在于:库存量不是在集中到货时直接达到其最高点,而是在整个陆续到货期间逐步达到其最高点。陆续到货条件下的库存量变动情况,如图7-8所示。

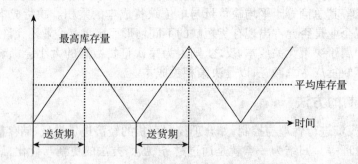

图7-8　陆续到货情况下的库存动态图

图7-8反映的是订购的存货陆续到货条件下库存量变动的一般的、平均的状态。当每次订货开始陆续运达企业,设送货期内每天的到货量为P,每天的需求量为d,则送货天数为$\dfrac{Q}{P}$,送货期内每天增加的库存量等于$P - d$(P大于d),在送货期内,库存量随陆续到货而逐渐上升,到送货期结束时,库存量达到最高点$\left[(P - d) \times \dfrac{Q}{P}\right]$;然后库存量随着不断领用而逐渐下降,当库存量下降至零时,下一个订货批量的存货正好运达企业(假定不涉及安全库存及缺货情况)。因而,陆续到货条件下的平均库存量为$\dfrac{1}{2}(P - d) \cdot \dfrac{Q}{P}$。

于是有:

储存相关总成本$(TC) = TC_1 + TC_2 = C \times \dfrac{A}{Q} + S \times \dfrac{1}{2}(P - d) \cdot \dfrac{Q}{P}$

运用与前述模型相同的原理,即通过对Q求导,并令其为零,即可算得:

经济批量 $Q^* = \sqrt{\dfrac{2AC}{S} \cdot \dfrac{P}{P - d}}$　　　　　　　　　　　　　(7.16)

将 Q^* 代入相关总成本的计算公式,即可算得:

$$最低相关总成本(TC^*) = \sqrt{2ACS \cdot \left(1 - \frac{d}{P}\right)} \tag{7.17}$$

【例7-11】 某企业丁材料全年需用量(A)3600千克,每天领用数(d)10千克,每次订货费用(C)800元,送货期内每天到货数(P)30千克,每千克丁材料年均储存费用(S)6元。

要求:作出经济采购批量的控制并计算出最低的相关总成本。

解:依题意,

将各已知条件代入有关公式,即可算得:

$$经济批量\ Q^* = \sqrt{\frac{2AC}{S} \cdot \frac{P}{P-d}} = \sqrt{\frac{2 \times 3\,600 \times 800}{6} \cdot \frac{30}{30-10}} = 1\,200\ (元)$$

$$最低相关总成本(TC^*) = \sqrt{2 \times 3\,600 \times 800 \times 6 \times \left(1 - \frac{10}{30}\right)} = 4\,800\ (元)$$

(三)及时生产(JIT)的存货系统

及时生产(Just-in-time,简称JIT),是指通过合理规划企业的供产销过程,使原材料采购到产成品销售每个环节都能紧密衔接,减少制造过程中增加价值的作业,减少库存,消除浪费,从而降低成本,提高产品质量,最终实现企业效益最大化。

1. 及时生产的存货系统的基本原理。及时生产存货系统的基本原理是:只在使用之前从供应商处进货,从而将原材料或配件的库存数量减少到最小;只有在出现需求或接到订单时才开始生产,从而避免产成品的库存。及时生产存货管理要求企业在生产经营的需要与材料物资的供应之间实现同步,使物资传送与作业加工速度同一节拍,最终将存货降低到最小限度,甚至零库存。

2. 及时生产的存货系统的优缺点。及时生产的存货系统的优点是降低库存成本,减少从订货到交货的加工等待时间,提高生产效率,降低废品率、再加工和担保成本。但及时生产存货管理要求企业内外部全面协调配合,一旦供应链破坏,或者企业不能在很短时间内根据客户需要调整生产,那么企业生产经营的稳定性将受到影响,经营风险加大。此外,为了保证能够按合同约定频繁小量配送,供应商可能要求额外加价,企业因此而丧失了从其他供应商那里获得更低价格的机会收益。

三、存货日常管理

存货是由许多部门进行管理的,如采购部门管理原材料、生产部门管理在产品、销售部门管理产成品、财务部门则要对所有存货进行间接控制,由于各职能部门所处的立场不同,往往观点迥异。财务部门为了加速资金周转,希望存货占用资金尽可能少;采购部门为了享受价格折扣和节约订货成本,希望尽量扩大采购批量;生产部门为了保持生产连续进行,总是力图拥有较高的库存;销售部门为了适应市场变化,及时满足客户需要,也是希望产成品库存多多益善。由于各职能部门在存货管理上的目标不同,企业管理当局对存货的日常管理,必须充分考虑各方面意见和需要的基础上作出决策。对存货日常管理常用的方法有以下几种。

(一)存货的归口分级管理

存货的归口分级管理是企业实行存货奖金管理责任制的一种重要方法。企业的存货以各种实物形态分布在企业生产经营的每个环节,由从事生产经营的各有关职能部门和生产部门掌握和使用,只有每个职能部门的参与,才能真正管理好企业的存货。企业的存货管理,应当在财务部门牵头进行集中管理的前提下,实行存货的归口分级管理。实行存货归口分级管理,有利于调动各职能部门、各级单位和员工管好存货的积极性和主动性,把存货管理同企业的生产经营结合起来,贯彻责任权利相结合的原则。

存货归口分级管理的基本做法是在企业总经理的领导下,财务部门对企业的存货资金实行集中统一管理,财务部门应该掌握整个企业存货资金的占用、耗费和周转情况,实现企业资金使用的综合平衡,加速资金周转。

财务部门集中管理存货资金,应当负责以下具体工作。

(1)根据企业财务通则、财务制度的规定和企业的具体情况,统一制定并组织执行企业存货管理制度。

(2)核定并平衡各项存货资金定额,编制存货资金计划。

(3)将各项存货资金计划指标进行分解,并分配落实到各有关职能部门。

(4)统筹调度各项存货资金的使用,实现资金收支平衡,保证生产经营所需要的资金。

(5)统一办理企业对外结算,加速企业存货资金周转。

(6)对各单位的资金运用情况进行检查和分析,统一考核资金的使用情况。

实行存货资金的归口分级管理要根据使用资金与管理资金相结合、物资管理和资金管理相结合的原则,将存货管理落实到各个部门。每项存货资金由哪个部门使用,就归口给哪个部门负责管理。

实行存货资金的分级管理就是各归口单位应根据本部门的具体情况,将存货资金定额分配给所属单位或个人,实行资金的分级管理。分级管理应当遵循责任权利相结合的原则,明确各个单位或者个人管理和使用资金的权限与责任,并作为其业绩考核的一个重要指标。

(二)ABC 分类法

ABC 分类法就是按照一定的标准,将企业的存货划分为 A、B、C 三类,分别实行分品种重点管理、分类别一般控制和按总额灵活掌握的存货管理方法。

企业存货品种繁多,尤其是大中型企业的存货往往多达上万种甚至数十万种。有的存货数量很少,但金额巨大,如果管理不善,将给企业造成极大的损失。相反,有的存货虽然品种数量繁多,但金额微小,即使管理当中出现一些小问题,也不至于对企业产生较大的影响。因此,无论是从能力还是经济角度,企业均不可能也没有必要对所有存货不分主次地严格管理。ABC 分类管理正是基于这一考虑而提出的,其目的在于使企业分清主次,突出重点,以提高存货资金管理的整体效果。

1. 存货 ABC 分类的标准。存货 ABC 分类的标准主要有两个:一是金额标准;二是品种数量标准。其中金额标准是最基本的,品种数量标准仅作为参考。

A 类存货的特点是金额巨大,但品种数量较少;B 类存货金额一般,品种数量相对较多;C 类存货品种数量繁多,但价值金额却很小。一般而言,三类存货的金额比重大致为 A∶B∶C = 0.7∶0.2∶0.1,而品种数量比重大致为 A∶B∶C = 0.1∶0.2∶0.7。可见,由于 A 类存货占用着企业绝大多数的资金,只要能够控制好 A 类存货,基本上也就不会出现较大的问题。同时,由于 A 类存货品种数量较少,企业完全有能力按照每一个品种进行管理。B 类存货金额相对较小,企业不必像对待 A 类存货那样花费太多的精力。同时,由于 B 类存货的品种数量远远多于 A 类存货,企业通常没有能力对每一具体品种进行控制,因此可以通过划分类别的方式进行管理。C 类存货尽管品种数量繁多,但其所占金额却很小,对此,企业只要把握一个总金额也就完全可以。不过,在此需要提醒的是,由于 C 类存货大多与消费者的日常生活息息相关,虽然这类存货的直接经济效益对企业并不重要,但如果企业能够在服务态度、花色品种、存货质量、价格方面加以重视的话,其间接经济效益将是无法估量的。相反,企业一旦忽视了这些方面的问题,其间接的经济损失同样也是无法估量的。

2. A、B、C 三类存货的具体划分。具体过程可以分三个步骤。

(1)列示企业全部存货的明细表,并计算出每种存货的价值总额及占全部存货金额的百分比;

(2)按照金额标志由大到小进行排序并累加金额百分比;

(3)根据金额百分比划分出 A、B、C 三类存货。

当金额百分比累加到 70% 左右时,以上存货视为 A 类存货;百分比介于 70% ~90% 之间的存货作为 B 类存货,其余则为 C 类存货。

3. ABC 分类法在存货管理中的运用。根据 ABC 控制法,针对三类存货不同的特点,需采取不同的管理方法。

(1)对于 A 类存货,按品种进行重点管理。A 类存货占用企业绝大多数的资金,只要能够控制好该存货,一般不会出现什么大问题。但由于 A 类存货品种数量少,企业完全有能力按品种进行管理。因此,A 类存货应按品种重点管理和控制,实行最为严格的内部控制制度。

(2)对于 B 类存货,按类别进行控制管理。由于 B 类存货金额相对较小,而品种数量远多于 A 类存货,因此,不必像 A 类存货那样严格管理,可通过分类别的方式进行管理和控制。

(3)对于 C 类存货,按总额灵活管理。在管理上可以采用较为简化的方法,只要把握总金额就完全可以了,所以,对 C 类存货只要进行一般控制和管理。

【名词解释】

营运资金:指一个企业维持日常经营所需的资金,通常指流动资产减去流动负债后的差额。

交易动机:指企业在正常生产经营秩序下应当保持一定的现金支付能力。

预防动机:指企业为应付紧急情况而需要保持的货币资金数额。

投机动机:指企业为了抓住各种瞬息即逝的市场机会,获得较大的利益。

转换成本:企业用货币资金购入有价证券以及转让有价证券换取货币资金时付出的交易费用。

信用标准:客户获得企业商业信用所应具备的最低条件,通常以预期的坏账损失率表示。

信用条件:指企业接受客户信用订单时所提出的付款要求,主要包括信用期限、折扣期限及现金折扣率等。

收账政策:指企业针对客户违反信用条件,拖欠甚至拒付账款所采取的收账策略与措施。

储存成本:指在一定期间内(一般为一年)企业为储存有关存货而发生的各项费用。

经济采购批量:指在保证生产经营需要的前提下,能使企业在存货上所花费用总额,即存货总成本达到最低的每次订货数量。

ABC 分类法:就是按照一定的标准,将企业的存货划分为 A、B、C 三类,分别实行分品种重点管理、分类别一般控制和按总额灵活掌握的存货管理方法。

【课后分析案例】

甲公司正考虑将其信用条件由"2/20,n/30"改为"3/15,n/30",以加速应收账款的收回。目前,约有 60% 的客户享受公司提供的 2% 的现金折扣,而在信用条件改为"3/15,n/30"后,享受折扣的客户预计会上升到 70%。不管在什么信用条件下,在所有未享受折扣的客户中,有一半客户会准时付款,而另一半客户则会在信用期过后的第 20 天付款。改天信用条件后,预计坏账损失率在目前 5% 的基础上下降到 3%,销售额可由目前的 600 万元上升到 850 万元。

公司产品的变动成本率为75%,资金成本率为12%。如果你是公司的财务经理,你会为该公司信用条件作出怎样的决策,是维持目前的信用条件还是变更为新的信用条件?

【课后复习题】

(一)思考题

1. 简述营运资金的概念及特点?

2. 货币资金管理的目标是什么?

3. 如何进行货币资金的收支管理?

4. 企业保持一定货币资金余额的动机?

5. 如何确定最佳货币资金持有量?

(二)单项选择题

1. 企业用现金购进存货是(　　　)。

A. 资金转化为实物的过程　　　　　　　B. 价值转化为使用价值的过程

C. 货币资金转化为商品资金的过程　　　D. 资金转化为价值的过程

2. 下列各项中不属于信用政策的是(　　　)。

A. 信用标准　　　　　　B. 信用条件　　　　　　C. 收帐政策　　　　　　D. 现销政策

3. 衡量企业偿还到期债务的能力直接标志是(　　　)。

A. 有足够的资产　　　　　　　　　　　　B. 有足够的流动资产

C. 有足够的存货　　　　　　　　　　　　D. 有足够的现金

4. 下列各项中属于在简单条件下确定材料采购经济批量不需要予以考虑的因素是(　　　)。

A. 相关订货成本　　　　B. 相关储存成本　　　　C. 年平均储存量　　　　D. 调整准备成本

5. 对临时性现金的余裕,可如何处置(　　　)。

A. 进行长期有价证券投资　　　　　　　　B. 购买短期有价证券

C. 举借长期负债　　　　　　　　　　　　D. 出售一年期的债券

6. 企业的偿债风险对营运资金的要求是(　　　)。

A. 确定营运资金规模时,应只着眼于偿付短期债券的要求

B. 企业不能毫无约束地随意扩大营运资金占用规模

C. 营运资金必须大于零

D. 企业依靠长期资金来源的流动资产的数额成比重增加

7. 下面关于现金的说法错误的有(　　　)。

A. 现金是变现力量强的资产

B. 现金是一种盈利性极低的资产

C. 持有现金过多,势必给企业造成的机会损失

D. 现金是一种非营利性资产

8. 经常性的现金短缺,可利用(　　　)方式予以弥补。

A. 增加短期借款　　　　　　　　　　　　B. 出售一年期的公司债券

C. 举借长期借款　　　　　　　　　　　　D. 增加应付帐款

9. 企业持有必要量的现金不出于下列哪种动机(　　　)。

A. 预防动机　　　　　　B. 信用动机　　　　　　C. 交易动机　　　　　　D. 投机动机

10. 下面关于现金待有动机的说法,正确的是(　　　)。

A. 企业应持有现金总额不等于现金持有动机各自所需现金持有量的简单相加,前者通常大于后者

B. 现金持有动机所需保持的现金,必须是完全的货币形态
C. 现金在使用过程中一般不会出现时间上的差异
D. 现金可以在各种动机中调剂使用

(三)多项选择题

1. 营运资金的公式有( )。
A. 营运资金 = 流动资产 - 流动负债
B. 营运资金 = 流动资产 - 非流动资产 + 所有者权益
C. 营运资金 = 长期负债 + 所有者权益 - 非流动资产
D. 营运资金 = 长期负债 + 所有者权益 - 流动负债

2. 企业营运资金来源于( )。
A. 权益资本　　　　B. 长期投资收回　　C. 长期负债　　　　D. 企业利润

3. 确定营运资金合理的规模,必须考虑的因素有( )。
A. 收益要求　　　　B. 成本约束　　　　C. 偿债风险　　　　D. 企业投资要求

4. 流动资产变现过程的不确定性因素包括( )。
A. 存货削价损失　　B. 坏帐损失　　　　C. 存货积压　　　　D. 机器技术落后

5. 出于投机动机,企业应( )。
A. 利用证券市价在幅度上涨时购入有价证券
B. 利用证券市价大幅度跌落时购入有价证券
C. 当证券价格上涨时卖出证券
D. 当证券价格下跌时卖出证券

6. 确定最佳现金持有量的模式包括( )。
A. 随机模式　　　　B. 存货模式　　　　C. 转换模式　　　　D. 经济持有量模式

7. 现金的转换成本包括( )。
A. 实物交割手续费用　B. 存货模式　　　C. 委托买卖佣金　　D. 证券过户费

8. "5C"系统包括( )。
A. 资本　　　　　　B. 偿付能力　　　　C. 信用品质　　　　D. 抵押品
E. 经济状况

9. 信用条件包括( )。
A. 现金折扣　　　　B. 商业折扣　　　　C. 信用期限　　　　D. 折扣期限

10. 确定坏帐损失的标准有( )。
A. 债务人死亡,依照行政诉讼以其遗产清偿后,确实无法收回应收款项
B. 经主管财政机关核准的债务人逾期未履行偿债义务超过三年仍无法收回的应收款项
C. 因债务人破产,依照民事诉讼以其破产财产清偿后,确实无法收回的应收款项
D. 经主管财政机关核准的债务人逾期未改造偿债义务超过两年仍无法收回的应收款项

(四)判断题

1. 存货经济批量是指使一定时期存货的订购成本达到最低点的进货数量。( )
2. 调整净收益法能反映企业经营活动中现金收支的具体情况。( )
3. 持有现金的总额等于持有现金的三个动机各自持有量之和。( )
4. 持有现金的三种动机的现金,并不要求必须是完全的货币形态。( )
5. 现金持有成本一般仅就机会成本而言。( )
6. 催帐费用与坏帐损失之间存在线性关系,收帐费用越多,坏帐损失越少。( )

7. 现金会导致利用效率的降低和现金的机会成本的增加。(　　)

8. 现金最佳持有量的实质是安排现金与有价证券的比例关系。(　　)

9. 存货的保本天数是根据本量利的平衡关系推导出来的。(　　)

(五)计算分析题

1. 某企业每月货币资金需用量为 60 万元,每天货币资金支出量基本稳定,每次有价证券变现固定费用为 50 元,有价证券月利率 5‰。

要求:计算最佳现金持有量,最低现金管理成本,并确定证券的变现次数与时间。

2. 成富 1997 年信用条件是 30 天付款,无现金折扣,平均收现期为 40 天,销售收入为 500 万元,预计 1998 年将企业的销售利润率与 1997 年一致,仍为 25%,为了在 1998 年将企业的销售额推上一个台阶,企业特意制定了两个方案,打算从中选取一个实施。其中甲方案:信用条件为"3/10,N/20",预计销售收入将增加 150 万元,所增加的销售额中,坏帐损失率预计为 4%,客户获得现金折扣比率为 60%,平均收现期为 15 天。

乙方案:信用条件为"2/20,N/30",预计增加的销售收入有 200 万元,在增加的销售额中,坏帐损失率预计为 5%,客户获得现金折扣的比率为 70%,平均收现期为 25 天。假设应收帐款的机会成本为 10%。

要求:列式分析判断甲、乙两个方案,哪一个较好。

3. 某公司每年耗用某种材料 14 400 千克,该材料单位成本为 20 元,单位存储成本为 4 元,每次订货成本为 50 元。

要求计算:(1)存货最佳订货批量。

(2)一年存货最佳订货次数。

(3)存货与订货批量相关的总成本。

(4)最佳存货订货周期。

(5)经济订货量占用资金。

(6)完成下表。

项　目	订货批量					
	200	400	600	800	1000	1200
平均存量						
储存成本						
订货次数						
进货费用						
进价成本						
订货量相关成本						
总成本						

4. 某公司平均信用期为 30 天,销售收入为 25 万元,坏帐损失率为 3%,应收帐款的管理费用 7 500 元。如果为扩大销售而降低信用标准,将平均信用期延长至 45 天时,则预计销售收入可增加 30%,坏帐损失率为 5%,收回的赊销帐款 70% 将用于再投资,应收帐款管理费也将增加 2 500 元,企业再投资预望收益率 10%,贡献毛益率为 20%。

要求:列式分析判断方案是否可行。

5. 礼士公司每年需用 A 材料 3 000 公斤,每次订货成本为 60 元,每公斤材料的年储存成本为 4 元。该材料的进货单价为 15 元/公斤,一次订货量在 1 000 公斤以上时可获得 2% 的折扣,在 1 500 公斤以上时可获 4% 的折扣,在 2 000 公斤以上时可获得 5% 的折扣。

要求计算公司的最佳进货批量。

第八章

利润分配管理

通过本章的学习,了解企业利润的构成,企业利润分配的概念、意义;理解股利理论、股利派发程序、股利的种类;掌握股利分配政策。

【重点难点】

重点:股利分配政策。
难点:股利理论。

第一节　利润分配概述

一、企业利润的构成

利润是指企业在一定时期从事生产经营活动的最终财务成果,也就是收入与费用相抵后的差额。企业利润就其构成来看,既有通过生产经营活动而获得的,也有通过投资活动而获得的,还包括那些与生产经营活动无直接关系的事项所引起的盈亏。企业利润一般包括营业利润、投资净收益和营业外收支三个部分。

(一)营业利润

营业利润是企业利润的主体,是企业利润的主要来源。营业利润由主营业务利润和其他业务利润两部分组成。营业利润代表了企业管理者的经营业绩。

主营业务利润又称基本业务利润,是指企业经营活动中主营业务所产生的利润。主营业务利润的计算公式为:

$$主营业务利润 = 主营业务收入 - 主营业务成本 - 主营业务税金及附加 \qquad (8.1)$$

其他业务利润是指企业主营业务以外的其他业务所产生的利润。其他业务利润的计算公式为:

$$其他业务利润 = 其他业务收入 - 其他业务支出 \qquad (8.2)$$

主营业务利润与其他业务利润之和再减去期间费用即为营业利润。用公式表示如下:

$$营业利润 = 主营业务利润 + 其他业务利润 - 营业费用 - 管理费用 - 财务费用 \qquad (8.3)$$

(二)投资净收益

企业为了合理、有效地使用资金,以获取经济效益,除了进行正常的经营活动外,可以将资金投放于股票、债券或其他财产,形成对外投资。对外投资收入扣除投资成本,即为投资取得的净收益。投资净收益也构成利润总额的一部分。

(三)营业外收支

营业外收支是指与企业生产经营活动没有直接关系的各项收支。营业外收支虽然与生产经营活动没有多大关系,但是,从企业主体考虑,同样会带来收入或形成支出,也是增加或减少利润的因素,对企业利润总额及净利润产生影响。营业外收支是构成企业利润总额的一个要素,营业外收支包括营业外收入和营业外支出两个方面的内容。

1. 营业外收入

营业外收入是指与企业生产经营活动没有直接关系的各项利得。营业外收入并不是由企业经营资金消耗所产生,不需要企业付出代价,既没有资产的消耗或转移,也没有债务责任的增加。实际上,营业外收入是一种纯收入,不可能也不需要将有关费用支出与之相配比。因此,在会计处理上,应当严格区分营业外收入与营业收入的界限。营业外收入主要包括:非流动资产处置利得、非货币性资产交换利得、债务重组利得、政府补助、盘盈利得和捐赠利得等。

2. 营业外支出

营业外支出是指企业发生的与日常活动没有直接关系的各项损失。营业外支出主要包括:非流动资产处置损失、非货币性资产交换损失、债务重组损失、公益性捐赠支出、非常损失和盘亏损失等。

营业外收入和营业外支出均应按实际发生时的数额进行核算,并在相应的会计期间,增加或冲减利润总额。营业外收入和营业外支出应当分别核算,并在利润表中分列项目反映。企业在具体进行营业外收支的核算时,不得以营业外收入直接冲减营业外支出,也不得以营业外支出直接冲减营业外收入。因为营业外收入和营业外支出所包括的各项目并不存在收入与支出相配比的因果关系,所以,两者应分别核算,不可混为一体。营业外收入和营业外支出还应当按照具体收入和支出设置明细项目,进行明细核算。

综上所述,利润总额的构成可以用以下公式表示:

$$利润总额 = 营业利润 + 投资净收益 + 营业外收支净额 \qquad (8.4)$$

其中:营业外收支净额 = 营业外收入 - 营业外支出

$$净利润 = 利润总额 - 所得税或净利润 = 利润总额 \times (1 - 所得税税率) \qquad (8.5)$$

二、利润分配的概念与意义

(一)利润分配的概念

利润分配是将企业在一定时期内实现的利润在国家、企业、股东、企业职工、债权人等与企业有经济利益关系的各种当事人之间进行的分配。由于分配活动涉及各当事人的切身利益,分配不当会影响企业的生存和发展,因此,合理进行利润分配是财务管理活动的重要内容。

(二)利润分配的意义

利润分配的实质实际上是根据企业所有权的归属及各权益者占有的股份比例,对企业利润进行划分,是一种利用财务手段,包括会计核算在内,确保利润的合理归属和正确分配的管理过程。

1. 企业利润分配与国家对企业的财务政策紧密相关

随着国有企业改革的不断深入和股份制企业的不断完善,科学而合理的利润分配制度可以推进改革的进程,企业改革的推进又能使利润分配日趋规范化。

2. 正确而合理地进行利润分配,直接关系到与企业相关的各方面的利益关系

正确而合理地进行利润分配,直接关系到与企业相关的各方面的利益关系,所以在进行分配时,要权衡各方面的利益期望,充分兼顾不同方面的利益要求,处理好投资者近期利益与企业长远发展的关系,特别注意利润分配与企业内部筹资和投资的密切关系,确保利润分配决策与企业筹资、投资决策的相互协调，建立良好的利润分配激励机制与约束机制，为企业的长远发展和取得最佳经济效益奠定基础。

三、利润分配的管理

(一)利润分配的内容

利润分配的内容包括以下两个部分。

第一，公积金。法定公积金从净利润中提取形成，用于弥补公司亏损、扩大公司生产经营或者转为增加公司资本。公司分配当年税后利润时应当按照 10% 的比例提取法定公积金；当公积金累计达到公司注册资本的 50% 时，可不再继续提取。任意盈余公积金的提取由股东会根据需要决定。

第二，股利(向投资者分配利润)。公司向股东支付股利，要在提取公积金之后。股利的分配应以各股东持有股份的数额为依据，每一股东取得的股利与其持有的股份数额成正比。股份有限公司原则上应从累计赢利中分配股利，无赢利不得支付股利，即所谓"无利不分"的原则。但若公司用公积金抵补亏损以后，为维护其股票信誉，经股东大会特别决议，也可用公积金支付股利。

(二)利润分配的程序

1. 计算可供分配的利润

将本年净利润(或亏损)与年初未分配利润(或亏损)合并，计算出可供分配利润。如果可供分配利润为负数，则不能进行后续分配；如果为正数，则进一步进行分配。

2. 提取法定盈余公积

提取法定盈余公积是指企业按照抵减年初累计亏损后的本年净利润的一定比例提取的盈余公积金。提取公积金的基数，不一定是可供分配的利润，也不一定是本年的税后利润。只有不存在年初累计亏损时，才能按本年税后利润计算应提取数。根据公司法的规定，公司制企业(包括国有独资公司、有限责任公司和股份有限公司)按 10% 的比例提取；其他企业可以根据需要确定提取比例，但至少应按 10% 提取。企业提取的法定盈余公积金累计额已达到注册资本的 50% 时，可以不再提取。

3. 提取任意盈余公积金

公司制企业在提取法定盈余公积金后，经过股东大会决议，可以提取任意盈余公积金；其他企业也可以根据需要提取任意盈余公积金。任意盈余公积金的提取比例由企业视情况而定。

4. 向投资者分配利润。

企业当年实现的净利润扣除抵补亏损和提取的法定公积金后所余税后利润可向投资者分配。利润的分配应以各投资者持有的投资额为依据，每个投资者分得的利润与其持有的投资额成正比。

(三)利润分配的基本原则

1. 遵章守纪、依法分配原则

针对企业利润分配，国家制定和颁布了一系列的法律法规，如《公司法》《税法》以及财务管理的有关规章制度，企业应当遵循国家的这些财经法规，按程序、按比例进行利润分配，不得违反。

2. 积累与分配并重原则

企业进行利润分配，应正确处理企业长远利益和近期利益的关系，将两者有机的结合起来，坚持积累与分配并重。企业考虑长期发展的需要，增强企业发展的后劲，除按规定提取法定盈余公积金以外,还可以留存一部分利润作为积累,这部分积累不仅为企业扩大再生产筹措了资金,同时也增强了企业抵御风险的能力,提高了企业经营的安全性和稳定性。

3. 利益兼顾、合理分配原则

利润分配是利用价值形式对社会产品的分配,直接关系到各方的切身利益,因此要坚持全局观念,兼顾各方利益。企业进行利润分配,应当统筹兼顾,合理安排,既要满足国家集中财力的需要,又要考虑企业自身发展的需要;既要维护投资者的权益,又要保证职工的切身利益;既要不损害债权人的利益,又要保证社会公众的利益不受侵害。只有这样,企业才能持续、健康、稳定发展。

4. 投资与收益对等原则

企业收益分配应当体现"谁投资谁受益",受益大小与投资比例相适应,即投资与收益对等,这是正确处理投资者利益关系的关键。企业在向投资者分配利润时,应遵循公开、公平、公正的原则。

5. 盈亏自负原则

企业作为独立的经营者,应当自负盈亏。因此,企业在生产经营过程中发生的亏损,应由企业用以后年度实现的利润进行弥补。盈亏自负原则是市场经济要求在企业收益分配原则上的体现。坚持这一原则有利于调动企业自身的积极性,使企业职工从根本上关心企业生产经营成果。

6. 无利不分,资本保全原则

一般情况下,企业进行利润分配时,必须有净利润。在公司亏损,特别是连年亏损的情况下,不得进行利润分配,既保证资本保全,又维护投资者的利益。需要说明的是,股份有限公司为维护公司声誉,避免股票价格大幅度波动,经股东大会决议,可用盈余公积金分配股利。在分配股利后,企业的法定盈余公积金不得低于注册资本的25%。

第二节 股利分配政策

一、股利理论

西方股利政策理论存在两大流派:股利无关论和股利相关论。前者认为,股利政策对企业股票的价格不会产生任何影响;后者认为,股利政策对企业股票价格有较强的影响。

(一)股利无关论

股利无关论又称为完全市场理论,是1961年美国著名金融学家米勒与莫迪格莱尼在他们的著名论文《股利政策增长和股票价值》中提出"企业的价值只依赖于其赢利能力和经营风险,而不依赖于如何将利润在留存收益和股利间进行分配"。该理论认为股利分配对公司的市场价值(或股票价格)不会产生影响。

这一理论假设:

1. 不存在个人或公司所得税;
2. 不存在任何发行费用和交易费用;
3. 公司的投资决策与股利决策相互独立;
4. 公司的投资者和管理当局可相同地获得关于未来投资机会的信息;
5. 投资者对股利收益与资本所得具有同样的偏好;
6. 股利政策对公司的资本成本没有影响。

股利无关论认为：

1. 投资者并不关心公司股利的分配

若公司留存较多的利润用于再投资,会导致公司股票价格上升;此时尽管股利较低,但需用现金的投资者可以出售股票换取现金。若公司发放较多的股利,投资者又可以用现金再买入一些股票以扩大投资。也就是说,投资者对股利和资本利得并无偏好。

2. 股利的支付比率不影响公司的价值

既然投资者不关心股利的分配,公司的价值就完全由其投资的获利能力所决定,公司的盈余在股利和保留盈余之间的分配并不影响公司的价值。

3. 股利政策对公司的股票价值(公司价值)无影响

【例 8 – 1】 庆华公司是一家开业 10 年的全权益公司,现任财务经理知道将在一年后解散。在 $t = 0$ 这一时点,经理能够非常准确的预计现金流量。并预计公司马上会收到一笔10 000元的现金,在下一年度还会收到 10 000 元的现金,同时,公司没有其他的净现值大于零的项目可以利用,折现率为10% 。

(1)股利 = 现金流量,在这种情况下,公司股票总价值 = 10 000 + 10 000/(1 + 10%) = 19 090.9元。若公司股票为 1 000 股,则每股价值为 19.09 元。

(2)股利 > 现金流量,假如公司在时间 0 分配现金股利 11 000 元,由于现金流量只有10 000 元,缺短的 1 000 元可通过发行股票或债券筹集。假如通过发行债券筹资,且债权人要求的报酬率为 10% ,则债权人要求在时间 1 的现金流量为 1 100 元,这样,可供股东分配的只有 8 900(10 000 – 1 100)元。在这种情况下,公司股票价值 = 11 000 + 8 900/(1 + 10%) =19 090.9 元,每股价值 19.09 元。

(3)股利 < 现金流量,假如在时间 0 按每股 9 元发放现金股利,共计 9 000 元,由于现金流量为 10 000 元,多余的 1 000 元可由公司投资,投资报酬率为 10% ,则时间 1 的现金流量为11 100元,这样时间 1 的股利为 11 100 元。在这种情况下,公司股票价值 = 9 000 + 11 100/(1 +10%) = 19 090.9 元,每股价值 19.09 元。

(二)股利相关论

股利相关论认为企业股利政策与企业价值的大小或股价高低具有一定的相关性。该理论的代表观点主要有以下几个。

1. "在手之鸟"理论(Bird in hand)

"在手之鸟"理论源于谚语"双鸟在林不如一鸟在手",戈登是该理论最主要的代表人物。"在手之鸟"理论是根据对投资者心理状态的分析而提出的。他们认为,由于投资者对风险有天生的反感,并且认为风险将随时间延长而增大,因而在他们心目中,认为通过保留盈余再投资而获得的资本利得的不确定性要高于股利支付的不确定性,从而股利的增加是现实的,至关重要的。实际能拿到手的股利,同增加留存收益后再投资得到的未来收益相比,后者的风险性大得多。所以,投资者宁愿目前收到较少的股利,也不愿等到将来再收回不确定的较大的股利或获得较高的股票出售价格。而投资者的上述思想又会产生下述结论:公司如果保留利润用于再投资,那么未来的收益必须按正常的市场回报率和风险溢价之和进行贴现,也就是说,投资者不仅要求获得市场水平的投资回报,并要求公司为他们承担风险支付报酬。否则,在同样价值的现金股利与资本增值之间,投资者将选择前者。

"在手之鸟"理论是股利理论的一种定性描述,是实务界普遍持有的观点,但是这一理论无法确切地描述股利是如何影响股价的。

2. 税收效应理论(Tax effect theory)

在现实生活中,股利和资本利得是否可以完全替代的一个主要影响因素是税负。对于股东而言,收取同样数额的股利和资本利得所承担的税负可能是不一样的。在西方国家,对资本利得和股利收入计征所得税的课税比例是不同的,一般而言,股利收入的所得税率比资本利得的税率高,因为股利税率比资本利得的税率高,投资者自然倾向于公司少支付股利而将较多的收益保存下来以作为再投资用,以期提高股票价格,把股利转化为资本利得。即使股利与资本利得按相同税率征税,由于股利和资本利得两者支付时间不一致,股利收入纳税在收到股利的当期,而资本利得纳税只有在未来股票出售时,考虑到货币时间价值,将来支付的税收要比现在支付划算,这种税收延期支付的特点使股东更加倾向资本利得收入。根据这种理论,股利决策与企业价值是相关的,而只有采取低股利和推迟股利支付的政策,才有可能使公司的价值达到最大化。

3. 代理成本理论(Agency cost theory)

代理成本理论是当前用以解释支付股利的主流理论,这种理论认为:在所有权和经营权高度分离的现代企业中,股利支付可以减少因经理人与股东之间的利益冲突引起的高额代理成本,可以作为实现公司价值最大化的策略。

代理理论始于詹森与麦克林有关企业代理成本的经典论述,他们将由代理冲突所产生的代理成本归纳为三种:委托人承担的监督支出、代理人承担的担保性支出以及剩余损失。如何设计有效的激励机制,以最大限度地降低代理成本,从而确保委托人利益得以实现,是代理理论要解决的主要问题。詹森与麦克林率先利用代理理论分析了企业股东、管理者与债券持有者之间的代理冲突及其解决措施,从代理关系角度对困扰财务学家的融资问题作了新的阐释,认为股利政策有助于减缓管理者与股东之间,以及股东与债权人之间的代理冲突,也就是说,股利政策相当于是协调股东与管理者之间代理关系的一种约束机制。股利政策对管理者的约束作用体现在两个方面:一方面,从投资角度看,当企业存在大量自由现金时,管理者通过股利发放不仅减少了因过度投资而浪费资源的倾向,而且有助于减少管理者潜在的代理成本,从而增加企业价值,它解释了股利增加宣告与股价变动正相关的现象;另一方面,从融资角度看,企业发放股利减少了内部融资,导致进入资本市场寻求外部融资,从而可以经常接受资本市场的有效监督,这样通过加强资本市场的监督而减少代理成本,有助于解释公司保持稳定股利政策的现象。因此,高水平股利支付政策将有助于降低企业的代理成本,但同时也增加了企业的外部融资成本,最优的股利政策应使两种成本之和最小化。

4. 股利信息传递理论(Dividend information signaling theory)

鉴于资本市场的不完善,在公司管理者与投资者之间存在着信息不对称现象。股利政策可以作为从公司内部管理者传递给外部投资者的信号。增加股利能向市场传递一种其他公司无法模仿的明确的积极信号,而削减股利则是一种消极信号。

信息传递理论认为,不对称信息导致逆向选择问题,使得交易双方难以达到帕累托最优。在这种情况下,代理人如能选用某种信号来将其私人信息揭示给委托人,委托人在观测到信号后才与代理人签约,就可以根据产品的质量进行相应的定价,从而改进帕累托效率,这就是信号传递。

在资本市场中,如果价格没有反映所有信息,尤其是那些还不能公开获得的信息,那么管理者就有可能通过财务政策向市场传递信号以重新调整股票价格。信息传递理论在财务领域中的应用始于罗斯的研究,他发现某个拥有大量高质量投资机会信息的经理,可以通过资本结构或股利政策的选择向潜在的投资者传递信号。受股利宣告日的股价变化与股利支付水平的变化是正相关的这一事实的启发,信息传递理论认为,股利变化必然是向投资者传递了有关企业价值的信息。巴恰塔亚在股利研究中建立了股利显示信号模型,模型假设股东拥有不为投资者所知的有关企业价值的私有信息,而股利政策的存在有助于降低这种不对称信息程度。米勒与洛克将股利与融资、投资问题结合起来,建立了净股利传递信号模型。在米勒－洛克模型中,管理者对企业当前收益知道的信息要比投资者多,并通过股利分配向投资者传递有关当前收益的信号,后者根据收到的信号判断企业的当前收益,由此预测未来收益,进而确定企业的市场价值。总之,股利的支付具有降低代理成本和信息不对称程度的功能。

二、影响股利政策的因素

股利政策是股份有限公司财务管理的一项重要内容,它不仅仅是对投资收益的分配,而且关系到公司的投资、融资以及股票价格等各个方面。因此,制定一个正确、稳定的股利政策是非常重要的。一般来说,在制定股利政策时,应当考虑到以下因素的影响。

(一) 法律因素

为了保护投资者的利益,国家有关法律如《公司法》、《证券法》等都对公司的股利分配进行一定的限制。影响公司股利政策的主要法律因素有以下几方面。

1. 资本保全的约束

资本保全是为了保护投资者的利益而作出的法律限制。股份公司只能用当期利润或留存利润来分配股利,不能用公司出售股票而募集的资本发放股利。同时规定:各种资本公积准备不能转增股本,已实现的资本公积只能转增股本,不能分派现金股利;各种盈余公积主要用于弥补亏损和转增股本,一般情况下不得用于向投资者分配利润或现金股利。这些规定是为了保全公司的股东权益资本,以维护债权人的利益。

2. 企业积累的约束

股份公司在分配股利之前,应当按法定的程序先提取各种公积金。这也是为了增强企业抵御风险的能力,维护投资者的利益。我国有关法律法规明确规定:股份公司应按税后利润的10%提取法定盈余公积金,并且鼓励企业在分配普通股股利之前提取任意盈余公积金,只有当法定盈余公积金累计数额已达到注册资本50%时,可不再提取。

3. 企业利润的约束

只有在企业以前年度的亏损全部弥补完之后,若还有剩余利润,才能用于分配股利,否则不能分配股利。

4. 偿债能力的约束

企业在分配股利时,必须保持充分的偿债能力。企业分配股利不能只看利润表上净利润的数额,还必须考虑到企业的现金是否充足。如果因企业分配现金股利而影响了企业的偿债能力或正常的经营活动,股利分配就要受到限制。

5. 超额累积利润的限制

由于股东接受现金股利缴纳的所得税率高于其进行股票交易的资本利得税率,很多国家规定企业不得超额累积利润,一旦企业的保留盈余超过法律许可的水平,将被加征额外税收。我国法律对公司累积利润尚未作出限制性规定。

(二) 公司自身因素

公司自身因素的影响是指股份公司内部的各种因素及其面临的各种环境、机会而对其股利政策产生的影响。主要包括现金流量、举债能力、投资机会、资金成本等。

1. 盈余的稳定性

一个企业是否能够获得长期稳定的盈余是其股利决策的重要基础。盈余相对稳定的企业有可能支付较高的股利,而盈余不稳定的企业一般采用低股利政策。这是因为,对于赢利不稳定的企业,低股利政策可以减少因赢利下降而造成的股利无法支付、企业形象受损、股价急剧下降的风险,还可以将更多的赢利用于再投资,以提高企业的权益资本比重,减少财务风险。

2. 资产的流动性

企业在经营活动中,必须有充足的现金,保持较好的资产流动性,否则就会发生支付困难。企业在分配现金股利时,必须要考虑到现金流量以及资产的流动性,过多地分配现金股利会减少公司的现金持有量,影响未来的支付能力,甚至可能会出现财务困难。

3. 举债能力

举债能力是企业筹资能力的一个重要方面,不同的企业在资本市场上的举债能力会有一定的差异。企业在分配现金股利时应当考虑到自身的举债能力如何,如果举债能力较强,在企业缺乏资金时,能够较容易地在资本市场上筹集到资金,就可采取比较宽松的股利政策;如果举债能力较差,就应当采取比较紧缩的股利政策,少发放现金股利,留有较多的公积金。

4. 投资机会

企业的投资机会也是影响股利政策的一个非常重要的因素。在企业有良好的投资机会时,企业就应当考虑少发放现金股利,增加留存利润;缺乏良好投资机会的企业,保留大量盈余的结果必然是大量资金闲置,于是倾向于支付较高的现金股利。

5. 资本成本

留存利润是企业内部筹资的一种重要方式,同发行新股或举借债务相比,筹资成本较低,是一种比较经济的筹资渠道。企业如果一方面发放大量的股利,而另一方面又以支付高额资本成本为代价筹集资本,显然是不符合经济原则的。所以,从资本成本角度考虑,如果企业扩大规模,需要增加权益资本成本时,不妨采取低股利政策。

(三)股东因素

合理的公司股利政策应尽可能满足公司绝大部分股东利益最大化的要求,所以股利政策的制定必须充分考虑股东的意愿。主要涉及的方面有税负、机会成本和控制权等。

1. 税负

股利收入的所得税率高于资本利得的所得税率,因而公司必须考虑到股利政策对股东税负的影响。如果公司高收入的股东比例很高,这部分股东的收入达到高税率的某个界限,那么公司适宜采取多留赢利、少分股利的政策;反之,如果公司的大部分股东收入较低,适用的个人所得税率也低,偏向于获得没有风险的当期股利,而不愿选择风险较大的未来资本利得,此时公司适宜采取高股利支付率的政策。

2. 机会成本

对股东而言,对外个人投资可得到的收益,是公司保留盈余的机会成本。公司在制定股利政策时需要对股东个人的外部投资机会与公司的内部投资机会进行比较。如果公司的再投资报酬率预期高于股东个人单独将股利收入投资于其他机会的报酬率,公司应选择低股利支付率政策,将留存收益用于再投资,以保障股东的长远利益;反之,公司应选择高股利支付率政策。

3. 控制权要求

股利政策会受到现有股东对公司控制权要求的影响。公司增发新股筹集资金,可能打破现有的股东控制格局。现有股东为了维护自己对公司的既有控制地位,可能倾向于采取较低的股利支付率,以便通过内部的高比例留存取得公司所需资金。

（四）其他因素

1. 债务契约的限制

债务契约是指债权人为了防止企业过多发放股利,影响其偿债能力,增加债务风险,而以契约的形式限制企业现金股利的分配。这种限制通常包括以下几方面。

（1）规定每股股利的最高限额;

（2）规定未来股息只能用贷款协议签订以后的新增收益来支付,而不能动用签订协议之前的留存利润;

（3）规定把净利润的一部分以偿债基金准备的形式保留下来;

（4）此外,规定企业的流动比率、利息保障倍数低于一定标准时,不得分配现金股利等。

2. 通货膨胀

在通货膨胀的情况下,公司折旧基金的购买力水平下降,会导致没有足够的资金来源重置固定资产。这时盈余会被当做弥补折旧基金购买力水平下降的资金来源,因此在通货膨胀时期公司股利政策往往偏紧。

三、股利分配政策的种类

股利政策(Dividends policy)是股份公司关于是否发放股利、发放多少以及何时发放的方针和政策。它有狭义和广义之分。从狭义方面来说,股利政策就是指探讨保留盈余和普通股股利支付的比例关系问题,即股利发放比率的确定;而广义的股利政策则包括股利宣布日的确定、股利发放比例的确定、股利发放时的资金筹集等问题。

在进行股利分配的实务中,公司经常采用的股利政策如下。

（一）剩余股利政策

1. 剩余股利政策的含义

剩余股利政策(Residual dividend policy)是指公司生产经营所获得的税后利润首先应较多地考虑满足公司有利可图的投资项目的需要,即增加资本或公积金,只有当增加的资本额达到预定的目标资本结构(最佳资本结构),如果有剩余,则派发股利;如果没有剩余,则不派发股利。

2. 剩余股利政策的理论依据是 MM 理论（股利无关论）

股利无关论认为,在完全资本市场中,股份公司的股利政策与公司普通股每股市价无关,公司派发股利的高低不会对股东的财富产生实质性的影响,公司决策者不必考虑公司的股利分配方式,公司的股利政策将随公司投资、融资方案的制定而确定。因此,在完全资本市场的条件下,股利完全取决于投资项目需用盈余后的剩余,投资者对于赢利的留存或发放股利毫无偏好。

3. 剩余股利政策的具体应用程序

（1）根据投资机会计划和加权平均的边际资本成本函数的交叉点确定最佳资本预算水平;

（2）利用最优资本结构比例,预计确定企业投资项目的权益资金需要额;

（3）尽可能地使用留存收益来满足投资所需的权益资本数额;

（4）留存收益在满足投资需要后尚有剩余时,则派发现金股利。

【**例 8 − 2**】 美通股份公司 2008 年的税后净利润为 8 000 万元,发行在外的普通股 10 000 万股。由于公司尚处于初创期,产品市场前景看好,产业优势明显。确定的目标资本结构为:负债资本为 30%,股东权益资本为 70%。如果 2009 年该公司有较好的投资项目,需要投资 6 000万元,该公司采用剩余股利政策,则该公司应当如何分配股利和进行外部筹资?

解:按目标资本结构需要确定筹集的股东权益资本为:6 000 × 70% = 4 200(万元)

确定应分配的股利总额为:8 000 - 4 200 = 3 800(万元)

每股股利为:3 800/10 000 = 0.38(元/股)

外部筹集的负债资本为:6 000 - 4 200 = 1 800(万元)

4. 剩余股利政策的优缺点及适用性

(1)剩余股利政策的优点表现在:充分利用留存利润筹资成本最低的资本来源,保持理想的资本结构,使综合资本成本最低,实现企业价值的长期最大化。

(2)剩余股利政策的缺点表现在:完全遵照执行剩余股利政策,将使股利发放额每年随投资机会和赢利水平的波动而波动。即使在赢利水平不变的情况下,股利将与投资机会的多寡呈反方向变动,投资机会越多,股利越小;反之,投资机会越少,股利发放越多。而在投资机会维持不变的情况下,则股利发放额将因企业每年赢利的波动而同方向波动。

(3)剩余股利政策一般适用于企业初创阶段。

(二)固定股利支付率政策

1. 固定股利支付率政策的含义

固定股利支付率政策(Constant payout ratio policy)是指公司确定一个股利占盈余的比率,长期按此比率支付股利的政策。这一股利政策下,各年支付的股利随公司经营的好坏而上下波动,获得较多盈余的年份股利额高,获得盈余少的年份股利额低。

2. 固定股利支付率政策的理论依据是"在手之鸟"理论

"在手之鸟"理论认为,用留存利润再投资带给投资者的收益具有很大的不确定性,并且投资风险随着时间的推移将进一步增大,因此,投资者更倾向获得现在的固定比率的股利收入。如果有 A 股票和 B 股票,它们的基本情况相同,A 股票支付股利,而 B 股票不支付股利,那么,A 股票价格要高于不支付股利的 B 股票的价格。同样股利支付率高的股票价格肯定要高于股利支付率低的股票价格。显然,股利分配模式与股票市价相关。

3. 固定股利支付率政策的具体应用

【例8-3】 沿用例8-2,公司采用固定股利支付率政策,确定的股利支付率为10%,则企业如何进行股利分配和外部资本筹集?

解:公司分配的股利总额为:8 000 × 30% = 2 400(万元)

每股股利为:2 400/10 000 = 0.24(元/股)

支付股利后剩余:8 000 - 2 400 = 5 600(万元)

需要从外部筹集的资金为:6 000 - 5 600 = 400(万元)

4. 固定股利支付率政策的优缺点及适用性

(1)固定股利支付率政策的优点

① 使股利与企业盈余紧密结合,以体现多盈多分、少盈少分、不盈不分的原则;

② 保持股利与利润间的一定比例关系,体现了风险投资与风险收益的对称。

(2)固定股利支付率政策的缺点

① 股票价格波动较大。这一政策必然导致公司股利随赢利的高低而频繁变化,从而给股票投资者该公司经营不稳定的印象,使股票价格波动较大;同时它不可能使公司的价值实现最大化。

② 公司财务压力较大。根据固定股利支付率政策,公司实现利润越多,派发股利也就应当越多。而公司实现利润多只能说明公司赢利状况好,并不能表明公司的财务状况就一定好。在此政策下,用现金分派股利是刚性的,这必然给公司带来相应的财务压力。

③ 缺乏财务弹性。股利支付率是公司股利政策的主要内容,股利分配模式的选择、股利

政策的制定是公司的财务手段和方法。在公司发展的不同阶段，公司应当根据自身的财务状况制定不同的股利政策，这样更有利于实现公司的财务目标。但在固定股利支付率政策下，公司丧失了利用股利政策的财务方法，缺乏财务弹性。

④ 确定合理的固定股利支付率难度很大。一个公司如果股利支付率确定低了，则不能满足投资者对现实股利的要求；反之，公司股利支付率确定高了，就会使大量资金因支付股利而流出，公司又会因资金缺乏而制约其发展。可见，确定公司较优的股利支付率是具有相当难度的工作。

（3）固定股利支付率政策只能适用于稳定发展的公司和公司财务状况较稳定的阶段。

（三）固定股利或稳定增长的股利政策

1. 固定股利或稳定增长的股利政策的含义

固定股利或稳定增长的股利政策（Constant dollar dividend policy）是公司将每年派发的股利额固定在某一特定水平上，然后在一段时间内不论公司的赢利情况和财务状况如何，派发的股利额均保持不变。只有当企业对未来利润增长确有把握，并且这种增长被认为是不可逆转时，才增加每股股利额。

2. 采用该政策的理论依据是"在手之鸟"理论和股利信息传递理论

股利信息传递理论认为，股利政策向投资者传递重要信息。如果公司支付的股利稳定，就说明该公司的经营业绩比较稳定，经营风险较小，有利于股票价格上升；如果公司的股利政策不稳定，股利忽高忽低，这就给投资者传递企业经营不稳定的信息，导致投资者对风险的担心，进而使股票价格下降。稳定的股利政策，是许多依靠固定股利收入生活的股东更喜欢的股利支付方式，它更利于投资者有规律地安排股利收入和支出。普通投资者一般不愿意投资于股利支付额忽高忽低的股票，因此，这种股票不大可能长期维持于相对较高的价位。

3. 固定股利或稳定增长股利政策的具体应用

【例 8 - 4】 沿用例 8 - 2，公司采用固定股利或稳定增长股利政策，公司确定每股分派股利 0.3 元/股，企业如何分派股利和进行外部筹资？

解：公司分配的股利总额为：$0.3 \times 10\,000 = 3\,000$（万元）

分配股利后剩余为：$8\,000 - 3\,000 = 5\,000$（万元）

需要外部筹集的资金为：$6\,000 - 5\,000 = 1\,000$（万元）

4. 固定股利或稳定增长股利政策的优缺点及适用性

（1）固定股利或稳定增长股利政策优点

① 稳定的股利有利于投资者安排股利收入和支出，特别是那些对股利极度依赖的股东；

② 稳定的股利向市场传递着公司正常发展的信息，有利于树立公司良好的形象，增强投资者对公司的信心，稳定股票的价格。

（2）固定股利或稳定增长股利政策的缺点

① 公司股利支付与公司赢利相脱离，造成投资的风险与投资的收益不对称；

② 它可能会给公司造成较大的财务压力，甚至侵蚀公司留存利润和公司资本，公司很难长期采用该政策。

（3）固定股利或稳定增长股利政策一般适用于经营比较稳定的企业。

（四）低正常股利加额外股利的政策

1. 低正常股利加额外股利政策含义

低正常股利加额外股利政策（Regular with extras policy）是公司事先设定一个较低的经常性股利额，一般情况下，公司每期都按此金额支付正常股利，只有企业赢利较多时，再根据实际情况发放额外股利。

2. 低正常股利加额外股利政策的理论依据是"在手之鸟"理论和股利信息传递理论

将公司派发的股利固定地维持在较低的水平,则当公司赢利较少或需用较多的保留盈余进行投资时,公司仍然能够按照既定的股利水平派发股利,体现了"在手之鸟"理论。而当公司赢利较大且有剩余现金,公司可派发额外股利,体现了股利信息传递理论,公司将派发额外股利的信息传递给股票投资者,有利于股票价格的上扬。

3. 低正常股利加额外股利政策优缺点及适用性

(1)低正常股利加额外股利政策的优点

① 股利政策具有较大的灵活性;

② 既可以维持股利的一定稳定性,又有利于企业的资本结构达到目标资本结构,使灵活性与稳定性较好地相结合,因而为许多企业所采用。

(2)低正常股利加额外股利政策的缺点

① 股利派发仍然缺乏稳定性,额外股利随赢利的变化,时有时无,给人漂浮不定的印象;

② 如果公司较长时期一直发放额外股利,股东就会误认为这是"正常股利",一旦取消,极易造成公司"财务状况"逆转的负面影响,股价下跌在所难免。

(3)低正常股利加额外股利政策给企业较大的灵活性,一般适用于收益较不稳定、高速成长的企业。

四、股利的种类

(一)根据股东的持股类别划分

根据股东的持股类别可分为优先股股利和普通股股利。

1. 优先股股利

按股利分配条款,又有两种划分:根据获得优先股股利后,是否有权同普通股股东参与分配剩余利润,可分为参加优先股和非参加优先股;根据对积欠股息是否可以递延到以后年度予以补发,可分为累积优先股和非累积优先股。

我国优先股在股利方面具有如下特点:(1)优先股股利分配优先于普通股;(2)公司对优先股的股利须按事先确定的比率即股息率支付;(3)当年可供分配利润不足以按约定的股息率支付优先股股利的,由以后年度的可供分配利润进行补发。由此可见,我国优先股应属累积非参加优先股。

2. 普通股股利

普通股股利在分配顺序上处于优先股之后,股利支付额度由公司根据赢利状况自主决定。

(二)根据股利支付方式划分

常见的股利支付方式有现金股利、财产股利、负债股利和股票股利。

1. 现金股利(Cash dividends)

现金股利是股份公司以现金形式发放给股东的股利,是最常用的股利分派形式。发放现金股利将减少公司资产负债表上的现金和留存收益。现金股利发放的多少主要取决于公司的股利政策和经营业绩,会对股票价格产生直接的影响,在股票除息日之后,一般来说股票价格会下跌。

2. 财产股利(Property dividends)

除发放现金股利之外,公司有时会用现金以外的其他非现金资产来发放股利,如本公司的产品、服务、公司持有的其他公司所发行的有价证券等。公司宣告用非现金资产所发放的股利称为财产股利。

3. 负债股利(Liability dividends)

负债股利是公司以负债支付的股利,通常以公司的应付票据支付给股东,在不得已的情况下也有发行公司债券抵付股利的。财产股利和负债股利实际上是现金股利的替代,这两种股利支付方式目前在我国公司实务中很少使用,但并非法律所禁止。

4. 股票股利(Stock dividends)

股票股利是公司以发放的股票作为股利的支付方式。股票股利并不直接增加股东的财富,不会导致公司资产的流出和负债的增加,因而不是公司资金的使用,同时也并不因此而增加公司的财产,但会引起所有者权益内部各项目的结构发生变化。

【例8-5】 某公司在发放股票股利之前,股东权益情况见表8-1。

表8-1 某公司发放股票股利之前的股东权益情况 单位:元

项 目	金 额
普通股(面额1元,已发行300 000股)	300 000
资本公积	500 000
未分配利润	2 000 000
股东权益合计	2 800 000

假定该公司宣布发放10%的股票股利,即发放30 000股普通股股票,并规定现有股东每持有10股可得1股新发行股票。若该股票当时市价16元,则需要从"未分配利润"项目划出的资金为:$16 \times 300\ 000 \times 10\% = 480\ 000$(元)

由于股票面值1元不变,发放30 000股普通股,应增加"普通股"项目30 000元,其余的450 000元(480 000 - 30 000)应作为股票溢价转至"资本公积"项目,而公司的股东权益总额保持不变。发放股票股利后,公司股东权益各项目见表8-2。

表8-2 某公司发放股票股利后的股东权益项目 单位:元

项 目	金 额
普通股(面额1元,已发行330 000股)	330 000
资本公积	950 000
未分配利润	1 520 000
股东权益合计	2 800 000

可见,发放股票股利,不会对公司股东权益总额产生影响,但会发生资金在各股东权益项目间的再分配。

五、股利的派发程序

股份有限公司向股东支付股利,主要经历股利宣告日、股权登记日和股利支付日。

(一)股利宣告日

股利宣告日(Declaration date)即公司董事会决定要在某日发放股利的日期,也就是宣布分派股利的当天。公告中将宣布每股支付的股利、股权登记期限、股利支付日期等事项。通常股份公司都应该定期宣布发放股利方案,我国股份公司一般是一年发放一次或两次股利,即在年末和年中分配。

(二)股权登记日

股权登记日(Record date)即有权领取股利的股东有资格登记的截止日期。企业规定股权登记日是明确股东能否领取股利的日期界限,因为股票是经常流动的,所以确定这个日期非常必要。只有在股权登记日前在公司股东名册上有名的股东,才有权分享股利,而在这一天之后才列入股东名册的股东,将得不到这次分派的股利,其股利仍归原股东所有。

(三)除息日

除息日(Exclude dividend date)是指领取股利的权利与股票相互分离的日期。除息日在股市指一个特定日期,股权登记日后的第一个交易日就是除息日,如果某一上市公司宣布派发股息,在除息日之前一日持有它的股票的人士(即股东)可享有该期股息,在除息日当日或以后才买入该公司股票的人则不能享有该期股息。

(四)股利支付日

股利支付日(Payment date)即将股利正式支付给股东的日期,在这一天开始的几天内,公司应通过各种手段将股利支付给股东,同时冲销股利负债。

【例8-6】 假定A公司2008年11月15日发布公告:"本公司董事会在2008年11月15日的会议上决定,本年度发放每股为3元的股利;本公司将于2009年1月2日将上述股利支付给已在2008年12月15日登记为本公司股东的人士。"

本例中,2008年11月15日为A公司的股利宣告日;2008年12月15日为其股权登记日;2009年1月2日则为其股利支付日。

【名词解释】

利润分配:利润分配是将企业在一定时期内实现的利润在国家、企业、股东、企业职工、债权人等与企业有经济利益关系的各种当事人之间所进行的分配。

剩余股利政策:剩余股利政策是指公司生产经营所获得的税后利润首先应较多地考虑满足公司有利可图的投资项目的需要,即增加资本或公积金,只有当增加的资本额达到预定的目标资本结构(最佳资本结构),如果有剩余,则派发股利;反之,则不派发股利。

固定股利支付率政策:固定股利支付率政策是指公司确定一个股利占盈余的比率,长期按此比率支付股利的政策。

固定股利或稳定的股利政策:固定股利或稳定的股利政策是公司将每年派发的股利额固定在某一特定水平上,然后在一段时间内不论公司的赢利情况和财务状况如何,派发的股利额均保持不变。

低正常股利加额外股利政策:低正常股利加额外股利政策是公司事先设定一个较低的经常性股利额,一般情况下,公司每期都按此金额支付正常股利,只有企业赢利较多时,再根据实际情况发放额外股利。

股利宣告日:即公司董事会决定要在某日发放股利的日期,也就是宣布分派股利的当天。

股权登记日:即有权领取股利的股东有资格登记的截止日期。

股利支付日:即将股利正式支付给股东的日期。

【课后分析案例】

上海电气集团股份有限公司2008年度利润分配方案实施公告
2009年8月4日

本公司董事会及全体董事保证本公告内容不存在任何虚假记载、误导性陈述或者重大遗漏,并对其内容的真实性、准确性和完整性承担个别及连带责任。

重要提示：

每股派发现金股利人民币 0.061 元(含适用税项)；扣除适用税项后每股现金股利人民币 0.0549 元。

股权登记日：2009 年 8 月 7 日

除息日：2009 年 8 月 10 日

现金红利发放日：2009 年 8 月 21 日

上海电气(601727)集团股份有限公司(以下简称"上海电气"、"公司")2008 年度利润分配方案已经上海电气 2009 年 6 月 23 日召开的 2008 年度股东大会审议通过。现将上海电气 2008 年度 A 股分红派息的具体实施事宜公告如下。

一、上海电气 2008 年度利润分配实施方案

经安永大华会计师事务所有限公司审计，2008 年度公司按中国会计准则编制的合并报表净利润为人民币 2 622 214 千元；经安永会计师事务所审计，2008 年度公司按香港会计准则编制的合并报表净利润为人民币 2 533 605 千元。

1. 上海电气 2008 年度利润分配为：以按香港会计准则编制的合并财务报表净利润人民币 2 533 605 千元为基础，每股分配现金股利人民币 0.061 元(含适用税项)，共派发现金股利人民币 762 969 千元。

2. 对持有上海电气股份的个人股东，中国证券登记结算有限公司上海分公司根据有关规定按 10% 的税率代扣个人所得税，实际发放现金红利 0.0549 元/股。

境外合格投资者(即 QFII)股东应按企业所得税法缴纳 10% 的企业所得税，并由上海电气代扣代缴，扣税后实际派发现金红利为 0.0549 元/股。如该类股东需要享受税收协定(安排)待遇的，可向主管税务机关提出申请，上海电气将协助办理有关手续。

二、分红派息具体实施时间

1. 股权登记日：2009 年 8 月 7 日

2. 除息日：2009 年 8 月 10 日

3. 现金红利发放日：2009 年 8 月 21 日

三、分红派息对象

截至 2009 年 8 月 7 日 15:00 上海证券交易所收市后，在中国证券登记结算有限公司上海分公司登记在册的公司全体 A 股股东。

四、分红派息实施办法

1. 持有公司无限售条件 A 股股东的现金股利，公司委托中国证券登记结算有限公司上海分公司通过其资金清算系统向股权登记日登记在册、并在上海证券交易所各会员单位办理了指定交易的股东派发。已办理全面指定交易的股东可于现金股利发放日在其指定的证券营业部领取现金股利，未办理指定交易的股东现金股利暂由中国证券登记结算有限责任公司上海分公司保管，待办理指定交易后再进行派发。

2. 持有公司有限售条件 A 股股东的现金股利由公司直接发放。

分析：

(1)如果某股东在 2009 年 8 月 7 日持有 1 000 股股票，能否分得股利？可以分得多少股利？

(2)如果某股东在 2009 年 8 月 7 日出售持有的 1 000 股股票，是否可分得股利？

(3)如果某股东在 2009 年 8 月 10 日购入 1 000 股股票，能否分得股利？

(资料来源：http://stock.sohu.com)

【复习思考题】

(一)思考题

1. 企业利润有哪几部分组成?

2. 股利理论主要有哪几种观点? 其主要内容是什么?

3. 股份制企业常采用的股利政策有哪几种? 各种股利政策的优缺点是什么?

4. 股利支付方式有哪些?

(二)单项选择题

1. 能使股利与公司盈余紧密配合的股利分配政策是(　　)。

A. 剩余股利政策

B. 固定或持续增长的股利政策

C. 固定股利支付率政策

D. 低正常股利加额外股利政策

2. 造成股利波动较大,给投资者以公司不稳定的感觉,对于稳定股票的价格不利的股利分配政策是(　　)。

A. 剩余股利政策

B. 固定或持续增长的股利政策

C. 固定股利支付率政策

D. 低正常股利加额外股利政策

3. 采用低正常股利加额外股利政策的股利分配政策的理由是(　　)。

A. 保持理想的资本结构,使加权平均资本成本最低

B. 使公司具有较大的灵活性

C. 向市场传递着公司正常发展的信息,有利于树立公司良好形象

D. 能使股利的支付与盈余不脱节

4. 股票股利的方式支付股利会引起(　　)。

A. 公司资产的流出

B. 负债的增加

C. 所有者权益的减少

D. 所有者权益各项目的结构发生变化

5. 根据我国《公司法》的规定,法定盈余公积金按税后利润的(　　)提取。

A. 5%

B. 10%

C. 5% ~ 10%

D. 50%

6. 当公司盈余公积达到注册资本的(　　)时,可不再继续提取。

A. 25%

B. 50%

C. 60%

D. 40%

7. 假定某公司某年提取了公积金后的税后利润为 50 万元,公司的目标资本结构为权益资本占 50%。假定该公司第二年投资计划所需资金为 80 万元,该公司当年流通在外的普通股 10 万股,若采用剩余股利政策,则该年度股东可获得股利为每股(　　)。

A. 1 元

B. 1.2 元

C. 2 元

D. 0.2 元

8. 以下股利政策中,有利于稳定股票价格,从而树立公司良好形象,但股利的支付与盈余相脱节的是(　　)。

A. 剩余股利政策

B. 固定或持续增长的股利政策

C. 固定股利支付率政策

D. 低正常股利加额外股利政策

9. 我国股利支付最主要的形式是(　　)。

A. 现金股利与财产股利

B. 财产股利与负债股利

C. 现金股利与股票股利

D. 股票股利与财产股利

10. 公司采取剩余股利政策分配利润的根本理由在于(　　)。

A. 使公司具有较大的灵活性

B. 保持理想的资本结构,使加权平均资本成本最低

C. 稳定对股东的利润分配额

D. 能使股利的支付与盈余紧密结合

(三)多项选择题

1. 利润分配的原则有( )。

A. 依法分配原则　　　　　　　　　B. 兼顾各方面利益原则

C. 分配与积累并重原则　　　　　　D. 投资与收益对等原则

2. 下列股利支付方式中,目前在我国公司实务中很少使用,但并非法律所禁止的有( )。

A. 现金股利　　　B. 负债股利　　　C. 财产股利　　　D. 股票股利

3. 根据股利相关论,影响股利分配的因素有( )。

A. 法律因素　　　B. 股东因素　　　C. 公司的因素　　　D. 债务的因素

E. 通货膨胀

4. 采用固定或持续增长的股利分配政策的理由是( )。

A. 保持理想的资本结构,使加权平均资本成本最低

B. 使公司具有较大的灵活性

C. 向市场传递着公司正常发展的信息,有利于树立公司良好形象

D. 使股利的支付与盈余紧密结合,体现了多盈多分,少盈少分,无盈不分的原则

E. 有利于投资者安排股利收入和支出

5. 股东从以下哪种角度出发,会希望少发股利( )。

A. 稳定的收入　　　B. 避税　　　C. 控制权　　　D. 股票价格稳定

6. 关于股利分配政策,下列说法正确的是( )。

A. 剩余分配政策能充分利用筹资成本最低的资金资源保持理想的资金结构

B. 固定股利政策有利于公司股票价格的稳定

C. 固定股利比例政策体现了风险投资与风险收益的对策

D. 正常股利加额外股利政策有利于股价的稳定和上涨

7. 某公司本年度税后会计利润为 100 万元,以前年度存在尚未弥补的亏损 15 万元。公司按 5% 的比例提取公益金。在该公司的明年投资计划中,共需资金 40 万元,公司的目标资本结构为权益资本占 60% ,债务资本占 40% 。公司按剩余政策分配股利。本年流通在外的普通股为 150 万股,则下列说法中正确的有( )。

A. 公司本年可用于分配股利的盈余为 48.25 万元

B. 公司本年末提取的法定盈余公积金为 10 万元

C. 公司本年末提取的公益金为 3.825 万元

D. 公司本年末每股股利为 0.32 元

E. 公司本年末提取的法定盈余公积金为 8.5 万元

8. 股票分割的目的在于( )。

A. 稳定股价　　　　　　　　　　　B. 吸收更多的投资者

C. 树立企业发展的形象　　　　　　D. 减少股利支付

9. 股票购回可以( )。

A. 使公司拥有可供出售的股票　　　B. 减少现金流出

C. 防止被他人收购　　　　　　　　D. 改变公司的资本结构

10. 企业发放股票股利( )。

A. 会使企业财产的价值增加　　　　B. 可以使股票价格上升

C. 能达到节约企业现金的目的　　　D. 实际上是企业盈利的资本化

（四）判断题

1. 当公司当年无利润分配时,且用公积金弥补亏损后,公司可用公积金按规定向股东分配股利,但留存的法定盈余公积金不得低于注册资本金的25%。（　　）

2. 只有在股权登记日前在公司股东名册有名的股东,才有权分享股利。（　　）

3. 低正常股利加额外股利政策,能使股利和公司的盈余紧密结合,以体现多盈多分,少盈少分的原则。（　　）

4. 股权登记日是指有权领取股利的股东有资格登记的截止日期。（　　）

5. 只有现金股利和股票股利是我国法律允许的股利支付方式。（　　）

6. 信号传递理论认为,在信息不对称的情况下,公司可以通过股利政策向市场传递有关公司未来赢利能力的信息。（　　）

7. 公司只有在当年有净利润的情况下才可以向股东支付股利。（　　）

8. 采用固定股利政策的公司是赢利波动较大的公司。（　　）

9. 固定股利支付率政策有利于稳定股票价格,从而树立公司良好形象,但股利的支付与盈余相脱节。（　　）

10. 剩余股利政策能使股利与公司盈余紧密配合（　　）

（五）计算分析题

1. 某公司1993年共发放股利100万元,过去5年间公司的盈利固定增长率为8%,1993年税后盈利为250万元,预期1994年税后盈利为500万元,1994年投资总额为300万元,预计1995年以后仍会恢复8%的盈利增长率。公司如果采取下列不同的股利政策,请分别计算1994年的股利。

①股利按盈利的增长率8%稳定增长

②股利按1993年的股利支付率计算

③采用剩余政策并投资的300万元中的40%以负债方式融资

④1994年投资的70%以保留盈余投资,30%用负债。未投资的盈余均用于发放股利。

2. 某公司年终利润分配前的有关资料如下:

单位:万元

项　目	金　额
上年为分配利润	1 000
本年税后利润	2 000
股本（500万股,每股1元）	500
资本公积	100
盈余公积	400（含公益金）
所有者权益	4 000
每股市价	40

该公司决定:本年按规定比例15%提取盈余公积金（含公益金）,发放股票股利10%（即股东每持10股可得1股）并且按发放股票股利后的股数派发现金股利每股0.1元

要求:假设股票每股市价与每股帐面价值成正比例关系,计算利润分配后:未分配利润、盈余公积、资本公积、流通股数和预计每股市价。

3. 某公司某年全年利润总额是 2 000 万元,所得税税率为 33% ,需要用税后利润弥补的亏损额是 50 万元,公司按规定提取法定公积金和公益金后,不再提取任意盈余公积,第二年的投资计划拟需资金 1 200 万元,该公司的目标资金结构为自有资金占 60% ,借入资金占 40% ,另外,该公司流通在外的普通股总额为 2 000 万股,没有优先股,

要求:

(1)计算该公司当年可发放的股利的额度。

(2)计算在剩余政策下,该公司当年可发放的股利额及每股股利。

4. A 公司的产品销路稳定,拟投资 600 万元,扩大生产能力。该公司想要维护目前45%的负债比率,并想继续执行20%的固定股利支付率政策。该公司在2000 年的税后利润为 260 万元,那么该公司 2001 年为扩充生产能力必须从外部筹措多少权益资本?

5. 甲公司 2000 年实现的利润总额为 10 000 万元,所得税税率为 33%,以前年度的亏损为 70 万元,公司按规定提取法定公积金和公益金后,再提取 3% 的任意公积金。2001 年甲公司计划投资 400 万元,其目标资金结构是维持权益乘数为 2.5 的资金结构。另外,该公司流通在外的普通股为 1 660 万股,无优先股。

(1)计算该公司 2001 年可发放的股利的额度。

(2)计算在剩余政策下,甲公司 2001 年可发放的股利额和每股股利。

▪第九章▪

财务预算

通过本章学习,应了解全面预算的含义和作用、掌握全面预算体系的构成、熟悉财务预算的编制方法、掌握现金预算与预计财务报表的编制。

【重点难点】

重点:全面预算的含义;财务预算。

难点:现金预算与预计财务报表的编制。

第一节　财务预算概述

一、全面预算及其作用

(一)全面预算的含义

为更加合理而有效地使用资源,统一协调各种经营活动,提高企业管理水平,实现企业财富的最大化,实施预算管理是重要手段之一。所谓预算,就是以货币计量,将决策的目标具体地、系统地反映出来。简单讲,预算就是决策目标的具体化。为了对企业全面协调和控制,适应现代企业管理发展的要求,企业应当实施全面预算管理。

全面预算指所有以货币及其他数量形式反映的、有关企业未来一段期间的全部经营活动的各项目标的行动计划及相应措施的具体化和数量化。内容上包括经营预算(也称业务预算)、财务预算和资本预算三类。

(二)全面预算的作用

预算是各部门工作的目标、协调的工具、控制的标准、考核的依据。全面预算的作用表现为以下五方面。

1. 明确目标

企业目标具有层次性和多元性,为此,必须通过预算将其分解成各级、各部门的具体目标。通过编制全面预算,使企业内部各部门和环节都参与进来,达到经营目标的及时层层下达,经营责任的层层分解,使各级、各部门的工作目标与企业总目标协调一致。

2. 保证企业内部的协调与配合

预算运用货币度量来表达,具有高度的综合性。通过综合平衡,促进了企业内部各级各部门间的合作与交流,减少了相互间的冲突与矛盾。由于目标及责任的明确,避免了责任不清,造成相互推诿事件的发生,保证了内部各级各部门间的协调与配合。

3. 控制日常经济活动

预算的基础是计划。计划一经确定,就进入了实施阶段,管理的重心也随之转入控制过程。全面预算能促使企业的各级各部门经理提前编制计划,当实际状况与预算指标有较大差异时,可让管理者及时查明原因并采取措施。

4. 实现资源的有效配置

以战略目标为导向,通过预算编制过程中的综合平衡,使各级各部门间相互协调,从而实现企业资源的最优配置。

5. 有利于绩效评估

由于全面预算是企业多方面计划的数量化和货币化的表现,因此,预算为业绩评估提供了标准,便于各部门实现量化的业绩考核和奖惩制度,也方便了对员工的激励与控制。由于经营活动有目标可循,有制度可依,从而克服了指令朝令夕改,活动随意变化的现象。

二、全面预算的编制原则

(一)过程控制原则

要求从全面系统的观点出发,全员共同参与,强调全过程控制。

(二)效率优先原则

全面预算管理应注重效率,讲求实效。

(三)量入为出原则

以收入为起点,以收定支,平衡不同需求。

(四)权责明晰原则

权责要层层分解,分级负责,落实责任,严格考核。

三、全面预算的体系和内容

全面预算的体系主要包括日常业务预算、专门决策预算和财务预算。

(一)日常业务预算

日常业务预算又称经营预算,是指与企业日常业务直接相关,具有实质性的基本活动的预算,主要包括销售预算、应收账款预算、毛利率预算、成本预算、生产预算、人力资源预算、研发预算等。它是整个预算体系的基础。

(二)专门决策预算

专门决策预算又称资本预算,是指企业不经常发生的、重大的资本支出与资本筹集的预算,如固定资产的购置等。

(三)财务预算

财务预算是指一系列专门反映企业未来一定预算期间的财务状况和经营成果,以及现金收支等价值指标的各种预算的总称,也称总预算,属全面预算体系中的最后环节。其主要依据国家会计准则,在经营预算基础上编制而成,具体包括现金预算、预计利润表、预计资产负债表和预计现金流量表等内容。

全面预算是一个数字相互衔接、完整的整体。不同的企业,同一企业的不同阶段,其全面预算的模式可能会有所不同,但其起点都建立在企业的发展战略之上。经营预算是核心,其一般在销售预算的基础上编制生产预算等其他业务预算,以销售预算为中心进行各种指标之间的平衡。财务预算则是在经营预算的基础上进行归类汇总,综合预计财务状况和财务成果;资本预算属企业长期预算。经营预算、财务预算和资本预算构成了完整的全面预算体系。

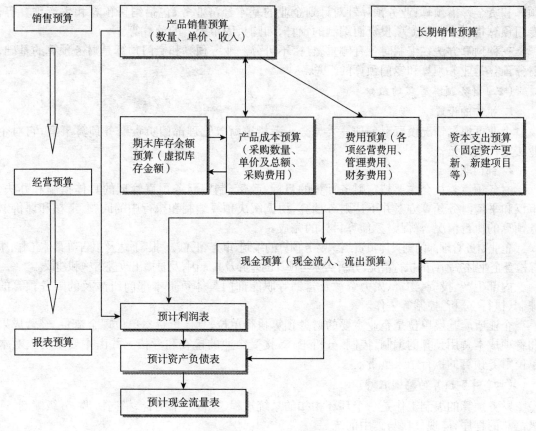

图 9 − 1　全面预算体系

四、财务预算

（一）财务预算的含义

财务预算是一系列专门反映企业未来一定预算期内预计财务状况和经营成果，以及现金收支等价值指标的各种预算的总称，具体包括现金预算、预计利润表、预计资产负债表和预计现金流量表等内容。

财务预算在预测和决策的基础上，围绕企业目标，依据国家会计准则，对一定时期内企业资金取得和投放、各项收入和支出、企业经营成果及其分配等资金运动所做的具体安排。它以业务预算、资本预算为基础，以经营利润为目标，以现金流为核心进行编制。

（二）财务预算的分类

1. 按预算期的长短分类

按预算期的长短可分为长期预算和短期预算。长期预算是指预算期超过一年的预算，如企业资本预算和长期销售预算等；短期预算是指预算期在一年以内的预算，如企业日常业务预算等。

2. 按预算的内容分类

按预算的内容可分为财务预算、业务预算和专门预算。财务预算是指企业在一定时期内货币资金的收支及财务状况的预算，包括短期现金收支预算和信贷预算，以及长期的资本支出预算和资金筹措预算;业务预算针对计划企业的基本经济业务,包括销售预算和生产预算等;专门预算指对企业某专项投资而编制的预算,如购买固定资产的预算等。

三种预算方法在编制时各有侧重,且密不可分。业务预算和专门预算是财务预算的基础,财务预算是业务预算和专门预算的汇总。

(三)财务预算管理的组织

1. 机构的设置

企业可根据情况设置财务预算委员会或者指定财务管理部门负责财务预算事宜,它对企业法定代表人负责。

2. 部门职责

财务预算委员会主要拟定财务预算的目标、政策,制定财务预算管理的具体措施和办法,审议和平衡财务预算方案并下达财务预算,协调解决预算编制和执行中的问题,考核和评价财务预算的执行情况,督促财务预算目标的完成。

企业财务管理部门则具体负责组织财务预算的编制、审查、汇总、上报、下达及报告等具体工作,跟踪检查企业财务预算的执行情况,分析实际与预算的差异及其原因,及时提出改进措施和建议。

内部生产、投资、物资、人力资源及营销等职能部门具体负责本部门所涉及的财务预算的编制、执行、分析、控制等工作。

企业所属基层单位是企业主要的财务预算执行单位,具体负责本单位现金流量、经营成果和各项成本费用预算的编制、控制、分析工作,接受企业的检查和考核。并由主要负责人对本单位财务预算的执行结果负责。

(四)财务预算的编制程序

财务预算的编制工作是一个环环相扣的系统过程,实行上下结合、横向协调、分级编制、逐级汇总的程序,体现分权与集中的统一。

1. 下达目标

由最高领导机构提出企业一定时期的预算思想与总目标,并下达规划指标。一般于每年9月至10月提出下一年度企业财务预算目标。

2. 编制上报

最基层单位结合自身情况自行草编预算,一般在每年10月底完成。

3. 初步协调

由各部门汇总部门预算并初步协调。

4. 审查平衡

由预算委员会对各预算执行单位上报的预算方案进行审查、汇总,提出平衡意见并汇总生成单位的总预算。

5. 审议批准

经过行政首长批准,审议机构通过或者驳回,进行再平衡,并上报再协调,直到各方目标协调一致为止。

6. 下达执行

通过的预算方案,一般在12月底以前,逐级下达至各预算执行单位并执行。

第二节 财务预算的编制方法

企业编制预算的方法较多,主要有固定预算、弹性预算、零基预算和滚动预算等,实践中,几种方法不是孤立存在或相互排斥的,往往是相互交叉和综合应用。

一、固定预算与弹性预算

(一)固定预算

固定预算又称静态预算,是指企业依据未来可实现的某一固定业务(如生产量、销售量)水平来编制的预算。它是一种最基本的、也是在企业中应用最广泛的一种预算编制方法。

由于预算编制后相对稳定,无特殊情况一般无须修订,所以它只适用业务量较为稳定的企业或非营利组织。

固定预算的优点是编制较为简单。缺点表现为:一是过于机械呆板,无论预算期内业务量水平是否发生变动,都只按事先预定的某一业务量水平作为编制预算的基础;二是可比性差,当实际业务量与编制预算所依据的某一业务量发生较大差异时,实际数与预算数之间就会因业务量基础不同而失去可比性,不利于正确的控制、考核和评价企业预算的执行情况。

(二)弹性预算

1. 弹性预算的含义

弹性预算又称变动预算或滑动预算,是在成本性态分析的基础上,依据业务量、成本和利润之间的依存关系,以预算期可预见的各种业务量水平为基础,编制能够适应多种情况的一种预算方法。因该方法的数据不止适应一个业务量水平,而是能随业务量的变动作相应调整的一种预算,具有伸缩性,故又称为"变动预算"。

与固定预算相比,弹性预算的优点明显:一是预算范围宽,能反映预算期内多种业务量水平相对应不同预算额,预算的适应范围增大,便于预算指标的调整。二是可比性强,如预算期实际业务量与计划业务量不一致,可将实际指标与实际业务量相应的预算额进行对比,使得预算执行情况的评价与考核更加现实和可比,更好地发挥预算的控制作用。

2. 弹性预算的编制步骤

(1)确定业务量

选择和确定与预算内容相关的业务量单位。例如,生产单一产品的部门,可选商品实物量;生产多种品种产品的部门,可以人工工时、机器工时等;修理部门可选用修理工时等;以手工操作为主的企业宜选用人工工时;机器化程度较高的企业以选用机器工时为佳。

(2)确定业务量范围

业务量变动范围是指弹性预算所适用业务量区间。选择时应根据企业具体情况而定。一般来讲,可定在正常生产能力的70%～110%之间,或以历史最高业务量或最低业务量为其上下限。业务量的间隔可定为5%～10%。

(3)计算和确定各经济变量

弹性预算的预计内容可以是相关范围内可能达到的各种经营活动业务量。例如,企业的成本可分为固定成本和变动成本两大类,业务量变动后,只有变动成本而随之变动,固定成本始终不变。这样,在编制弹性预算时,只要将全部成本中的变动成本部分按业务量的变动加以调整即可。

(4)编制弹性预算

计算各种业务量的财务预算数额。

3. 弹性预算的编制

弹性预算的编制方法通常采用列表法和公式法。

（1）公式法

公式法是根据公式：$y = a + bx$ 来近似地表示，只要在预算中列出 a（固定成本）和 b（变动成本），便可随时利用公式计算任意业务量（x）的预算成本（y）。

（2）列表法

列表法是指在确定的业务量范围内，划分出若干个不同的水平，分别计算各项预算数额，然后汇总到一个预算表格中的方法。以下是列表法编制弹性预算的应用。

【例 9 – 1】　嘉陵公司 2009 年制造费用弹性预算如表 9 – 1 所示。

表 9 – 1　嘉陵公司 2009 年制造费用弹性预算　　　　　单位：万元

业务量（直接人工工时）	560	640	720	80	880
占正常生产能力百分比	70%	80%	90%	100%	110%
1. 变动成本项目					
辅助工人工资	350	400	450	500	550
运输费	70	80	90	100	110
合　计	420	480	540	600	660
2. 混合成本					
水电费	180	185	190	200	215
辅助材料	265	280	310	350	380
维修费	75	85	95	100	105
合　计	520	550	595	650	700
3. 固定成本项目					
管理人员工资	50	50	50	50	50
设备租金	60	60	60	60	60
保险费	40	40	40	40	40
合　计	150	150	150	150	150
制造费用预算	1 090	1 180	1 285	1 400	1 510

二、定期预算与滚动预算

按预算期的时间特征不同，编制预算的方法可分为定期预算方法和滚动预算方法两大类。

（一）定期预算

定期预算又称静态预算，是指在编制预算时以不变的会计期（如会计年度）作为预算期的一种编制预算的方法。编制时，一般以一个会计年度作为固定的预算期，先反映年度预算，再细分为季度预算、月度预算。

其特点是预算期与会计年度一致，不同会计年度的预算期是间隔的，不同会计年度的预算相互独立，便于考核和评价预算的执行结果。其缺点一是远期指导性差，由于往往在执行年度开始前几个月或年初进行，难以预测预算期后期情况。二是连续性差，因其只考虑一个会计年度的经营活动，对长远发展考虑很少，不能适应连续不断的经营活动，不利企业的长远发展。三是灵活性差，因其不能随情况的变化作出及时的调整，预算执行中的许多变化因素会阻碍预算的指导功能，甚至使预算滞后过时，以致丧失作用。

实践中，为克服定期预算法的缺点，可采用滚动预算法。

（二）滚动预算

滚动预算又称连续预算或永续预算，是指在编制预算时，将预算期与会计年度脱离开，随着预算的执行不断延伸,补充预算,逐期向后滚动,使预算期永远保持为一个固定期间(如一年)的一种预算编制方法。其特点是预算期始终保持一年,当执行完一个月(或一个季度)的预算后,及时再增补一个月(或一个季度)的预算数,使预算逐期向后滚动。

滚动预算在实践中有着突出的优点:一是及时性强,有较强的适应性。定期预算一般预算期长达一年,在编制预算时很难预测市场的变化,由此形成的是一个粗略的预算。而滚动预算能结合不断变化的因素,及时进行调整和修订近期预算。二是连续性、完整性和稳定性突出。由于滚动预算在时间上不再受日历年度的限制,能连续不断地规划未来的经营活动,不会造成预算的人为间断,确保企业管理工作的完整性和稳定性。三是能适应各个时期计划的需要。由于滚动预算的长期性和多样性,促使管理人员不仅作短期的周详安排,且进行长远的整体规划。

因滚动预算自动延伸的工作量大,实践中较少被企业采用。

三、增量预算与零基预算

按编制预算出发点的特征不同,可分为增量预算与零基预算。

(一)增量预算

增量预算是指以基期成本费用水平为基础,结合预算期业务量水平及有关降低成本的措施,通过调整有关原有费用项目而编制预算的方法。是一种传统的成本费用预算编制方法。

该方法的优点是编制方法简单、工作量小。缺点是:一是以历史水平为基础,加以简单的修修补补,势必沿袭原有的不合理费用水平,造成预算上的浪费。二是容易鼓励编制人主观臆断,对预算项目不加改进,或只增不减,或平均削减,不利于调动部门降低成本费用的积极性。三是一些对企业未来发展有利,确需的支出可能未列入预算或预算不足,势必阻碍企业的长远发展。

零基预算就是为克服增量预算的缺点而设计的一种预算编制方法。

(二)零基预算

1. 零基预算的含义

零基预算方法是"以零为基础编制计划和预算的方法"的简称,又称零底预算,是指在编制成本费用预算时,不考虑以往会计期间所发生的费用项目或费用数额,而是所有的预算支出均以零作为出发点,一切从实际需要与可能出发,逐项审议预算期内各项费用的内容及开支标准是否合理,在综合平衡的基础上编制预算费用的一种方法。此法目前在西方被广泛采用。

2. 零基预算的优点

(1)不受现有费用项目和开支水平限制,促使企业对资源的分配更加合理、有效。

(2)提高企业各预算部门降低费用的积极性,促使各预算部门精打细算,量力而行,每一位经理都必须负责说明花费每一分钱的理由。

(3)有助于企业未来发展。以零为出发点,对一切费用一视同仁,有利于企业依据未来的发展来考虑预算问题。

3. 零基预算的编制

编制时首先要深入调查论证,提出预算方案。各部门在充分酝酿的基础上,提出本部门在预算期内应当发生的项目及预算数额;然后将全部费用划分为不可避免项目和可避免项目,对不可避免项目必须保证资金供应,对可避免项目需逐级进行成本—效益分析,确定各项费用预算的优先顺序;最后合理分配可动用的预算资金。按重要性原则,进一步划分哪些属可以延缓的项目,哪些是不可延缓的项目,依据各项目的轻重缓急顺序,分配资金,落实预算。

【例9－2】 嘉陵公司拟采用零基预算编制2009年度管理费用调节预算,具体过程为:

① 管理部门的全体员工根据2009年总公司及本部门的目标进行多次讨论,由预算编制人员确定可能发生的管理费用项目及金额,如表9－2所示。

表9－2 嘉陵公司2009年预计管理费用项目及开支金额   单位:万元

费用项目	开支金额	费用项目	开支金额
业务招待费	30 000	办公费	25 000
差旅费	38 000	培训费	8 000
劳动保护费	5 000	保险费	7 000

② 经充分论证,得出如下结论:上述费用中除业务招待费、差旅费及办公费外,其他费用都不能再压缩了,须全额保证。依据以往的资料分析,对业务招待费、差旅费及办公费进行成本—效益分析,得出以下数据,见表9－3所示。

表9－3 嘉陵公司成本—效益分析表   单位:万元

成本项目	成本金额	收益金额
业务招待费	1	6
差旅费	1	5
劳动保护费	1	4

假定该公司计划年度可用于管理费用的支出总额为85 000元,劳动保护费、培训费及保险费在预算期必不可少,需全额保证,属不可避免的约束性固定成本。

不可避免项目的预算金额:5 000 + 8 000 + 7 000 = 20 000(元)

确定可分配的资金额:85 000 – 20 000 = 65 000(元)

按成本—效益比重将可分配的资金额在业务招待费、差旅费及办公费之间进行分配:

$$业务招待费可分配资金 = 65\,000 \times \frac{6}{6+5+4} = 26\,000(元)$$

$$差旅费可分配资金 = 65\,000 \times \frac{5}{6+5+4} = 21\,667(元)$$

$$办公费可分配资金 = 65\,000 \times \frac{4}{6+5+4} = 17\,333(元)$$

第三节　现金预算与预计财务报表的编制

财务预算包括现金预算和预计财务报表。

一、现金预算的编制

现金预算是按照现金流量表主要项目内容编制,反映企业预算期内一切现金收支及结果的预算。它以业务预算和资本预算为基础,是其他预算有关现金收支的汇总,是收支差异平衡措施的具体计划。

现金预算的内容包括现金收入、现金支出、现金多余或不足的计算,以及不足部分的补充方案和多余部分的利用方案。

（一）现金收入预算的编制

现金收入包括营业现金收入和其他现金收入。营业现金收入是现金收入的主要来源,所以,销售预算是整个预算的编制起点。

【例9-3】 假定嘉陵公司生产并销售A产品,2009年度预计销售量、销售价格、销售收入及分季度预算数如表9-4所示。据估计,A产品每季度的销售中有70%能于当季收到现金,其余30%于下季度收讫。2008年年末,应收账款余额为25 000元。

表9-4　销售预算　　　　　　　　　　　单位:元

季　度	一	二	三	四	全　年
预计销售量（件）	100	120	150	180	550
预计单价	600	600	600	600	600
预计销售收入	60 000	72 000	90 000	108 000	330 000
预计现金收入					
期初应收账款					25 000
第一季度	25 000	18 000			60 000
第二季度	42 000	50 400	21 600		72 000
第三季度		63 000	27 000		90 000
第四季度			75 600		75 600
现金收入合计	67 000	68 400	84 600	102 600	322 600

销售预算的编制依据是销售量、单价及销售收入。编制时通常应分品种、期间、销售区域和推销员等来编制。为简化,本例只编制了分季度销售预算。实务中通常还包括预计现金收入的计算,以便为编制现金预算提供必要的资料。

本例中,第一季度的现金收入包括了上年年末应收账款在本年度应收到的货款以及本季度销售中可能收到的货款部分。

（二）现金支出预算的编制

现金支出主要包括材料采购支出、人工工资支付、制造费用、管理费用、财务费用和销售费用等支出。这些项目的现金支出预算主要来源于业务预算。

1. 生产预算

生产预算在销售预算的基础上编制,其主要内容有销售量、期初和期末存货、生产量。表9-5是嘉陵公司2009年的生产预算。

表9-5　嘉陵公司2009年的生产预算　　　　　　单位:件

季　度	一	二	三	四	全　年
预计销售量	100	120	150	180	550
加:预计期末存货	12	15	18	20	20
合计	112	135	168	200	570
减:预计期初存货	10	12	15	18	10
预计生产量	102	123	153	182	560

由于企业的生产和销售一般不能做到"同步同量",所以需储备一定的存货,以保证能在发生意外时按时供货,并做到均衡生产,节省赶工的额外支出。存货数量通常按下期销售量的一定百分比确定,本例按10%安排期末存货。年初存货是编制预算时预计的。年末存货根据长期销售趋势而定,本例假定年初有存货10件,年末留存20件。

生产预算的"预计销售量"来自销售预算,其他数据在本表中计算得出:

预计期末存货 = 下季度销售量×10%　　　　　　　　　　　　　(9.1)

预计期初存货 = 上季度末存货　　　　　　　　　　　　　　　(9.2)

预计生产量 = (预计销售量 + 预计期末存货) - 预计期初存货　(9.3)

生产预算在实际编制时是比较复杂的,如产量受到生产能力的限制,存货数量受仓库容量的限制。此外,有的季度可能销量大,需赶工增产,但为此需付加班费。如果提前在淡季生产,也会因存货增加而多付资金利息。因此,企业应权衡得失,选择成本最低的方案。

2. 直接材料预算

直接材料预算主要用于确定预算期材料采购数量和采购成本。以生产预算为基础编制,并同时考虑期初和期末材料结存水平。预计材料采购量按下列公式计算:

预计材料采购量 = 预计材料耗用量 + 预计期末存货量 - 预计期初存货量　(9.4)

其中:预计材料耗用量 = 单位产品材料耗用量×预计生产量　　　　　　(9.5)

公式中单位产品材料耗用量可根据标准单位耗用量或定额耗用量来确定。

为便于以后编制现金预算,通常要预计各季度材料采购的现金支出。每季度的现金支出包括偿还上期应付账款和本期支付的采购货款。

嘉陵公司生产A产品耗用甲材料,年初材料结存量为280公斤,年末为350公斤。各季度期末材料存量根据下季度生产需要量的20%计算。每季度材料采购货款的50%在本季度内支付,另外50%在下季度付清。2008年年末,应付账款余额为12 000元。直接材料预算的编制见表9-6。

表9-6　直接材料预算

季　度	一	二	三	四	全　年
年预计生产量(件)	102	123	153	182	560
单位产品材料耗用量(公斤)	10	10	10	10	10
生产需要量(公斤)	1 020	1 230	1 530	1 820	5 600
加:预计期末存货量(公斤)	246	306	364	350	350
合　计	1 266	1 536	1 894	2 170	5 950
减:预计期初存量(公斤)	280	246	306	364	280
预计材料采购量(公斤)	986	1 290	1 588	1 806	5 670
单价(元)	20	20	20	20	20
预计采购金额(元)	19 720	25 800	31 760	36 120	113 400
预计现金支出					
期初应付账款	12 000				12 000
第一季度	9 860	9 860			19 720
第二季度		12 900	12 900		25 800
第三季度			15 880	15 880	31 760
第四季度				18 060	18 060
现金支出合计	21 860	22 760	28 780	33 940	107 340

3. 直接人工预算

直接人工预算用以确定预算期内人工工时消耗水平和人工成本水平。它以生产预算为编制基础,包括预计生产量、单位产品工时、人工总工时、每小时人工成本、人工总成本。

基本公式为:

$$人工总工时 = 预计生产量 \times 单位产品工时 \tag{9.6}$$

$$人工总成本 = 人工总工时 \times 每小时人工成本 \tag{9.7}$$

由于人工成本一般均由现金开支,故不必单列预计现金支出,可直接参加现金预算的汇总。

【例9-4】 嘉陵公司生产A产品所需人工成本预算,如表9-7所示。

表9-7 嘉陵公司生产A产品的直接人工预算

季 度	一	二	三	四	全 年
预计生产量(件)	102	123	153	182	560
单位产品工时(小时)	16	16	16	16	16
人工总工时(小时)	1 632	1 968	2 448	2 912	8 960
每小时人工成本(元)	5	5	5	5	5
人工总成本(元)	8 160	9 840	12 240	14 560	44 800

4. 制造费用预算

制造费用预算是指除直接人工预算以外的其他一切生产费用的预算。制造费用通常分为变动制造费用和固定制造费用两部分。

变动制造费用以生产费用预算为基础来编制。如有完善的标准成本资料,用单位产品的标准成本与产量相乘即得相应的预算金额。如无标准成本资料,需要逐项预计计划产量需要的各项制造费用。为便于成本预算,需要计算变动制造费用预算分配率,其计算公式为:

$$变动制造费用预算分配率 = \frac{变动制造费用总额}{相关分配标准预算数总额} \tag{9.8}$$

固定制造费用,需要逐项预计,通常与本期产量无关,按每季实际需要的支付额预计,然后得出全年数。

为便于以后编制现金预算,制造费用预算也需要预计现金支出。由于固定资产折旧不计入现金支出,计算时应扣除。

【例9-5】 假定嘉陵公司在预算编制中采用变动成本法,变动性制造费用按直接人工时比例分配(例9-4所示为8 960小时),折旧以外的各项制造费用均于当季付现。其预算如表9-8所示。

$$变动制造费用分配率 = \frac{31\,360}{8\,960} = 3.5(元/小时)$$

$$固定制造费用分配率 = \frac{26\,880}{8\,960} = 3.0(元/小时)$$

表9-8　嘉陵公司制造费用预算表　　　　　单位:元

季　度	一	二	三	四	全　年
变动制造费用					
间接材料	2 448	2 952	3 672	4 368	13 440
直接人工费用	1 020	1 230	1 530	1 820	5 600
修理费	1 224	1 476	1 836	2 184	6 720
水电费	510	615	765	910	2 800
其　他	510	615	765	910	2 800
小　计	5 712	6 888	8 568	10 192	31 360
固定费用					
修理费	900	950	920	950	3 720
折旧费	3 000	3 000	3 000	3 000	12 000
管理人员工资	2 000	2 000	2 000	2 000	8 000
保险费	520	520	520	520	2 080
其　他	270	270	270	270	1 080
小　计	6 690	6 740	6 710	6 740	26 880
合　计	12 402	13 628	15 278	16 932	58 240
减:折　旧	3 000	3 000	3 000	3 000	12 000
现金支出的费用	9 402	10 628	12 278	13 932	46 240

5. 产品成本预算

产品成本预算是生产预算、直接材料预算、直接人工预算、制造费用预算的汇总。主要内容是产品的单位成本和总成本。单位产品成本的有关数据,来自上述已有的直接材料预算、直接人工预算、制造费用预算以及销售预算和生产预算等。

【例9-6】　嘉陵公司2009年产品成本预算见表9-9所示。

表9-9　嘉陵公司2009年产品成本预算表　　　　　单位:元

项　目	元/千克 或每小时	单位产品 耗用量	单位成本	总成本 560 件	期末存货 20 件	销货成本 550 件
直接材料	20	10 千克	200	112 000	4 000	110 000
直接人工	5	16 小时	80	44 800	1 600	44 000
变动制造费用	3.5	16 小时	56	31 360	1 120	30 800
固定制造费用	3	16 小时	48	26 880	960	26 400
合　计			384	215 040	7 680	211 200

6. 销售及管理费用预算

销售费用预算是指为了实现销售预算所需支付的费用预算。它以销售预算为基础,分析销售收入、销售利润和销售费用的关系,力求实现销售费用的最有效使用。在草拟销售费用预算时,需对过去的销售费用进行分析,考查其支出的必要性和效果。同时,与销售预算相结合,编制按品种、按地区、按用途的具体预算数额。

管理费用是搞好一般管理业务必需的费用,多属于固定成本。编制预算时,一般以过去的实际开支为基础,根据企业的业务成绩和一般经济状况,按预算期的可预见变化来调整,同时,务必做到费用合理化。

【例9-7】 嘉陵公司2009年销售费用及管理费用预算见表9-10所示。

表9-10 销售费用及管理费用预算 单位:元

销售费用:	
销售人员工资	12 000
广告费	6 000
包装费	4 000
运输费	3 500
保管费	1 900
小 计	27 400
管理费用:	
管理人员工资	18 000
保险费	2 900
办公费	10 000
小 计	30 900
合 计	58 300
每季度支付现金(58 300÷4)	14 575

7. 现金预算

现金预算由现金收入、现金支出、现金多余或不足、不足部分的筹集和运用四个部分组成。

【例9-8】 嘉陵公司2009年现金预算如表9-11所示。

表9-11 嘉陵公司2009年现金预算表 单位:元

季 度	一	二	三	四	全 年
期初现金余额	31 560	32 563	327 160	29 487	120 770
加:销货现金收入(表9-4)	67 000	68 400	84 600	102 600	322 600
可供使用现金	98 560	10 096	111 760	132 087	443 370
减:各项支出					
直接材料(表9-6)	21 860	22 760	28 780	33 940	107 340
直接人工(表9-7)	8 160	9 840	12 240	14 560	44 800
制造费用(表9-8)	9 402	10 628	12 278	13 932	46 240
销售费用及管理费用(表9-10)	14 575	14 575	14 575	14 575	58 300
所得税	4 000	4 000	4 000	4 000	16 000
购买设备		42 000			42 000
股 利	8 000				8 000
支出合计	65 997	103 803	71 873	81 007	322 680
现金多余或不足	32 563	(2 840)	39 887	51 080	120 690
向银行借款					30 000
还银行借款		30 000	10 000	20 000	30 000
借款利息(年利息8%)			400	1 200	1 600
合 计			10 400	21 200	31 600
期末现金余额	32 563	27 160	29 487	29 880	119 090

表中"可供使用现金"包括期初现金余额和销货现金收入。"期初现金余额"是在编制预算时预计的。销货现金收入的数据来自表9-4的销售预算表。

"各项支出"包括预算期的各项现金支出。直接材料、直接人工、制造费用、销售费用及管理费用的数据来自表9-6、表9-7、表9-8、表9-10。此外,还包括所得税、购买设备、股利分配等现金支出,有关的数据分别来自另行编制的专门预算表。

"现金多余或不足"是现金收入与现金支出的差额,差额为正,说明收大于支,现金有多余,可用于偿还借款或者用于短期投资;差额为负,则是支大于收,现金不足,需向银行借款。本例中,假定该企业需要保留的现金余额为27 000元,不足此数时,需向银行借款。假定银行借款的金额要求是1 000元的倍数,则第二季度借款额为:

借款额 = 最低现金余额 + 现金不足额
$$= 27\,000 + 2\,840 = 29\,840 \approx 30\,000(元)$$

第三季度、第四季度现金多余,可用于偿还借款。一般按"每期期初借入,每期期末归还"来预计利息。本例借款期为9个月,假定利息为8%,则第三季度归还本金10 000元及利息400元(10 000×8%×6÷12);第四季度归还本金20 000元及利息1200元(20 000×8%×9÷12)。

还款后,仍应保持最低现金余额(27 000元),否则,只能部分归还借款。

二、预计财务报表的编制

预计财务报表包括预计利润表和预计资产负债表。

预计财务报表与实际财务报表的作用不同,实际财务报表的编制目的主要是向外部报表使用人提供财务信息,而预计财务报表主要为企业财务管理服务,是控制企业资金、成本和利润总量的重要手段。它从总体上反映预算期间企业经营的全局情况,属于总预算。

(一)预计利润表的编制

预计利润表与实际报表在内容与格式上均一致,不同的是数字属预计的。它是在预计的收入、成本费用、营业外收支的基础上加以编制的。通过该表的编制,可以了解企业预期的赢利水平。如果预算利润与企业目标利润有较大差异,则需调整部门预算,设法达到目标,或者经企业决策者同意后修改目标利润。

【例9-9】 嘉陵公司2009年预计利润表如表9-12所示。

表9-12 嘉陵公司2009年预计利润表 单位:元

项目	金额
销售收入(表9-4)	330 000
销货成本(表9-7)	211 200
毛利	118 800
销售费用及管理费用(表9-10)	58 300
利息(表9-11)	1 600
利润总额	58 900
所得税(估计)	16 000
税后净利润	42 900

表中"所得税"项目是在利润规划时估计的,本列入"现金预算"。因存在许多不可预见的纳税调整因数,所以它不是根据"利润"和所得税税率计算而来的。此外,从预算编制程序上看,如果根据"本年利润"和税率重新计算所得税,则需修改"现金预算",引起信贷计划修改,

进而改变"利息",最后又要修改"本年利润",陷入数据的循环修改之中。

（二）预计资产负债表的编制

预计资产负债表与实际报表在内容与格式上相同,不同之处在于数据反映的是预测期末的财务状况。编制时依据本期期初资产负债表,以及销售、生产、资本等预算的有关数据加以调整而成。

【例9-10】 嘉陵公司2009年预计资产负债表如表9-13所示。

表9-13 嘉陵公司2009年预计资产负债表 单位:元

资　产			负债及所有者权益		
项　目	年初数	年末数	项　目	年初数	年末数
现金（表9-11）	31 560	29 880			
应收账款（表9-4）	25 000	32 400	应付账款（表9-6）	12 000	18 060
材料（表9-6）	5 600	7 000	长期借款	10 000	10 000
产成品（表9-9）	3 840	7 680	股　本	135 000	135 000
固定资产（表9-11）	150 000	192 000	未分配利润		
减:累计折旧（表9-8）	60 000	72 000	（表9-11）（表9-12）	9 000	43 900
无形资产	10 000	10 000			
资产总额	166 000	206 960	负债及所有者权益总额	166 000	206 960

表中大部分项目的数据来源已在表中注明。

其中"应收账款"年末数是根据表9-4中的第四季度销售额和本期收现率计算而得:

$$期末应收账款 = 本期销售额 \times (1 - 本期收现率)$$
$$= 108\,000 \times (1 - 70\%)$$
$$= 32\,400（元）$$

"应付账款"年末数是根据表9-6中的第四季度采购金额和本期付现率计算而得:

$$期末应付账款 = 本期采购金额 \times (1 - 本期付现率)$$
$$= 36\,120 \times (1 - 50\%)$$
$$= 18\,060（元）$$

"未分配利润"年末数是根据表9-11及表9-12中股利分配额和净利润计算而得:

$$期末未分配利润 = 9\,000 + 42\,900 - 8\,000$$
$$= 43\,900（元）$$

【名词解释】

全面预算:指所有以货币及其他数量形式反映的、有关企业未来一段期间的全部经营活动的各项目标的行动计划及相应措施的具体化和数量化。

日常业务预算:又称经营预算,是指与企业日常业务直接相关,具有实质性的基本活动的预算,主要包括销售预算、应收账款预算、毛利率预算、成本预算、生产预算、人力资源预算、研发预算等。它是整个预算体系的基础。

专门决策预算:又称资本预算,是指企业不经常发生的、重大的资本支出与资本筹集的预算。

财务预算:指一系列专门反映企业未来一定预算期间的财务状况和经营成果,以及现金收支等价值指标的各种预算的总称,也称总预算,属全面预算体系中的最后环节。

固定预算：又称静态预算，是指企业依据未来可实现的某一固定业务（如生产量、销售量）水平来编制的预算。

弹性预算：又称变动预算或滑动预算，是在成本性态分析的基础上，依据业务量、成本和利润之间的依存关系，以预算期可预见的各种业务量水平为基础，编制能够适应多种情况的一种预算方法。

定期预算：又称静态预算，是指在编制预算时以不变的会计期（如会计年度）作为预算期的一种编制预算的方法。

滚动预算：又称连续预算或永续预算，是指在编制预算时，将预算期与会计年度脱离开，随着预算的执行不断延伸，补充预算，逐期向后滚动，使预算期永远保持为一个固定期间（如一年）的一种预算编制方法。

增量预算：指以基期成本费用水平为基础，结合预算期业务量水平及有关降低成本的措施，通过调整有关原有费用项目而编制预算的方法。

零基预算：是"以零为基础编制计划和预算的方法"的简称，又称零底预算，是指在编制成本费用预算时，不考虑以往会计期间所发生的费用项目或费用数额，而是所有的预算支出均以零作为出发点，一切从实际需要与可能出发，逐项审议预算期内各项费用的内容及开支标准是否合理，在综合平衡的基础上编制预算费用的一种方法。

现金预算：是按照现金流量表主要项目内容编制，反映企业预算期内一切现金收支及结果的预算。它以业务预算和资本预算为基础，是其他预算有关现金收支的汇总，是收支差异平衡措施的具体计划。

【课后分析案例】

嘉陵公司的财务副总经理张三军主要负责在 2008 年第编制该企业 2009 年的全面预算。由于他是第一次接手该项工作，所以有许多问题不甚明确。2008 年年底，张三军只能先行进入工作状态，一面进行全面预算的编制，一面对操作中的错误予以纠正。以下是他进行预算组织工作的详细记录。

1. 12 月 9 日 为全公司各生产部门和职能部门下达编制全面预算的任务，预算的编制顺序为"两下两上"，即先由基层单位编制初稿，上交公司统一汇总、协调，然后再返还基层单位修改，修改后再次上交总公司以调整、确认。

2. 12 月 10 日，发专门文件说明预算的本质是财务计划，是预先的决策。

3. 12 月 11 日，专门指定生产部门先将生产计划编制出来，提前上交，因为生产部门的生产计划是全部预算的开端。

4. 12 月 15 日，设计预算编制程序如下：

（1）成立预算委员会，由公司董事长任主任；

（2）确定全面预算只包括短期预算；

（3）由预算委员会提出具体生产任务和其他任务；

（4）由各部门负责人自拟分项预算；

（5）上报分项预算给公司预算委员会，汇总形成全面预算；

（6）由董事会对预算进行审查；

（7）将预算下达给各部门实施。

5. 12 月 20 日，截止到该日，已上交的营业预算有：销售预算、生产预算、直接人工预算、直接材料采购预算、制造费用预算、营业费用预算、预计损益表。张三军认为营业预算已经基本上交完毕。资本支出预算也刚刚交来，被归入营业预算中。其主要内容是关于下一经营期购买厂房和土地的问题。

6. 12 月 21 日,收到的现金预算中有以下几项内容:现金收入、现金支出、现金结余。张三军把现金预算归入销售预算内,因为销售是企业现金的主要来源。

7. 12 月 22 日,交来的预计资产负债表被李军退回,认为它不在预算之列。

8. 12 月 25 日,张三军强行要求所有与生产成本相关的预算都以零基预算的方式进行。基层单位负责人反映该企业为方便业绩考核,前任财务经理对生产成本一直实行滚动预算。况且重新搜集成本资料支出过大,时限过长。

9. 12 月 29 日,生产经理的基本职责有两方面:生产控制和成本控制。公司要求生产经理作固定预算,生产经理强烈反对,认为只有弹性预算才能把生产控制和成本控制分开,便于考核业绩。

10. 12 月 31 日,预计出下一期股利的支付政策和方案,并把它列入专门决策预算。

阅读上述资料,分析讨论以下问题:

(1)张三军在预算组织工作中存在哪些错误? 请为他加以纠正。

(2)结合本案例,谈谈零基预算、滚动预算、弹性预算、固定预算这些预算方法的优缺点及其适用范围。

【课后复习题】

(一)思考题

1. 全面预算体系包括哪些内容? 相互关系如何?

2. 什么是财务预算? 企业为何要进行财务预算?

3. 财务预算的编制程序是什么?

4. 零基预算、滚动预算、弹性预算、固定预算各有什么特点?

5. 企业为何要编制现金预算?

(二)单项选择题

1. 全面预算编制的关键和起点是(　　　)。

A. 生产预算　　　　　B. 现金预算　　　　C. 材料预算　　　　D. 销售预算

2. 编制直接材料预算所依据的是(　　　)。

A. 现金预算　　　　　B. 销售预算　　　　C. 生产预算　　　　D. 产品成本预算

3. 与生产预算没有直接联系的是(　　　)。

A. 变动制造费用预算　　　　　　　　B. 直接材料预算

C. 直接人工预算　　　　　　　　　　D. 营业及管理费用预算

4. 下列关于零基预算的说法,错误的是(　　　)。

A. 零基预算有可能使不必要开支合理化

B. 无论基期费用为多少,一切均以零开始编制预算

C. 零基预算是区别于传统的调整预算而设计的一种费用预算

D. 采用零基预算,需逐项审议各种费用开支是否必要合理

5. 下列关于滚动预算的说法,错误的是(　　　)。

A. 滚动预算也称为永续预算或连续预算

B. 滚动预算的预算期要与会计年度挂钩

C. 为了克服定期预算的盲目性、不变性和间断性,可以采用滚动预算的方法

D. 滚动预算的工作量较大

6. 下列各项中,不能在现金预算中直接得到反映的是(　　　)。

A. 现金筹措及使用情况　　　　　　　　B. 现金收支情况
C. 期初期末现金余额　　　　　　　　　D. 预期产量与销量

7. 在财务预算管理中,不属于总预算内容的是(　　)。
A. 预计资产负债表　　B. 预计利润表　　C. 生产预算　　　D. 现金预算

8. 弹性预算的业务量范围,应视企业或部门的业务量变化而定,一般可以在正常生产能力的(　　)之间,或以历史上最高或最低业务量为其上下限,间隔5%~10%。
A. 60%~100%　　　B. 70%~110%　　　C. 70%~120%　　　D. 80%~110%

9. 全面预算体系中,最后的环节是(　　)。
A. 特种决策预算　　B. 销售预算　　　C. 财务预算　　　D. 生产预算

10. 下列各预算中,能够同时以实物量指标和价值量指标分别反映企业经营收入和相关现金收入的是(　　)
A、销售及管理费用预算　　　　　　　B、生产预算
C、现金预算　　　　　　　　　　　　D、销售预算

（三）多项选择题

1. 下列不属于财务预算内容的是(　　)。
A. 现金预算　　　　B. 日常业务预算　　C. 专业预算　　　D. 弹性预算

2. 固定预算的缺点包括(　　)。
A. 远期预算的指导性差　　　　　　　B. 预算的编制难度大
C. 预算的灵活性差　　　　　　　　　D. 预算的连续性差

3. 下列关于弹性预算的说法,正确的是(　　)。
A. 是在固定预算模式基础上发展起来的
B. 依照预算期可预见的各种业务量水平,能编制适应多种情况的预算
C. 编制时,依据的业务量可以是产量、销量、人工工时等
D. 适用于全面预算中的各种预算

4. 生产预算中,在"预期生产量"的预测中,应考虑的因素有(　　)。
A. 预计销售量　　B. 预计期末存货　　C. 预计期初存货　　D. 前期实际销量

5. 产品成本预算,是(　　)预算的汇总。
A. 生产　　　　　B. 直接材料　　　　C. 直接人工　　　D. 制造费用

6. 能够在现金预算中得到反映的有(　　)。
A. 现金收入和现金支出　　　　　　　B. 现金多余或不足
C. 期初现金余额　　　　　　　　　　D. 现金的筹集和运用

7. 对待现金余额的态度,以下意见正确的是(　　)。
A. 现金余额越大越好,防止出现支付困难
B. 企业应及时处理现金余额
C. 现金余额越小越好,以满足扩大投资的需要
D. 现金余额在偿还了利息和借款成本之后仍超过现金余额上限的部分,可用于投资有价证券

8. 下列关于财务预算的论述,正确的有(　　)。
A. 财务预算是企业全面预算体系中的最后环节,也称总预算
B. 财务预算是财务控制的先导
C. 具体内容包括现金预算、预计损益表、预计资产负债表等

D. 财务预算在全面预算体系中占有举足轻重的地位

9. 下列各项中,属于现金预算中现金支出内容的是(　　)。

A. 经营性现金支出　B. 资本性现金支出　C. 缴纳税金　　　　D. 股利与利息支出

10. 以下关于现金预算的论述,正确的有(　　)。

A. 现金预算实际上是其他预算有现金收支部分的总汇

B. 内容上包括现金流入、现金支出、现金多余或不足及不足部分的筹措方案等

C. 编制时要以其他各项预算为基础

D. 生产预算是现金预算的出发点

（四）判断题

1. 零基预算不是以现有费用为前提,而是一切从零做起。(　　)

2. 销售预算是整个预算的编制起点,其他预算的编制都以销售预算为基础。(　　)

3. 销售预算的编制依据是销售量、销售单价、销售方式、收款方式等资料(　　)

4. 生产预算是所有日常业务预算中唯一只使用实物计量单位的预算。(　　)

5. 生产预算是在销售预算的基础上编制的。按照"以销定产"的原则,生产预算中各季度的预计生产量应该等于各季度的预期销售量。(　　)

6. 财务预算具体包括现金预算、预计利润表、预计资产负债表等内容。(　　)

7. 固定制造费用需要进行逐项预计,它通常与本期产量有关。(　　)

8. 销售费用及管理费用预算是根据生产预算为基础编制出来的。(　　)

9. 预计利润表中的"所得税"项目与实际编制利润表时一样。(　　)

10. 编制生产预算的关键是销售预算的准确性。(　　)

（五）计算题

1. 请将表 9－14 中弹性预算空缺数据补充齐全。

表 9－14　制造费用弹性预算　　　　　　　　　　　　　单位:元

直接人工小时	(1)	(2)	8 000	(3)
生产能力利用(%)	80%	90%	100%	110%
1. 变动成本项目	(4)	(5)	7 000	(6)
辅助人工工资	(7)	(8)	4 500	(9)
检验员工资	(10)	(11)	2 500	(12)
2. 混合成本项目	(13)	(14)	5 000	(15)
修理费	2 300	2 600	3 000	3 100
油料	1 700	1 850	2 000	2 100
3. 固定成本	(16)	(17)	2 000	(18)
折旧费	(19)	(20)	800	(21)
管理人员工资	(22)	(23)	1 200	(24)
制造费用预算	(25)	(26)	14 000	(27)

2. 某企业生产和销售甲产品,计划 2009 年 4 个季度的销售分别是 100 件、120 件、150 件、160 件。甲产品预计单位售价 300 元,假定每季度的收入中,本季度内收到现金 60%,余下 40% 在下季度收回,上年末应收账款余额为 35 000 元。

要求:(1)编制 2009 年现金收入表。

(2)确定 2009 年末应收账款余额。

(六)综合案例分析题

嘉陵纺织股份公司是西南地区一家拥有近 4 000 名职工的企业,主要生产棉纺织品。公司规模从小到大,经历了近 60 年的风风雨雨,为国家和地区经济发展做出了很大的贡献。进入 20 世纪 90 年代,由于企业内部管理不善和国际国内市场的变化等诸多原因,公司在资金及销售方面面临极大的困难。2005 年,新领导班子带领企业一班人,经深入调查和分析,决定对公司经营战略进行调整:一是组建和加强销售公司,抽调一批懂技术、能吃苦、会营销的同志充实销售公司;二是加大新产品的研发力度,三是对公司现有纺织设备进行升级改造。这样,公司经营业绩有了长足的发展,职工收入及上缴国家税金不断增加。2007 年完成销售收入 1.8 亿元,2008 年达 2.1 亿元,2009 年计划完成 2.5 亿元。去年 10 月,公司各有关部门上下结合,分级编制,逐级汇总,形成了 2009 年度的主要预算指标,如表 9 – 15 所示。

表 9 – 15 2009 年嘉陵纺织股份公司主要预算指标 单位:万元

项　目	第一季度	第二季度	第三季度	第四季度
销售现金收入	5 700	5 800	6 500	7 000
直接材料	3 600	3 700	3 850	4 000
直接人工	700	800	950	1 050
制造费用	440	450	480	500
销售及管理费用	300	310	330	350

其他预算指标如下:

(1)公司每季度预算缴纳所得税 180 万元,第一季度支付股利 300 万元,第四季度支付股利 800 万元。

(2)为保证生产经营正常进行,各期期末需有 900 万元余额的最低现金储备,2009 年年初现金余额预计为 850 万元。

(3)公司计划在 2009 年第二季度初进行纺织机械设备的更新与购买,为此需投入资金 1 200 万元,不足资金可通过银行借款解决,当现金充裕时偿还,预计第三季末还款 500 万元,余下部分年底偿还,银行借款利率为 8% 。

假定公司不存在应收应付账款。

请根据案例提供的相关资料,为嘉陵纺织股份公司编制 2009 年度现金预算及预计利润表。

▪第十章▪

财务控制

通过本章学习,应了解财务控制的含义和作用、责任中心及其构成内容,掌握财务控制的基本条件、责任中心的特点和考核指标,能结合实际资料和财务预算,选择适当的财务控制方式、方法。

【重点难点】

重点:财务控制的含义、方式、方法。
难点:各类责任中心的业绩考核和评价。

第一节　财务控制概述

一、企业财务控制概念与特征

(一)财务控制的概念

财务控制是指按照一定的程序和方法,以财务预算指标为依据,对企业各项财务收支进行入场的计算、审核和调节,确保企业财务目标实现的过程。它是企业内部控制的一个重要组成部分,是内部控制的核心。

经济越发展,财务控制越重要。在整个财务管理各环节中,财务预测、财务决策、财务预算为财务控制指明了方向,提供了依据。而财务控制则是保证实现财务管理目标的关键,没有财务控制,其他财务管理环节都失去了意义。财务控制为企业生产经营活动的顺利进行起到了保证、促进、监督、调节等重要作用。实证调查发现,企业在采购、生产、销售、财务等管理环节出现问题,几乎都与财务控制失败有关。

(二)财务控制的特征

财务控制是一种价值控制,有很强的连续性和全面性。

1.必须借助价值手段来进行。因财务控制以财务预算为目标,而财务预算所包括的现金预算、预计利润表和预计资产负债表,都以价值形式予以反映的。所以,财务控制必须通过价值指标来实现。

2.以不同部门、岗位和层次的不同经济业务为综合控制对象。由于财务控制借助价值手段来进行,能够以不同部门、岗位和层次的不同经济业务综合起来进行控制。

3.重点以日常现金流量状况的控制为主。由于企业日常的财务活动过程表现为现金流量的变化,故控制现金流量就成为日常财务控制的主要内容,控制时以现金预算为依据,通过编制现金流量表来加以考核评价。

(三)财务控制的种类

1.按照财务控制的内容,可分为一般控制和应用控制。一般控制也称基础控制或环境控制,是指对企业财务活动的内部环境所实施的总体控制;应用控制亦称业务控制,指直接作用于企业财务活动的具体控制。一般控制通过应用控制对企业财务活动产生影响。

2. 按照财务控制的功能,可分为预防性控制、侦查性控制、纠正性控制、指导性控制和补偿性控制。预防性控制指为防范风险、错弊等发生或较少发生而进行的一种控制,它虽能防止损失的发生,降低风险,但实务中很难做到百分之百的预防,还需结合其他控制;侦查性控制是指为及时识别或者增强识别和发现已存在的财务危机和已发生的错弊与非法行为所进行的各项控制,如账账、账实核对等;纠正性控制指对侦查性控制所发现问题的控制。对发现的问题、差异等及时纠正;指导性控制指为了实现有利结果所采取的控制。它在实现有利结果的同时,同样避免了不利结果的发生;补偿性控制是指对某些环节的不足或缺陷而采取的措施。其目的是将风险水平控制在一定的范围内,一项补偿性控制可以包含多个控制措施,即一项控制程序可以有多重控制手段。

3. 按照财务控制的时序,可分为事前控制、事中控制和事后控制。事前控制指在财务活动发生前所实施的事先规划;事中控制是指在财务活动发生过程中所进行的控制;事后控制指对财务活动结果所进行的考核和奖惩。

二、财务控制应具备的条件

(一)组织保证

组织是管理的基础,搞好财务控制首先应有有效的组织作保证。如为了确定财务预算,应建立相应的决策和预算机构;为了组织和实施控制,应建立相应的监督、协调和评判机构;为便于预算执行结果的考评,应建立相应的考评机构。

(二)制度保证

企业的财务控制不是靠人的权利,必须依靠完善的内部控制制度来完成。内部控制制度包括组织机构设计和企业内部采取的所有相互协调的方法与措施。通过建立和完善各项规章制度,达到保护企业财产,并使之保值和增值,检查企业会计信息的准确性、可靠性,提高运营效率,增强每位员工的责任心。

(三)预算目标的确立

财务控制以良好的财务预算为依据,全面的财务预算是控制企业经济活动的依据。财务预算要分解到各责任中心,以明确责任,让预算执行主体明确自己的目标是什么、如何努力去完成,以及完成以后的收益如何等。

(四)真实、及时、准确的财务信息

控制离不了真实、及时、准确的信息,财务控制必须以会计信息为基础,主要表现为:一是财务预算总目标的执行情况需通过企业汇总的财务核算资料予以反映,以了解财务总目标的执行情况,发现差异,分析原因,及时纠正偏差;二是各责任中心及各岗位的预算目标的执行情况需通过各自的财务核算资料予以反映,以了解、分析各责任中心及各岗位的预算目标的完成情况,并将其作为改进工作和考核业绩的依据。

(五)信息反馈系统的建立

财务控制是一个动态的控制过程,为确保预算目标的完成,必须对各责任中心执行情况实施有效地跟踪监控,发现差异,分析原因,及时纠正偏差。因此,信息反馈系统的建立尤为关键。

（六）控制人员的素质要高

财务控制是一个复杂的过程,要求控制人员在偏差出现时能够排除假象,并通过观察、分析,采取措施预防偏差的发生。因此,控制人员的素质高低是财务控制能否有效进行的重要因素。

（七）奖惩制度的执行

财务控制的最终效率取决于是否有切实有效并严格执行的奖惩制度,否则,即使有"完美"的预算方案,也会因执行不力而难以实现。一方面,奖惩制度必须结合各责任中心的预算责任目标来制定,以体现合理和有效的原则。另一方面,要有严格的考评机制,并将过程考核与结果考核结合起来。严格的考评机制主要有建立考评机构、明确考评程序、审核考评数据、执行考评制度和得出考评结果。同时,将各责任中心的短期奖惩和年度奖惩结合起来。

三、财务控制原则

财务控制的基本原则包括以下几个。

（一）目的性原则

财务控制必须服务于企业的管理目标,其目标为全面落实和实现企业的财务目标。

（二）充分性原则

财务控制的手段、方法对于财务管理的目标来说,应是充分的,能确保目标的实现。

（三）及时性原则

财务控制应及时发现差异,分析原因,采取措施,纠正偏差。

（四）认同性原则

财务控制的目标、标准和措施应为企业相关部门、人员的广泛认同。

（五）经济性原则

财务控制的手段、方法应是经济合理的,所得价值应大于所费。

（六）客观性原则

财务控制的考核、考评应当公正、合理,体现公平、合理和有效。

（七）灵活性原则

财务控制应有相当的灵活性,不受环境的变化、计划的变更等"异常"情况的影响,能保持对整个运行过程的控制。

（八）适应性原则

财务控制应能与财务管理目标相适应,反映所制订的有待实施的财务计划。

（九）协调性原则

财务控制的方法、措施等应相互配合,形成合力,产生协同效应。

（十）简明性原则

财务控制的目标应当明确,控制的方法、措施等应当简单明了,易为各执行主体理解和执行。

第二节　责任中心

为了实现有效的内部协调与控制,企业通常按统一领导、分级管理的原则,在其内部合理划分责任单位,也称责任中心,以明确各责任单位的目标、应承担的经济责任及享有的权利,以便各责任单位各施其职、各尽其责。

按责任和控制范围的大小及业务活动的特点,责任中心通常可划分为成本中心、利润中心和投资中心三大类。

一、成本中心

(一)成本中心的含义及设置

一个责任中心如果不着重考核其收入,而着重考核其所发生的成本和费用,这类中心称为成本中心。它不对收入、利润或投资承担责任。一般包括负责产品生产的生产部门、劳务提供部门以及给予一定费用指标的管理部门。

成本中心的范围甚广,一般来讲,凡有成本发生的责任领域,都可以确定为成本中心。如工业企业上至工厂,下至车间、班组,甚至个人都可以成为成本中心。成本中心由于层次、规模不同,其控制和考核的内容也不尽相同。

(二)成本中心的类型

成本中心的类型有两种:标准成本中心和费用中心。

标准成本中心是指所生产的产品稳定而明确,并已经知道单位产品所需投入量的成本中心。其典型代表是制造业工厂、车间、班组等。这类成本中心每种产品有明确的原材料、人工费及各种间接费用的数量标准和价格标准。可以说,任何一种重复性的活动都可以建立标准成本中心。如银行业、施工企业、医院、快餐业等行业。

费用中心是指产出物不能用财务指标来衡量,或者收入与产出间没有密切关系的成本中心。主要包括从事会计、人事、计划等工作的行政管理部门,从事设备改造、新产品研制等工作的研究开发部门,以及从事广告、宣传等工作的销售部门。由于无法通过投入与产出的比较来评价费用中心的效果和效率,唯一可以准确计量的是实际费用,因而通常采用预算总额审批的控制方法来限制无效费用的支出。

(三)成本中心的特点

1. 成本中心只考核成本费用,不考核收益,并以货币形式衡量投入。

2. 成本中心只对可控成本负责。凡责任中心能够控制其发生的成本称为可控成本;相反,不能控制其发生及其数量的称为不可控成本。只有各项可控成本才是该中心的责任成本,才是该中心的责任范围。

3. 成本中心只对责任成本进行考核和控制。责任成本是各成本中心当期确定或发生的各项可控成本之和。责任成本以具体的责任单位为对象,以其承担的责任为范围归集成本。对成本中心工作业绩的考核,主要是实际责任成本与预算责任成本进行比较,以正确评价该中心的工作业绩。

(四)成本中心的考核指标

成本中心的考核指标主要采用相对指标和比较指标的形式,包括成本(费用)变动额和变动率两个指标,其计算公式为:

$$成本(费用)变动额 = 实际责任成本(费用) - 预算责任成本(费用) \qquad (10.1)$$

$$成本(费用)变动率 = \frac{成本(费用)}{预算责任成本(费用)} \times 100\% \qquad (10.2)$$

需注意的是,如果实际产量与预算产量不一致,应先按弹性预算的编制方法调整责任成本

（费用）。其公式为：

预算责任成本（费用）＝实际产量×单位预算责任成本　　　　　　　　　　　　　（10.3）

【例10－1】　某成本中心生产甲产品，预算产量为1 200件，单位成本为90元，实际产量为1 100件，单位成本为88元，计算该成本中心成本降低额与降低率。

解：成本降低额＝1 100×88－1 100×90

$$＝－2 200（元）$$

$$成本降低率＝\frac{－2 200}{1 100×90}×100\%$$

$$＝－2.22\%$$

二、利润中心

（一）利润中心的含义

利润中心指既能控制成本，又能控制收入的责任中心，即对利润负责的责任中心。这类责任中心一般具有独立或相对独立的收入和生产经营决策权。由于其权力和责任都相对较大，利润中心往往处于企业内部的较高层次，如分厂、分店、分公司等。

（二）利润中心的类型

利润中心可分为自然利润中心和人为利润中心。自然利润中心是指可以直接对外销售产品并取得收入的利润中心。这种利润中心本身直接面对市场，有产品的销售及价格制定权、材料采购权和生产决策权。它虽是企业内部的一个部门，但功能与独立企业类似，能独立地控制成本，取得收入。人为利润中心是以半成品、产成品在企业内部流转，按内部转移价格取得"内部销售收入"为特征的利润中心。人为利润中心一般也有独立经营权。

（三）利润中心的考核标准

利润中心的考核指标主要是利润。考核时，通常根据不同成本的可控性，将收益或利润分解为若干层次，设计相应的考核指标，即边际贡献、部门可控边际贡献、部门边际贡献及部门税前利润等。

边际贡献＝部门销售收入－部门变动成本　　　　　　　　　　　　　　　　　　　（10.4）

部门可控边际贡献＝边际贡献－部门可控固定成本　　　　　　　　　　　　　　　（10.5）

部门边际贡献＝部门可控边际贡献－部门不可控固定成本　　　　　　　　　　　　（10.6）

部门税前利润＝部门边际贡献－公司管理费用　　　　　　　　　　　　　　　　　（10.7）

【例10－2】　嘉陵公司某部门实现销售收入25 000元，已销商品变动成本和变动销售费用18 000元，部门可控固定间接费用1 000元，部门不可控固定间接费用1 300元，公司分配的管理费用1 500元。计算用于评价利润中心的各项指标：

边际贡献＝25 000－18 000＝7 000（元）

部门可控边际贡献＝7 000－1 000＝6 000（元）

部门边际贡献＝6 000－1 300＝4 700（元）

部门税前利润＝4 700－1 500＝3 200（元）

以边际贡献7 000元作为业绩评价依据不够全面，因为部门经理至少可以控制某些固定成本，且在固定成本和变动成本的划分上有一定选择余地。以可控边际贡献6 000元作为业绩评价的依据可能是最好的，它反映了部门经理在其权限和控制范围内有效使用资源的能力。以部门边际贡献4 700元作为业绩评价的依据，可能更适合评价该部门对企业利润和管理费用的贡献,而不适合于部门经理的评价。以部门税前利润 3 200 元作为业绩评价的依据,通常是不合理的。公司总部的管理费用是部门经理无法控制的成本,由于分配给公司的管理费用的计算方法通常是任意的,由此而引起的部门利润的不利变化,不能由部门经理负责。

三、投资中心

(一)投资中心的含义

投资中心指既对成本、收入和利润负责,又对投资效果的责任中心负责。由于投资的目的是获取利润,所以,投资中心同时也是利润中心,但投资中心与利润中心又有所不同,区别在于:首先,投资中心有决策权,处在责任中心的最高层次,具有最大决策权,承担最大的责任;其次,考核利润中心业绩时,不考虑投入该中心的资源或资产,但在考核投资中心时,应将所获利润与所占用的资产进行比较。

一般来说,大型集团所属的子公司、分公司、事业部往往都是投资中心。在组织形式上,成本中心一般不是独立法人,利润中心可以是也可以不是独立法人,而投资中心一般是独立法人。投资中心独立性较高,享有投资权和较为充分的经营权。

(二)投资中心的考核指标

投资中心除考核利润外,主要考核能集中反映利润与投资之间关系的指标,一是投资利润率,二是剩余收益。

1. 投资利润率,又称投资收益率,是指投资中心所获得的利润与投资额之间的比率。计算公式为:

$$投资利润率 = \frac{利润}{投资额} \times 100\% \tag{10.8}$$

从投资中心的角度看,该指标也可称为净资产利润率,主要说明投资中心的每一份资源所贡献利润的大小,或称为投资中心对所有者权益的贡献程度。

【例 10 - 3】 嘉陵公司某部门资产额为 55 000 元,部门边际贡献为 11 000 元,计算该投资中心的投资利润率。

解:投资利润率 $= \frac{11\ 000}{55\ 000} \times 100\% = 20\%$

用投资利润率来评价投资中心的业绩有许多优点:一是它可以根据现有会计资料计算得到,能比较客观地反映投资中心的综合赢利能力;二是可用于部门之间,以及不同行业之间的业绩比较;三是可以作为选择投资机会的依据;四是可以正确引导投资中心的经营管理行为,使行为长期化。

投资利润率指标的缺点也十分明显:部门经理会放弃高于资本成本而低于目前部门投资利润率指标的机会,或者减少现有的投资利润率较低但高于资本成本的某些资产,使部门的业绩获得好评,却因此损伤了企业的整体利益。

【例 10 - 4】 根据例 10 - 3,假设嘉陵公司资金成本为 15%,部门经理现面临一个投资利润率为 16% 的投资机会,投资额为 15 000 元,计算增资后的投资利润率。

解:投资利润率 $= \frac{11\ 000 + 15\ 000 \times 16\%}{55\ 000 + 15\ 000} \times 100\% = 19.14\%$

可以看出,虽然部门经理面临一个投资利润率为 16% 的投资机会,但部门经理却不愿意投资,因进行投资,就会使本部门投资利润率由 20% 下降至 19.14%,从而影响他的业绩。

同样,假设该部门现有一项资产,价值 8 000 元,每年获利 1 360 元,投资利润率为 17%,超过了资金成本,如果部门经理放弃该项资产,投资报酬率将上升至20.51%($\frac{11\,000-1\,360}{55\,000-8\,000}\times$ 100%)。

由此可见,从引导部门经理维护企业总体利益的决策来看,投资利润率并不是最佳的指标。

2. 剩余收益。是指投资中心获得的利润扣减其最低投资利益后的余额。为了克服由于使用比率来衡量部门业绩带来的次优化问题,许多企业采用了剩余收益指标,公式为:

剩余收益 = 部门边际贡献 − 部门资产应计报酬 (10.9)

= 利润 − 投资额 × 预期最低投资利润率 (10.10)

【例10-5】 根据例10-4,计算该部门的剩余收益。

解:目前部门剩余收益 = 11 000 − 55 000 × 15%

= 2 750(元)

采纳增资方案后剩余收益 = (110 000 + 15 000 × 16%) − (55 000 + 15 000) × 15%

= 2 900(元)

采纳减资方案后剩余收益 = (11 000 − 1 360) − (55 000 − 8 000) × 15%

= 2 590(元)

部门经理会采纳增资方案而放弃减资方案,这正与企业总目标一致。

综上所述,成本中心、利润中心和投资中心,它们彼此不是孤立存在的,每个责任中心在企业形成"连锁责任"网络,为确保经营目标一致而协调运转。

第三节 内部转移价格

一、内部转移价格的含义

(一)内部转移价格的含义

内部转移价格是指企业内部各责任中心之间进行内部结算和内部责任结转时所使用的计价标准。利用内部转移价格进行内部结算,可使企业内部的各个责任中心处于类似市场交易的买卖双方,达到与外部市场价格相当的作用。责任中心作为卖方,即提供产品或劳务的一方,必须改善经营管理,降低成本费用,提高服务质量,获取更多利润;而作为接受产品或劳务的买方,也必须通过"市价"竞价后形成的买入成本,千方百计降低买入成本,获取高质量的产品和服务,以获取更大的利润。

采用内部转移价格进行责任结转,主要出于两个理由:一是各责任中心之间责任成本的发生地与承担地往往不同,因而需要责任结转。通常表现为"下家"对"上家"的一种责任追究。以明确经济责任。如企业某产品第三道工序成本费用超定额是由于第二道工序半成品质量不合格造成,则应由第二道工序部门负责,应将该超定额部分的责任转移至第二道工序部门。二是责任成本在发生的地点显示不出来,需要在下道工序或环节才能发现。如某车间二、三两道工序都是成本中心,第二道向第三道提供半成品,当第三道在对第二道提供的半成品进行加工时,发现属次品,则由此造成的料工费损失,均应由第二道工序部门负责。

如上所述,内部转移价格的变化,使得供求双方的收入或内部利润呈反向变化。一方收入或利润的增加或减少正是另一方收入或利润的减少或增加。一增一减,数额相等、方向相反,但企业利润总额不变。

（二）内部转移价格的制定原则

内部转移价格的制定,有助于明确划分各责任中心的责任和利益,使各责任中心的业绩考评有据可依,有助于企业内部各项业务活动的协调。制定合理内部转移价格时,应遵循以下原则。

1. 全局性原则。内部转移价格的制定必须强调企业的整体利益,各责任中心的利益应围绕企业总目标进行协调,实现企业利润最大化。

2. 公平性原则。内部转移价格的制定应尽量做到公平合理,最大化的体现各责任中心的经营努力与经营业绩与所得收益相适应。

3. 自主性原则。在确保企业总目标的情况下,尽可能给予各责任中心一定的自主定价权或竞价、议价权,真正在企业内部实现市场模拟。

4. 重要性原则。与企业财务管理水平相适应,按照大宗从细、零星从简的要求,分类制定转移价格,以减少不必要的成本支出。

二、内部转移价格的类型

（一）市场价格

市场价格是指以产品或劳务的市场价格为基价的内部转移价格。采用市场价格的基础有两个:一是假定各责任中心都处于相对独立状态,可自主决定从外部或内部进行购销;二是产品或劳务外部竞争市场,有客观市价可供参考。

由此,市场价格被认为是内部转移价格的最佳形式。通过合理有序的市场竞争,各责任中心努力降低成本,使企业总利润最大化。但应注意以下两个问题。

一是在中间产品有外部市场,可向外出售或从外部购进时,以市场价格为内部转移价格,并不等于直接将市场价格用于内部结算,而应在此基础上,对外部价格做一些必要的调整。因外部售价比内部转移价格有更多的广告费、运输费等销售费用,应在外部市价的基础上做相应扣除;如果各责任中心不是独立核算实体,不单独纳税,则销售税金也不能作为内部转移价格的组成部分。否则,以上两方面的好处都会为销售方获得,同时也加重了购买方的不合理成本,不利于利润分配的公平性。

二是在以市场价格为依据制定内部转移价格时,一般假定中间产品有完全竞争的市场,或中间产品提供部门无闲置的生产能力。

从维护企业整体利益出发,以市场价格为依据制定内部转移价格时,应尽可能地促使各责任中心进行内部转让,并同时发挥市场竞争的促进作用。为此,应遵循以下三条原则。

1. 当销售方愿意对内销售,且售价不高于市价时,购买方应履行内部购买的义务,不得拒绝。

2. 当销售方的售价高于市价,购买方有向外部市场购买的自由。

3. 当销售方宁愿对外销售,则应有尽量不对内销售的权利。

（二）协商价格

协商价格也称议价,是企业内部各责任中心以正常的市场价格为基础,通过定期协商,能被双方接受的价格。当中间产品无合适的市价可供参考时,也应采用协商价格。当然,采用这种定价方法的前提是责任中心转移的产品,应有在非竞争性市场买卖的可能性,在该市场内,买卖双方有权决定是否买卖这种中间产品,不能使整个谈判变成由上级领导完全决定。

协商价格的上限是市场价格,下限是单位变动成本,具体价格则由买卖双方在其范围内协商。通过企业内部各责任中心的讨价还价,形成内部的模拟"公允价格"。

同时,也应注意协商价格的缺陷:一是协商价格的过程要耗费太多的人力、物力及时间;二是协商的各方可能会受到信息不对称、谈判能力等影响而有失公允;三是协商价格的各方往往会相持不下,需企业高层定夺,便弱化了分权管理的初衷。

(三)双重价格

双重价格又称双轨价,指允许买卖双方分别采用不同的内部转移价格为计价基础。如对产品(半成品)的供应方,可按协商的市场价格计价;对购买方则按供应方的产品(半成品)的单位变动成本计价。其差额由会计作最终的调整。

采用双重价格的目的,主要是为了对企业内部各责任中心的业绩进行评价和考核,所以买卖双方所采用的计价基础不需要完全相同,可以分别采用对本中心最为有利的价格作为计价依据。双重价格一般有以下两种形式。

1. 双重市场价格。指当某种产品或劳务在市场上出现几种不同价格时,供应方按最高市价,购进方接受最低市价。

2. 双重转移价格。指供应方按市场价格或议价为基础,购进方按供应方的单位变动成本为计价基础。

双重价格的优点是既可满足供需双方的不同需求,也可激励供需双方在经营上充分发挥其主动性和积极性。但采用双重价格之后,企业各责任中心的利润之和必须大于其实际利润,这就需要作相关的会计调整,算出真实的利润。同时,双重价格不利于激励各责任中心降低成本的积极性。所以在实务中不常采用。

(四)成本转移价格

成本转移价格是指以产品或劳务成本为基础而制定的内部转移价格。成本转移价格主要适用于:一是由于各种原因,产品不便或不能对外销售的;二是无适合的市价可供参考的;三是因其它原因,不便采用市价或协商价等定价的。

由于成本价格的形式有所不同,成本转移价格通常有以下形式。

1. 实际成本。采用该成本,优点是简单易行,但它不利于激励各责任中心努力降低成本,不利于企业总目标利润的实现。

2. 标准成本。它以产品(半成品)或劳务标准成本作为内部转移价格,适合成本中心产品(半成品)的转移。其好处是:将管理和核算工作结合在一起,避免供应方成本的高低对使用方的影响,以调动双方的积极性。

3. 标准成本加成。以产品(半成品)或劳务的标准成本加一定的合理利润作为计价基础。其好处是:能分清各责任中心的责任,调动销售方的积极性,促使双方努力降低成本,获取更大利益。其缺点是:在确定加成利润时,难免有主观随意性。

4. 标准变动成本。它以产品(半成品)或劳务的标准变动成本作为内部转移价格。其好处是:符合成本习性,明晰了成本与产量的关系,方便对外特殊定价的决策,有利于各责任中心的业绩考核。其缺点是:产品(半成品)或劳务中的固定成本易被忽视,不能反映劳动生产率变化对固定成本的影响,不利于各责任中心增加产量的积极性。

【名词解释】

财务控制:指按照一定的程序和方法,以财务预算指标为依据,对企业各项财务收支进行入场的计算、审核和调节,确保企业财务目标实现的过程。

责任中心:为了实现有效的内部协调与控制,企业通常按统一领导、分级管理的原则,在其内部合理划分责任单位,以明确各责任单位的目标、应承担的经济责任及享有的权利,以便各责任单位各施其职、各尽其责。

成本中心:一个责任中心如果不着重考核其收入,而着重考核其所发生的成本和费用,这类中心称为成本中心。

利润中心:指既能控制成本,又能控制收入的责任中心,即对利润负责的责任中心。这类责任中心一般具有独立或相对独立的收入和生产经营决策权。

自然利润中心:指可以直接对外销售产品并取得收入的利润中心。

人为利润中心:以半成品、产成品在企业内部流转,按内部转移价格取得"内部销售收入"为特征的利润中心。人为利润中心一般也有独立经营权。

投资中心:指既对成本、收入和利润负责,又对投资效果负责的责任中心。

剩余收益:指投资中心获得的利润扣减其最低投资利益后的余额。

内部转移价格:指企业内部各责任中心之间进行内部结算和内部责任结转时所使用的计价标准。

市场价格:指以产品或劳务的市场价格为基价的内部转移价格。

协商价格:也称议价,是企业内部各责任中心以正常的市场价格为基础,通过定期协商,能被双方接受的价格。

双重价格:又称双轨价,指允许买卖双方分别采用不同的内部转移价格为计价基础。

成本转移价格:指以产品或劳务成本为基础而制定的内部转移价格。

【课后分析案例】

汉斯公司的财务控制

汉斯公司是总部设在德国的大型包装品供应商,它按照客户要求制作各种包装袋、包装盒等,其业务遍及西欧各国。欧洲经济一体化的进程使公司可以自由地从事跨国业务。出于降低信息和运输成本、占领市场、适应各国不同税收政策等考虑,公司采用了在各国商业中心城市分别设厂,由一个执行部集中管理一国境内各工厂生产经营的组织和管理方式。由于各工厂资产和客户(即收益来源)的地区对应性良好,公司决定将每个工厂都作为一个利润中心,采用总部—执行部—工厂两层次、三级别的财务控制方式。

做法简介:各工厂作为利润中心,独立地进行生产、销售及相关活动。公司对他们的控制主要体现在预算审批、内部报告管理和协调会三个方面。

预算审批是指各工厂的各项预算由执行部审批,执行部汇总后的地区预算交由总部审批。审批意见依据历史数据及市场预测作出,在尊重工厂意见的基础上体现公司的战略意图。

内部报告及其管理是公司实施财务控制最主要的手段。内部报告包括利润表、费用报告、现金流量报告和顾客利润分析报告。前三者每月呈报一次,顾客利润分析报告每季度呈报一次。公司通过内部报告能够全面了解各工厂的业务情况,并且对照预算作出相应的例外管理。其中,费用按制造费用、管理费用、销售费用等项目进行核算。偏离分析及相应措施根据偏高额的大小而由不同层级决定,偏高额度较小的由工厂作出决定、执行部提出相应意见,较大的由执行部作出决定、总部提出相应意见;额度大小的标准依费用项目的不同而有所差别。

顾客利润分析报告,列出了各工厂所拥有的最大的10位客户的情况,其排列次序以工厂经营所获得的利润为准,其对每一位客户的报告包括产品类型和批量、批量固定成本、按时交货率等内容。其中,产品类型和批量是为了了解客户的主要需求,批量固定成本是指生产的准备成本和运输成本等,按时交货率和产品质量评级从客户处取得。针对每个客户,还要算出销售利润率。最后，报告将记载最大的 10 位客户的营业利润占总营业利润的百分比。由此，公司可以掌握各工厂的成本发生与利润取得情况，以便有针对性地加以控制；同时也掌握了其主要客户的结构和需求情况，以便实时调整生产以适应市场变化。

根据以上的内部报告，公司执行部每月召开一次工厂经理协调会，处理部分预算偏差，交换市场信息和成本降低经验，发现并解决本执行部存在的主要问题。公司每季度召开一次执行部总经理会议，处理重大预算偏离或作出相应的预算修改，对近期市场进行预测，考察重大投资项目的执行情况，调剂内部资源。同时，总部要对各执行部业绩按营业利润的大小作出排序，并与其营业利润的预算值和上年同期值作比较。其中，上年同期排序反映了该执行部上年同期在营业利润排序中的位置。比较的主要目的是考察各执行部的预算完成情况和其自身的市场地位变化。

汉斯公司的财务控制制度具有以下两个特点。

第一，实现了集权与分权的巧妙结合，散而不乱，统而不死。各工厂直接面对客户，能够迅速地根据当地市场变化作出经营调整；作为利润中心，其决策权相对独立。，避免了集权形式下信息在企业内部传递可能给企业带来的决策延误，分权经营具有反应的适时性和灵活性；公司通过预算审批、内部报告管理和协调会，使得各工厂的经营处于公司总部的控制之下，相互间可以共享资源、协调行动，以发挥企业整体的竞争优势。其中，执行部起到了承上启下的作用，它处理了一国境内各工厂的大部分相关事务，加快了问题的解决，减轻了公司总部的工作负担；同时，相对于公司总部来说，它对于各工厂的情况更了解，又只需掌握一国的市场情况与政策法规，因而决策更有针对性，实施更快捷；另外，协调会对防止预算的僵化、提高公司的反应灵活也起到了关键性作用。

第二，内部报告的内容突破了传统财务会计数据的范围，将财务指标和业务指标有机地结合起来。在顾客利润分析报告中，引入了产品类型、按时交货率、产品质量评级等反映顾客需要及满意程度的非财务指标；在费用报告中也加入了偏离分析、改进措施及相应意见等内部程序和业务测评要素。这使得各工厂在追求利润目标的同时要兼顾顾客需要（服务的时效、质量）和内部组织运行等业务目标，既防止了短期行为，又提高了企业的综合竞争能力。财务指标离开了业务基础将只是抽象的数字，并且可能对工厂行为产生误导，只有将两者有机地结合起来，才能真正发挥财务指标应有的作用。

实践证明，汉斯公司的财务控制制度是切实有效的。其下属工厂在各自所处的商业中心城市的包装品市场上均占有较大的份额，公司的销售收入和利润呈现稳定增长的态势。公司总部也从烦琐的日常管理中解脱出来，主要从事战略决策、公共关系、内部资源协调、重大筹资投资等工作，公司内部的资源在科学地调配下发挥了最大的潜能。

（资料来源：《财务管理案例教程》，郑雄传　卢侠巍主编）

阅读上述资料，分析以下问题：

（1）汉斯公司的财务控制包括哪些方面的内容，在财务管理中有何作用？

（2）汉斯公司的内部报告如何编制，有何内容，它在整个控制中的意义如何？

（3）汉斯公司的财务控制给我们带来了哪些启示？

（一）思考题

1. 财务控制的含义与特征是什么？

2. 财务控制应具备哪些条件？

3. 简述的财务控制制定原则。

4. 内部转移价格的类型有哪些？简述各自的优缺点。

(二)单项选择题

1. 公司制企业的下列责任单位中,可作为投资中心的是(　　)。

A. 公司　　　　　　　B. 班组　　　　　　　C. 工段　　　　　　　D. 车间

2. 在对成本中心进行业绩评价时,(　　)。

A. 既考核其收入,也考核其成本、费用

B. 只考核其收入,不考核其成本、费用

C. 如不形成收入就不考核收入,若有收入形成就考核收入

D. 不考核其收入,只考核其成本、费用

3. 以下部门属于典型的人为利润中心的是(　　)。

A. 分店　　　　　　　B. 分厂　　　　　　　C. 车间　　　　　　　D. 海外事业部

4. 某投资中心的资产周转率为 0.5 次,销售利润率为 40%,则投资报酬率为(　　)。

A. 40%　　　　　　　B. 30%　　　　　　　C. 20%　　　　　　　D. 15%

5. 对部门经理进行业绩评价时应考核(　　)。

A. 可控边际贡献　　　B. 边际贡献　　　　　C. 部门边际贡献　　　D. 税前部门利润

6. 如某部门的资产额为 30 000 元,部门边际贡献为 6 000 元,资金成本为 15%,则该部门目前的剩余收益为(　　)。

A. 6 000 元　　　　　B. 1 500 元　　　　　C. 4 500 元　　　　　D. 3 000 元

7. 投资中心投资利润为 4 万元,最低投资利润为 10%,剩余收益为 2 万元,则该中心投资利润率是(　　)

A. 10%　　　　　　　B. 20%　　　　　　　C. 30%　　　　　　　D. 40%

8. 为便于考核各责任中心的责任业绩,下列各项中(　　)不宜作为内部转移价格。

A. 标准成本　　　　　B. 实际成本　　　　　C. 标准变动成本　　　D. 标准成本加成

9. 财务控制的控制对象是(　　)

A. 价格　　　　　　　B. 综合经济业务　　　C. 现金流量控制　　　D. 会计信息

10. 财务控制按(　　)可分为预算控制和制度控制。

A. 控制的主体　　　　B. 控制的对象　　　　C. 控制的依据　　　　D. 控制的手段

(三)多项选择题

1. 下列适合建立成本费用中心的单位有(　　)

A. 人事部门　　　　　B. 生产车间　　　　　C. 会计部门

D. 研究开发部门　　　E. 销售部门

2. 下列关于成本中心的论述,正确的有(　　)。

A. 成本中心往往是没有收入的

B. 成本中心的应用范围广,上至工厂一级,下至车间甚至个人都可以成为成本中心

C. 成本中心可完成对本中心所有成本的控制责任

D. 成本中心的考核指标主要是各种成本和费用指标

3. 下列属于投资中心主要考核指标的是(　　)。

A. 贡献毛益　　　　　B. 责任成本　　　　　C. 投资利润率　　　　D. 剩余收益

4. 下列关于利润中心的论述,正确的有(　　)。

A. 利润中心既要对成本负责,又要对收入负责

B. 利润中心包括人为利润中心和自然利润中心

C. 利润中心具有相对独立的经营权

D. 在考核利润中心负责人业绩时,应将不可控的固定成本从中剔除

5. 下列各项中,属于投资中心特征的有( )。

A. 一般为独立的法人   B. 拥有决策权

C. 处于责任中心的最高层   D. 只对投资效果负责

6. 下列各项中,( )可作为责任转账的方式。

A. 直接的货币结算方式   B. 间接的货币结算方式

C. 内部银行转账方式   D. 内部交易方式

7. 根据企业内部责任中心权责范围及业务活动的特点不同,责任中心可分为( )

A. 成本中心   B. 利润中心   C. 投资中心   D. 费用中心

8. 投资中心与利润中心的主要区别是( )

A. 权利不同   B. 考核办法不同

C. 权利相同,但考核指标完全不同   D. 两者没有任何联系

9. 以成本转移价格作为内部转移价格常采用的形式有( )

A. 标准成本   B. 标准变动成本

C. 标准固定成本   D. 标准成本加本

10. 责任报告的形式主要有( )

A. 报表   B. 数据分析   C. 文字说明   D. 图例

(四)判断题

1. 财务控制是一种价值控制,其重点是现金流量状况的控制。( )

2. 财务控制要求企业的所有业务未经授权不能执行。( )

3. 企业的责任单位包括成本中心和利润中心。( )

4. 一般来讲,凡有成本发生的责任领域,都可以确定为成本中心。( )

5. 可以计算其利润的组织单位,是真正意义上的利润中心。( )

6. 人为利润中心虽是企业内部的一个部门,但功能与独立企业类似,能独立地控制成本,取得收入。( )

7. 评价部门经营业绩的最佳指标是部门税前利润。( )

8. 以剩余收益指标评价投资中心的业绩时,可以使业绩评价与企业的目标协调一致。( )

9. 责任转账的目的是为了划清各责任中心的成本责任,使不应承担损失的责任中心在经济上得到合理补偿。( )

10. 一般而言,直接成本都是可控成本,而间接成本都是不可控成本。( )

(五)计算分析题

1. 某工厂甲车间是成本中心,预算产量为1 000件,单位成本为80元,实际产量为1 100件,耗用直接材料38 500元,直接工资27 500元,制造费用16 500元。

要求:计算该成本中心成本降低额与降低率。

2. 某公司某部门业绩考核的有关数据如下:销售收入40 000元,已销售产品变动成本和变动销售费用15 000元,可控固定间接费用4 000元,不可控固定间接费用6 000元,分配来的公司管理费用1 200元。

要求:计算该部门的边际贡献、可控边际贡献、部门边际贡献和税前部门利润。

3. 某公司一投资中心2005年业绩考核有关数据如下:

销售收入   60 000元

销货成本	36 000 元
折旧费	4 000 元
其他间接费用	3 000 元
分配的公司管理费	3 200 元
本中心占用资产	58 000 元
公司平均资本成本率	10%

要求:计算该投资中心的投资报酬率、剩余收益。

4. 彩虹公司现有三个业务类似的投资中心,使用相同的预算进行控制,其 2005 年的有关资料如下:

单位:万元

项 目	预算数	实际数		
		A 中心	B 中心	C 中心
销售收入	400	360	420	400
销售费用	36	38	40	36
营业资产	200	180	200	200

年终进行业绩评价时,董事会对三个部门的评价发生分歧:有人认为 C 中心全面完成预算,业绩最好;有人认为 B 中心收入和利润均超过预算,且利润最大,业绩最好;也有人认为 A 中心利润超过预算并节约了资金,业绩最好。

假设该公司资本成本是 16%,请你对三个中心的业绩进行分析评价并排出优先次序。

第十一章

财务分析

通过本章学习应了解财务分析的定义、作用和目的;掌握财务分析的基本概念和基本方法;掌握财务比率分析法对企业偿债能力、营运能力、赢利能力、市场价值的分析;熟悉财务状况的综合分析方法。

【重点难点】

重点:财务分析的基本方法。
难点:财务比率分析法对企业偿债能力、营运能力、赢利能力和市场价值的分析。

第一节 财务分析概述

一、财务分析的概念和目的

(一)财务分析的概念

财务分析是以企业财务报告及其他相关资料为主要依据,对企业的财务状况和经营成果进行评价和剖析,反映企业在运营过程中的利弊得失和发展趋势,从而为改进企业财务管理工作和优化经济决策提供重要的财务信息。财务分析既是对已完成的财务活动的总结,又是财务预测的前提,在财务管理的循环中起着承上启下的作用。

财务报表分析具有以下特点。

1. 财务报表分析的信息来源主要是财务报表。财务报表是企业一定时期内的经营成果、财务收支状况和理财过程的一组书面报告。企业向外提供的会计报表有资产负债表、利润表、现金流量表、资产减值准备明细表、利润分配表、股东权益增减变动表、分部报表、其他有关附表。而财务报表分析主要运用的是资产负债表、利润表和现金流量表。

现将后面举例所依据的远大集团(以后用 YD 表示)的资产负债表、利润表和现金流量表列举如表 11 - 1、表 11 - 2 和表 11 - 3 所示。

表 11 - 1 资产负债表

编制单位:YD 公司　　　　　　　　　　2008 年 12 月 31 日　　　　　　　　　　单位:万元

资　产	年初数	年末数	负债及股东权益	年初数	年末数
流动资产:			流动负债:		
货币资金	350	500	短期借款	470	580
短期投资	40	80	应付票据	50	80
应收票据	20	15	应付账款	200	200
应收账款	360	420	预收账款	30	10
其他应收款	15	5	其他应付款	15	20
预付账款	25	20	应付工资	1.8	1

续　表

资　产	年初数	年末数	负债及股东权益	年初数	年末数
存　货	850	950	应付福利费	0.2	
待摊费用	25	5	未交税金	60	50
一年内到期的长期债券投资	30	5	未交利润	10	10
流动资产合计	1 715	2 000	其他应交款	5	1
长期投资:			预提费用	5	8
长期股权投资	110	180	预计负债		
长期债权投资			一年内到期的长期负债	70	40
长期投资合计	110	180	流动负债合计	917	1 000
固定资产:			长期负债:		
固定资产原价	2 600	3 000	长期借款	500	450
减:累计折旧	800	900	应付债券	300	300
固定资产净值	1 800	2 100	长期应付款	100	100
减:固定资产减值准备	100	100	其他长期负债		
固定资产净额	1 700	2 000	长期负债合计	900	850
在建工程	300	200	负债合计	1 817	1 850
固定资产合计	2 000	2 200	股东权益:		
无形资产及其资产			股本	1 600	1 600
无形资产	30	40	资本公积	150	150
长期待摊费用	20	10	盈余公积	260	450
其他长期资产			其中:法定公益金	90	276
无形资产及其他资产合计	50	50	未分配利润	48	380
			股东权益合计	2 058	2 580
资产总计	3 875	4 430	负债及股东权益总计	3 875	4 430

表 11－2　利润表

编制单位:YD 公司　　　　　　　　2008 年度　　　　　　　　单位:万元

项　目	上年数(略)	本年累计数
一、主营业务收入		8 500
减:主营业务成本		4 200
主营业务税金及附加		680
二、主营业务利润		3 620
加:其他业务利润		900
减:营业费用		1 400
管理费用		1 080
财务费用		350
三、营业利润		1 690
加:投资收益		110
营业外收入		10
减:营业外支出		10
四、利润总额		1 800
减:所得税		558
五、净利润		1 242

表 11 - 3 现金流量表

编制单位:YD 公司　　　　　　　　　　　　2008 年度　　　　　　　　　　　　单位:元

项 目	金 额
一、经营活动产生的现金流量	
销售商品、提供劳务收到的现金	5 248 400
收到的税款返还	
收到的其他与经营活动有关的现金	68 000
现金流入小计	5 316 400
购买商品、接受劳务支付的现金	390 000
支付给职工及为职工支付的现金	430 000
支付的各项税费	385 000
支付的其他与经营活动有关的现金	148 020
现金流出小计	1 353 020
经营活动产生的现金流量净额	3 963 380
二、投资活动产生的现金流量	
收回投资所收到的现金	
取得投资收益所收到的现金	20 000
处置固定资产、无形资产和其他长期资产所收回的现金净额	14 200
收到的其他与投资活动有关的现金	
现金流入小计	34 200
购建固定资产、无形资产和其他长期资产所支付的现金	197 000
投资所支付的现金	250 000
支付的其他与投资活动有关的现金	
现金流出小计	447 000
投资活动产生的现金流量净额	(412 800
三、筹资活动产生的现金流量	
吸收投资所收到的现金	875 000
借款所收到的现金	880 000
收到的其他与筹资活动有关的现金	
现金流入小计	1 755 000
偿还债务所支付的现金	700 000
分配股利、利润或偿付利息所支付的现金	70 000
支付其他与筹资活动有关的现金	
现金流出小计	770 000
筹资活动产生的现金流量净额	985 000
四、汇率变动对现金的影响	
	4 535 580

1. 财务报表的数据可以提供企业的各项经济资源和经济负债的情况;反映企业资金的筹措、运用和现金收支的情况;反映企业获利能力、经营成果和净收益的情况;揭示企业会计政策和理财方式的各项信息。但财务报表所反映的实质情况,往往不是直接的,所以进行财务报表分析就要对财务报表的数据进行加工、整理、分析,使它能清晰地反映企业的真实状况。

2. 进行财务报表分析要采用科学地评价标准和适用的分析方法。进行财务报表分析,必须采用合适的分析方法,这样才能揭示企业的经营状况和财务变动的趋势。财务报表分析的方法有很多,主要包括比较分析法、比率分析法、趋势分析法和因素分析法等。

3. 财务报表分析的过程是分析和综合的统一。在进行财务报表分析时,需要先把财务报表的数据重新进行组织,分成偿债能力的信息、赢利能力的信息、营运能力的信息、财务风险的信息等若干部分,根据财务报表所提供的数据资料有重点、有针对性地逐一加以分析和考察,再把各个因素联系起来加以考虑,再现企业的整体特征,从而借以对企业的财务状况和经营成果作出正确的评价,分析企业在生产经营过程中的利弊得失、财务状况和发展趋势,为进行正确的投资决策提供可靠的财务信息。

(二)财务分析的目的

财务报表分析的目的是对企业财务活动的过程和结果进行分析、判断和评价,以作出正确的财务决策。一般可以概括为:评价企业过去的经营业绩、衡量企业目前的财务状况和预测企业未来的发展趋势。

1. 评价企业过去的经营业绩。企业的投资者,要作出正确的投资决策,选择合适的投资方向;作为企业的债权人要作出是否提供贷款或赊销的决定;作为经营者要了解企业经营状况的好坏,进而作出正确的经营决策。这些都是要通过对企业财务报表的阅读分析,了解企业在过去的经营期内净利润是多少、投资利润率高低、销售量的大小、现金和营运资金流量的多少等,并将这些数据与本企业历史水平、同行业平均水平进行比较,检验企业的成败得失,从而对企业的经营状况作出正确的评价,为投资者、债权人和企业经营者作出正确的决策提供依据。

2. 衡量企业目前的财务状况。财务状况是指企业的资产结构状况、资本结构状况以及与此相关的企业偿债能力、营运能力、获利能力等。企业财务报表中的数据能概括地反映企业财务状况,但是如果不对这些数据进一步分析,就不能理解这些数据的内在含义,也就不能对企业目前的财务状况作出明确的结论。

财务分析的职能就是揭示这些数据的内在联系,明确各项数据的经济含义,从而正确地评价衡量企业的财务状况和经营风险。

3. 预测企业未来的发展趋势。分析财务报表的目的,更重要的是要了解和预测企业未来的发展趋势。现代经营管理的核心是决策,而决策是针对未来的目标制定方案,并选择合理方案的过程。对未来的发展趋势预测得越准确,则决策成功的机会越大。通过财务报表分析,明确影响企业财务状况的各个因素的作用,明确影响企业未来经济效益的因素,使经营者全面考虑,趋利避害,促使有关因素的最佳组合,从而保证未来决策和经营活动的有效性。

(三)财务分析的作用

通过对财务报表数据的研究分析,使财务报表成为对特定主体决策有用的信息,从而为企业经营者和投资者进行经营决策和投资决策提供重要依据,大大地减少了决策的不确定性。财务报表既是对企业一定时期财务活动的总结,又为企业进行下一步的财务预测和财务决策提供依据,财务报表分析在整个财务管理循环中起着承上启下的作用。

1. 财务报表分析是评价企业经营业绩,考核经济责任履行情况的重要依据。

2. 财务报表分析是挖掘企业潜力,改善经营管理的重要手段。

3. 财务报表分析是进行财务预测和财务决策的基础。

二、财务分析的内容

(一)偿债能力分析

偿债能力是指企业偿还各种到期债务的能力。偿债能力的高低,是任何与企业有关联的人所关心的重要问题之一。

(二)营运能力分析

营运能力是指企业充分利用现在资源创造社会财富的能力,它是评价企业资产利用程度和营运活力的标志。强而有力的营运能力,既是企业获利的基础,又是企业及时足额地偿还到期债务的保证。

(三)赢利能力分析

赢利能力即企业赚取利润和使资金增值的能力,它通常体现为企业收益数额的大小和水平的高低,是企业管理者、投资者和债权人都日益重视和关注的企业经营基本之一。赢利能力分析,也称获利能力分析,是综合判断企业经营成果的最主要的分析方法,它主要通过利润表中的有关项目及利润表与资产负债表有关项目之间的联系,来评价企业当期的经营成果和未来的发展趋势。

(四)财务状况的趋势分析和综合分析

财务状况的趋势分析又称水平分析,是通过对比两期或连续数期财务报告中的相同指标,确定其增减变动的方向、数额和幅度,来说明企业财务状况或经营成果的变动趋势的一种方法。采用这种方法,可以分析引起变化的主要原因、变动的性质,并预测企业未来的发展前景。

上市公司的财务报表向各种报表使用者提供了反映公司经营情况及财务状况的各种不同数据及相关信息,但对于不同的报表使用者阅读报表时有着不同的侧重点。一般来说,股东都关注公司的赢利能力,如主营收入、每股收益等,但发起人股东或国家股股东则更关心公司的偿债能力,而普通股东或潜在的股东则更关注公司的发展前景。此外,对于不同的投资策略的投资者对报表分析侧重不同,短线投资者通常关心公司的利润分配情况以及其他可作为"炒作"题材的信息,如资产重组、免税、产品价格变动等,以谋求股价的攀升,博得短差。长线投资者则关心公司的发展前景,他们甚至愿意公司不分红,以使公司有更多的资金由于扩大生产规模或由于公司未来的发展。

三、财务分析的局限性

虽然公司的财务报表提供了大量可供分析的第一手资料,但它只是一种历史性的静态文件,只能概括地反映一个公司在一段时间内的财务状况与经营成果,这种概括的反映远不足以作为投资者作为投资决策的全部依据,它必须将报表与其他报表中的数据或同一报表中的其他数据相比较,否则意义并不大。它包括分析者的局限性和分析方法的局限性。

(一)分析者的局限性

1. 分析者素质的局限性

财务分析是融会计学、经济学、管理学、统计学、金融学,甚至数学为一体的一门综合性极强的经济管理学科。所以,对财务分析者素质的要求也就比较高。财务分析者素质包括掌握财经理论及相关理论的深度和广度、工作实践经验的多寡、分析解决问题的能力等多方面。由于分析者自身素质的差异，往往对理解企业财务经营成果、编写财务分析的结果就不一样。所以，分析者如不能全面了解各项经济指标的计算过程，仅仅看计算结果是很难全面把握各项指标所说明的经济含义。

2. 分析者从事实际工作经验的局限性

财务分析是基于各种财务会计报表进行编写的。而财务报表毕竟是历史性的静态文件，它只能概括的反映一个企业的财务状况和经营成果。分析者如果没有丰富的从事行业的实际工作经验以及掌握了解本企业的生产工艺流程，仅凭测算几个独立的财务指标进行泛泛的分析，这样的财务分析无异于是纸上谈兵，也就达不到财务分析的最终目的。

3. 分析者进行财务分析目的的局限性

不同的分析者进行财务分析的目的有所不同。作为企业所有者或股东，必然高度关心其资本的保值和增值状况，即对企业投资的回报率极为关注；对一般投资者来说，高度关心企业是否提高股息、能否发放红利；而作为企业债权人，由于不能参与剩余收益分配，这就决定了他必然最为关注其债权的安全性。因此，债权人要求企业提供反映是否有足够的支付能力，以保证其债权本息能够及时、足额得以偿还的财务信息。由于分析者进行分析的目的不同，所以分析的角度就不同，分析的最终结果往往就带有很大的片面性。比如，企业的偿债能力在很大程度上或从根本上看取决于企业的赢利能力，一个偿债能力很差、资不抵债的企业要想获得高额收益，其困难程度是可想而知的，所以仅分析企业偿债能力，而忽略企业赢利能力的分析就容易得出片面的甚至错误的结论。

（二）分析方法的局限性

财务分析方法主要有比较分析法、比率分析法、趋势分析法等多种方法，这些分析方法对于考察企业理财得失、评价企业财务状况优劣，判断企业经济效益好坏、正确帮助投资者、债权人等进行投资、信贷决策等，都发挥着极大的积极作用。但是，同时也应看到各种财务分析方法由于受到分析资料来源的局限性，财务分析与评价的结果并非绝对的准确。

1. 重结果、轻过程

财务报表通常只能说明企业理财结果、经营效果，而不能详尽说明企业理财的过程及经济效益的实现过程。以资产负债表为例，它所反映的仅是即将结转到下个会计期间的责任。它是一种未履行责任的报告，即未使用的经济来源，未偿还的债务，并不能明确反映企业管理当局在企业生产经营过程中是如何筹措资金，对筹措的资金又是如何具体加以运用的，是否及时偿还了债务。再比如，通过损益表人们只能了解到企业所取得的收入是多少，至于收入是如何具体取得的却很难了解到。这些都给企业的财务分析带来了很大的局限性。

2. 财务分析的可比性

财务分析就是将财务报表所提供的数据资料进行比较的过程。因此，财务报表数据资料是否具有可比性，对财务分析结果产生重大影响，如果将不可比的资料硬性进行比较，就很难得出正确的分析结果。影响财务报表资料及财务分析可比性的因素，主要有计算方法、计价标准、时间跨度和经营规模等，一旦这些条件发生变动而企业在分析时又未予考虑，则必然对分析的结果产生不利的影响。

3. 财务分析的可靠性

财务分析的目的之一是通过运用一定的分析方法达到客观、真实的揭示企业经营管理及其财务状况，从而为改善经营管理提供可靠的决策信息。而财务报表所提供的数据资料是否真实可靠，不仅制约于企业的主观因素及人的因素，同时也与会计方法的合理性密切相关。如果会计方法不当，或者过多的掺杂了各种人为的因素，那么财务报表所提供资料的真实可靠性就缺乏必要的保证。比如,企业在月末结账时把短期借款偿还掉,等结完账后再借入款项,则会造成企业的负债较低,资金流动性较强的假象。

(三)分析指标的局限性

出于保护自身商业秘密和市场利益的目的,企业向社会披露的指标通常仅限于财务通则以及会计制度和准则等有关规定要求披露的信息,同时,企业基于市场形象的考虑,或为了得到政府及其金融机构的良好评价,可能还存在对这些公开信息加以粉饰的情况。因此,投资者依据这些指标有时难以对企业真实的经营理财状况作出正确的评价。此外,在指标名称、计算公式、计算口径等方面也存在较大的不规范性;如何将资金时间价值观念纳入财务分析当中、如何消除通货膨胀的影响等都缺乏统一规定及标准,所有这些也同样降低了财务指标的有效性。

第二节 财务分析方法

一、比较分析法

比较分析法也称对比分析法,是通过两个或两个以上相关指标进行对比,确定数量差异,揭示企业财务状况和经营成果的一种分析方法。它是一种用得最多、最广的分析方法。在实际工作中,比较分析法的形式主要有:实际指标与计划指标比较,同一指标纵向比较,同一指标横向比较三种形式。这三种形式分别揭示企业计划完成情况、发展趋势和先进程度。

比较分析法按所采用的比较标准的不同可分为:与本企业历史比,即将不同时期指标相比,也称"趋势分析";与同类企业比,即与行业平均数或竞争对手比较,也称"横向比较";与计划或预算比,即实际执行结果与计划指标比较,也称"差异分析"。

比较分析法的主要作用在于揭示绝对数据客观存在的差距,应用比较分析法对同一性质的指标进行比较时,要注意所利用指标的可比性,即用于比较的相关指标在内容范围、时间期限、计算方法等方面应当口径一致。如果相比的指标之间有不可比因素存在,应进行适当调整,然后再进行对比。

二、比率分析法

比率分析法是指利用财务报表中两项相关数值的比率揭示企业财务状况和经营成果的一种分析方法。根据分析的目的和要求不同,比率分析法主要有以下三种。

1. 构成比率分析法。又称结构比率分析法,是计算某个经济指标的各个组成部分占总体的比重,即部分和整体的比率,进行分析的一种方法。

$$构成比率 = 某个组成部分数额/总体数额 \tag{11.1}$$

2. 相关比率分析法。相关比率分析法是通过计算两个性质不完全相同而又相关的指标的比率进行分析的一种方法。利用相关比率指标,可以考查有联系的相关业务安排是否合理。若将企业的流动资产和流动负债进行对比,计算出流动比率,就可以判断企业的短期偿债能力。

3. 效率比率分析法。效率比率分析法是通过计算企业某项经济活动中的所费与所得的比率进行分析的一种方法。它反映投入与产出的关系,利用效率比率指标,可以确定企业得失情况,考查经营成果,评价经济效益。如计算成本利润率、销售利润率、净资产收益率等指标,可以从不同的角度考查企业获利能力的高低。

比率分析法是用相关项目的比率作为指标,揭示了数据之间的内在联系,它们是相对数,这就排除了规模的影响,使不同比较对象建立起可比性,克服了绝对值给人们带来的误区,因此它比比较分析法更具科学性和可比性。财务比率是财务报表分析的基本工具。

三、趋势分析法

趋势分析法是利用财务报表提供的数据资料,将两期或连续数期财务报表中的相同指标进行对比,以揭示企业财务状况和经营成果变动趋势的一种方法。

采用趋势分析法可以揭示企业财务状况和经营成果变动趋势,判断这种变化趋势对企业发展的影响,以预测企业未来的发展前景。

四、因素分析法

因素分析法是用来确定几个相互联系的因素对某个综合财务指标的影响程度的一种分析方法。依据分析指标和影响因素的关系,从数量上确定各因素对指标的影响程度。企业的活动是一个有机整体,每个指标的高低都受若干个因素的影响。从数量上测定各因素的影响程度,可以帮助人们抓住主要矛盾,更有说服力地评价经营状况。因素分析法具体又分为连环替代法和差额分析法。

1. 连环替代法。连环替代法是根据各因素之间的内在依存关系,依次用分析值替代标准值,测定各因素对财务指标的影响。连环替代法的计算程序是:(1)分解指标因素,并确定因素排列顺序。(2)确定分析对象——指标变动的差异。(3)逐次替代因素,每次将其中的一个因素由基期数替换为分析期数,其他因素暂时不变。后面因素的替换均是在前面因素已替换成分析期数的基础上进行的。(4)逐项计算各因素的影响程度。(5)汇总影响结果,验证各因素影响程度计算的正确性。

【例 11 -1】 新华公司 2008 年有关的销售资料如表 11 -4 所示。

表 11 -4 新华公司 2008 年有关的销售资料

项 目	计划数	实际数
销售数量(件)	5 000	6 000
销售单价(元)	160	150
销售收入(元)	800 000	900 000

指标因素关系式:销售收入 = 销售数量 × 销售单价

(1)计算计划销售收入:5 000 × 160 = 800 000(元) ①

(2)确定分析对象:900 000 × 800 000 = 100 000(元)

(3)逐项替代。先替代销售数量指标(假定销售单价不变):6 000 × 160 = 960 000(元) ②

再替代销售单价指标:6 000 × 150 = 900 000(元) ③

分析各因素对销售收入的影响程度。

(4)销售数量变动对销售收入的影响:960 000 - 800 000 = 160 000(元) ② - ①

销售单价变动对销售收入的影响:

900 000 - 960 000 = - 60 000(元) ③ - ②

(5)验证两个因素的共同影响是销售收入增加。

160 000 - 60 000 = 100 000(元)

与分析对象吻合。

2. 差额分析法。差额分析法是指直接用各个因素实际数同计划数的差额来计算各因素对指标变动影响程度的分析方法。

仍以上例为例,分析如下:

由于销售数量变动而影响的销售收入:$(6\,000 - 5\,000) \times 160 = 160\,000$(元)

由于销售单价变动而影响的销售收入:$6\,000 \times (150 - 160) = -60\,000$(元)

两因素共同影响,使销售收入发生变动的数额为:$160\,000 - 60\,000 = 100\,000$(元)

采用因素分析法时,应注意以下几个问题。

(1)因素分析的关联性。所确定的构成某个指标的各个因素,必须在客观上存在因果关系,否则计算结果不能说明问题。

(2)因素替代的顺序性。首先要正确地排列综合指标各构成因素的排列顺序,并按顺序依次替代,不可随意颠倒,否则,会得出不同的分析结果。在实际工作中,一般将各因素区分为数量指标和质量指标,先替换数量指标,再替换质量指标。如果同时出现几个数量指标和质量指标,应先替换实物量指标,再替换价值量指标。

(3)顺序替代的连环性。应用因素分析法在计算每一因素变动的影响时,都是在前一次计算的基础上进行的。只有保持这一连环性,才能使各个因素的影响之和等于所分析指标变动的差异。

(4)计算结果的假定性。应用因素分析法计算的各个因素变动的影响数时,是以假定其他因素不变为条件的。因而计算结果具有一定的假定性。

五、综合分析法

为了全面地了解企业的财务状况,经常把企业各项财务指标放在一起进行综合分析。综合分析法是利用财务指标间的内在联系,对企业财务状况进行综合评价的分析方法。综合分析法最常用的方法是杜邦体系分析和财务比率综合评分法(详见8.2.5节内容),这种综合分析法有利于了解企业财务状况的全貌以及各项指标之间的相互关系。

第三节 财务指标分析

财务比率分析作为一种主要的分析方法,在财务报表分析中发挥着重要的作用。财务比率分析的内容很多,主要包括偿债能力分析、营运能力分析、赢利能力分析和市场价值分析等。

一、偿债能力分析

企业的偿债能力是指企业对各种到期债务的偿付能力。偿债能力关系到企业的存亡,一旦企业资产运营不当,将面临无法偿还到期债务的问题,往往要比一时的亏损更为危险。所以,无论企业的经营管理者,还是企业的投资人、债权人,都十分重视企业的偿债能力。因此,财务报表分析首先要对企业的偿债能力进行分析。偿债能力分析包括短期偿债能力分析和长期偿债能力分析两个方面。

(一)短期偿债能力分析

短期偿债能力是指企业以流动资产支付流动负债的能力,又称支付能力。它在财务比率分析中非常重要。在市场经济体制健全的条件下,短期偿债能力是评价企业财务状况的首选指标。因为如果一个企业缺乏短期偿债能力,会因无力支付到期的短期债务,不得不被迫出售长期投资的股票、债券,或者拍卖固定资产,甚至导致企业破产。

评价企业短期偿债能力的财务比率主要有流动比率、速动比率、现金比率和现金流量流动负债比率。

1. 流动比率

流动比率是企业的流动资产与流动负债的比率。它表示企业每一元流动负债有多少流动资产作为偿还保证,反映企业用可在短期内转变为现金的流动资产偿还到期流动负债的能力。其计算公式为:

$$流动比率 = \frac{流动资产}{流动负债} \tag{11.2}$$

一般情况下,流动比率越高,反映企业的短期偿债能力越强,债权人的权益越有保障。也表明企业财务状况稳定,有足够的财力来偿付到期的短期债务。因此,从债权人的角度来看,流动比率越高越好。但从经营者的角度看,流动比率过高,可能使企业流动资产占用较多,影响企业资金的使用效率和获利能力。

关于流动比率的衡量标准,国际上公认的标准是2,该比率在西方国家也被称为银行家比率。银行家以流动比率作为提供贷款的依据,一般流动比率达到2,银行家才会认为企业的偿债能力比较理想。

流动比率高,不一定能说明企业有足够的现金可以偿还债务,也可能是企业存货超储积压、应收账款过多且长期积压等造成的结果。所以,还要结合流动资产的结构、周转情况和现金流量等进行分析。

不同的行业,流动比率的判断标准是有区别的。通常生产周期较长的行业,如制造业,由于生产周期较长,存货变现的周期相对较长,流动比率应高一些;生产周期较短的行业,如商业、服务业等,存货的变现速度较快,流动比率可以适当低一些。

【**例 11 - 2**】 根据表 11 - 1 的资料,A 公司 2008 年年初的流动资产为 3 140 000 元,流动负债为 1 150 000 元;2008 年年末的流动资产为 7 597 580 元,流动负债为 3 536 095 元,则该公司的流动比率可计算如下:

$$2007 \text{ 年流动比率} = \frac{3\ 140\ 000}{1\ 150\ 000} = 2.73$$

$$2008 \text{ 年流动比率} = \frac{7\ 597\ 580}{3\ 536\ 095} = 2.15$$

2. 速动比率

速动比率又称酸性测试比率,是指企业速动资产与流动负债的比率。它比流动比率更能严格地测验企业短期偿债能力。其计算公式为:

$$速动比率 = \frac{速动资产}{流动负债} \tag{11.3}$$

速动资产是指变现速度快、变现能力强的流动资产,它通常是用流动资产减去变现能力较差且不稳定的存货、预付账款、待摊费用等的余额。在实际工作中,为简化计算,在计算速动资产时,通常仅从流动资产中扣除了存货一项,但要注意这样计算分析的结果并不准确。

在流动资产中,短期有价证券、应收票据、应收账款的变现能力比存货强。存货需要经过销售,才能变为现金,如果存货滞销,变现就成问题。用速动比率判断企业的短期偿债能力比用流动比率能更直接、更明确,因为它撇开了变现能力较差的存货和预付费用等。该指标越高,表明企业偿还流动负债的能力越强。

关于速动比率的衡量,国际公认标准为1,即企业每一元流动负债都有一元易于变现的资产作为抵偿,才算是具备良好的财务状况。如果速动比率小于1,说明企业的偿债能力存在问题,面临较大的偿债风险,但如果速动比率过高,说明企业拥有过多的货币性资产,可能使企业丧失有利的投资和获利机会,降低了资金的使用效率。

速动比率在不同行业也有所差别,要参照同行业的资料和本企业的历史情况进行判断。商业零售业、服务业的速动比率可以低一些,因为这些行业的业务大多数是现金交易,应收账款不多,因此速动比率相对较低;而且这些行业的存货变现速度通常比工业制造业的存货变现速度要快。

【例11-3】 根据表11-1的资料,A公司2008年年初的流动资产为3 140 000元,其中,存货为1 000 000元,流动负债为1 150 000元;2008年年末的流动资产为7 597 580元,其中,存货为1 480 000元,流动负债为3 536 095元,则该公司的速动比率可计算如下:

$$2007 \text{ 年速动比率} = \frac{3\ 140\ 000 - 1\ 000\ 000}{1\ 150\ 000} = 1.86$$

$$2008 \text{ 年速动比率} = \frac{7\ 597\ 580 - 1\ 480\ 000}{3\ 536\ 095} = 1.73$$

3. 现金比率

现金比率是企业现金类资产与流动负债的比率。现金类资产包括企业所拥有的货币资金和持有的易于变现的有价证券(资产负债表中的短期投资)。它是衡量企业即时偿债能力的比率。其计算公式为:

$$现金比率 = \frac{货币资金 + 短期投资}{流动负债} \tag{11.4}$$

在企业的流动资产中,现金及短期有价证券的变现能力最强,现金比率所反映的作为偿债担保的资产是变现能力几乎为百分之百的资产,是最能说明企业直接偿付流动负债能力的,用该指标衡量企业短期偿债能力也就最为保险和安全。

现金比率越高,说明现金类资产在企业流动资产中所占的比例越大,企业具有较强的即时支付能力和紧急应变能力。但是,如果该比率过高,可能说明该企业的现金没有发挥最大效益,丧失了较好的投资机会,降低了资金的利用效率。现金比率尽管没有公认的标准以供参考,但一般认为,现金比率以适度为好,既要保证短期债务偿还的现金需要,又要尽可能降低过多持有现金的机会成本。

【例11-4】 以表11-1中的数据为例,A公司2008年年初的货币资金为1 492 000元,短期投资为0,流动负债为1 150 000元;2008年年末的货币资金为6 027 580元,短期投资为0,流动负债为3 536 095元,该公司的现金比率可计算如下:

$$2003 \text{ 年现金比率} = \frac{1\ 492\ 000}{1\ 150\ 000} = 1.3$$

$$2004 \text{ 年现金比率} = \frac{6\ 027\ 580}{3\ 536\ 095} = 1.7$$

4. 现金流量流动负债比率

现金流量流动负债比率是企业一定时期的经营活动净现金流量与期末流动负债的比率。经营活动净现金流量,一般是指一个年度内由经营活动所产生的现金和准现金的流入量及流出量的差额。其计算公式为:

$$现金流量流动负债比率 = \frac{经营活动净现金流量}{期末流动负债} \tag{11.5}$$

该比率越大,现金流入对当期债务偿还的保障程度越高,表明企业的流动性越好。

经营活动产生的现金是偿还债务最直接、最理想的手段,也最能代表企业的真实短期偿债能力,但经营活动产生的现金流量是过去一个会计年度的经营结果,而流动负债则是未来一个会计年度需要偿还的债务,两者的会计期间不同。因此,这个指标是建立在以过去一年的现金流量来估计未来一年现金流量的假设基础之上的。使用这一财务比率时,需要考虑未来一个会计年度影响经营活动的现金流量变动的因素。

【例 11-5】 以表 11-1、表 11-3 中的数据为例,A 公司 2008 年年末的流动负债为 3 536 095 元,经营活动净现金流量为 3 963 380 元,则该公司的现金流量流动负债比率可计算如下:

$$2008\ 年现金流量流动负债比率 = \frac{3\ 963\ 380}{3\ 536\ 095} = 1.12$$

(二)长期偿债能力分析

长期偿债能力是企业偿还长期债务的能力,它表明企业对债务负担的承受能力和偿还债务的保障能力。长期负债增加了企业经营与财务上的风险,长期偿债能力的强弱,是反映企业财务实力与稳定程度的重要标志。而企业的长期偿债能力不仅受企业资本结构的重要影响,还取决于企业未来的赢利能力。

评价企业长期偿债能力的指标主要有资产负债率、产权比率、有形净值债务率和利息保障倍数等。

1. 资产负债率

资产负债率也称为负债比率,是企业负债总额与资产总额的比率,它表明在企业资产总额中债权人资金所占的比重,以及企业资产对债权人权益的保障程度。其计算公式为:

$$资产负债率 = \frac{负债总额}{资产总额} \tag{11.6}$$

资产负债率是衡量企业负债水平和风险程度的重要财务比率指标,其高低对企业的投资者、债权人和经营者等不同利益主体有不同的影响。对债权人而言,该指标越低,债权人的利益保障程度越高。投资者主要考虑投资的回报,所以,当预期的投资收益率高于借债利息率时,投资者希望资产负债率越高越好,以享受负债经营所带来的财务杠杆利益;反之,当预期的投资收益率低于借债利息率时,投资者希望资产负债率越低越好。对经营者而言,既要考虑利用债务的收益性,又要考虑负债经营所带来的财务风险,所以,从企业财务意义上讲,企业经营者总是要权衡利弊得失,将资产负债率保持在一个适度的水平,从而,把企业因筹资产生的风险控制在适当的程度。

资产负债率为多少是较为合理的,并没有一个确定的标准,比较保守的经验判断为不高于0.5,但不同的行业由于生产经营的实际、资金周转情况的差异性,资产负债率往往有较大不同。

【例 11-6】 以表 11-1 中的数据为例,A 公司 2008 年年初的资产总额为 7 140 000 元,负债总额为 2 950 000 元;2008 年年末的资产总额为 12 204 900 元,负债总额为 5 815 495 元,该公司的资产负债率可计算如下:

$$2007\ 年资产负债率 = \frac{2\ 950\ 000}{7\ 140\ 000} = 0.41$$

$$2008\ 年资产负债率 = \frac{5\ 815\ 495}{12\ 204\ 900} = 0.476$$

2. 产权比率

产权比率也称债务股权比率,是负债总额与所有者权益总额的比率。其计算公式为:

$$产权比率 = \frac{负债总额}{所有者权益总额} \qquad (11.7)$$

产权比率反映企业所有者权益对债权人权益的保障程度。该比率越低,表明企业的长期偿债能力越强,债权人权益的保障程度越高。

【例 11 - 7】 以表 11 - 1 中的数据为例,A 公司 2008 年年初的负债总额为 2 950 000 元,所有者权益总额为 4 190 000 元;2008 年年末的负债总额为 5 815 495 元,所有者权益总额为 6 389 405 元,该公司的产权比率可计算如下:

$$2007 年产权比率 = \frac{2\ 950\ 000}{4\ 190\ 000} = 0.70$$

$$2008 年产权比率 = \frac{5\ 815\ 495}{6\ 389\ 405} = 0.91$$

产权比率与资产负债率都用于衡量企业的长期偿债能力,具有相同的经济意义,其区别是反映长期偿债能力的侧重点不同,产权比率侧重于揭示债务资本和权益资本的相互关系,说明企业所有者权益对偿债风险的承受力;资产负债率侧重于揭示总资本中有多少是靠负债取得的,说明债权人权益的受保障程度。这两个比率是可以互相换算的。

$$产权比率 = \frac{负债总额}{所有者权益总额} = \frac{负债总额}{资产总额 - 负债总额} \qquad (11.8)$$
$$= \frac{负债总额 + 资产总额}{资产总额 - 负债总额} = \frac{资产负债率}{1 - 资产负债率}$$

3. 有形净值债务率

有形净值债务率是企业负债总额与有形净值的比率。其中,有形净值是所有者权益总额减去无形资产净值后的净值。其计算公式为:

$$有形净值债务率 = \frac{负债总额}{所有者权益总额 - 无形资产净值} \qquad (11.9)$$

有形净值债务率是比资产负债率和产权比率更为保守的比率,考虑到商誉、商标权、专利权和非专利技术等无形资产不一定能用来还债,所以将无形资产从净资产中扣除,更为谨慎、保守地反映在企业清算时债权人投入资本受股东权益的保障程度。这个指标越大,表明企业长期偿债能力越强;反之,这个指标越小,表明企业长期偿债能力越弱。

【例 11 - 8】 以表 11 - 1 中的数据为例,A 公司 2008 年年初的负债总额为 2 950 000 元,所有者权益总额为 4 190 000 元,无形资产净值为 1 000 000 元;2008 年年末的负债总额为 5 815 495元,所有者权益总额为 6 389 405 元,无形资产净值为 980 000 元,则该公司的有形净值债务率可计算如下:

$$2007 年有形净值债务率 = \frac{2\ 950\ 000}{4\ 190\ 000 - 1\ 000\ 000} = 0.92$$

$$2008 年有形净值债务率 = \frac{5\ 815\ 495}{6\ 389\ 405 - 980\ 000} = 1.08$$

4. 利息保障倍数

利息保障倍数也称为已获利息倍数,是指企业经营业务收益与利息费用的比率,用以衡量偿付借款利息的能力。其计算公式为:

$$利息保障倍数 = \frac{息税前利润}{利息费用} \tag{11.10}$$

$$或 = \frac{税前利润 + 利息费用}{利息费用}$$

$$或 = \frac{税后利润 + 所得税 + 利息费用}{利息费用}$$

式中,"息税前利润"是指利润表中未扣除利息费用和所得税之前的利润,它可以用"利润总额加利息费用"来测算;"利息费用"是指本期发生的全部应付利息,不仅包括财务费用中的利息费用,还包括计入固定资产成本的资本化利息。资本化利息虽然不在利润表中扣除,但同样是企业应偿还的,需要被考虑在内。

利息保障倍数的重点是衡量企业支付利息的能力,没有足够大的息税前利润,资本化利息的支付就会发生困难。

利息保障倍数指标反映企业经营收益为所需支付的债务利息的多少倍,其数额越大,企业的偿债能力越强;反之,则表明企业没有足够的资金来偿还债务利息,企业偿债能力越弱。如果该指标适当,表明企业不能偿付利息的风险小,如果企业利息偿还及时,当债务到期时企业也能及时重新筹措到资金。

如何合理确定企业的已获利息倍数呢? 这需要将该企业的这一指标与其他企业,特别是本行业平均水平进行比较,来分析决定本企业的指标水平。同时从稳健性的角度出发,最好比较本企业连续几年的该项指标,并选择最低指标年度的数据作为标准。因为,企业在经营好的年度要偿债,在经营不好的年度也要偿还大约等量的债务。某一个年度利润很高,已获利息倍数也会很高,但不能年年如此。采用指标最低年度的数据,可保证最低的偿债能力。一般情况下应采纳这一原则,但遇到特殊情况,还要结合实际来确定。

【**例 11-9**】 以表 11-2 中的数据为例,A 公司利润表中,2007 年税前利润为 550 000 元,利息费用为 5 000 元;2008 年税前利润为 1 811 500 元,利息费用为 2 600 元,则该公司的利息保障倍数可计算如下:

$$2007 年利息保障倍数 = \frac{550\,000 + 5\,000}{5\,000} = 111$$

$$2008 年利息保障倍数 = \frac{1\,811\,500 + 2\,600}{2\,600} = 697.73$$

二、营运能力分析

营运能力分析是对企业运用资产进行生产经营活动能力的分析,实际上是资产利用效率的分析。营运能力是指企业对有限资源的利用能力,它是衡量企业整体经营能力高低的一个重要方面,营运能力的高低,对企业的偿债能力和赢利能力都有着非常重大的影响。反映企业营运能力的主要财务比率指标包括流动资产周转率、应收账款周转率、存货周转率、固定资产周转率和总资产周转率等。

(一)流动资产周转率

流动资产周转率是指企业一定时期内的销售收入与流动资产平均余额的比率,它反映企业流动资产在一定时期内(通常为一年)的周转次数。其计算公式为:

$$流动资产周转次数 = \frac{销售收入}{流动资产平均余额} \tag{11.11}$$

$$流动资产平均余额 = \frac{期初流动资产 + 期末流动资产}{2} \tag{11.12}$$

流动资产周转率反映流动资产的周转速度和使用效率。这个指标的周转次数越多,表明周转速度越快,流动资产利用效率越高,会相对节约流动资金,等于相对扩大了资产投入,增强企业赢利能力。

流动资产周转率也可以用周转天数表示,其计算公式为:

$$流动资产周转天数 = \frac{计算期天数}{流动资产周转次数} = \frac{360}{流动资产周转次数} \tag{11.13}$$

周转天数越少,说明周转速度越快,效果则越好;反之,周转天数越多,则说明周转速度越慢,资产赢利能力降低。

【例 11 – 10】 以表 11 – 1、表 11 – 2 中的数据为例,该企业的 2008 年的流动资产周转率可计算如下:

$$流动资产周转次数 = \frac{4\ 000\ 000}{(3\ 140\ 000 + 7\ 597\ 580) \div 2} = 0.75(次)$$

$$流动资产周转天数 = \frac{360}{0.75} = 480(天)$$

(二)应收账款周转率

应收账款是企业流动资产的重要组成部分。及时收回应收账款,不仅增强了企业的短期偿债能力,也反映出企业管理应收账款方面的效率。

应收账款周转率是反映应收账款周转速度的指标,它有两种表示方法,一种是应收账款周转次数,就是年度内应收账款转为现金的平均次数,它说明应收账款流动的速度;另一种是用时间表示的周转速度叫应收账款周转天数,也叫平均应收账款回收期或平均收现期,它表示企业从取得应收账款的权利到收回款项、转换为现金所需要的时间。其计算公式为:

$$应收账款周转次数 = \frac{赊销收入净额}{应收账款平均余额} \tag{11.14}$$

$$应收账款周转天数 = \frac{360}{应收账款周转次数} \tag{11.15}$$

$$赊销收入净额 = 销售收入 - 现销收入 - 销售退回、折让、折扣 \tag{11.16}$$

$$应收账款平均余额 = \frac{期初应收账款 + 期末应收账款}{2} \tag{11.17}$$

式中,"应收账款平均余额"是指未扣除坏账准备的应收账款金额,它是资产负债表中"期初应收账款余额"与"期末应收账款余额"的平均数;"赊销收入净额"应是利润表的销售收入扣除现销收入以及扣除折扣和折让后的销售净额。但对于财务报表的外部使用者来说通常无法获取此项数据,故使用销售净额来计算该指标一般不影响其分析和利用价值。因此,在实务上多采用"销售净额"来计算应收账款周转率。

一般来说,应收账款周转率越高,平均收账期越短,说明应收账款的收回越快。

应收账款的周转速度与企业采取的信用政策密切相关。企业应根据实际情况,确定合理的信用政策,并加强货款催收,减少长期欠账,以尽可能地提高应收账款的周转速度。

【例 11 – 11】 以表 11 – 1、表 11 – 2 中的数据为例,该企业的 2008 年的应收账款周转率可计算如下:

$$应收账款周转次数 = \frac{4\ 000\ 000}{(540\ 000 + 90\ 000) \div 2} = 12.7(次)$$

$$应收账款周转天数 = \frac{360}{12.7} = 28(天)$$

（三）存货周转率

在企业流动资产中，存货所占的比重较大。存货的流动性将直接影响企业的流动比率，因此，必须特别重视对存货流动性的分析。存货的流动性，一般用存货周转率指标来反映，存货周转率是指一定时期内企业销货成本与存货平均余额间的比率。该财务比率也有两种表示方法，即存货周转次数和存货周转天数。其计算公式为：

$$存货周转率(次数) = \frac{主营业务成本}{平均存货余额}; \tag{11.18}$$

$$存货周转天数 = \frac{360}{存货周转率} = \frac{平均存货余额 \times 360}{主营业务成本}$$

式中，销货成本来自利润表，存货平均余额来自资产负债表中的"期初存货"与"期末存货"的平均数。

一般情况下，企业存货周转率越高越好，存货周转率越高，周转次数越多，周转天数越少，表明存货周转速度越快，资产流动性越强。提高存货周转率可以提高企业的变现能力，而存货周转速度越慢则变现能力越差。

存货周转率指标的好坏反映存货管理水平，它不仅影响企业的短期偿债能力，而且也是整个企业管理的重要内容。

【例 11-12】 以表 11-1、表 11-2 的数据为例，该企业 2008 年的存货周转率可计算如下：

$$存货周转次数 = \frac{2\,000\,000}{(1\,000\,000 + 1\,480\,000) \div 2} = 1.61(次)$$

$$存货周转天数 = \frac{360}{1.61} = 224(天)$$

（四）固定资产周转率

固定资产周转率是指企业销售收入净额与固定资产平均余额的比率。它是反映固定资产周转情况，从而衡量固定资产利用效率的一项指标。该指标可以分别用固定资产周转次数和固定资产周转天数来表示。其计算公式为：

$$固定资产周转次数 = \frac{销售收入净额}{固定资产平均余额} \tag{11.19}$$

$$固定资产周转天数 = \frac{计算期天数}{固定资产周转次数} \tag{11.20}$$

【例 11-13】 以表 11-1、表 11-2 的数据为例，该企业 2008 年的固定资产周转率可计算如下：

$$固定资产周转次数 = \frac{4\,000\,000}{(2\,830\,000 + 3\,257\,320) \div 2} = 1.31(次)$$

$$固定资产周转天数 = \frac{360}{1.31} = 275(天)$$

（五）总资产周转率

总资产周转率是企业销售收入净额与总资产平均余额的比率。其计算公式为：

$$总资产周转次数 = \frac{销售收入净额}{总资产平均余额} \tag{11.21}$$

$$总资产周转天数 = \frac{计算期天数}{总资产周转次数} \tag{11.22}$$

$$总资产平均余额 = \frac{期初总资产 + 期末总资产}{2} \tag{11.23}$$

总资产周转率是综合评价企业全部资产使用效率的重要指标,总资产周转率越高,周转次数越多,表明总资产运用效率越高,其结果将使企业的偿债能力和赢利能力增强。如果这个比率较低,说明企业利用全部资产进行经营的效率较差,最终会影响企业的赢利能力。这样企业就应该采取各项措施来提高企业的资产利用程度,如提高销售收入或处理多余的资产。

【例 11 - 14】 以表 11 - 1、表 11 - 2 的数据为例,该企业 2008 年的总资产周转率可计算如下:

$$总资产周转次数 = \frac{4\,000\,000}{(7\,140\,000 + 12\,204\,900) \div 2} = 0.41(次)$$

$$总资产周转天数 = \frac{360}{0.41} = 878(天)$$

以上各项资产的周转指标用于衡量企业运用资产赚取收入的能力,经常和反映赢利能力的指标结合在一起使用,可全面评价企业的赢利能力。

三、营利能力分析

赢利能力是企业运用其所支配的经济资源开展经营活动,从中获取利润的能力,或者说是企业资金增值的能力。

赢利能力是企业生存和发展的基本条件,不论股东、债权人还是企业管理人员,都非常关心企业的赢利能力,因为企业赢利会使股东获得资本收益,会使债权人的权益有保障,会提升管理者的经营业绩。

企业的资产、负债、所有者权益、收入、费用和利润等会计要素有机统一于资金运动过程,并通过筹资、投资活动取得收入和补偿成本费用,从而实现利润目标。由此,按照会计基本要素计算销售净利率、销售毛利率、成本费用利润率、总资产收益率、净资产收益率等指标,借以评价企业各要素的赢利能力。

(一)销售净利率

销售净利率是企业净利润与销售收入净额的比率。其中,销售收入净额是指销售收入减去销售退回、销售折扣、销售折让的差额。其计算公式为:

$$销售净利率 = \frac{净利润}{销售收入净额} \tag{11.24}$$

该比率反映每一元销售收入带来的净利润是多少,该比率越高,说明企业通过扩大销售获取利润的能力越强。

【例 11 - 15】 以表 11 - 2 中的数据为例,A 公司 2007 年销售收入净额为 2 000 000 元,净利润为 368 500 元;2008 年销售收入净额为 4 000 000 元,净利润为 1 203 805 元,则该公司的销售净利率可计算如下:

$$2004 年销售净利率 = \frac{368\,500}{2\,000\,000} = 18.43\%$$

$$2008 年销售净利率 = \frac{1\,203\,805}{4\,000\,000} = 30.1\%$$

（二）销售毛利率

销售毛利率是指企业一定时期销售毛利与销售收入净额的比率。其中,销售毛利是销售收入扣除销售成本的余额。其计算公式为:

$$销售毛利率 = \frac{销售毛利}{销售收入净额} = \frac{销售收入净额 - 销售成本}{销售收入净额} \qquad (11.25)$$

销售毛利率体现企业经营活动最基本的赢利能力,是企业销售净利率的基础,没有足够的毛利率,企业就不能赢利。

【例11-16】 以表11-2中的数据为例,A公司2007年销售收入净额为2 000 000元,销售成本为1 100 000元;2008年销售收入净额为4 000 000元,销售成本为2 000 000元,则该公司的销售毛利率可计算如下:

$$2007年销售毛利率 = \frac{2\ 000\ 000 - 1\ 100\ 000}{2\ 000\ 000} = 45\%$$

$$2008年销售毛利率 = \frac{4\ 000\ 000 - 2\ 000\ 000}{4\ 000\ 000} = 50\%$$

（三）成本费用利润率

成本费用利润率是企业利润总额与成本费用总额的比率。其计算公式为:

$$成本费用利润率 = \frac{利润总额}{成本费用总额} \qquad (11.26)$$

式中,成本费用总额包括制造成本和期间费用,是企业为了获取利润所付出的代价。该比率越高,说明企业为获取收益而付出的代价较小,经济效益较好。因此,该比率不仅可以用来评价企业获利能力的高低,还可以评价企业对成本费用的控制能力和经营管理水平。

【例11-17】 以表11-2中的数据为例,A公司的成本费用利润率可计算如下:

$$2007年成本费用利润率 = \frac{550\ 000}{1\ 100\ 000 + 50\ 000 + 220\ 000 + 5\ 000} = 40\%$$

$$2008年成本费用利润率 = \frac{1\ 811\ 500}{2\ 000\ 000 + 40\ 020 + 179\ 210 + 2\ 600} = 81.53\%$$

（四）总资产收益率

总资产收益率又称总资产报酬率,是反映企业资产综合利用效果的指标,也是衡量企业利用债权人和所有者资金所取得赢利的重要指标。其计算公式为:

$$总资产收益率 = \frac{净利润}{平均资产总额} \qquad (11.27)$$

$$平均资产总额 = \frac{期初总资产 + 期末总资产}{2} \qquad (11.28)$$

总资产收益率反映企业资产利用的综合效果。该比率越高,表明资产利用的效率越高;反之,则表明资产的利用效率越低。

【例11-18】 以表11-1、表11-2中的数据为例,A公司2008年年初资产总额为7 140 000元,年末资产总额为12 204 900元,2008年年度净利润为1 203 805元,则该公司的2008年的总资产收益率可计算如下:

$$2008年总资产收益率 = \frac{1\ 203\ 805}{(7\ 140\ 000 + 12\ 204\ 900) \div 2} = 12.45\%$$

（五）净资产收益率

净资产收益率也叫股东权益净利率,是企业净利润与企业净资产的比率。其计算公式为:

$$净资产收益率 = \frac{净利润}{平均净资产} \qquad (11.29)$$

$$平均净资产 = \frac{期初所有者权益 + 期末所有者权益}{2} \qquad (11.30)$$

净资产收益率是能够概括衡量企业综合经营业绩的指标,是杜邦分析体系的起始指标(详见下文杜邦分析体系)。该指标越高,企业自有资本获取收益的能力越强,运营效率越好,对企业投资人权益的保证程度越高。

【例 11－19】 以表 11－1、表 11－2 中的数据为例,A 公司 2008 年年初所有者权益为 4 190 000 元,年末所有者权益为 6 389 405 元,2008 年年度净利润为 1 203 805 元,则该公司 2004 年的净资产收益率可计算如下:

$$2008\ 年净资产收益率 = \frac{1\ 203\ 805}{(4\ 190\ 000 + 6\ 389\ 405) \div 2} = 22.76\%$$

三、市场价值分析

企业的价值应在市场上得到体现。在信息披露充分的情况下,市场表现往往是对一个企业最权威的评价。对企业市场价值的分析指标主要有每股收益、每股股利、股利支付率、每股净资产和市营率等。

(一)每股收益

每股收益又称每股盈余或每股利润,是指普通股每股净利润。其计算公式为:

$$每股收益 = \frac{净利润 - 优先股股利}{流通股股数} \qquad (11.31)$$

每股收益是评价上市公司获利能力的一个非常重要的指标,每股收益值越高,企业获利能力越强,每股所得利润越多。同时,每股收益还是确定企业股票价格的主要参考指标,甚至可以将其视为是企业管理水平、营利能力的"显示器",进而成为影响企业股票市场价格的重要因素。

【例 11－20】 以表 11－2 中的数据为例,A 公司 2008 年年度净利润为 1 203 805 元,假设 A 公司普通股平均为 600 000 股,未发行优先股,则该公司 2008 年的每股收益可计算如下:

$$每股收益 = \frac{1\ 203\ 805}{600\ 000} = 2.01(元)$$

(二)每股股利

每股股利是股利总额与流通在外的普通股股数的比值。其计算公式为:

$$每股股利 = \frac{股利总额}{流通股股数} \qquad (11.32)$$

每股股利也是衡量股份公司获利能力的指标。该指标值越高,股本获利能力越强,对投资者越有吸引力,企业的财务形象越好。

【例 11－21】 假定 A 公司 2008 年拟发放现金股利 720 000 元,则该公司普通股每股股利可计算如下:

$$每股股利 = \frac{720\ 000}{600\ 000} = 1.2(元)$$

(三)股利支付率

股利支付率又称股利发放率,是指普通股每股股利与每股利润的比率。它表明股份公司的净利润中有多少用于股利的分配。其计算公式为:

$$股利支付率 = \frac{每股股利}{每股利润} \times 100\% \qquad (11.33)$$

该比率反映了企业的股利政策,该比率越高,说明企业支付给股东的利润越多,而股东留在企业的权益将会减少。股利发放率的高低取决于公司的股利政策,没有一个具体的标准来判断股利支付率多大为好。

【**例 11 –22**】 A 公司 2008 年度分配的每股股利为 1.2 元,每股利润为 2.01 元,则该公司的股利支付率可计算如下:

$$股利支付率 = \frac{1.2}{2.01} \times 100\% = 59.7\%$$

(四)每股净资产

每股净资产又称每股账面价值或每股权益,是普通股权益除以流通在外的普通股股数。其计算公式为:

$$每股净资产 = \frac{期末股东权益}{期末普通股数} \qquad (11.34)$$

每股净资产是决定股票市场价格的重要因素。该指标的高低,说明企业股票投资价值和发展潜力的大小,间接地表明企业获利能力的大小。其中,指标中的"股"指普通股,期末股东权益是指扣除期末优先股权益后的余额。

【**例 11 –23**】 以表 11 –1 中的数据为例,A 公司 2008 年年末股东权益总额为 6 389 405 元,则该公司 2008 年的每股净资产可计算如下:

$$每股净资产 = \frac{6\ 389\ 405}{600\ 000} = 10.65\ (元)$$

(五)市盈率

市盈率是普通股每股市价与每股收益的比率。其计算公式为:

$$市盈率 = \frac{普通股每股市价}{普通股每股收益} \qquad (11.35)$$

该比率是反映股票投资价值的一个重要的参考指标,它反映投资人对每元净利润所愿支付的价格。市盈率越高,表明市场对公司的发展前景越看好,但市盈率过高,也意味着该股票有较高的投资风险。

在每股市价确定的情况下,每股收益越高,市盈率越低,投资风险越小;在每股收益确定的情况下,每股市价越高,市盈率越高,投资风险越大。

市盈率的高低,世界各国股市并没有统一的标准。一般来说,在发展中国家,由于经济增长前景好,市盈率相对较高,一般在 20 ~ 30 倍之间;在发达国家,股市较为成熟,市盈率相对较低,一般在 10 ~ 20 倍之间。

需要注意的是,市盈率指标不宜进行不同行业公司间的比较,新兴产业、成熟产业和夕阳产业的市盈率不具可比性。

【**例 11 –24**】 以表 11 –2 中的数据为例,假定 A 公司股票市场价格为 32.16 元,该股票每股收益为 2.01 元,则该公司的市盈率可计算如下:

$$市盈率 = \frac{32.16}{2.01} = 16$$

四、财务状况的综合分析

一项财务比率通常只能反映和评价企业某一方面的财务状况,如偿债能力、营运能力和赢利能力等,所以,单独分析任何一项财务比率指标,都难以全面地对企业的财务状况和经营成果作出评价。要想对企业的财务状况和经营成果有一个总的评价,就必须对企业的财务状况进行综合性的分析与评价。综合分析的主要方法有杜邦财务分析法和财务比率综合评分法。

(一)杜邦财务分析体系

在企业的经济活动中,各种财务比率相互之间是存在着密切关系的,只有把这些比率的内在联系反映出来,进行综合分析,才能了解企业财务状况的全貌,进而全面系统地评价企业的财务状况。杜邦财务分析体系就是利用各项主要的财务比率之间的关系,来综合分析企业财务状况的一种有效方法。杜邦财务分析体系也称为杜邦财务分析法,是指根据各主要财务比率指标之间的内在联系,建立财务分析指标体系,综合分析企业财务状况的方法。由于该指标体系是美国杜邦公司创造出来的,所以称为杜邦财务分析体系。

净资产收益率是一个综合性最强的财务比率,是杜邦财务分析体系的核心,它既反映所有者投入资金的获利能力,也反映企业筹资、投资、资产运营等活动的效率。该指标的高低取决于总资产净利率和权益乘数。

杜邦财务分析体系以净资产收益率为核心,即

净资产收益率 = 销售净利率 × 总资产周转率 × 权益乘数   (11.36)

上式具体反映了以下几种主要财务比率指标的关系:

1. 净资产收益率与总资产收益率和权益乘数的关系

净资产收益率 = 总资产收益率 × 权益乘数   (11.37)

2. 总资产收益率同销售净利率和总资产周转率的关系

总资产收益率 = 销售净利率 × 总资产周转率   (11.38)

3. 权益乘数同资产负债率的关系

从以上关系式中可以看出,决定净资产收益率高低的因素有三个方面:销售净利率、总资产周转率和权益乘数。分解之后,可以把净资产收益率这样一项综合性指标,发生增减变化的原因具体化,比只用一项综合性指标更能说明问题。

净资产收益率的高低首先取决于总资产收益率,而总资产收益率又受销售净利率和总资产周转率两个指标的影响。销售净利率越大,总资产收益率越大;总资产周转率越大,总资产收益率越大;而总资产收益率越大,则净资产收益率越大。

销售净利率实际上反映了企业净利润与销售收入的关系。要提高销售净利,必须从两个方面进行:一方面提高销售收入,另一方面降低各种成本费用。

总资产周转率是反映运用资产获取销售收入能力的指标。对总资产周转率的分析,则须对影响资产周转的各因素进行分析。除了对资产结构是否合理进行分析外,还可以通过流动资产周转率、存货周转率、应收账款周转率等有关各资产组成部分使用效率指标的分析,判明影响资产周转速度的主要问题出在哪里。

权益乘数反映企业所有者权益与总资产的关系,它对净资产收益率具有倍率影响。该指标主要受资产负债率的影响,负债比例越大,权益乘数就越高,说明企业的负债程度较高,给企业带来了较多的财务杠杆利益,同时也给企业带来了较大的风险。

在杜邦财务分析体系中,净资产收益率分解为两因素乘积和三因素乘积,可以和因素分析法结合起来分析。例如,用因素分析法,分别分析总资产周转率、权益乘数对净资产收益率影响的程度。

总之,净资产收益率是一个综合性极强的指标。它变动的原因涉及企业生产经营活动的方方面面,与企业的资本结构、销售规模、成本费用水平、资产的合理配置和利用密切相关,这

些因素构成了一个系统,只有协调好系统内各因素的关系,才能使净资产收益率达到最大,才能实现企业价值最大化的理财目标。

(二)财务比率综合评分法

财务比率综合评分法最早是在 20 世纪初由亚历山大·沃尔提出来的,所以也称为沃尔评分法。沃尔评分法是选定企业若干重要的财务比率,然后根据财务比率的不同重要程度计算相应的分数,而对企业财务状况进行分析的一种方法。该种方法将流动比率、产权比率、固定资产比率、存货周转率、应收账款周转率、固定资产周转率、自有资金周转率七项财务比率用线性关系结合起来,分别给定各自的分数比重,然后将实际比率与标准比率进行比较,据以确定各项指标的得分和全体指标的合计分数,从而对企业的信用水平作出评价。

运用沃尔评分法进行财务状况分析,有以下几个具体步骤为。

1. 选定财务比率指标

选择评价企业财务状况的财务比率指标时,一般要选择能够代表企业财务状况的重要指标。由于企业的赢利能力、偿债能力和营运能力等指标可以概括企业基本财务状况,所以,可从中分别选择若干具有代表性的重要比率。

2. 确定财务比率指标的重要性权数

根据各项财务比率指标的重要程度,确定其重要性权数。各项比率指标的重要程度的判定,一般可根据企业的经营状况、管理要求、企业所有者、经营者和债权人的意向综合确定,但其重要性系数之和应等于 100。

3. 确定各项财务比率指标的标准值

各财务比率指标的标准值是指各项财务比率指标在本企业现实条件下最理想的数值,但也应考虑到各种实际情况以及可预见的损失,否则标准过高难以实现,会挫伤企业全体员工的积极性。通常,财务比率指标的标准值可以根据本行业的平均水平,经过适当调整确定。

4. 计算企业一定时期内各项财务比率指标的实际值

5. 计算各财务比率指标实际值与标准值的比率,即关系比率

其计算公式为:关系比率 = 实际值 ÷ 标准值　　　　　　　　　　　　　(11.39)

6. 计算各项财务比率指标的得分并进行加总

其计算公式为:比率指标得分 = 重要性系数 × 关系比率　　　　　　　　(11.40)

各项财务比率指标综合得分若超过 100,说明企业财务状况良好;若综合得分为 100 或接近 100,说明企业财务状况基本良好;若综合得分与 100 有较大差距,则说明企业财务状况较差,有待进一步改善,企业应查明原因,并积极采取措施加以改善。

需要指出的是,评分时,需要规定各种财务比率指标评分值的上限和下限,即最高评分值和最低评分值,以免个别指标的异常,给总评分造成不合理的影响。上限一般定为正常评分值的 1.5 倍,下限一般定为正常评分值的 0.5 倍。

我国在 1999 年,根据沃尔评分法,财政部、原国家经贸委、原人事部和原国家计委联合发布了《国有资本金效绩评价规则》和《国有资本金效绩评价操作细则》。2002 年 4 月根据《国有资本金效绩评价规则》,制定发布了《企业效绩评价操作细则(修订)》,《国有资本金效绩评价操作细则》以及《国有资本金效绩评价计分方法》(财统字[1999]6 号)同时废止。在《企业效绩评价操作细则(修订)》中规定,企业效绩评价指标由反映企业财务效益状况、资产营运状况、偿债能力状况和发展能力状况四方面内容的基本指标、修正指标和评议指标三个层次共 28 项指标构成。表 11-5 是我国工商类竞争性企业绩效评价指标体系。

表 11 - 5　工商类竞争性企业效绩评价指标体系

指标类别(100分)	基本指标(100分)	修正指标(100分)	评议指标(100分)
财务效益状况(38分)	净资产收益率(25分) 总资产报酬率(13分)	资本保值增值率(12分) 主营业务利润率(8分) 盈余现金保障倍数(8分) 成本费用利润率(10分)	1. 经营者基本素质(18分) 2. 产品市场占有能力
资产营运状况(18分)	总资产周转率(9分) 流动资产周转率(9分)	存货周转率(5分) 应收账款周转率(5分) 不良资产比率(8分)	(服务满意度)(16分) 3. 基础管理水平(12分)
偿债能力状况(20分)	资产负债率(12分) 已获利息倍数(8分)	现金流动负债比率(10分) 速动比率(10分)	4. 发展创新能力(14分) 5. 经营发展战略(12分) 6. 在岗员工素质(10分)
发展能力状况(24分)	销售(营业)增长率(12分) 资本积累率(12分)	三年资本平均增长率(9分) 三年销售平均增长率(8分) 技术投入比率(7分)	7. 技术装备更新水平 (服务硬环境)(10分) 8. 综合社会贡献(8分)

【名词解释】

财务分析:财务分析是以企业财务报告及其他相关资料为主要依据,对企业的财务状况和经营成果进行评价和剖析,反映企业在运营过程中的利弊得失和发展趋势,从而为改进企业财务管理工作和优化经济决策提供重要的财务信息。

流动比率:流动比率是企业的流动资产与流动负债的比率。它表示企业每一年流动负债有多少流动资产作为偿还保证,反映企业用在短期内转变为现金的流动资产偿还到期流动负债的能力。

速动比率:速动比率又称酸性测试比率,是指企业速动资产与流动负债的比率。它比流动比率更能严格地测验企业短期偿债能力。

现金比率:现金比率是企业现金类资产与流动负债的比率。现金类资产包括企业所拥有的货币资金和持有的易于变现的有价证券(资产负债表中的短期投资)。它是衡量企业即时偿债能力的比率。

资产负债率:资产负债率也称为负债比率,是企业负债总额与资产总额的比率,它表明在企业资产总额中债权人资金所占的比重,以及企业资产对债权人权益的保障程度。

产权比率:产权比率也称债务股权比率,是负债总额与所有者权益总额的比率。

应收账款周转率:应收账款周转率是反映应收账款周转速度的指标,它有两种表示方法,一种是应收账款周转次数,就是年度内应收账款转为现金的平均次数,它说明应收账款流动的速度;另一种是用时间表示的周转速度叫应收账款周转天数,也叫平均应收账款回收期或平均收现期,它表示企业从取得应收账款的权利到收回款项、转换为现金所需要的时间。

存货周转率:存货周转率是指一定时期内企业销货成本与存货平均余额间的比率。该财务比率也有两种表示方法,即存货周转次数和存货周转天数。

每股收益:每股收益又称每股盈余或每股利润,是指普通股每股净利润。

市盈率:市盈率是普通股每股市价与每股收益的比率。

【课后分析案例】

某上市股份公司基本面分析

2005年2月份,某股份公司在经理层的直接领导下,全体员工紧紧围绕年初集团董事会制定的的工作目标,克服了原材料持续上扬、业务承接量不足等诸多不利因素的影响,完成主钢构加工总量940.237吨,各类门窗1137M²,创造工业总产值658万元,实现合并营业收入842.09万元,营业利润-207.25万元,利润总额-191.13万元。若剔除江西××公司的影响,则2月份完成主钢构加工总量656.367吨,创造工业总产值560万元,实现合并营业收入513.99万元(其中主营收入513.99万元),营业利润-252.09万元,利润总额-255.79万元。营业收入完成年度预算计划53 200万元的1.58%;合并销售毛利率、合并销售利润率和合并净资产收益率均为负数,是因为股份公司的很多营业收入在集团确认,导致成本不变情况下各项收益指标均为负数。

从资产状况来看,截止到2月末,资产总额29 997万元,资产负债率为0.79,权益比率(负债与股东权益之比)为4.15:1,流动比率为107.25%,这说明流动资产偿还短期债务的能力尚可,但权益比率较高,说明管理层采取的是高风险高报酬的财务政策,同时也说明财务结构欠稳健,负债较多,对企业长期发展势必造成一定的影响。

一、具体分析

(一)实现产值、营业收入和利润分析

2月份完成工业总产值658万元,实现合并营业收入842.09万元(其中主营收入842.09万元),合并利润总额-191.11万元。累计合并实现收入1 091.2万元。合并利润总额-870.03万元。合并营业收入完成年度预算计划的1.58%,其中股份公司实现433.17万元,门窗公司实现80.8万元,江西××公司实现320.8万元。合并利润总额为负数;主要原因为股份公司的很多营业收入在集团确认,导致利润总额为-269.7万元;门窗公司实现13.91万元,江西××公司实现44.84万元。母公司在营业收入下降的同时亏损,门窗公司和江西××公司稍有盈余,开创了良好发展的新局面。

母公司的营业收入与上年同期相比也有下降。股份公司1~2月份签定了11笔3 848万元的合同,与去年同期的9笔3 050万元相比增长798万元。说明销售人员在积极开拓市场,努力实现预定目标。

门窗公司积极、主动地开发市场,实现自接业务产值114.8万元,公司配套业务产值70.8万元。占年度计划的7.1%。与去年同期相比下降33%。累计实现销售收入171.2万元,占年度计划的6.6%,与去年同比下降77%。实现利润总额22.9万元,占年度计划的7.1%,与去年同比下降88%。现金流量为228.5万元,占计划7.1%。总体经营较为正常。

江西××公司1月、2月两个月承接合同3个,合同额为843万元。实现320.8万元收入。1~2月份合同基本完工,但未完全交货,故本月两笔收入未结转收入及成本。本月结转的收入为上年未完工工程的部分收入。

(二)成本费用分析

今年1~2月份合并营业成本为1 628.3万元。三项期间费用为301.2万元。合并利润总额为-870.03万元。原材料的持续上扬是成本费用上升的主要原因,自去年以来一直有不同幅度的增长。与上年平均原材料采购成本相比,本月因涨价因素对生产成本的影响金额较大。现在各公司都要提高成本控制意识,降低成本,在节约挖潜上下工夫,

才能提高经济效益实现企业价值。

××公司上半年平均单位生产成本达 3 675. 35 元/吨,比计划单位成本 3 650 元/吨,上升 0. 69% ,比上年同期生产成本 2 434. 31 元/吨,上升 50. 98% 。根据吨生产成本原材料配比,由于涨价因素使原材料生产成本比上年平均增加了 993. 73 元/吨。与上年同期相比,上半年营业成本增加了 914. 70 万元,比营业收入的增加多出 135. 12 万元。管理费用较上年同期节约了 138. 66 万元,营业费用与财务费用基本持平。

YY 公司上半年平均单位生产成本 M 产品为 9 020. 33 元/吨、N 产品为 5 268. 44 元/吨,分别比上年同期增长 3 690. 27 元/吨和 410. 60 元/吨。与上年同期相比,营业收入的增长比营业成本的增长多出 107. 53 万元;期间费用增长 52. 43 万元,其中,由于销售特别是外销的增长和本年增加外行贷款 400 万元,而增加营业费用 20. 15 万元和财务费用 4. 33 万元。

表 11 -6 成本费用构成变动情况表(占营业收入的比例)

项目名称	本年上半年		上年同期	
	数值(万元)	百分比(%)	数值(万元)	百分比(%)
营业收入	6 485. 18	100. 00	4 808. 78	100. 00
成本费用总额	6 380. 40	98. 38	4 571. 25	95. 06
营业成本	5 519. 06	85. 10	3 992. 36	83. 02
主营税金及附加	34. 62	0. 53	32. 70	0. 68
管理费用	644. 81	9. 94	466. 43	9. 70
销售费用	115. 88	1. 79	39. 26	1. 82
财务费用	66. 03	1. 02	40. 50	0. 84

可控性管理费用为年度财务计划 216. 10 万元的 48. 55% ,与上年同期相比节约了 60. 57 万元。其中修理费、运输费节约较多,控制较好,这主要是公司认真落实了上级关于对车辆进行效能监察的精神,对车辆运输费、修理费进行有效控制;办公费较上年同期增加 3. 60 万元,主要是因为今年增加了物资验收单、结算中心委托收款书等印刷品使印刷费增加 3. 60 万元;业务招待费超支较严重,其中母公司和××公司已超出税务允许扣除标准的 4. 18 万元和 1. 83 万元,这应引起足够的重视,下半年应严格控制。

（三）资产营运效率分析

上半年总资产周转次数为 0. 66 次,比上年同期周转速度加快,周转天数从 750 天缩短到 545. 45 天。上半年平均资产规模较上年同期扩大,增长幅度为 31. 38% ,但营业收入较上年同期增长幅度更大,为 34. 84% ,公司总资产的周转速度有所上升,运用总资产赚取收入的能力有所提高。

从存货、应收账款、应付账款占用资金数量及其周转速度的关系与上年同期相比较来看,除应收账款由于成立结算中心的关系周转天数缩短外,总体经营活动的资金占用有较大幅度的增加,其中库存商品平均占用资金 3 510. 57 万元,占平均资产总额的 27. 91% ,非现金资产转变为现金的周期变长,从而使总资产的营运能力有所下降。当然,由于实行结算中心,资金的统筹统配在一定程度上也延缓了现金的持有时间。

表 11-7　资产周转速度表

项目名称	本年上半年	上年同期	相比增加
总资产周转率（次）	0.66	0.48	0.18
固定资产周转率（次）	1.90	1.29	0.61
流动资产周转率（次）	1.08	0.81	0.27

表 11-8　营运能力指标表

项目名称	本年上半年	上年同期	相比增加
存货周转天数（天）	250.89	186.17	64.72
应收账款周转天数（天）	58.08	106.53	-48.45
应付账款周转天数（天）	85.39	132.98	-47.59
营业周期（天）	308.97	292.71	16.26

（四）偿债能力

从支付能力看，与上年同期及上年末有所好转，但流动比率、速动比率与国际标准值相比较落后。目前流动资产大于流动负债，只要库存商品的变现能力加快，公司不能偿还短期债务的风险较小。

从资产负债率和产权比率和利息保障倍数来看，公司的资本结构倾于合理、稳定，长期偿还债务本息的能力有一定的保障。

表 11-9　偿债能力指标表

项目名称	本年上半年	上年同期	上年末
流动比率	1.26	1.33	1.31
速动比率	0.52	0.50	0.40
利息保障倍数	5.60	6.91	8.67
资产负债率	0.54	0.45	0.47
产权比率	1.17	0.82	0.88

（五）赢利能力

上述已提及，由于成本费用的增长大于营业收入的增长，公司的赢利能力与上年同期相比有所下降。销售毛利率为14.90%，销售利润率为3.94%，成本费用利润率为4.00%，资产收益率为0.51%，净资产收益率为0.94%，资产和净资产的收益率均小于企业实际贷款利率，赢利能力偏低。

表 11-10　赢利能力指标表

项目名称	本年上半年	上年同期	相对增长
销售毛利率	14.90%	16.98%	-2.08%
成本费用利润率	4.00%	5.24%	-1.24%
销售净利率	0.64%	1.32%	-0.67%
资产收益率	0.51%	0.63%	-0.12%
净资产收益率	0.94%	1.10%	-0.16%

（六）资金分析

公司通过销售商品、提供劳务所收到的现金为 7 806 万元，这是公司当期现金流入的最主要来源，约占公司当期现金流入总额的 80.10%。但是，由于公司原材料价格的上扬，购买商品、接受劳务支付的现金增加，上半年经营业务的现金支出大于现金流入，因此经营业务自身不能实现现金收支平衡，经营活动出现了 360 万元的资金缺口，公司通过增加外行资金 500 万元。下半年预计经营活动的资金缺口会更大，为此需要继续增加产成品的销售，加快资金的周转速度及时收现，加速资金回笼。

二、问题综述及相应措施

（一）原材料价格不断上涨，产品内部结算价格调整滞后，要完成年度利润计划指标需尽快调整结算价格。

（二）公司生产产品的主要客户某公司实行"零库存"和"代储代销"管理，结算迟缓，同时客户生产量承包结算，N 产品实行承包试用，使公司库存持续增长，至 6 月底，产成品库存达 3 587 万元，占用大量流动资金，加上上述原材料涨价因素，资金日益紧张在所难免。为此要更好地加强资金的管理，确保生产经营的有效运行。

（三）业务量承接不足。除实行总承包的 N 产品项目外，其他项目的业务量都在下降。加工件任务不足，自接维修件较上年大幅下降；FF 分公司承接的各项加工件都已基本完工，因此尽快承接市内新成立的公司的制造业务已相当重要。

（四）完善各项规章制度和内部控制制度的建设，管理更上新台阶，继续加强成本管理，促进降本增效。

（五）严把产品各道工序控制，切实提高产品质量，并减少废次品损失和返工、返修率，保持产品的稳定性，以优质产品取胜市场。

（六）继续开拓外部市场，扩大销售渠道和力度，加快新产品的开发，逐步向国内、国际同类先进行业看齐。

（七）创新用工和分配制度，采取内培、外聘、外招相结合的灵活方法，不拘一格用人才，扭转目前技术人员青黄不接的局面。

（八）防洪、防盗，并做好防暑降温工作，确保安全生产。

【课后复习题】

（一）思考题

1. 项目投资的现金流入量和现金流出量分别包括哪些内容？
2. 利润和现金流量的关系如何？
3. 如何计算净现金流量？
4. 项目投资评价的一般方法有哪些？
5. 如何应用项目投资评价的各种方法？
6. 如何进行固定资产更新决策？
7. 所得税与折旧对项目投资有什么影响？
8. 投资风险分析有哪些方法？

（二）单项选择题

1. 在下列财务分析主体中，必须高度关注企业资本的保值和增值状况的是（　　）。
   A. 短期投资者　　　B. 企业债权人　　　C. 企业所有者　　　D. 税务机关
2. 采用趋势分析法时，应注意的问题不包括（　　）。

A. 指标的计算口径必须一致　　　　　　　B. 衡量标准的科学性

C. 剔除偶发性项目的影响　　　　　　　　D. 运用例外原则

3. 关于衡量短期偿债能力的指标说法正确的是(　　　)。

A. 流动比率较高时说明企业有足够的现金或存款用来偿债

B. 如果速动比率较低,则企业没有能力偿还到期的债务

C. 与其他指标相比,用现金流动负债比率评价短期偿债能力更加谨慎

D. 现金流动负债比率 = 现金/流动负债

4. 长期债券投资提前变卖为现金,将会(　　　)。

A. 对流动比率的影响大于对速动比率的影响

B. 对速动比率的影响大于对流动比率的影响

C. 影响速动比率但不影响流动比率

D. 影响流动比率但不影响速动比率

5. 收回当期应收账款若干,将会(　　　)。

A. 增加流动比率　　B. 降低流动比率　　C. 不改变速动比率　　D. 降低速动比率

6. 假设业务发生前速动比率大于1,偿还应付账款若干,将会(　　　)。

A. 增大流动比率,不影响速动比率　　　　B. 增大速动比率,不影响流动比率

C. 增大流动比率,也增大速动比率　　　　D. 降低流动比率,也降低速动比率

7. 如果企业的应收账款周转率高,则下列说法不正确的是(　　　)。

A. 收账费用少　　　B. 短期偿债能力强　　C. 收账迅速　　　　D. 坏账损失率高

8. 下列说法正确的是(　　　)。

A. 企业通过降低负债比率可以提高其净资产收益率

B. 速动资产过多会增加企业资金的机会成本

C. 市盈率越高,说明投资者对于公司的发展前景看好,所以市盈率越高越好

D. 在其他条件不变的情况下,用银行存款购入固定资产会引起总资产报酬率降低

9. 不影响净资产收益率的指标包括(　　　)。

A. 流动比率　　　　B. 营业净利率　　　　C. 资产负债率　　　D. 总资产净利率

10. 在杜邦财务分析体系中,综合性最强的财务比率是(　　　)。

A. 净资产收益率　　B. 总资产净利率　　　C. 总资产周转率　　D. 权益乘数

(三)多项选择题

1. 下列各项中属于财务报表数据局限性的是(　　　)。

A. 具有可比性　　　B. 缺乏可比性　　　　C. 存在滞后性　　　D. 缺乏具体性

2. 使用比率分析法应注意的问题包括(　　　)。

A. 对比项目的相关性

B. 对比口径的一致性

C. 衡量标准的科学性

D. 计算结果的假定性

3. 下列各项中属于效率比率的有(　　　)。

A. 资产周转率　　　B. 销售毛利率　　　　C. 总资产报酬率　　D. 流动比率

4. 关于因素分析法下列说法不正确的是(　　　)。

A. 使用因素分析法分析某一因素对分析指标的影响时,假定其他因素都不变

B. 在使用因素分析法时替代顺序无关紧要

C. 差额分析法是连环替代法的一种简化形式

D. 因素分析法的计算结果都是准确的

5. 某公司当年经营利润很多,却不能偿还当年债务,为查清原因,应检查的财务比率有( )。

A. 已获利息倍数 　　B. 流动比率 　　C. 存货周转率 　　D. 应收账款周转率

6. 影响企业权益净利率的指标为( )。

A. 销售净利率 　　B. 总资产周转率 　　C. 权益乘数 　　D. 资产净利率

7. 财务分析的内容有( )。

A. 赢利能力 　　B. 偿债能力 　　C. 营运能力 　　D. 发展能力

8. 下列指标中,可用来衡量企业的赢利能力的指标有( )。

A. 社会积累率 　　B. 固定资产成新率 　　C. 资本积累率 　　D. 资本保值增值率

9. 财务分析的方法主要有( )。

A. 趋势分析法 　　B. 差额分析法 　　C. 比率分析法 　　D. 因素分析法

10. 一般来说,提高存货周转率意味( )。

A. 存货变现的速度慢 　　　　　　B. 资金占用水平低

C. 存货变现的速度快 　　　　　　D. 周转额大

(四)判断题

1. 在财务分析中,将通过对比两期或连续数期财务报告中的相同指标,以说明企业财务状况或经营成果变动趋势的方法称为水平分析法。( )

2. 速动比率用于分析企业的短期偿债能力。所以,速动比率越大越好。( )

3. 尽管流动比率可以反映企业的短期偿债能力,但有的企业流动比率较高,却有可能出现无力支付到期的应付账款的情况。( )

4. 盈余现金保障倍数不仅反映了企业获利能力的大小,而且反映了获利能力对偿还到期债务的保证程度。( )

5. 在其他条件不变的情况下,权益乘数越小,企业的负债程度越高,财务风险越大。( )

6. 资产营运能力的强弱主要取决于资产的周转速度。( )

7. 权益乘数越大,则资产负债率越小。( )

8. 企业债权人在组织财务分析时最关注企业的投资报酬率。( )

9. 速动比率很低的企业,其流动负债到期绝对不能偿还。( )

10. 总资产报酬率反映了企业资本运营的综合效益,该指标在我国上市公司业绩综合排序中居于首位。( )

(五)计算分析题

1. 某公司流动资产由速动资产和存货构成,年初存货为170万元,年初应收账款为150万元,年末流动比率为200%,年末速动比率为100%,存货周转率为4次,年末流动资产余额为300万元。一年按360天计算。

要求:

(1)计算该公司流动负债年末余额;

(2)计算该公司存货年末余额和年平均余额;

(3)计算该公司本年营业成本;

(4)假定本年赊销净额为1 080万元,应收账款以外的其他速动资产忽略不计,计算该公司应收账款周转天数。

2. 指出下列会计事项对有关指标的影响。假设原来的流动比率为 1,增加用"+"表示,减少用"－"表示,没有影响用"0"表示。

1	事项	流动资产总额	营运资金	流动比率	税后利润
2	发行普通股取得现金				
3	支付去年的所得税				
4	以低于账面价值的价格出售固定资产				
5	支付过去采购的货款				
6	支付当期的管理费用				

3. 2006 年年初的负债总额 1 500 万元,股东权益是负债总额的 2 倍,年资本积累率 30%,2006 年年末的资产负债率 40%,负债的年均利率为 5%。2006 年实现净利润 900 万元,所得税率 33%。2006 年年末的股份总数为 600 万股(普通股股数年内无变动),普通股市价为 15元/股。(计算结果保留两位小数)

要求:

(1)计算 2006 年年初的股东权益总额、资产总额、年初的资产负债率;

(2)计算 2006 年年末的股东权益总额、负债总额、资产总额、产权比率;

(3)计算 2006 年的总资产净利率、权益乘数(使用平均数计算)、平均每股净资产、基本收益、市盈率;

(4)已知 2005 年总资产净利率为 12.24%,权益乘数(使用平均数计算)为 1.60,平均每股净资产为 5.45,计算 2005 年的每股收益并结合差额分析法依次分析 2006 年总资产净利率,权益乘数以及平均每股净资产对于每股收益的影响数额。

4. 某企业 2003 年有关财务资料如下:年末流动比率为 2.1,年末速动比率为 1.2,存货周转率为 5 次。年末资产总额 60 万元(年初 160 万元),年末流动负债 14 万元,年末长期负债42 万元,年初存货本 15 万元。2000 年销售收入 128 万元,管理费用 9 万元,利息费用 100 万元。所得税率 33%。

要求:

(1)计算该企业 2003 年年末流动资产总额、年末资产负债率、权益乘数和总资产周转率。

(2)计算该企业 2003 年年末存货成本、销售成本、净利润、销售净利润率和净资产收益率。

5. 某公司有关资料如下表所示:

单位:万元

项目	期初数	期末数	期末数或平均数
存货	150	250	
流动负债	200	300	
速动比率	0.6		
流动比率		1.6	
总资产周转次数			1.2
总资产			2 000

若该公司流动资产等于速动资产加存货。

要求计算：

(1)流动资产的期初数、期末数。

(2)本期速动比率。

(3)本期流动资产周转次数。

6.已知 A 公司有关资料如下：

A 公司资产负债表

2008 年 12 月 31 日　　　　　　　　　　　　单位:万元

资产	年　初	年　末	负债及所有者权益	年　初	年　末
流动资产			流动负债合计	175	150
货币资金	50	45	长期负债合计	245	200
应收账款	60	9	负债合计	420	350
存货	92	144			
待摊费用	23	36			
流动资产合计	225	315	所有得权益合计	280	350
固定资产净值	475	385			
总　计	700	700	总　计	700	700

同时,该公司 2005 年度销售利润率为 16% ,总资产周转率为 0.5 次,权益乘数为 2.5,净资产收益率为 20% ,2008 年度销售收入为 420 万元,净利润为 63 万元。要求根据上述资料：

(1)计算 2005 年年末的流动比率、速动比率、资产负债率和权益乘数；

(2)计算 2005 年总资产周转率、销售利润率和净资产收益率(均按期末数计算)；

(3)计算 2005 年度产权比率,资本保值增值率；

(4)分析销售利润率、总资产周转率和权益乘数变动对净资产收益率的影响(假设按此顺序分析)

参考文献

[1]财政部会计资格评价中心．财务管理:中级会计资格(2009 年)[M]．中国财经出版社．

[2]中国注册会计师协会．财务成本管理[M]．中国财政经济出版社．2009.

[3]荆新,王化成,刘俊彦．财务管理学(第4 版)[M]．中国人民大学出版社．2006.

[4]罗伯特·C. 希金斯(Robert C. Higgins),沈艺峰．财务管理分析(第8 版)[M]．北京大学出版社．2009.

[5]贝斯利(Besley Scott),布里格姆(Brigham Eugene F.),刘爱娟,张燕．财务管理精要(中文版)[M]．机械工业出版社．2003.

[6]刘雅娟．财务管理[M]．北京:清华大学出版社．2008.

[7]涂利萍．财务管理[M]．成都:四川大学出版社．2006.

[8]乔宏．财务管理[M]．成都:西南财经大学出版社．2008.

[9]吕向敏,郑颖．财务管理[M]．北京:冶金工业出版社．2008.

[10]端木青．财务管理学[M]．杭州:浙江大学出版社．2006.

[11]贺武．财务管理[M]．北京:机械工业出版社．2007.

[12]李晓妮等．财务管理[M]．北京:中国经济出版社．2007.

[13]姚海鑫．财务管理[M]．北京:清华大学出版社．2007.

[14]上海利信会计学院．财务管理[M]．北京:高等教育出版社．2004.

[15]梁建民．财务管理[M]．南京:东南大学出版社．2004.

[16]卢恩平,冯金英．财务管理[M]．北京:中国电力出版社．2003.

[17]黄惠玲．财务管理[M]．北京:中国金融出版社．2003.

[18]王化成,汤谷良．财务案例[M]．杭州:浙江人民出版社．2003.

[19]马元兴．现代财务管理．北京:中国金融出版社．2004.

[20]谷祺．财务管理[M]．大连:东北财经大学出版社．2003.

[21]侯丽生,胡冬鸣．财务管理[M]．海口:南海出版公司．2002.

[22]徐颖．财务管理学:全国成人高等教育系列教材[M]．中国财政经济出版社．2003.

[23](美)威廉·R. 拉舍(William R. Lasher),陈国欣等译．财务管理实务:工商管理核心课程教材[M]．机械工业出版社．2004.

[24](英)彼得·阿特勒尔(Peter Atrill),赵银德,张华译．财务管理基础:工商管理核心系列教材[M]．机械工业出版社．2004.

[25]杨华,安保荣．财务管理教程:立信新世纪财会丛书[M]．立信会计出版社．2004.

[26]刘桂英,邱丽娟主编．财务管理案例实验教程[M]．科学经济出版社．2005.

[27]张玉英主编．财务管理[M]．高等教育出版社．2006.

[28]企业财务管理[M]．中山大学出版社．

[29]企业理财学[M]．辽宁人民出版社．

[30]吕宝军主编．财务管理[M]．清华大学出版社．2006.

[31]财务管理[M]．海南公司出版．

[32]陆正飞．当代财务管理主流[M]．东北财经大学出版社．2004.

中国经济出版社高职高专教材目录

序号	书号 (978 - 7 - 5017 -)	书名	主编	出版时间	定价
十一五高职高专财经管理类规划教材					
1	8109 - 6	财务管理	李晓妮、祝建军	2007.06	35.00
2	8575 - 9	财务会计	吴榕	2009.01	42.00
3	8953 - 5	财务会计习题与实训	吴榕	2009.01	24.00
4	8103 - 4	财务会计	杜国良、王金台	2007.06	36.00
5	8104 - 1	财务会计实训	王新钢	2007.06	26.00
6	8101 - 0	成本会计	刘晓玉、尹莎莉	2007.07	30.00
7	8102 - 7	成本会计实训	苏启立、简东平	2007.06	15.00
8	8110 - 2	管理会计	侯丽平、李友林	2007.06	38.00
9	8105 - 8	会计电算化	钟齐整、苏启立	2007.06	25.00
10	8106 - 5	会计电算化实验教程	钟齐整	2007.06	26.00
11	8445 - 5	会计电算化教程	王金台	2008.02	32.00
12	8107 - 2	基础会计	丁增稳、王美玲	2007.06	26.00
13	8368 - 7	基础会计	吴榕	2008.05	29.80
14	8313 - 7	基础会计实训	丁增稳	2007.11	18.00
15	8108 - 9	基础会计习题集	丁增稳	2007.06	15.00
16	8357 - 1	经济法	王雪峰、武鸣	2008.01	30.00
17	8099 - 0	审计学原理	马西牛、赵文红	2007.06	36.00
18	8111 - 9	税法	王金申、常丽艳	2007.06	39.00
19	8112 - 6	统计学原理	王佐芳、芮宝宣	2007.07	45.00
20	8100 - 3	综合模拟会计实训	马成旭	2007.07	35.00
十一五高职高专经贸管理类规划教材					
21	8113 - 3	市场营销原理	周文根、王瑶	2008.08	22.00
22	8114 - 0	市场调查与预测	刘登辉、韩千里	2008.05	28.00
23	8370 - 0	市场营销原理与实务	王春兰	2008.03	30.00

序号	书号 (978 - 7 - 5017 -)	书名	主编	出版时间	定价
十一五高职高专经贸管理类规划教材					
24	8567 - 4	市场营销基础实训与指导	王瑶	2009.06	16.00
25	8561 - 2	消费者行为分析	平建恒、王惠琴	2008.06	24.00
26	8562 - 9	市场营销策划	张建华、李高伟	2008.06	36.00
27	8563 - 6	实用推销技术	薛辛光、隋兵	2008.05	30.00
28	8564 - 3	市场营销	谭蓓	2008.06	32.00
29	8565 - 0	广告原理与策划	周峰、袁长明	2008.05	30.00
30	8566 - 7	商务谈判与沟通	王爱国、高中玖	2008.06	26.00
31	8569 - 8	分销渠道设计与管理	居长志、郭湘如	2008.06	22.00
32	8570 - 4	市场营销实务	居长志、周文根	2008.08	29.80
33	8544 - 5	物流与信息技术	阎光伟	2008.06	28.00
34	8545 - 2	电子商务概论	聂相玲、孔德瑾	2008.06	30.00
35	8546 - 9	电子商务技术	张传玲、王洛国	2008.06	32.00
36	8547 - 6	电子商务综合实训	陈月波、田玉山	2008.06	30.00
37	8548 - 3	网络信息编辑与发布	谭云明	2008.06	38.00
38	8549 - 0	网络商务信息采集	谭云明	2008.06	28.00
39	8550 - 6	电子商务网站建设与维护	章剑林、孙波	2009.01	28.00
40	8551 - 3	商务网页制作	田玉山、孙波	2008.07	34.00
41	8553 - 7	电子商务与现代物流	陈建斌	2008.07	29.80
42	8554 - 4	外贸单证与函电	聂相玲、付建全	2008.06	32.00
43	8660 - 2	商务英语会话	李地	2008.07	25.00
21世纪高职高专精品课程系列					
44	9268 - 9	高等数学	陈福川、卢璟	2009.08	26.00
45	9265 - 8	管理学基础	王雪峰、段学红	2009.08	30.00
46	9276 - 4	人力资源管理	王慧琴	2009.08	32.00
47	9267 - 2	组织行为学	马慧、李霜	2009.08	30.00
48	9319 - 8	财政与金融	杨明	2009.08	28.00
49	9270 - 2	国际贸易实务操作教程	王正华、杨杰	2009.08	38.00
50	9624 - 3	会计学基础	芮福宏、李艳	2010.01	29.00
51	9625 - 0	会计学基础实训	李艳、王鸿艳	2010.01	22.00
52	9626 - 7	财务会计	李晓兵、宋玉章	2010.01	38.00

序号	书 号 (978-7-5017-)	书 名	主 编	出版时间	定 价
		21世纪高职高专精品课程系列			
53	9627-4	高级财务会计	杨靖、李晓兵	2010.01	30.00
54	9628-1	成本会计	焦桂芳、贾讲用	2010.01	22.00
55	9629-8	成本会计实训	国秀芹、王娜	2010.01	20.00
56	9630-4	财务管理	田瑞、位涛	2010.01	35.00
57	9631-1	审计学	王娜、翟铮	2010.01	33.00
58	9632-8	国际贸易理论与实务	万锦红、王正华	2010.01	30.00
59	9633-5	国际贸易货运代理实务	杨浩军、丁红英	2010.01	28.00
60	9634-2	国际贸易制单实务	符兴新、陈广	2010.01	36.00
61	9635-9	报关实务	王超、万锦虹	2010.01	30.00
62	9636-6	集装箱运输实务	陈广、蔡佩林	2010.01	38.00
63	9637-3	仓储管理实务	杨思东、黄静	2010.01	38.00
64	9638-0	采购管理与库存控制	鲁楠、张润卓	2010.01	28.00
65	9639-7	经济法实用教程	张新莉、武鸣	2010.01	35.00
66	9640-3	市场营销基础与实务	隋兵、武敏	2010.01	36.00
67	9641-0	税收基础与实务	王美玲、宋振水	2010.02	36.00
68	9186-6	模拟工商登记实训	王瑶	2010.02	20.00
69	9530-7	企业会计实训教程	吴榕	2010.02	48.00
		应急管理系列(研究生)教材			
70	9247-4	突发事件应急管理导论	宋英华	2009.05	36.00
71	9392-1	安全事故应急管理	庄越、雷培德	2009.08	32.00
72	9257-3	突发公共卫生事件应急管理	万明国、王成昌	2009.10	36.00
73	9157-6	自然灾害应急管理	张乃平、夏东海	2009.11	38.00
		组织运行管理系列			
74	8987-0	组织凝聚力	马作宽	2009.03	30.00
75	8985-6	组织合作与竞争	马作宽	2009.03	28.00
76	8982-5	组织变革	马作宽	2009.03	32.00
77	8989-4	组织战略	马作宽	2009.03	28.00
78	8984-9	组织文化	马作宽	2009.03	32.00
79	8988-7	组织员工管理	马作宽	2009.03	30.00

序号	书　号 (978 - 7 - 5017 -)	书　名	主　编	出版时间	定价
	组织运行管理系列				
80	8983 - 2	组织激励	马作宽	2009.03	32.00
81	8986 - 3	组织绩效管理	马作宽	2009.03	32.00
	博士研究生入学考试辅导				
82	9191 - 0	全国重点院校考博英语真题详解	张艳霜、王芳、杨勇、孙璇	2009.08	45.00
83	9329 - 7	考博英语综合应试一本全	张艳霜、王芳、杨勇、孙璇	2009.08	30.00
84	9335 - 8	考博英语阅读理解强化训练150 篇	张艳霜、王芳、杨勇、孙璇	2009.08	42.00
85	9330 - 3	全国重点院校考博英语模拟试题精解	张艳霜、王芳、杨勇、孙璇	2009.08	42.00
86	9334 - 1	考博英语听力高分突破	王芳、杨勇、孙璇	2009.08	28.00
87	9337 - 2	考博英语词汇、语法与完形填空强化训练	张艳霜、王芳、杨勇、孙璇	2009.08	29.00
88	9333 - 4	征服考博英语词汇10000 例	王芳、杨勇、孙璇	2009.09	30.00
	硕士研究生入学考试辅导				
89	9161 - 3	全国硕士研究生入学考试辅导教程·数学(经济类)	黄丽平、卢明、童武	2009.04	48.00
90	9368 - 6	全国硕士研究生入学考试辅导教程·政治(新考纲)	李春艳、涂振旗、冯静	2009.04	78.00
91	9162 - 0	全国硕士研究生入学考试模拟试题与历年真题精解(1990 - 2009)·数学一	黄丽平、卢明、童武	2009.05	38.00
92	9156 - 9	全国硕士研究生入学考试模拟试题与历年真题精解(1990 - 2009)·数学二	黄丽平、卢明、童武	2009.05	38.00
93	9160 - 6	全国硕士研究生入学考试模拟试题与历年真题精解(1990 - 2009)·数学三	黄丽平、卢明、童武	2009.05	40.00
94	9195 - 8	全国硕士研究生入学考试历年真题精解(1999 - 2009)·政治	李春艳、涂振旗、冯静	2009.05	28.00
95	9155 - 2	全国硕士研究生入学考试辅导教程数学(理工类)	黄丽平、卢明、童武	2009.06	60.00
96	9159 - 0	全国硕士研究生入学考试辅导教程·英语	张一平、万敏、张艳霜、薛美玲	2009.06	49.00
97	9231 - 3	全国硕士研究生入学考试英语词汇记忆手册	刘仕美、张艳霜	2009.06	55.00
98	9158 - 3	全国硕士研究生入学考试历年真题精解(1997 - 2009)·英语	张一平、万敏、张艳霜、薛美玲	2009.06	45.00

序号	书号 (978 - 7 - 5017 -)	书 名	主 编	出版时间	定价
国家公务员录用考试教材					
99	9383 - 9	行政职业能力测验	公务员录用考试命题研究中心,公务员录用考试教材编写中心	2009.09	48.00
100	9387 - 7	行政职业能力测验历年真题精解		2009.09	29.00
101	9389 - 1	行政职业能力测验预测试卷与答案详解		2009.09	34.00
102	9386 - 0	公共基础知识过关2000题精解		2009.09	38.00
103	9385 - 3	面试综合辅导与1000题精解		2009.09	32.00
104	9384 - 6	申论综合指导与命题预测试卷		2009.09	46.00
105	9382 - 2	公共基础知识		2009.09	54.00
MBA 及企业培训教材					
106	9218 - 4	高效人力资源管理案例:MBA提升捷径	宋联可、杨东涛	2009.06	28.00
107	9223 - 8	新员工入职礼仪培训手册	未来之舟	2009.08	28.00
108	9222 - 1	销售礼仪	未来之舟	2009.08	28.00
109	9193 - 4	银行票据产品培训	陈立金	2009.10	39.80
110	8882 - 8	银行客户经理25堂课	陈立金	2009.02	38.00
其 他					
111	8629 - 9	大学语文与写作	倪新生	2008.07	38.50
112	9187 - 3	大学生职业生涯规划	于长湖	2009.07	25.00
113	6927 - 8	创新创造能力训练(修订版)	陶学忠	2009.11	32.00
114	9455 - 3	创新思维与创新技法新编	曹连霞	2010.01	26.00
115	9261 - 0	房地产市场分析理论与实务	张东祥	2010.01	36.00
116	9656 - 4	动荡时代的企业责任:21世纪面临的挑战	图尔德(荷兰)	2010.02	49.00

订购单位信息:		出版单位信息:
单位名称:		单位名称:中国经济出版社
联系人:		联系人:焦晓云
联系电话:		联系电话:010 - 68319290,13520972462
发货地址:		E - mail:jiaoxiaoyun@126.com
邮政编码:		地址:北京市西城区百万庄北街三号
备注:		邮编:100037

中国经济出版社财务信息:	
开户名:中国经济出版社	开户行:工商行百万庄支行
账 号:0200001409004607454	税 号:110102100007883
地 址:北京西城区百万庄北街三号	电 话:88386792

如您有订购需要或任何关于以上教材的疑问或建议,欢迎与我们联系!